U0856893

重庆作品作品年度选

散文卷

重庆市作家协会 编

西南师範大學出版社
国家一级出版社 全国百佳图书出版单位

图书在版编目(CIP)数据

重庆作家作品年度选. 散文卷 / 重庆市作家协会编；吴景娅主编. -- 重庆：西南师范大学出版社，2018.12

ISBN 978-7-5621-5801-1

Ⅰ. ①重… Ⅱ. ①重… ②吴… Ⅲ. ①中国文学 – 当代文学 – 作品综合集 – 重庆②散文集 – 中国 – 当代 Ⅳ. ① I218.719 ② I267

中国版本图书馆 CIP 数据核字 (2018) 第 302519 号

重庆作家作品年度选 · 散文卷

CHONGQING ZUOJIA ZUOPIN NIANDU XUAN · SANWEN JUAN

重庆市作家协会 编

吴景娅 主编

责任编辑：张昊

责任校对：李晓瑞

装帧设计：闰江文化

排　　版：重庆大雅数码印刷有限公司 · 杨建华

出版发行：西南师范大学出版社

网址：http://www.xscbs.com

地址：重庆市北碚区天生路2号

邮编：400715

市场营销部电话：023-68868624

印　　刷：重庆共创印务有限公司

幅面尺寸：170mm × 240mm

印　　张：21

字　　数：366千字

版　　次：2019年9月　第1版

印　　次：2019年9月　第1次印刷

书　　号：ISBN 978-7-5621-5801-1

定　　价：72.00元

编 委 会

总序

Foreword

为深入贯彻落实党的十九大精神和习近平总书记关于文艺工作的重要论述，进一步激发全市广大作家的创作热情与活力，推动重庆文学事业繁荣发展，重庆市作家协会组织编辑了《重庆作家作品年度选》丛书。

该丛书共计六卷，即《重庆作家作品年度选·小说卷》《重庆作家作品年度选·诗歌卷》《重庆作家作品年度选·散文卷》《重庆作家作品年度选·报告文学卷》《重庆作家作品年度选·儿童文学卷》《重庆作家作品年度选·文学评论卷》，汇集和展示了重庆作家近年来在全国各类报刊发表和出版的优秀作品。这既是一次检阅，更是集中的推介，希望通过这一载体和平台，让广大读者全面领略重庆文学近年来的成就和风采。

《重庆作家作品年度选》的选编工作由重庆市作家协会各相关文学创作委员会组织实施，市内外知名评论家也分别予以了点评，在此一并致谢。

重庆市作家协会

2019年3月

序言

Preface

在时光的深处，盛开如初

黄桂元

重庆的文学水土一向得天独厚，别具风骨。其卓然不凡的地理环境和人文底蕴，决定了重庆散文写作有着不可复制的自身优势——多层面的立体存在、多维度的观照视野与多元化的文化个性。在这座现代与传统交汇、时尚与本土同辉的超大城市，似乎更容易刺激诗意的分泌，而不是故事的滋生。重庆散文界没有甚嚣尘上、俗众追捧的“明星”，却不乏暗香浮动、隐秘盛开的书写群体。当铺天盖地、光怪陆离的消费主义大潮渗透进了日常生活的所有细节，他们仍固守高贵的、诗性的、理想主义的写作信条，格外关注个人的命运、人格、尊严、欲望等生命哲学与伦理问题，并以谦卑、孤独而执着的辛勤劳作，为这个神话与忧患俱在的无序世界和苍生命运，带来了警醒、反思、追问、求索，还有自我救赎的深邃梦想。他们认定，散文家未必是启蒙者、教化者、拯救者，但这个时代不能只有娱乐、游戏和口水，而没有精神的家园栖居与灵魂的芬芳四溢。

与诗歌、小说、戏剧不同，散文是一种实打实、无遮蔽，最能检验作家综合实力的文学样式，任何刻意以意象藏拙、以虚构化妆、以戏剧调味的图谋，都与散文的自由本色相悖。只靠学识，难免沉闷；只靠思想，流于枯涩；只靠体验，失之单薄；只靠灵性，极易油滑。同时，散文也不拒绝海纳百川、兼收并蓄。比如，一些小说家的散文之所以受到部分读者的偏爱，大约与其落笔实在，行文节制，善于植入叙事元素不无关系。

黄济人的《沱江水暖》忆述了其代表作《将军决战岂止在战场》出炉的前因后果，旧事重提，并非“好汉”话说“当年勇”，而是对一段铭心岁月的深情回望，而关于“《将军》的成功首先是题材的成功”的结论，是经验，也是锐见。那时黄济人还是内江师院的普通学子，从酝酿、采访到初稿杀青，皆有师生相助，装订30多万字的厚厚手稿，“于是有同学捡回来钉棺材用的长钉子，外加半块砖头，抡起胳膊，对准稿纸，奋力打洞。洞未打穿，稿纸破了边角，心痛得我欲哭无泪”，另有同学用烛火烧红铁丝在稿纸上穿孔，再用结实的麻绳系牢，其坚固性胜似“海枯石烂”，此类细节朴素内敛，暗香浮动，堪称小说家的拿手好戏。余德庄的《思思》写一只小狗的短促一生，字里行间，饱含怜爱，细腻入微，笔意绵长，直击读者内心最柔软的地方，陪伴思思治病的过程更是引人牵肠挂肚，唏嘘忧伤。散文不必像小说家那样讲究故事性，但故事性无疑会为散文添加悬念和看点，作家深谙其道，运笔生辉，只是文尾议论似有“蛇足”之嫌，若能精简，效果更佳。

傅天琳的《鱼要回家》是一篇足以惊神泣鬼的凄美之作。一对三文鱼产籽数千，孵化仅数百，鱼群入海后从大西洋洄游，历时四年行程万里，躲过无数狂风、巨浪、人和鲨鱼的追击,最终回到出生地的只有两条,还要为繁殖后代"在完成产卵受精后雌雄双双死去"。三文鱼洄游是奇迹,是神话,也是宿命的轮回。傅天琳不是在复述一个传奇的科普知识,在这个信息爆炸的时代,人们缺少的不是知识,而是对卑微生命的大悲悯与大情怀。吴景娅的《你不知道上帝何时翻脸》则以重金属般的文字敲击秘藏岁月深处的骇人真相,诉说的是人的命运之殇。茫茫天地间,一切神秘中最不可思议的就是人的命运。"上帝"突发脾气,在武隆制造了地狱,也隆起了人的脊梁,他们推动西西弗斯的滚石,向极端霸道的大自然发起绝地反击。散文面对"大地和在场",诗歌面对"星空和神祇",两者经吴景娅的诗性整合,得以血乳交融,互为增值,直抵"文以气为主"的书写境界。我们由此得到的启示是,散文家如果仅仅有眼、口、鼻、耳的肉身依托,而缺少对人类命运的大爱与大恸,就不是真正意义的"在场",写出的只是果壳"现实",而不是真正意义的"存在"。

张于的《未展芭蕉》以个人祖上与虚谷的神秘渊源为背景,宁静致远,内功深厚,描述了一代海派大师的奇幻命运和艺术踪迹,对此,需要我们有"精英式阅读"的心理准备。余秋雨的《文化苦旅》尽管毁誉不一,却无人能够否定余氏散文在中国当代文化散文写作的开拓性意义,顺延这个现象级散文流向写出自己的一方天地,需要视野,需要才学,也需要非一日之功的艺术修为。张于将隐秘的个人关系史与灵魂自传,独特的私人视角与民间语境浑然相融,在他的深缓激愤的独自行吟和恣意漫想里,可以感受到隐忍其间的孤傲、品性和志趣,道破天地寂寥,写尽旷世孤独,如布鲁姆所说:"这份孤独终归是一个人与自身有限宿命的相遇。"

李钢的《王者牡丹》和唐力的《远行:火车站》表明,诗人也可以放弃直抒胸臆,以知性与智性为散文的“主打”内容,一展辞章家特有的文墨风范。以花喻人,以物托志的笔法,中国文学古已有之,本不新鲜,就看写作主体是否足够强悍,《王者牡丹》便是典型的“案例”。李钢是重庆文坛的异数,体内混杂着齐鲁文化、江浙文化、巴蜀文化和岭南文化的基因,却又能在散文写作中化繁为简,举重若轻,出神入化,言近旨远,他自称是“‘天子呼来不上船’的那一类,即便正逢花期,也只是静静地一睹王颜,决不会花前花后地逢迎,像个弄臣”,他视李花为“我的姓氏之花”,其鲜活洒脱的不羁个性,跃然纸上。唐力的《远行:火车站》可称为“神来之笔”,他把地理人文背景移入火车站,再切割成若干哲思“盆景”与红尘断章,透过寻常物象写出其内在的复杂性。小小挂钟“一支指着离情,一支指着别意。还有一根在摇摆,始终无法安定”;售票大厅是火车站的胸腔,分布着很多心室和路线;候车室里,“所有的旅客都带着自己的省份在行走”,其寓意新奇,想象葱茏,含英咀华,使人玩味。这种借喻能力在李晓的《食物的灵魂》中亦有惊艳表现。民以食为天,“一粒大米,从种子出发,到颗粒归仓”,自有灵魂的冥冥驱使,那些土豆、南瓜,以及所有的城市小吃、乡村美食也都是有灵魂的,它们喂养着芸芸众生的“胃”,也维护着人类活下去的尊严、良知和“诗意存在”。

曾听到许多朋友直言已经不再读游记散文了,个中玄机,并不费解。如今资讯发达,旅游成风,“到此一游”的无脑文字泛滥成灾,多少损害了游记散文的口碑。游记散文应该拥有独立的美学品质,写游记让人感觉不出是游记,才是散文的上佳境界,这个意义上,吴佳骏的

《巴廉寺的黄昏(外一篇)》可以说具有某种范本价值。他把灵魂化入客体世界,物我无间,浑然流动,近乎喃喃自语。他不习惯在散文中交代背景知识,堆积通用资料,诸如年代怎样,地貌气候如何,民俗风情有哪些,等等,各类旅游攻略的小册子都有,不劳作家提供。这位青年才俊在意的是人文风景而不是自然风光,是神游而不是身游,“我们肉身回不去的地方,就用记忆去抵达;记忆抵达不了的地方,就用心灵去凭吊”。无论巴廉寺,抑或大山包,不过是吴佳骏“流浪”人生途中的驿站,重要的是构建自己独有的精神文系或灵魂版本。刘建春的《大美博尔塔拉》拒绝散文沦为千篇一律的“导游词”,他一路西行,目光深沉,思潮涌动,文采飞扬,为大美新疆赋予哲思与诗意,在纸面营造出了“山因水而更显灵气,水依山而愈发妩媚”的动态美学氛围,令人目不暇接,如临其境,久久回味。金铃子的《我打着油纸伞走过李庄》引领读者进入蒙蒙的烟雨深处,与她分享李庄的过往沧桑与岁月惆怅,她不是为了表达尖锐的历史追问,而是释放一种对旧时光的凭吊与敬畏。有着古雅韵致的李庄“从来没有忘记一个人,只要你看过它一眼,你就会成为这里的一块青砖、一条鱼、一滴江水”。富丽曼妙的诗意文体流淌着给人好感的诚恳和亲切,以及优裕教养所玉成的那一份从容和轻柔。刘运勇的《黔江峡谷城》溯源了一个地域传奇的来龙去脉,悲欢离合,几千年的岁月造就了旧城,30年的时光又魔幻般地添了新城,其间蕴含着丰富的历史想象与动荡的命运兴衰,全篇景色森然,架构均衡,画面凝重,语言劲道,昭示了一种醒目的文墨气象,散文的世界应该是立体的、动态的、弹性的,需要作者完成对山川地理、故土乡河、人生岁月、社会百态的认知刷新与审美整合，使之既有原生态，又具现代感。

嘎子的《康定，那条穿过记忆淌过童年的河》写了两条使他终生刻骨铭心的水系，即来自折多雪山的折多河，与来自雅拉雪山的雅拉河，“两条河，温柔的、粗犷的、甜腻的、狂暴的、沉静的、喧闹的、冰冷的、热情的……混合在一起，才是一个完整的人，一个真正的康定人”。置身于“他乡年代”，嘎子以他农民式的执拗仍活在故土的童年时光，他常常从嚣嚣市声中悄然抽身，回望故乡岁月，谛听灵魂细语，这时候词语在他的笔下不再是单线联系，而是冥冥之中的灵魂独舞。对于另一类结满乡愁的作家，植根于记忆深处的不只有故乡陈年旧事中的衣食住行、风俗习性、婚丧嫁娶、四季轮回，更多的是命运的起伏、荣枯与生灭。何春花的《时间的缝隙》叙述了一种走不出大山的宿命感，望着堵在村庄门口的大山，“我在这细弱的呼叫声中看见了光，看见了满天的米朝我落下来”，却终于发觉，大山外面堵着的还是大山，作者以无尽的苍凉笔触，道出人的欲望和能够实现欲望之间何以有着永恒差距的巨大困惑。通常说，散文习惯于审美，之所以走上“审丑”，也是出于无奈。张蔓莉的《看桃花》写了一家乡村女人万劫不复的命运遭遇，这个故事因过于惨烈而枝蔓凌乱，使人不忍卒读。病体的丑陋、生命的低贱、灾难的重创、本不关桃花的事，却又偏偏祸起“看桃花”，荒诞的命运悖论带来的不是瞬间的刺痛，而是难以愈合的钝痛。杨犁民的《渐渐走失的村庄》是对村庄何以走失的近乎绝望的仰天长叹，在茫茫天宇犹如空谷足音，“村庄它有脚，此刻正一步步地向着我们不知道的地方走啊走啊。它走在无边的岁月里，孤独而持久”。皮之不存，毛将焉附，村庄走失了，又去哪里找寻那方水土，那片人烟？史铁生曾说：“（散文）是面对着人本的困境。”正是这样的困境成了他们的写作资源和共性痛感，而别无选择。不过，我们知晓其故乡的身世之谜，大致也可以看到此类写作的某种发展极限。

重庆文学也会出现边缘或“外省写作”常有的“尴尬”和“焦虑”，但这样的“尴尬”和“焦虑”，未必不会形成自我激励的动力。事实上，文学表达与地域维度的内在关系固然不容忽视，却也不宜过度放大，“文学作品最直接的背景就是它的语言上和文学上的传统”。这个世界，并不存在必然催生文学经典的物质前提和地域沃土，文学经得起岁月的推敲才是硬道理。无论作家身处“中心”还是“边缘”，闹市抑或孤岛，都不会改变文学的真正属性。对于重庆作家，置身边缘写作可以减少文坛是非的干扰，而保持相对纯粹的思虑状态；置身边缘写作可以不受文坛时尚的蛊惑，而心无旁骛，盛开如初。如此想来，又何乐不为？

黄桂元，1982年毕业于南开大学中文系，文学创作一级，天津市作家协会副主席。在百余家海内外报刊发表各类文学作品与批评文章300余万字。获国内文学奖项多次。曾任第八届、第十届茅盾文学奖评委。

目录

Contents

沱江水暖

■ 黄济人

我的处女作《将军决战岂止在战场》，从构思、采访、写作，直至初稿的杀青，全部都是我在就读内江师专（现内江师院）期间完成的。于是，沱江之滨的母校，便成了我文学之路的出发点。人在征途，免不了左顾右盼，左边是田园风光，让人赏心悦目；右边是高楼大厦，让人乐不思蜀。可是，只有掉过头去，回首往事，那发生在母校校园里的点点滴滴，才能正中心窝，直抵肺腑，让我欢忭莫名，让我温馨无比。

我们是在“文化大革命”结束的第二年进校的。拨乱反正之初，文艺谈不上复兴，却也开始解冻。我们坐在教室里，总听得见冰雪消融之后，春水顺着屋瓦，滴落在屋檐下面的声音。我读的是中文系，和班上多数同学一样，想写点儿东西，或诗或文，或长或短，然后寄往复刊未久的文学杂志或者报纸副刊。诚然，写作除了有欲望，还得有生活，有自己最熟悉的生活，这是作家的本钱。我的本钱是八年之久的知青生涯，期间担任过生产队长、代理教师以及先用钢板刻写然后油印出来的公社机关报的主编，就是说，在广阔天地里，我收获了生活，也收获了素材。事既如此，写作就开始了，我写的是长篇小说，因为落户的山区盛产金银花，所以小说的名字取为《金树银花》。写得还算顺手，虽说只能利用课余时间，但半学期下来，也有了十万字的篇幅。

就在这样的时候，我的思路被一件重大的家事打断了，那就是家父的冤案获得平反。家父系国民党起义投诚将领，中华人民共和国成立后在刘伯承元帅任院长的南京军事学院任地形学教师，20世纪60年代转业回重庆，在江津县（今江津区）政协任职。“文化大革命”运动伊始，家父以“反革命”罪被捕，不久惨死狱中。得知平反的消息后，我告假从内江回到江津，参加家父的追悼仪式。除家人以外，远在南京的舅父邱行湘也赶来了。舅父系家父黄埔五期同学，洛阳战役中，他以国民党战场最高指挥官的身份与黄埔一期校友共产党将领陈赓对垒，尔而战败被俘，成为最早的国民党战犯。在北京战犯管理所生活了整整12年之后，国庆十周年之际，国家主席刘少奇颁布特赦令，他成为第一批获赦人员之一，被分配到江苏省政协任文史专员。与家母见面，与我们兄弟姐妹见面，舅父谈得最多的，是他在共产党监狱里生活的经历，与得知家父恢复了革命军人名誉时的愉悦心情一样，他由衷地感激新中国，说共产党对他有再造之恩。说者无心，听者有意，我把国民党将领在共产党监狱里的生活内容、心理历程，与文学创作中的一个题材联系在一起。

回到学校，夜不能寐。我把这个题材与那个正在进行中的知青题材作了比较，孰重孰轻，抑或谁急谁缓，半月之余，仍无结论。教我们文艺理论的老师叫李北星，因为博学多才，见解独特，所以我和同学们与他多有接触。“有困难，找警察。”李老师不是警察，却是我心中的北斗星。听完我的困惑，他似乎眼睛都没有眨一眨，便把观点向我和盘托出：“写知青题材的人很多，而且很多作品写得不错，比如在贵州下乡的上海知青叶辛，他在重庆《红岩》杂志上的三部长篇我都看了，一部比一部好。你如果写得比他还要好，恕我直言，你仍是他手下一个兵。但，另一个题材就不同了。这样的题材过去没有，内容也鲜为人知，而且，重要的是，你写这个作品的条件得天独厚，以己之长攻彼之短，近水楼台先得月的事情，你又何乐而不为呢？”

我那部尚未完稿的《金树银花》，采用的文学式样是长篇小说，而这部决定要写的作品，又该采用什么样的式样呢？“当然它应该是纪实的而非虚构的。”我把又一个困惑的皮球踢给中文系教授陈应祥的时候，这位有着西南师范学院（今西南大学）任教资历的学术权威不假思索地对我说，“内容决定形式。如此重大的题材，包含着政治、历史以及军事诸多方面的意义，你如果采用虚构的编故事的手法去写，比如说把国民党徐州‘剿总’副司令、解放军公布的头号战犯杜聿明写成杜大明，把国民党十二兵团司令黄维写成张维，那就可惜了这个题材了！”

李老师的话，如同指路牌；陈教授的话，恍若探照灯。虽说如此，我心里明白，有一只皮球是踢不出去的，那就是写作自身。不同的文学式样有不同的写作方法，如果按照小说来写，我立马可以动笔，我可以依据舅父告诉我的事情，凭借想象力去虚构人物、编织故事、制造悬念，直到演绎得自己满意为止。然而，这样的想法并不实际，因为这不是我的生活，而且父辈的经历也不可以取而代之，况乎后人对于前人的了解与理解毕竟是有限的。如果按照纪实来写，写作之前的准备又远未就绪。不言而喻，这是一条漫长而崎岖的路。我需要在上课时间，阅读现代当代历史，尤为关注抗日战争和解放战争；我需要在下课时间，去图书馆搜集资料，摘录文件。当然，读万卷书不如行万里路，我需要外出采访，拜访几十位健在的分散在全国各地的原国民党将领，聆听他们的经历，尤其是发生在战犯管理所里的故事。诚然，这又是一条艰辛而泥泞的路。倘若事先我能预测期间的苦涩与窘迫，我是出不了门的。关于发生在采访期间的事情，因为与校园无关，所以不在这里表述。反正当时年轻气盛，又不曾发表一个字，没有压力，没有包袱，亦可谓初生牛犊不畏虎，想走就走了。

我是在母校第一个暑假的第二天离开内江的，为了赶时间，我没有回重庆，而是在学校的食堂里买了十几个馒头，装在军用挎包里，然后急匆匆去了壕子口火车站。我的第一站是南京，要找的人就是我的舅父邱行湘，因为他被俘得早，早在三大战役之前，在解放军在解放战争中攻克的第一个城市堡垒中就被俘，所以他将成为我全书的贯穿人物。诚然，我与三大战役的国民党战场最高指挥官们素昧平生，不曾谋面，我需要通过舅父的书面引荐，去南京以外的其他城市，找到辽沈战役中的郑洞国、廖耀湘，平津战役中的陈长捷、杜建时，以及淮海战役中的杜聿明、文强、黄维。当然，也包括济南战役中的王耀武，西南战役中的沈醉。就是说，但凡国民党军队的重要将领，不管是起义的、投诚的，还是被俘的，我都希望面见他们，因为在第一手资料的收集方面，自然是“韩信用兵，多多益善”。行程近月，受经济拮据等诸多条件所限，我的采访计划充其量完成了一半。但，不管怎么说，军用挎包里的馒头，变成了满满一堆资料，我还是心满意足地回到了沱江之畔。

《金树银花》早已从我的案头撤下来了，代而存之的，是一张崭新的稿纸。说起案头，恐怕现在的在校生们难以置信，40年前的校舍里，没有桌子，也没有椅子，有的只是密密麻麻的上下铺，按照顺时针方向，紧紧地连在一起。说来奇怪，我的铺位与相邻的床头，恰恰出现了一道缝隙，而后将两张木床相向挪移，居然挪出了两三尺的距离，更为奇怪的是，两三尺的上方，竟然有一个窗口，这对烟瘾不小的我来说，无疑是个天大的喜讯。就在这样的空间，我找来砖头，作为桌脚，我抱来木箱，作为桌面，开始了先前的《金树银花》的写作。

现在题材变了，落笔之时，不知怎的，我突然觉得桌面比过去宽阔，桌脚比过去坚实，较之过去的写作，我更觉得心里有话要说。用今天的语言讲，我这本书写作之初便进入状态，便找到感觉，所以进展顺利，自信满满，不到半学期，已写毕20多万字。前面说过，暑假外出采访，未能尽如人意，想要补漏拾缺，务必再度外出。这样，利用寒假，又去北京，绕道上海，在开学的前一天，回到重庆。再用今天的语言问，“时间都到哪儿去了？”答案只有一个，那就是伴随沱江的逝水，都流到我的案头上来了。毕业之前，学校要组织实习，实习之前，我这部30多万字的纪实文学已经脱稿了。关于书名，我暂定为“功德林”，因为北京近郊的这座禅院曾被日本人改造成模范监狱，以后改建为北京战犯管理所，来自全国各地的战犯都先后来到这里。至于最后定为“将军决战岂止在战场”，那是我在隆昌一中实习时期，应邀去北京改稿，由参与改稿会的公安部副部长凌云建议的，用他的话说，不要用“功德林”这三个字，北京人一听就知道那是关押国民党战犯的地方，给人以灰暗的感觉，现在是新时期了，战犯过去的身份是将军，这是历史唯物主义者必须承认而且需要反映的。

正是因为取名，我忘不了我的同学们。尤其是与我同宿舍的同学，他们大都知道我这部作品的内容，于是建言献策，各抒己见，有取“晦士录”的，有取“新生记”的，有一个名字我十分欣赏，而且差一点儿与根据《将军决战岂止在战场》改编的电影片名撞车，那就是“战场无硝烟”。更忘不了的，是那个全稿杀青，准备翌日邮寄的晚上。邮寄之前，需要装订，30多万字的稿纸，垒起来足有一个烟盒之高，于是有同学捡回来钉棺材用的长钉子，外加半块砖头，抡起胳膊，对准稿纸，奋力打洞。洞未打穿，稿纸破了边角，心痛得我欲哭无泪。另有同学剪断了晾毛巾的铁丝，外加一根蜡烛，铁丝先在火焰上烧红，然后在稿纸上穿孔，辗转数次，终告成功。穿孔而过的麻绳是一位荣昌籍的同学奉送的。荣昌是我国的棉麻之乡，用这位同学的话说，一根麻绳结实的程度，可以做到“海枯石烂它不腐”。这个晚上，窗外寒风凛冽，可是我感到春风拂面，拂面而过的，除了阵阵暖意，还有丝丝内疚。为了我的写作，睡上铺的那位同学，从入校睡到出校，坚决不与我更换下铺；为着我的写作，和我同桌的这位同学，每日三餐，有两餐是他替我在食堂里捎菜带饭，有次下雨路滑，他从石阶上摔倒在地，碎瓷反弹过来，划伤了他的头皮……在我的作品里，抑或在字里行间，却没有他们的身影、他们的脚步、他们的蛛丝马迹，所以每每思之，遥望沱江，千头万绪，不知从何说起。

流水东去，去而不返，可是好几年过后，除了《将军决战岂止在战场》，我还出版了长篇小说《崩溃》、长篇小说《哀军》，以及长篇小说《重庆谈判》，工作地点也从北京回到重庆，在重庆市作家协会从事专业创作，就在这样的时候，一篇长达数万言的评论文章，又勾起我对母校的记忆。文章的作者不是别人，正是在内江师专中文系教过我的孙自筠老师。孙老师的文章发表在省外的一家刊物，他把这家刊物寄了一本给我。文章标题叫《黄济人论》，副标题是《从〈将军决战岂止在战场〉和〈崩溃〉谈起》。

文章开篇说“毋庸讳言，《将军》的成功首先是题材的成功”。然后说“黄济人对这一题材的选取，不同于那种记他人之实写他人之事的纯客观的采访，更不同于那种凭残简断片、道听途说就漫无边际大发议论，靠辞藻堆砌起来的空泛报告。他的情感与神经与所写的人和事达到一种心灵感应的境界。故而，写得真，写得实，写得动人心魄，感人肺腑。难怪有人读了《将军》以后，还以为一定出自一位上了年纪的老作家的手笔哩。谁又想到，一个刚入而立之年的青年人，竟能写得如此深邃，如此神采飞扬，如此体察入微呢？加之，黄济人以马克思主义唯物史观和现代人的价值标准作为尺度，把一个十分难于驾驭的题材，处理得贴实而又有分寸，谨慎而又不拘谨，大胆而有节制，无论思想或艺术，都使人感到无懈可击，显示了艺术处理的熟练和从容不迫。这大概是不知情者以为这部作品出自一位有把年纪的老作家之手的又一原因吧。《将军》是黄济人初试锋芒之作，但一矢中的，取得了惊人的成就。固然有题材的因素，但这只是一个方面，正如下乡知青成千上万，成为作家的寥寥可数。黄济人的成功更主要的还在于他确实写出了水平，写出了特色。读了作品，不能不佩服他笔墨的驾轻就熟，挥洒恣肆，游刃有余，看不出初涉文坛的稚嫩和小家子气，相反，却颇有一种雍容的气度和大家的风范……”

读毕孙老师的文章，顿觉无地自容，诚惶诚恐。当老师的也许不应该这样评价自己的学生，当学生的倒是应该感激不断鼓励自己的老师。这样想时，虽然一头冷汗，但是全身发热。适逢应出版社之约，正在编辑整理多卷本的《黄济人文集》，作家贾平凹欣然为文集题写了书名，征得孙老师同意，我把他的文章收录在我的所有作品的前面作为序言。有人问我，这套文集的序言作者有多种选择，为何你偏偏看中了你的老师？我一时无语，说不清楚是为了报答，还是为了感激，只是心里明白，“春江水暖鸭先知，沱江水暖我后晓”，如此而已。

作者简介：

黄济人，文学创作一级，中国作家协会主席团荣誉委员，重庆市作家协会名誉主席。

鱼要回家

■ 傅天琳

一

这条河，英文直译喀拉拉斯卡，加拿大圣劳伦斯河的一条支流。

这是三文鱼洄游季，我们去看鱼。

我们将沿着喀拉拉斯卡河逆流而上。

鸥！成百只鸥鸟在离停车场200米远的地方盘旋。那就看鸥去！看了鸥再看鱼。鸥也是我喜欢的，多次出现在书中、图片中的漂亮鸟鸟。

没想到鸥是引路人，几乎没走一步错路，就到了小河口。河水过于平缓，只能称作浅滩。七八条死鱼横陈其间，空气中有一股难闻的鱼腥味。

死鱼就是洄游的三文鱼！

洄游的三文鱼？怎么第一眼见到的就是死鱼？我知道它们是从遥远的大西洋回来的，回到家乡来繁殖后代的，已经走了数月，行程万里。躲过了数不清的狂风、巨浪、人和鲨鱼的追击。我十分惊异并纳闷着，在上亿立方公里的海水里，它们怎样就能嗅出家乡的方位？神奇的生命密码，隐藏了怎样的精准罗盘仪？先是回到圣劳伦斯河安大略湖里，再回到出发时的这条支流而绝不是隔壁那一支，历经千难万险，现在终于到了，到家门口了。

到家门口了，鱼却死了，死在家门口。死在长途跋涉的体力透支中，死在扑面而来的家的气息中，死在意志力的短暂松懈中。

具体地说，死在这群鸥鸟，这群流氓、凶手、拦路打劫者的贪婪与饕餮中。鱼要回家！鱼只是累了，想在村前那块大石板上喘一口气，鱼还没死。而成群的打劫者就在此候着，专挑那些体弱的、放松警惕的下手。它们趾高气扬地踩在鱼背上，啄！使劲地啄！啄出鱼腹里的心肝肺肠子。离我视线最近的那一只，已经吃得大腹便便像一只肥母鸡，它还在吃，吃，那吃相极度无耻，让人恶心！

这群徒有虚名的鸥鸟完全不打算远飞，它们已经与风浪无关，与飞翔无关。

二

活鱼在哪儿？有！黑黢黢的，好不容易看见了第一条，接着第二条、第三条。不能想象这就是肉质红润如花，细腻如雪的三文鱼。鱼在浅水里游得好吃力，很久才能移动一点点。

顺着小河往上走，岩石形成一道约40厘米高的坎，水流集中至此变得湍急，对于一条鱼简直就是一道小瀑布了。没想到这里已经聚集了二三十条鱼，一条接一条往上跃，所说的鱼跃龙门就是这样子吧！

运气好的一次就跃上去了，并以极快速度摆脱险境。只要看见水中突然划过一道银色小闪电，准是又一条鱼跳跃成功。运气不好或跃不上或跃上又被水冲下来的鱼，绝不气馁绝不放弃，在漩涡里稍事歇息调整呼吸又来第二次。我们在第一道坎就足足站了40分钟，鱼每跳一次，我就抓紧一次手心里的汗。

又一条鱼上去了，但被水流冲下来一半，忽然听到熟悉的乡音大喊："稳到！……稳到！……"原来是一位来自四川德阳的游客。

往上望去，300米远处有一座桥，桥上站满了看鱼的人，从小河口到桥有七道这样的坎，每道坎前都是鱼群聚集之地，我们无一例外都要停留半个小时，还不舍得离去。就这样走走停停，到了桥上已近正午。

桥上人多是有道理的，桥下这道坎是比前七道都更难跳过的坎。这道坎高有70厘米，右侧石头嶙峋胜过刀锋，但在鱼群经过的左侧，石头已被三文鱼的肉身磨得光滑如绸，连青苔也不再生。

三

没法全程跟随，我们只好驱车沿河而上。

一大片红里透亮的苹果让我们停下车来，这是长在河边的野苹果树，因空气纤尘不染又无人采摘，显得格外美丽动人。我们忍不住摘了几个尝尝，甜，略酸，略涩，肉质略粗。许多熟透的红苹果落进草丛和水里，让这段河水发出微微发酵的酒香。

河里有好几十条鱼缓慢地游着，它们很享受的样子，这是它们家的苹果树，它们在幼年时或在它们父母的遗传因子里就闻过这种气味。记忆里的气味。

水边的浅滩上有一条鱼，鼓动着腮很吃力地呼吸，它还没死，还没有白腹朝天，但它一定听见穿黑袍的牧师在为一条要回家的鱼念祷告词了！

女儿忍不住说了这样一段话："宝贝！你都游到这里来了呀，你已经跳过了九九八十一道坎，躲过了鲨鱼和凶残的'鹫'——我们一致地不愿再称之为鸥——的追击，你是小鱼雷，你应该在深水里和你的同伴一起朝着一个方向前进，怎么就溜弯了呢？你是迷醉于、迷失于野苹果的香甜气味了吗？"

这是一条个头偏大的鱼，接下来女儿和她老爸一起把鱼抱起来，放入深水里。大约十分钟后，鱼缓过神儿来，加入小鱼雷的队伍，我们很快就看不出来是哪一条。

正要上车，见树丛中钻出一个外国老头儿，鬼鬼祟祟的。他手里拎着一个包，沉甸甸的，还在动。他迅速把包放进汽车后备厢，迅速开走。那一定是鱼，他偷了鱼。是的，这条长长的小河，平缓，所谓深水其实并不深，要捉几条鱼简直易如反掌。何况这是价值不菲的三文鱼，100元一斤的三文鱼。

但是，人啊，你怎么能拦路打劫一条要回家的鱼啊！那样的庄严感仪式感你感受不到吗？你不觉得这些鱼有若神灵？你不知道从决定回家的第一滴水开始，三文鱼就是含着泪的，海有多辽阔，三文鱼的泪就有多辽阔！海有多深，三文鱼的乡愁就有多深！

鱼要回家！鱼不能搭乘飞机火车汽车摩托车，鱼就是自己的轮船，鱼一踏上回家的路，尤其是一回到淡水区，就不吃不喝，一路燃烧自己的脂肪、蛋白质，当能源！当发动机！

四

再次驱车至大坝。大坝，不知什么年代人工修筑的大坝。这里才是观看三文鱼洄游不可不来之地，这里已经聚集了上百的人，上千的鱼。

我终于明白什么叫浩浩荡荡，什么叫千军万马了。先前看见的，只能是散兵游勇，这里才是集团军。能走到这里的鱼个个健硕无比！

大坝五六米高，人为阻隔了三文鱼回家的路。在前面几道坎时我还独自念叨着人完全可以把嶙峋的石头磨一磨，把太浅的浅滩掏一掏，有路人听见了回答我，人要的就是遵从自然法则，优胜劣汰嘛！

不磨不掏也就罢了，还人为筑起一道墙，这不算遵从自然法则吧！当然，人也在大坝左侧开启了一条约一米宽、一米五高的鱼的通道，鱼必须奋力跃过，不！应当说飞过这一级台阶，才能到达下一个平台继续回家的旅程。在通道下方的水泥边沿贴有胶皮，让飞不上或飞上又滑下来的鱼不至于划伤肚皮。人在做了对不起鱼的事情后，总算有一点儿微不足道的补偿。

这才是真正的鱼跃龙门，第一道坎时我就以为是龙门了，实在是目光短浅。一场真正的体力与智力大比拼现在才开始，比拼科目就是一举飞过这只有一米宽却有一米五高的水泥墙！一条聪明的走运的鱼，一次性成功了；另一条已经跳到平台上，由于没有力气迅速游动又被河水冲了下来；有两三条方向感出现偏差，几次都碰到两侧墙壁上，又被反弹到河水里。

更多的是那些傻傻的一次一次往大坝上撞的愣头青，方位错了就一切都错了。它们锲而不舍地撞，直到撞得自己头破血流。

我们的旅行到此为止，而三文鱼回家的路，仅以这条小河为距，才走了三分之一。这是一场何等气势浩然、让人震撼的回家之路啊！没有笛声，没有喧闹，没有敲锣打鼓，静静的河水、静静的三文鱼具有令人类惭愧与敬佩的品质。

一对中国老夫妇站在大坝上滔滔不绝地讲述三文鱼的故事，他们到加拿大已经20年，对三文鱼情感深厚，因而成了保护三文鱼的铁杆志愿者。老人并不赞同我们救鱼的善举，他更崇尚优胜劣汰的自然法则。但为了阻止人们捕食三文鱼，他不顾口干舌燥，一直说一直说，不说情理，而是反复强调这些鱼历经数月艰难跋涉，自身养分消耗殆尽，肉质已变得木渣样，既不营养也不鲜美。对于不重精神只重物质的一类人，他一定觉得这样说效果更好。

五

以下并非眼见，而是志愿者老人对我们实施的科普教育：三文鱼最终回到的家是一片水面开阔、水流平缓、阳光充沛的池塘。三文鱼到家后顾不上休息，立即成双成对在水底刨坑、产卵、受精。那时三文鱼全身通红，一池的红莲如红焰……想起余光中的诗！如果你仅仅以为这是绚丽之诗壮观之美就错了，此时你应该听见，燃烧的池塘正在演奏柴可夫斯基的《悲怆交响曲》，三文鱼为繁殖下一代正进行生命的最后一搏，它们竭尽全力，致使全身血管破裂，在完成产卵受精后雌雄双双死去。

池塘边，野苹果树全身颤抖，黎明在静静地融化。

怀着对三文鱼的敬意以及还想了解更多的渴望，我便上网搜索，以下数字是抄的，文字是自己的。每对三文鱼可产4000粒鱼子，经过一个冬天的损耗，数目大减，比如飞鸟啄食，别的鱼类吞食，尤其饿了一冬的熊，早早等在解冻的小河口，用它那大熊掌一把一把将鱼子捧进嘴里。来年春天，约800条小鱼孵化出世，顺小河而下，游向安大略湖、圣劳伦斯河，约200条能到达大海。四年后，它们经历无数艰险，长成约三公斤重的成熟三文鱼，约十条能走上回家的路，最终到达出生地的只有两条。

圣劳伦斯河有无数支流，我们碰巧到了这一支，我记住了有点儿拗口的喀拉拉斯卡。就像大地上有无数纵横交错的道路一样，归来的游子远远就会看到青山绿水间，自己家的那一缕炊烟。

——原载于《红岩》2017年第1期

作者简介：

傅天琳，中国诗歌学会副会长，重庆诗歌学会会长。

未展芭蕉

■张　于

“如果一个人超越了他的时代的话，时代总有一天会追上他的。”

——维特根斯坦

一

2005年7月的一天，我去父母在交通巷的老房子，准备收拾一下出租出去。一个镶着贝壳图案的黑漆木盒，意外地摆在醒目的地方，我随手在里面翻出一封长信，开篇告之我是《虚谷研究》这本书最后的一个借阅人，该书第41页不知被谁撕了，问我看到过这一页没有？言语之间显然我有嫌疑。但透过干净清瘦的字迹，我揣测这一定是个同好。落款的时间是1997年12月23日，署名“费跃进”，一看就知道是个“老三届”。信札尘封数年，我顺着上面留下的电话打去，对方说打错了，多问了几句，也就被问烦了。

我立即到图书馆去检索，一无所获，托人找到一个姓谢的图书馆管理员，替我翻箱倒柜，终于在书架的最下层，找到了蓬头垢面的《虚谷研究》。著者为丁羲元,1987年2月天津人民美术出版社出版,铅印,纸张发黄,犹如孤本。第41页是用不干胶粘上去的,该页意在介绍《虚谷和尚诗录》,其中收录了虚谷的一首七言长题,为任伯年写高邕之的造像而题。此诗在费兄看来不是虚谷所作,而是吴昌硕所作。这究竟是怎样的一首诗?有什么隐衷和破解价值?何人何时被人撕下又粘上?是谁在患得患失?这些年来,该书在还书期限单上有六次借书记录,分别是1988年8月16日、1990年11月11日、1991年11月3日、1996年2月11日、1997年5月20日,最后一个还书人,又续借于当年的11月12日。我借阅于1997年5月20日,上面有我一时的慨叹,激扬而起的批语,一不留神就写在了书眉上,费兄检索着这些蝌蚪文字,寻到了我家。先前这些借书人,他们留下的是借书证上的冰冷数字,但我还是摸到了这本书往昔的体温,就像大家都是虚谷时代的遗民,刚刚来此雅集。虚谷——一位老者,早年在清军中担任参将,后遁入空门,卖画度日,近些年喧腾纸上,骤然被奉为当代中国画的先知。

图书馆管理员谢某,其实早就发现了我们的频繁借阅有些古怪,他每次都是在偏远逼仄的书架上,几乎要折腾一个上午,才把这本破破烂烂的《虚谷研究》慢腾腾地递上来,他显然对这本书充满了恨意。根据借书证上的编码信息推断,肯定是我或者是费兄撕下过第41页。费兄在信中自认是朱家的后裔,安徽歙县人,十几年前,他参加了“重修虚谷墓立碑纪念仪式”,结识了虚谷道上的许多朋友。他多次忐忑不安地前往苏杭一带,求证这首诗的出处。他来找我的目的是想说明,图书馆在追查这些借书人,是谁撕了书。并且,费兄说他已经被敲诈,但他断然否认,因为他的父亲因“历史遗留问题”惨死于“文革”间,尚有老母由他独自供养,他顶替父亲还没有转正。如果他受到指问,他的老母将不堪承受。谢姓管理员这些年一直以此为由,不断地敲诈他,猫捉老鼠似的,有时找他借点儿钱,还还赌账,有时请他买一扇排骨等等。根据市图书馆专业用品服务部粘贴在封三的《注意事项》,撕毁图书将“照章处理”。

《虚谷研究》第41页的长题这样写道:

吴门箫声好天籁，
何苦学书负书债？
书债无台避不易，
天下人人识“书丐”。
乱头粗服得书意，
肉眼当前未肯卖。
东坡破砚高枕卧，
羲之俗字健笔碍。
古人知己问谁是？
江都李与陈留蔡。
临池日日推懒病，
爱己之钩无乃太。
见我论书辄心醉，
技痒弄笔类爬疥。
相约忍饥逐鸥鹭，
一任侏儒饱成队。
我书意造本无法，
愧不如丐书已戒。
索我题句真可笑，
此事应书咄咄怪。

题款云：“于沪上琴书自乐草堂山阴，任颐作图，虚谷题，时光绪十三年正月八日也。”这首诗用古体仄韵，跌宕有势，一韵到底，写得自然流畅，为一种即兴式的抒怀。人们惯常认为谁题即是谁的诗作，其实不然。根据费兄的考证，这首诗并非虚谷所为，而是出自吴昌硕的手笔。吴昌硕生前所印，年代较早的《缶庐诗》卷三中收有此诗，后费兄又查得吴昌硕己丑年(1889)《元盖寓庐偶存》的手稿，抄录此诗。吴昌硕原诗题为《高邕之书丐图》，小序戏之：“邕之，破衣提筐，筐中贮笔砚，极寒酸局促之态，见之使人失笑。游戏耳，非有激也，予亦以游戏题之。”由此可知，任伯年为高邕之画肖像在先，中经吴昌硕为之作诗，再由虚谷题于画上，分时进行，各显其道。

按照费兄的长篇比对，虚谷所题与吴昌硕原作有不同之处，如“吴门”，原为“吴市”，“天下人人识书丐”，“天下”原为“海上”，“ 东坡破砚高枕卧”，“高枕卧”原为“案头乾”。特别是结尾四句，原作为“我书素有墨猪诮，愧不如丐书已戒。索我题诗恼杀人，此事应书咄咄怪”，虚谷改为“我书意造本无法，索我题句真可笑”。这一迹象显然说明了，高邕之原本请吴昌硕题诗，但吴自谦“我书素有墨猪诮，愧不如丐（指高邕）书已戒”，所以戏赠长诗而未题画。而虚谷1887年到上海后，高邕之请虚谷题画，于是将吴昌硕原诗略作改动题于画上。任伯年画的高邕之像，乱头粗服，手持长竹竿，身边置一竹篮，内盛笔砚书卷，凝神侧立，正是他自号的“书丐”形象。在积重难返的清末，任伯年“忍饥惯食东坡砚，画水直翦吴淞江”，吴昌硕则是“忍饥看天”，胡公也请任伯年画“胡公寿行乞图”，而虚谷自称“倦鹤”，往返于淮扬和海上，艺术家如浪里浮萍，自语“丐帮”，实际上乞讨的是精神上的贵气。

二

这几天我在酷暑中便秘，内子带来了一本虚谷的薄型册页《人淡如菊》，用以败火。该册页画自1892年5月，画者时年69岁，渐入老境。我们隔着册页对视——这本画册宛如泻药灌肠，直冲隐疾。内子日间少以作画，习性偏执，以狂草纵横书坛。她在上一个闷夏的灯影下，细细展读过虚谷。当我接过册页的时候，内子怃然起身，晚香漫过书案，郁达夫的《迟桂花》——又下榻在小说之外。

内子在深夜蛇形，跻身于火柴盒这样的楼体里，汲取着静气。她默默兑着墨汁，不着一字，任由墨香分泌着夜，这样的日子干了又湿，湿了又干。某一个不知名的夜晚，内子将我拖下床头，要我看她满地的条幅，我在睡眼蒙眬之中，要检阅中国文化中最抽象的线条。我想象她在楼道里飞奔，吟诵《将进酒》，越念越快，接近于嘶吼，六尺写了十张，八尺写了五张，书写的过程就像旧病发作，直至奄奄一息。前不久她大醉两次，打闹到医院的急诊室。之后恨而戒酒，把李白的醉意和酒意移至纸面，戒酒连同戒色。

内子和虚谷都有一个共同的嗜好：对飞白的迷恋。一幅叫《葡萄》的册页上，画中两串葡萄摇摇欲坠，在高高的头顶，闪着瓦蓝色的光，这是一幅简笔画，四方空空荡荡，除了葡萄别无其他。它们分成两组，一组架在另一组上面，并列着互不关联，就像男人和女人无端地取笑——短线条的葡萄接近于小学生的描红。虚谷把自己对现实生活的关怀，简淡地投射到纸面，召唤着比喻、影射、隐喻、讽刺等一切文学手段去干预生活，笔锋涉世之深，几近跌倒。

我蹲在帽筒里一言不发，隔着熄灭的窑火，等待一场急雨，让我们窑变的胎体进入了孟秋。虽然我们还不够臃肿，还不够突兀，甚至，还残存着一些开裂的瓷片夹带在雨里，使怀旧的人有了一丝余温。即使这样，尚不能覆盖这座城市的火气。面对猝不及防的凉爽和惬意，或多或少，还有些惦记那些火盆上燎烤的日子，我甚至都有些怀疑，我是不是真正需要这场急雨。我一阵一阵地爱着夏日的炫目和光影，对明暗关系有着至死不渝的沉浸，近乎自虐。

我对盛夏的依赖，完全是为了虚谷的到来。他只能在这个时令中灵光乍现，对我脱水的焦渴世界进行抚慰。我曾经用了许多时日来盘算——在盛夏的某一个酷暑难熬的长夜，让我读虚谷，读一个老人的丹青，读他的昂扬和孤峭。我温习他的那些清虚冷峻的花卉，如一声清磬，冷冷的几声，幽远、清越——足以排解湿热。但这样的日子，总是捎带而过。

我17岁的时候，就读师范学院的美术专业，教授国画的骆映郇老师，童颜鹤发，是个绵绵的老夫子。他作为傅抱石的关门弟子，一边叨念，虚谷之桃，灼灼然也，一边开画。先用羊毫大白云饱蘸清水，笔间小戳三青颜料，画出两瓣半圆的脆桃，依靠翠绿的深浅，来体现蟠桃的立体感。中间留白，如槽，再换一支笔染上藤黄，趁未干，轻带两笔赭石，果核就爆裂出来。老骆老师修改着我的画，希望我们共同面对的翠桃，冷峭新奇，鲜嫩欲滴。他的儿子小骆老师是一个浪漫的油画家，也是一位水粉大师，师承苏派，偶尔拿出低劣的印刷品画册，上面有列维坦、希斯金和伏尔加河上的列宾，给我们讲述——那时的俄罗斯就是油画的圣经。上午国画课还没有上完，我已经走在了画水粉风景的乡间林道。在老骆老师和小骆老师之间，隔着漫长的午间。毒日当顶，西画和国画不能投下一致的阴影。东方之内核，西方之表象，让我迷恋绘画。

但多年以后，我才知道自己更迷恋的是绘画的过程。

对于烦躁、胸闷，需要清肺的人来说，虚谷是一服凉药。我的客家先祖有"上坛"和"簸箕仙"两种巫术，能掐会算，替人治病。每次上坛过后，施术者都会根据病人的情况对症下药，准备不同的药材炮制阴单子，再让病人烧成灰，泡水喝，这样一来，里面的药材也被喝下去了，猖獗的病也就好了。但我并不刻意充当一个消暑人，站在水泥钢筋的中央，执意要与一个驾鹤西去的老人，合力破解中国水墨世界的灵性部分。

自晚清以来的画人当中，"海上画派"集成了一队方阵，这些要归功于外祖父的连带记忆。他们在我家清寒的物什和书堆上盘踞着，看上去井然有序又神情各一。草草数来，华亭有胡公寿，宝山有钱慧安；姑苏一带有吴大徵、顾若波、陆廉夫；浙江画人，嘉兴有张熊、朱熊、蒲华、朱梦庐、吴滔，绍兴、萧山有赵之谦、任熊、任熏、任伯年和任预。自任伯年出，海上画派几乎形成了萧山任氏的半壁江山。到了海上画派后期，又以湖州吴昌硕为代表。这些人，在《海上墨林》所记载的曾有七百余人之多，我的一丈斗室怎生消受得起？"海上画派"富含的文气像雨水浇透了埋着乌灵参的泥土，蒸笼一般地冒出热气。他们顶着晚清的躯壳，犹如脆弱的蝉壳，长时间地保持着一种姿态，不问衣食，听任他们的某一小件赝品，新近又谋杀了谁的银子，或者又被一场秋季拍卖会哄抬成天价。我经常急匆匆地斜枕在书案上，气鼓鼓的蛙肚抵着抽屉的鎏金圆把手，足不出户，妄图写下鸿篇巨制。一段时间后，缝缝补补的只言片语——自动收叠成一蝉翼似的熟宣，"哗哗啦"一阵响动，却对虚谷"耿耿其心"。这是我直面虚谷的个人命运，与他人无关。我眷恋他的绘画，正如执意与他斗弈，方寸之间幸福而深情。我实时地生产着废纸，有时候停下来自问——我挖到了雨后的乌灵参吗？

三

晚清是恍恍惚惚的一只银勺。晚清的早上，从北京琉璃厂、金陵东牌楼、苏州玄妙观、杭州青云街、武昌三道街、汉口黄陂街、长沙府正街、福州鼓楼前、重庆陕西街、成都学道街、南京的江南贡院，以及上海的豫园浮现出来，反射到勺里，色泽晦暗而虚无。

关于“海上”这个别称，明代的《弘治县志》记载：“上海县称上洋、海上。”远古的一片汪洋之中，泥沙沉积，隆起为洲，春秋时节的吴王曾在此建了一个馆舍，取名“华亭”。一个不起眼的渔村荻港，遭遇到皇家的开埠阵痛之后，中国租界跃然成为招摇之后的一种文明——这座城市的舶来品构成了城市属性。人们在熬制的银勺中只看见一些海市蜃楼，但上海多年后谢绝了自己的别称，一再沉溺于自身的憧憬和海上花中。

清代中叶，扬淮一带的盐商孵化出了奇崛的“扬州八怪”，从嘉庆中期到同治、道光、光绪年间，也就是无暇自顾的晚清，时局益坏，画风日漓。孤芳自赏的画家移情别恋，从偏远小镇来到十里洋场，在传统程式和外来文化之间做逆向互补。1843年11月17日上海开埠，海上画派自主经营着一个松散的书画集团公司，仰望着外国资本和徽商的鼻息。为生计所迫，画师们不得不投其所好，以博润资。多数画品流于俗浊——或柔美华丽，或剑拔弩张，渐有“海派”之名。

1901年，我善写丹青的外祖父来到世上，他亲历了清王朝的退席和皇家审美体系的解体。他对一大批“海上画派”画家的崇敬，应该是他留给我的最大遗产。这一年虚谷归隐道山已经七个年头了，他从来没有到过川江，对罗家祠堂的造访也只是隔墙有耳。虚谷寄放在我家的并不是肉身，而是一尊游神。100多年了，这些小品不管是馆藏还是私玩，色泽还是那样肥腴，那样端丽，甚至还有些玲珑，微微渗着寒意，就像夏山一再给了我们苍翠欲滴的感觉。晚清时代的糜烂，渐渐从内部散发出急躁和不满。这就是晚清的余韵——每一只葡萄都是一面迎风而开的透镜——晚清的风拂打在文人脸上，宣告一个事实：晚清的文人，为什么都喜欢当和尚？他们的清凉世界离禅意有多远？

外祖父一生的作品，多毁于“文革”。但他完全可以聊以自慰，因为他的隶书假借着虚谷，时常处于两个影像的交媾之中，他们没有相互消耗和遮蔽，他们处于互补或互为打量之中，就像两张黑白幻灯片误卡在幻灯机上，他们有各自运动的方向和自况。我渐渐从凌乱不堪的线条中，日益清晰地理出了轮廓——他们中间存在一个臆断的人物，有大量的作品为证。虚谷的音容只能在他的花鸟鱼虫中复活，成为传授家帖的导师，在精神上的换位和时空上的腾挪中，为我迷蒙的童年做出了几段示范。这些墨戏是有前提的，它们与一个人年龄的增长无关，它们像是随手翻动的几张赌牌，人生没有次序。

“明朝姓什么？”

“姓朱。”

“明朝的江山是谁抢走的？”

“是清王朝。”

“你姓朱，为什么要帮助清朝打自己人？”

29岁的清军参将虚谷，面对太平军的劝降一时语塞。大半年后，1853年3月19日，太平军势如破竹攻克了南京后，很快兵分两路，来取淮扬。虚谷出生于望族，不能叛主，只能假装怯阵而去。当时的虚谷焦急万分，进退维谷，只好就着清寒的夜色逃离了清军的军营。四下里并无什么大山可掩，虚谷只好卸甲向西，进入安徽境内，回到自己的家乡九华山，隐遁空门。时咸丰三年（1853年），他不礼佛号，唯以书画自娱，避世的参将借了假行僧的衣钵。因为在12年之后的一个夏天，历史还安排了一出折子戏——曾国藩攻陷天京后，和李鸿章在上海筹建江南机器制造总局，闲暇之余，还请虚谷为他写照。昔日的叛将而今为旧主欣然命笔，究竟是谁安排了这次谋面？旧账何以重提？以曾国藩煊赫的地位，虚谷为卿写照，定有某些蹊跷。

在出走之前，虚谷喜作“赤蛇”，纳入《花鸟水族图册》（现藏南京博物院）里。题款“枯枝赤蛇”，写得喷云吐雾，颇得其境。晚清的画作鲜见赤练蛇，新罗山人曾偶有涉猎。有一种说法，认为虚谷画赤练蛇，高盘于枯枝之上，实为悲天情怀，隐射太平军。在汉代赤练蛇一直被人们喻为祥瑞之物。“赤蛇嘉应”常见于古代文献，虚谷的画中多次出现赤练蛇，寄寓了画家在乱世中对太平盛世的期望。

从经历上讲，任伯年在年轻时参加过太平军，这个经历似乎与他以后的人物画有所关联。任伯年没有条件接受传统的训练，从而植入了画家市民化的基因。1861年冬，太平军第二次攻打浙江时，任伯年卷入太平军，充当一名旗手，奋勇争先。其父避兵乱而死，任伯年四下寻找父尸。虚谷和任伯年同在上海卖画，他们的交际发轫于肖像画——任伯年的画法源自浙江民间写真术，虚谷受益于明清曾鲸的肖像画法，彼此相守了一段秘密而成为至交——太平天国为他们的艺术生涯投下了浓重的阴影。

在歙县南五里，有紫阳山一座，高出云表。每将晓，日未出，紫气照耀就像赤城霞，故曰“紫阳山”。向西北对望，黄山三十六峰迎来，相隔之幽谷，可为自己冠名。钤章有：“虚谷三十七峰草堂。”虚谷为朱熹的后裔，朱熹的父亲朱松长住徽州紫阳山，两父子与紫阳山渊源颇深。朱熹的母亲为歙县人，朱家的后人大都自称紫阳的后代，号为“紫阳山民”，为了缅怀先祖朱熹，紫阳人尊朱熹为“紫阳朱子”。朱熹曾治印“紫阳书堂”，虚谷是紫阳后人，自然署款“紫阳山民”，承继先祖学说，形成了思学敏慧、洞察清明的睿智情性，同生了怀乡病。

晚清是在皇城入睡，而从海上的睡眼中醒来的。文人们天生就是舞者，一出“墨戏”，几声桡钯，地老天荒的布景，搅和在春醪里，“朱家班”就开场了。虚谷的大部分作品都不留时间在题款上。因为泼墨的过程是心理时间停止的过程——时间在他看来有一种自行停顿的方式，他的注释会打乱时间的次序。前后43年的写真，没有年谱和年款，这样的方式可以抹去他的巡行轨迹，让他的忠实粉丝和伪造者自圆其说。就像他后半生的名字“虚谷”，画家似乎有意隐藏了他的身世，人们对他的生卒年、姓氏和籍贯只剩下猜谜。而虚谷的画有一个最鲜明的立场就是对时间的鄙视。

四

虚谷的晚清是静气荡漾的晚清，这样的静气源自晚清的早晨，因为海上有一个硕大的沙器，承接着喧嚣。虚谷以表现主义绘画大师的名义，夹带着隐忍乖张的调性。虚谷营造的“静气”，完美演绎了朴素的韵致，是未来时间中的稀缺主题。晚清的动荡与他作品的静气形成了冲突，一个错觉大师在剧烈的落差中保持着高度的节制，从轻喜剧到冷抒情，他从大师的队伍里迎风出列。

虚谷没有从属过虚谷，他沿着空谷幽兰行走，攀附着古人已经平定的胜景。他的每一张特定的画都停留在一个特定的时刻里，线性的时间紧密地关联着二维的纸面，稍有雷同于古人之处，便毁之。他收放流萤，开合云水，有着不可再生性。并且，他对仿效他的人施以魔法，为“代笔者”下了断根之药，以致虚谷的画非真即赝。虚谷被一大群虚构者追逐着，许多纸上虚谷被堂而皇之的冒充者，挟持着拐进殿堂。冒充者的里面又有一小撮是虚谷的忠实票友，在仿冒当中寄托了他们最大的诚服。就像一个年代感模糊的人脱简而去，找不到胎记。没有编年史，没有完整的研究文章，没有自传，他孤悬在晚清之外，与西方的当代话语和表达方式暗合，他在西方寻找共识——虚谷的作品仿佛注定要让后来的辨伪者津津乐道。伪造者拼凑书案和作坊，开着流水席，在矫揉造作中哄骗着自己，偶尔露出古意，瞬息间就要照亮错乱的书案，有一种窃喜在他们中间传递。晚清之际，还很少发现赝本，而当下登堂入室在各大博物馆招摇的尚有三分之一是赝品。虚谷的画格太高，不少大博物馆连破陋百出的赝品也不放过，含含混混地列入账目。

大半个世纪以前，名噪一时的花鸟画家江寒汀，独嗜虚谷，精心临摹，几可乱真。只是虚谷无一笔滞相，修禅之境深杳奇奥，画作又多是精意而为，表面上笔法缭乱，实则心气澄迈，机趣横溢不易模仿。江先生之学生告知，江寒汀仿作虚谷有500幅，谁人敢信。那时一批人在钱镜塘家观摩临仿，别出心裁，或拼凑成幅，或伪托生造。当下之拍卖会上的新宠，多出自这种作坊式的合作流水作业，想来也趣味弥多。另有高人专仿虚谷“丙申七十四岁”作品，颇得卖相。过去曾见一幅“岁朝图轴”，是“光绪丙申嘉平月觉非弢虚谷写”，实为江寒汀伪托。江寒汀临仿虚谷的画，在作画之前，首先是落上款，一旦觉得提款像了，就有把握了，才开始仿制。实际上真正的行家，深知虚谷用笔之孤峭，不同于其他画家，他从没有请人代笔的习惯，正因为如此，那些流露出的赝本之气，遮着掩着，欲盖弥彰，为后世的鉴宝者提供了笑柄。江寒汀的《百鸟百花100开册》成交价为33万。2015年12月7日晚，北京保利十周年秋拍“中国古代书画夜场”在北京四季酒店举槌，虚谷的《三友图》以680万元起拍，880万元落槌，成交价达到1012万元。《三友图》创作于1888年初春，是虚谷与好友任伯年“相叙于清荫草堂，谈画竟日，作此纪乐”，以赠章敬夫收藏。章敬夫既是大贾又是大藏家，喜与书画家交游，弃商回青浦老家后，于宅后筑清荫草堂。虚谷、吴昌硕及任伯年被称为海派画坛的“海上三杰”，以松竹梅传统“岁寒三友”为景，绘两静一动三仙鹤于中，所用纸张是清中期上等徽宣，墨为乾隆时期的极品松烟。此幅作品钤有海上收藏大家钱镜堂的收藏印，他家的造假作坊偶尔也有鉴宝功能，真是天外无一闲人。

20年前，就是这个编号4725的人，1996年2月11日同借这本《虚谷研究》的人，在我家留下了信札。恰好我那段时间在成都谋生，之后他断断续续来过几次，留的其他几张便条又被父亲不慎丢失，我未能与这个来意不明，手持虚谷诗章的人相遇。因为他查询到我在1991年11月3日曾经借过这本书，我当时只是好奇，为我的国画老师的一堂课而借。而费兄是为了一首诗而来，他在与我父母的摆谈中有所表露。这封长信唤起了我对虚谷的痴迷和怀想——这20年如门隙过驹，《虚谷研究》成为国内唯一出版的关于虚谷的研究的专著，我的国画老师已经作古，我的外祖父早已归隐道山，我的费姓书友至今不知下落，我也放弃国画而改攻油画，之后重组了我的婚姻，娶了一位书法家为妻。四年前我和她取道上海，想折转太湖看看虚谷之墓，可惜太湖暴发了蓝藻，只好打消了这个念头。

人生无常，何寻轨迹？经过长达六年损工耗时的写作，我终于写完了本文的六个章节，就像六扇即将展露的芭蕉——面朝虚谷的绿莹莹的六棱水晶体。《虚谷研究》的六个借书人——他们可以是天道、阿修罗道、人道、畜生道、饿鬼道和地狱道，他们从各自的维度递归，或陷于人间地狱，或与晚清的鬼魅为伍，或与河豚认亲，或与瓦西里·康丁斯基不期而遇，或瞋戾不止，或乘愿再来，我和虚谷以及本文中出场的累世人物：费兄、内子、外祖父、谢姓图书馆管理员，从书中的一粒微尘榫接到大千世界。但我视他们为同修，包括那个十几年前的张于，曾经为一个人去身显的老者所激赏。人可以离去，肉体可以失去一切生命特征，但是心识不灭。

虚谷流寓到罗家祠堂，身背米黄色的布袋，内藏活泼清新、简练夸张的画轴。他笑而不语，扮成罗家祠堂里的某一位冷眼高祖，瞅着罗家祠堂的祖孙怎样操练笔法，守白计黑，一看就是三代。他以下江人的某些习性来消暑，从蟠螭山绕过，穿着芒鞋，束一把秃笔作画。有那么几次，家族躲避战乱，或物价飞涨，或亲人离去，无暇顾及我们家这样一个隐形的成员，纷纷猜测他已不辞而别。不料，某一个夜深人寂的时候，我们又听到翻书的声音传出。也许他一直悠然地落座在书房的阴凉处，零散铺着自己的七八种画册，像是扒了个窝。

五

1896年除夕，虚谷的告别仪式，是用这一首小诗来做的讣告。他应着爆竹声濡墨而书："几声爆竹隔邻家。户户欢呼庆岁华。明日此时新岁月，春风依旧度梅花。"吟罢新辞，倦鹤飘然西去。他的弟子，苏州狮林寺方丈恬庵将他的灵柩运回太湖之滨。移厝姑苏，终日里晨钟暮鼓，梵呗经唪。除夕夜月华当顶，满月如冻，照在山川通体透明，一个不理佛事的老人在九华山上的山阴小径上走着——正是讣告进行时。虚谷归隐道山，海上画派从此走向了衰落。

虚谷偏爱姑苏的邓尉山水，每当早春邓尉梅花盛开之际，便来画画作诗，不忍离去，曾画《香雪旧庐》。另有《光福寺图》藏于南京博物院。他在邓尉的梅花自述，也是他的人格外化和一种自我肯定。虚谷的梅花更像是虚谷的自画像，正如吴昌硕的石头取代了吴昌硕的自画像。倦鹤看梅，不似八大山人、石涛，不必银烛烧照，只为暗香浮动；虚谷画梅，不似板桥、金农，战笔、断笔、逆笔自我交替，一派昂扬生机。他处在新旧世界之间，把除夕划分成两个时间——一个是心理时间，一个是物理时间。我们并不需要考证，他是否死在"七十三，八十四"这个时间的节点上。但他的元神转眼就攀爬上笔下的山川草木，他造访自己的梅妻鹤子、鱼虫瓜果。他在一棵枇杷树上，与蟠螭山合葬，留下一枚空空的蝉衣。虚谷并不像任伯年那样祈望在死后建立富丽的庙堂，他只在手臂上戴了几个各重三五两的金镯头，日间云游在凡尘，倦了，金镯子就换成棺材和寿衣，倒头便睡。

光福镇附近山中的另一处寺庙，清静、冲和，寺名为"石壁永慧禅寺"，该寺为憨山大师结茅处。古寺藏于山形盘曲的蟠螭山中，寺外石壁百仞，闻钟听松，沧浪太湖万顷波，七十二峰收一望。石壁上，有一棵石楠树长于元朝年间，攀崖而长，像睡龙一样依附在石壁上，亦名“蟠龙”。老树与石壁相依数百年，浑然一体。20世纪70年代末，虚谷的簇拥者富华和蔡耕等人着手编纂《虚谷画册》，同时发心自费寻访虚谷墓地。他们亲赴田野调查，五下光福石壁。在年逾古稀的司徒庙住持融宗法师的陪同下，查勘石碑，证实数十年前这里确实葬过一位死在上海的和尚，墓址就在山上的永慧寺。

1983年4月3日，抵近清明，“重修虚谷墓立碑纪念仪式”隆重举行。费兄在留言的后半部分提及：参加者除富华、蔡耕、融宗法师外，尚有苏渊雷、丁景唐、吴长邺、符骥良，以及西安国画院、黑龙江省文学研究所的学者等数十人，碑文为上海图书馆老馆长顾廷龙于1982年夏日大篆所题。当刻有“虚谷上人墓”的石碑运抵墓地时，晴空之下突然乌云翻卷，随后大雨滂沱。等到大家竖起石碑，风雨骤停，一眼望见荒草丛中还有一墓——画家江寒汀墓。有了永远的追慕者，才有永远的被追慕者。

虚谷的死是一场预设，他表面上的坐化并没有实际的意义，他不需要证明与佛陀的亲疏程度。也许我更愿意相信，他死于世俗的行笔方式，就像金蝉脱壳，他的归隐只是在另一条山阴道上，且画且退。他从民间的种种诗意中出发，在自己的轮回中变得指向单一，就像他从来就没有在我们中间确立过，他留恋在一个扁平的空间中——远水无波。

1896年，73岁的虚谷坐化于上海小北门关帝庙。这一年，也是法国的印象派年，高更画了《我们从哪里来？我们是谁？我们往哪里去？》，表达出现代西方绘画标志性的迷茫，是一曲黎明前的哀歌。而这一年的康丁斯基刚满30岁，突然辞掉了德巴里大学的教授职位，转赴慕尼黑研究绘画，从而提笔，开创了现代抽象派绘画。这一年的晚些时候，高邕之编辑《虚谷和尚诗录》，究竟为何出版？收录《高邕之书丐图》当中的长题否？容量有多大？已经无从稽考。但这本诗录确实出版过，据说20世纪60年代还有人见过，为蓝面线装本一册。据费兄留言，确有学者曾去北京、上海、天津、苏州、杭州等地图书馆及宁波天一阁探寻，并向海内外友人索询，皆杳无音讯。虚谷带走了他留在世上的所有诗卷，就此搁笔，对中国当代绘画形态做了一次彻底的澄清。他的坐化是在静候一个比肩西方的虚谷脱胎换骨。

六

我坐在自家的祠堂门前与虚谷话别。

罗家祠堂经过几代人的迁徙，祠堂垒成了一个基座，只有登上基座的时候，才有一条返祖的甬道。2006年4月5日清明节，600多名罗氏宗亲从滇、黔、蜀陆陆续续来到永川松溉，历经大半个世纪，亲人们聚集于先祖的发祥地罗家老祠堂祭祖。祭祖大会在震耳欲聋的鞭炮声中正式召开。宗亲们肃立鞠躬拜祠后，各个宗支宣读贺信，一致认定松溉罗氏根深叶茂，传承有序。镇政府毅然将罗家祠堂归还罗氏家族，由族人恢复原样。

我的一张油画名叫《路遇虚谷》，是用油画临仿虚谷的一幅小品《秋林逸士》，一尺见方，色设、纸本。不着一墨的背景和天空，平涂简远的近景，冷逸的秋风，簌簌解答着相逢虬曲的人生。我尽可能地模仿虚谷的高士气息，在两年或者是三年的时间里，我不能肯定究竟要用多少时间与虚谷进行一场对垒，也许这是一场阿睹之间的锥体相逢，作揖的人古风存身。从一个孟秋到另一个孟秋，四季在更替和自我复制，那些枯藤、败梅已经失去了记忆。只有写作在记忆中死灰复燃，繁花似锦。外祖父在他渐行渐远的时候，从笔墨中幡然醒悔，他早已告别了纸上的烟云，书法的中国骨骼已经软化，独立的文化意境只能从晚清溯望，或者是仅供溯望。外祖父和虚谷在桥山对视着，观摩着，一实一虚，一问一答，从民间的日用通书望进去，他们活在旷达与诙谐之中，遗世独立。外祖父大隐于世，但他在岁月中抹去了隐者的大量痕迹，就像洗得发白的阴丹士林麻布。族谱、"簸箕仙"、客家先祖的迁徙，这些短促的宿命人生，把我劝阻在朝圣者的队列之外，让我用了一生的绝大部分时间来徘徊。从某些外部体性和年代感来看，外祖父是虚谷笔墨的一种延续，他一年年地荒疏下去，睡在了笔冢下端一个小仙的位置上。

我在六棱水晶体中给自己划定了六道轮回，而漫射出去的智性光芒，是我对这个"末法时代"的条件反射。我手持内子书写的《书丐图》长题，期待有一天能焚于虚谷上人的墓前。图中之书，书中之丐显然同是一个喻体。虽然我一直怀疑，是不是真有费兄这个人。他生在一个没有禁忌的年代，既像一块普通的石头告诉人家不要惹我，又像是一个化身，在我的心中已经构成了可以呼喊的力量。如果是我杜撰了这个人的存在，那么是谁借走了同一本书？又是谁分时消费了物质匮乏时代的精神余粮？费兄在留言中问我对于41页的裁定，并非兴师问罪，而在于投石问路，求其友声。费兄隐含着旧式文人的一千种纠结，必要的时候他绝对可以血染斗方。他自编自导的闹剧暗示着我，就像一尊固执的老钟在敲打我——我们失去得越多，我们就越是麻木不仁。

当虚谷画完《芭蕉仙馆》的时候，有一种明月天心就停止了生长。他坐在罗家祠堂的门前，像唐人钱翊那样端详着未展的芭蕉，暗自“拆看”风中的新绿和婆娑的奥义，雨中的真知可作应答。

——原载于《人民文学》2017年第11期

作者简介：

张于，中国作家协会会员，高级策划师，油画家，散文家。

思思

余德庄

一

它是只小狗，思思是它的名字。

小思思来到我们家其实是很偶然的。朋友送给我们的一条名叫嘟嘟的小公狗已经到了发情的年龄，成天魂不守舍的，闹着要出去，把小院木门上的油漆都刨掉了好大一块，还不时地把窝里的毛巾或棉垫拖出来卷塞在身下，手忙脚乱地做出一些令人同情的动作。我们开初以为折腾一段就会过去，没想到它越弄越来劲儿，压根儿没有收敛的迹象。大院里养狗的人家有好几户，可惜都跟嘟嘟同属一个性别，只有一家是千金，但养在深闺，宝贝得很，我们上门提亲，遭到婉拒。其实嘟嘟是一只长得相当漂亮的纯种京巴，一身柔顺的长毛又白又亮，蓬松的尾巴像一朵硕大的菊花翻开在后背上，特别是头部和肩部均匀地分布着的几绺金毛，更使其平添了几分“贵族气”。嘟嘟生性活泼，特别亲热人，我们平时喜欢得跟幺儿似的，不想它在觅偶上竟发生困难。我们曾多次牵其外出找“女朋友”，但均无功而返。有人建议我们干脆带去宠物医院打上一针,从根本上消除其欲望算了,我们又忍不下这个心。

想来想去,最后决定买一只母狗回来给它配对。

我和志霞一次次跑去人民公园的狗市,想挑选一个各方面都跟嘟嘟般配的佳偶,结果不是这儿不称心就是那儿不如意,弄得心灰意懒的。但一看到嘟嘟那种充满渴求的可怜样儿,心又动了。那天我们又去碰运气时,狗市特别冷清,只有几窝刚断奶的小狗摆在那儿。我淡心无肠地看了一圈,就想招呼志霞离去。就在这时,一窝挤挤挨挨的雪白小狗中混杂着的一只头背上长有几绺黄毛的小狗引起了我的注意。我心头一动,不假思索地将它抱了起来,一边问卖家:“是公子还是母子?”卖家说是母子。我察看肚腹,果然是的。这是一只西施犬与本地狗交配所生的杂种狗,长相并不漂亮,额头和吻部突出,眼窝则显得有点儿内陷,但那一双眼睛却黑幽幽的,显得分外澄澈,还显得很有“内涵”,好像深藏着什么“心事”似的。而且,小狗黄白相杂的毛色与嘟嘟太相像了,连部位都差不多。志霞看了,也啧啧称奇。但问题是它还太小,小得一只手掌上都放得下。据狗贩说已有三个月,但看上去也就是一个来月的样子。我和志霞商议:小就小一点儿吧,两只狗待在一起,至少可以不寂寞,婚配之事,也不过早晚几个月时间而已。于是,双方讨价还价,以120元成交。

当双方“一手交钱,一手交货”的时候,我心头不知怎么的突然生出一丝感触,觉得这个小小的生命真是可怜无辜,随便什么人,只要出这么点儿钱就可以把它抱走,而等待着它的却是不可知的命运。

毕竟是第一次做这种事情,我注意到,志霞在抱起小家伙的那一刹那,显得特别庄重,似乎还有几丝惶怯不安,好像她不是在接过一条寻常的小狗,而是接过了一种神圣的责任。她小心翼翼地抱着小家伙,就像抱着一个婴儿,一路爱抚着,像诓哄小孩似的轻轻自语。小家伙躺在志霞的怀里,显得特别温顺。一双眼睛充满新奇地注视着外面的世界。当时已是傍晚时分,来到时代广场时,华灯骤放,一片璀璨。一直安安静静的小家伙突然哼哼起来,显得有点儿骚动不宁。我以为是受了灯光刺激,志霞却断定它是想方便了,便将它放到地上。小家伙落地后蹒跚着跑了几步,两条后腿就屈蹲着不动了,待重新站起来跑开时，地上果然就留下了一小团湿迹。我和志霞都不禁哑然失笑，这小东西机灵着呢！（据志霞后来讲，她是从那一刻起才真正喜欢上这个小家伙的）我们在附近的百货摊上给小家伙买了一条毛巾，小家伙很舒畅地蜷缩在里面，再也没有哼叫一声。

到家后我们避开待在院子里的嘟嘟，直接把小家伙带进屋里。乍然来到一个陌生的环境，应当是有点儿不习惯的，但小家伙似乎却没有这种感觉，摇头摆尾地跑来跑去，一副到家的安然自得模样。玩了一会儿，志霞用小盘子盛了一点儿饭菜放在地上，小家伙一见，立即跑过来津津有味地吃开了，那个馋相啊，几乎将整个头都埋在盘子里，连气都不见喘一口！我们怕它吃得太急撑着了，使劲儿赶它，但毫无作用，到后来简直就是推着盘子满屋跑了，直到把盘子里的最后一粒饭都舔干净方才罢休。吃完后它又急急地跑到志霞跟前，抬起头眼巴巴地望着她，分明是还想吃。志霞又给它盛了一点儿，照样三下五除二地解决了。我们怕它撑坏了，决定不再喂它。待我们吃饭时，它便守在桌边，眼睛一眨不眨地向上望着，只要你低头看它，小尾巴即刻就摇摆起来。但它一点儿不闹，就安安静静地蹲在那儿，实在见你不理它了，又换一个地方，照样蹲在那里，照样安安静静地望着你。不像嘟嘟，遇到这种情况必是又叫又闹，让人不得安宁的。

晚上，我们在为它安排住处时颇费了一番心思。起先我们想把它放在一个空鞋盒里，试了一下不太合适，后来找到一个平时闲置的蓝色塑料洗脚盆，在里面铺上棉垫、毛巾，然后推到它的面前，小家伙好像立即就意识到这就是它以后的窝了，兴奋得跳进跳出。

原本想把它放在客厅一角过夜，志霞却放心不下，说它太小，会害怕的，于是决定放在卧室的卫生间里。不想半夜里却听见它轻轻叫唤。下床看时，发现小家伙正爬在门槛处想跳进卧室里来。我以为是因为怕冷，志霞却说小家伙是想靠近她，于是将塑料盆搬进屋里，放在离床边不远的一个地方，又安顿它睡下，果然就不叫了，一直安稳地睡到天亮。以后这个地点就成了小家伙的固定睡处。

小家伙就这么成了我们家庭中的一员，志霞给它取名思思。

二

小思思的到来，使我们这个往日多少显得有点儿沉闷的家庭平添了生气，它的天真活泼、乖巧有趣成了我们一家三口开心的源泉。这和嘟嘟还不一样。嘟嘟虽然也很可爱，但来到我们家时已属成年，没有思思身上的那股稚拙劲儿和淘气劲儿，似乎也没有小家伙那样有灵性。

小家伙来后没几天，我们便发觉家中的地板上经常会出现一道道黑色的擦痕，志霞起先以为是谁的拖鞋底太脏留下的，便把所有的拖鞋都抱出去洗了，但新的擦痕照样出现。她便注意观察，观察来观察去，最后才发现是思思搞的名堂！原来小家伙每次大便后都会找到一处干净地方，先将两条后腿分开坐下去，然后用两只前爪撑在地上用力往前蹭，蹭一次还不算，还要蹭第二次、第三次，直到觉得差不多了方才作罢。小家伙会自己擦屁股?！我觉得简直是不可思议，便也留意观察，结果真是如此！当我亲眼看见小家伙一板一眼，有条不紊地做着这个可笑、可气而又可爱的动作时，真是大感意外！

宠物都喜欢让人抚摸搔痒，狗最爱让人搔痒的地方是肚腹，嘟嘟、思思都是这样。但嘟嘟有一个毛病，就是你在给它搔肚腹时，它老不安分，又是脚蹬又是嘴咬的，让你很不顺当。思思却全然不同。只要你示意示意，它便会乖乖地翻过身来主动配合你，四肢蜷缩，双目微闭地尽情享受，绝不会乱咬乱动；你不搔了，它仍会平躺着不动，仿佛还在领略那份舒适。如果是在窝里，你就是给它盖上毛巾，它也不会翻回身去，仿佛就要平躺着睡个通天亮了。这一点是儿子首先发现的，且深觉有趣，也就特别爱给小家伙搔肚皮。小家伙也认准了儿子，一见儿子过去，便立即跳进窝里，翻过身去蜷缩起四肢在那里等待着……每当这时，儿子就会一边动手，一边笑眯了眼地连声道："太嬉了！太嬉了！……"

思思因为眼窝有些内陷，眉棱上的毛常常会长下来遮住眼睛。志霞为此经常给它修剪眼毛。这是个细致活儿，稍不注意就会伤着眼睛。小家伙好像也很懂得这一点，每次志霞轻轻地抱着它的头，小心翼翼地将剪子伸到它的眼睛前剪毛时，它都纹丝不动，直到完事儿。

小家伙还特别爱清洁。它的窝不管什么时候，总是干干净净的，没有一点儿秽物。尽管这样，它仍很自觉，从来不上我们的床，如果不抱它，连沙发都不上。嘟嘟那么大了，洗澡时还总是又蹦又跳，两个人都按不住，经常弄得我们一身水，洗好吹风也不配合，东窜西跑的，难得消停一会儿。思思却省力多了，洗澡时从不乱蹦乱叫，特别是洗罢吹风时，一动不动地趴在你的腿上，任你翻来翻去地吹，不过它很注意保护自己的脸部，吹风时，小脸儿一直翻来翻去地躲避着。洗完澡吹干后的思思真是漂亮极了，白中带黄的绒毛蓬松着，在屋子里跑来跑去，像个活蹦乱跳的小绒球。

三

思思虽然幼小，却极懂感情，对家里的每个人都很亲热。你要是外出回来，不管它待在屋里什么地方，只要一听到大门响，立即就会摇头摆尾地跑过来迎接；你若在沙发上坐下，它就会跑到跟前来爬你的脚背，跟你逗玩；只要你抱起它，它那个毛茸茸的小脑袋就会一股劲儿地往你怀里钻，小身子紧紧地往你身上挨挤，一有机会就伸出小舌头来舔你的手，好像永远也亲热不够似的。

因为成天主要是志霞在照料它的吃喝拉撒，所以小家伙对志霞更是依恋有加。只要志霞在家时，总是围着她转，脚跟脚地从这间房追到那间房。志霞在厨房做事的时候，小家伙就像影子似的在她的脚边打转。志霞生怕不注意把它踩着了，就把儿子的一只绒拖鞋放在厨房中间的小圆桌下，让它去玩。拖鞋上面缝着一个耳朵长长的兔子头，小家伙不知那玩意儿是何物，瞪大眼睛，汪汪叫着，很有点儿害怕的样子，后来发现没有什么，就放心大胆地玩开了。它一会儿逗碰，一会儿扑咬，好像面对的是一个活物，后来干脆发起狂来，拖着满地打旋儿；玩累了，便乖乖地将整个身子蜷缩在上面呼呼睡去。但眼睛闭上了，耳朵却醒着，有时候看样子它已经睡得很沉很沉了，但只要志霞稍有动静，立即就会警觉地睁开眼睛，一旦发现志霞离开厨房，便会急急地跟踪而去。

如果志霞要出门采购物品或者办点儿事什么的，它必会撵脚，而且贴近得让她根本无法把它关在门里，如果强行把它关在屋里，它就会从客厅挨个儿跑到书房甚至卧室的窗下去，对着院子声嘶力竭地叫唤。志霞没有办法，只得把它装在一个硬纸袋里，出门时一路提着走。嘟嘟也经常闹着要外出，但那多半是为了到外面去求偶或看热闹，所以不管主人出不出去，它都会去撞小院的木门，有时还很激烈。思思出去则纯粹是因为舍不得离开主人，所以它蹲在纸袋里总是十分安静，外面的世界再精彩，也从不动心分毫。有一次志霞带它到体育馆玩时，故意扔下它跑开，小家伙一路叫唤着，甩直了四条腿猛追，直到志霞停下，还气喘吁吁地望着志霞在周围打转儿，生怕再有闪失。

印象最深的一次，志霞因急事外出，躲着它悄悄地走了。小家伙发现后，尖叫着从客厅门前一直追到卧室的窗下，看到外面没有反应，又跑回客厅，然后就失魂落魄地在一间间房里来回跑着叫着，后来不跑房间了，却跑到一张餐椅前踮起脚，使劲儿地去咬扯志霞顺手搭在上面的围裙，围裙很高，它个子又太小，中间大约差着半尺的距离，怎么也够不着，但它仍顽强地向上窜着，后来不知它用了什么办法，竟然把那玩意儿给拉扯了下来。那天我刚好在家，一直注意着小家伙到底要干什么。只见它把围裙拉到地上，便迫不及待地趴了上去，然后将头深深地埋在上面不动了。当我意识到它为什么要这样做时，心弦不禁为之颤动。为了验证我的感觉是否错误，我将它平时睡觉的塑料盆端到客厅里，然后把它放在里面，同时把那条围裙扔在旁边，小家伙毫不犹豫地从舒适得多的盆里跳了出来，重新趴回到围裙上；我仍不甘心，又将它抱起，然后将围裙放到盆里，再将它放上去……结果，小家伙紧紧地伏在上面，再也没有要动的意思……志霞回来得悉小家伙的情形，心疼地把它抱在怀里抚摸着说："我早就发现了，它真的是懂得感情懂得爱的，所以我才这样喜欢它……"在那一瞬间，我确乎看见思思的眼睛里有泪光在闪动……

四

当时正值冬季，我们暂时没放思思到院子里去，但因为抱它回来时曾让嘟嘟觑见，所以嘟嘟一直惦记着这个小同伴，每天都在铁栅门前眼巴巴地守望，时间久了，我们也不免动了恻隐之心。有时就把思思抱到铁门前，让它两个隔着铁栅接触一下，希望它们能慢慢熟悉，建立感情。每当这种时候，嘟嘟都显得十分激动，想方设法地将嘴和爪子往铁栅里面伸，而思思却不是很领情，一般都是小玩一会儿便径自跑回屋了，把嘟嘟孤零零地撂在门外哀唤。

面对这种“多情反被无情恼”的状况，我们也心有余而力不足，因为思思委实还太小太小。后来我们终于开禁，选择了一个阳光很好的天气把思思抱到小院里，让嘟嘟直接与未来的小媳妇接触。面对着初出深闺的思思，嘟嘟激动得两眼发直，全身发抖，上闻下嗅地围着它团团转。但小家伙对这位未来情郎的亲昵和撩拨依然缺乏相应的热情，应付似的嬉闹了一下便不再理睬，只顾自玩自耍。当嘟嘟终于按捺不住，竟突发狂热将它那弱小的身子压在下面欲行非礼时，小家伙不依了，怒吼着挣脱出来，像一头小狮子似的朝着庞然大物般的情郎猛冲过去，尽管它在嘟嘟面前纯粹是个小不点儿，那发威的叫声里也透出十足的稚嫩，但在这种不顾一切的反击面前，嘟嘟竟吓得落荒而逃。小家伙不依不饶地追着扑咬了好一阵，方才慢慢消停下来。以后嘟嘟对这个看似十分温顺的小妹妹就规矩多了，轻易不敢造次。

我们要求嘟嘟在与思思玩耍时，必须趴在地上，这样它们的高矮基本相当，也不便它突发轻狂。嘟嘟开初不愿意，但经多次驯导，以后就比较自觉了，只要一招呼就会趴下去，跟思思亲昵玩耍套近乎。看来这种文明的玩法比较合思思的意，它也就不再一见面就跑掉了。有时我们也让它两个一起吃饭。开初也是嘟嘟占强，自己的霸着吃不说，还不让小家伙吃自己的那一份，小家伙在这一点上可是当仁不让，使劲争，争来争去，到后来不但吃了自己的一份，有时还去抢大哥哥的，而且屡屡得手。当然，这时我们也会吆喝干预它，它也听。

五

思思在全家的关注呵护下一天天长大，也一天天变得漂亮起来：脸部变得宽阔舒展，嘴吻再不像开始那样突出，初来时的一身短桩桩毛变得柔顺而有光泽，小尾巴开始向上翻卷，一双黑幽幽的大眼睛也在不知不觉中增添了几分妩媚……不变的似乎只有它那依然不变的淘气劲儿和那依然充满稚嫩和童真的叫声了。

我们开始为它憧憬未来，经常一边跟它逗玩着，一边推估它出阁当新娘的日子，规划它和嘟嘟婚配后的住处和生活，畅想它将会生下多少可爱的小嘟嘟和小思思，它又将如何尽到母亲的责任，感受到做母亲的幸福……

随着天气渐渐变暖，我们开始有意识地增加它在户外活动的时间，常常让它自己整天整天地待在户外和嘟嘟玩。思思对此似乎很不习惯，经常孤零零地伏在大门边的一个矮凳上守候着，只要有机会就往屋里钻。为了改变它这种过分“贪图安逸”的毛病，我们硬着心肠把它往外赶，有时遇上外面下雨，天气骤冷也在所不惜，就让它瑟瑟缩缩地在外面待着。

我和志霞当时完全没有意识到，我们的这种“极端”的做法，对幼小的思思是多么的残酷，可以说，正是我们的盲目无知把一个活泼泼的小生灵推进了死亡的深渊！

变化是从思思来家一个半月后开始的。三月下旬，我从外地开会回来，看见思思正趴在家门外的小矮凳上打瞌睡，小家伙见了我，虽说也跳下来摇头摆尾地和我亲昵了一番，但明显地不如往日那样活泼好动。我问志霞是怎么回事儿，志霞说是吃撑了。据她说，她见小家伙每次吃东西都是一副馋相，好像从来都没吃饱过似的，便想试一下，看它到底吃多少才有个饱足，于是就敞开喂了一次，结果把小家伙的肚子给撑坏了，已有一天多不怎么吃东西。因为嘟嘟以前也发生过这种情况，以后自然就好了，所以我们也没有过分在意。

但两三天后思思的情况似乎并不见好转，而且精神状态越来越差，每天就趴在矮凳上睡着，强行把它弄下来，也最多只是在附近转上一圈就又跳上去不动了。那天晚上，我特意把它弄进屋里来洗了个澡，心想这样可能会使它清爽一点儿，人不也是这样的嘛，有时感到精神不振，洗上个澡就好了。以往都是我们两个人配合，一人洗一个不断地淋热水，以免它着凉，那天因为志霞有别的事情，就我一个人给它洗，结果手忙脚乱的没能把两头兼顾好，无意间可能也把它给凉着了一下。反正，洗澡之后两三天，志霞就发现小家伙的精神状态愈加不对头，眼眶分泌物骤然增多，口中时而有白色的泡沫吐出，这都是以前从未出现过的情况。从收养嘟嘟到当时为止，我们还从未认真涉猎过家养宠物的有关知识，甚至没有想到过要这样做，只是凭感觉在喂养。因此当志霞提出是不是到宠物医院去检查一下时，我嘴上没有反对，心里却认为这实在是小题大做。因此，当志霞从医院回来，神色凄迷地告诉我说，医生说思思是染上了死亡率几乎高达百分之百的宠物绝症犬瘟热时，我完全傻眼了。

据医生说，这种病从发病到死亡多则半个月，少则十来天，一般都没有救，当然也不排除极个别的例外。

我们自然就把所有的希望都押在“极个别的例外”上了。那些日子，每天带思思到医院打针输液几乎成了志霞所操心的唯一功课。输液时，必须先把小家伙的四肢绑牢在特制的小桌上，防止它挣跳，然后才能将针管插入它的前爪静脉。当然，输液的病狗都得这样，但在所有的病狗中，思思是最幼小的。因为太小，静脉很难找，每次都要试插好久才能找准，痛得小家伙一声声地哼叫。这叫声时常令志霞想起另一件深感内疚的事情：思思来家不久，志霞给它剪趾甲，不知怎么的，明明看得准准的，一剪下去小家伙就发出了尖叫，我们以为它只是神经紧张，诓哄着照剪不误，直到眼见趾尖上冒出红红的血滴来，才慌忙罢了手。由于我们的无知，让小思思无辜地受了许多苦，包括这次生病在内。

输液经常长达两三个小时，小思思趴在小桌上，一点儿动弹不得，但只要有志霞在旁边守护着，它就像有依靠似的，十分安静，决不会像有的病狗那样乱嚎乱叫。

每次从医院回来，我都要逗它玩儿一阵。开初那些天，它的精神还可以，好起来的时候甚至恢复了原来的那种顽皮相，于是就产生了某种侥幸，觉得这样一个鲜活的幼小生命不可能“最多只能再活几天”，甚至怀疑医生是不是在危言耸听，意在多赚几个药费。但小家伙反常的嗜睡和不思饮食，却是不能不令我们忧虑的一个事实。志霞想了很多办法，做出各种好吃的东西想引发它的食欲，都没有什么效果。不管是荤食素食或是荤素搭配，再可口的东西，顶多勉强地吃上几口，就扭过头去，再不理会，有时好不容易才强行喂进一点儿东西，转过身去又给吐了出来。想起它才来家时那种吃起东西来不要命的馋劲儿，我们都不禁黯然神伤。

时间就这么一天天地拖着过去，每天志霞带着小家伙从医院回来，我都期盼着能有什么好消息，最期盼的，就是有朝一日医院突然宣布“误诊”——思思压根儿不是得的那种要命的病，所有的一切都不过一场虚惊！然而这样的消息始终不曾到来，倒是有一天志霞从医院回来后，泪眼婆娑地告诉我说：“医生说，没有必要再去打针输液，浪费钱财了……”

我的心一阵下坠。尽管这些时日来，给思思看病的钱早已远远超过了当初买它的钱，但我仍愿意将这个钱继续花下去，因为只要仍在治疗，就意味着还有希望，放弃了治疗，就是断了最后一线希望。

大约也是于心不忍，医生在劝志霞放弃治疗时，也留下一句话：“但愿能够出现奇迹吧！”

这句话也就成了我们与思思最后相伴的精神支撑。

六

据医生讲，犬瘟热的最可怕之处是病毒可能蔓延进入大脑，而只要进入了大脑，动物就必死无疑。病毒进入大脑的主要外在反应就是抽搐。因此，从一开始，我们就十分注意这一点，但思思得病多天之后似乎还没有发生这一现象，这也是我们一直没有放弃希望的原因之一。思思不再去医院后，我们仍坚持喂药，并且在各方面加强调养，期望能凭借它自身的抵抗力战胜病魔，恢复健康。

只要天气好，志霞总要把它抱到小院里去透透气、晒晒太阳，因为怕把嘟嘟给传染上了，所以只能把它放在花坛上。这天小家伙在花坛上玩耍时，原本好好的，却忽然一个趔趄，差点儿跌倒。尽管它很快就站了起来，还是被志霞看见了。志霞断定这就是病毒进入大脑的症状，一时非常悲观。因我当时不在场，就尽量往好的方面想，希望是走路没踩稳什么的。后来在家里，又连续发生了类似的情况：小家伙好好地蹲在那里，脑袋突然就不由自主地摆动起来，牙齿咬得嘣嘣响，紧闭的嘴唇里分泌出白色的唾沫，但不一会儿又恢复了原状。我无话可说了。沉默中,我抚摸着对所发生的一切还浑然不知的小家伙,却惊异地发现,它已是瘦得可怜了,简直就是皮包骨,只是因为外毛蓬松着,乍然看不出来罢了。这也难怪,一天到晚,除了偶尔吃上一小撮肉松,喝上几口水,它几乎就没有进食了。

但小家伙依然对生活充满了兴趣,只要有一点儿精神,就会从我们用一个大纸盒给它做的新窝里爬出来,到处走走嗅嗅,要不就跟以前一样,静静地蹲在正在厨房里做事的志霞身后,我们唤它,它也会回过头来看看,艰难地摇摇尾巴。

然而随着时间的推移,思思的精神越来越差了,躺在窝里的时间越来越多,即使没有睡,也不像原来那样脑袋立着东瞧西望了,只能把下巴颏无力地搭在纸盒的边缘上。它依然像以往一样注视着屋里的动静,特别是志霞的举动,但它显然已经没有体力来跟踪她的每一次进屋或出门了,有时它会轻轻地叫上一两声,这时志霞只要走到近前去安抚上几句话,它也就安静了。

到后来,思思的抽搐发作得越来越频繁,也越来越厉害,经常是抽得从盒子里滚出来,没头没脑地乱窜,只要发现有什么能够容得下身子的缝隙,就一头钻进去,卡在那儿不动了。如果把它抱回窝里,它就一直站着,用头死死地顶着墙。我们开头不明白它何以会这样,后来才想到这十有八九是由剧烈的头痛引起的。但我们除了苦于无法以身相替的焦急和心疼之外,简直是束手无策!以后好久我们才想到,当时为什么不给小家伙喂上一点儿止痛片之类的药呢!这也成了长留在我们心中的一个歉疚。

在病魔日甚一日的折磨下,思思那一双顽强地呈现着最后的生命之光的眼睛也变得越来越黯淡,越来越无精打采了。即便醒来时,也多是半闭半合着。志霞经常给它擦洗眼睛、点眼药水,尽管她也明白这于事无补,仍坚持这么做着。这天阳光很好,志霞又抱着思思到院子里去透气,因为思思已是十分虚弱,她没有把它放到花坛上去,就一直抱在怀里。当时已是初春时节,院子里的花草开始抽枝发芽,志霞希望这种充满生机的环境能给思思病弱的身心带来一点儿愉悦和新鲜的刺激,然而,小家伙漠然地面对着眼前的一切,似乎根本无动于衷。它躺在志霞的怀里,衰弱地呼吸着,志霞怎么逗它唤它,都没有反应，以至志霞害怕它会就这样死在怀里了。正在这时，从墙角的葡萄架那边忽然飘飘地飞下来一只白色的蝴蝶，它先在花草丛中飞舞了一阵，然后便径直朝志霞坐的地方飞来，志霞急忙叫醒思思让它看，当小家伙睁开眼睛的一刹那，那只白蝴蝶正好从它面前飞过，志霞非常清楚地注意到，小家伙原本黯淡无神的眼眸里，倏地闪出了一道就像它小时候那样的充满新奇的目光。恐怕这是它这辈子第一次看到蝴蝶吧？它显然在它那几乎还是一张白纸的幼小然而又几近衰竭的躯体内擦燃了一星生命的火花，它歪过头去，还想追踪那飞舞的小精灵，然而它实在太虚弱了，不过两三秒钟，志霞便眼睁睁地看着那一星火花在它的眼睛里无可奈何地黯淡下去。当那只蝴蝶再次飞回来时，志霞还想让它看，但它已经没有力气再睁开眼睛了。

七

自那以后，思思的病情急速恶化，整日水米不进，连当初最爱吃的肉松都不能引起它的兴趣了，我们只得用针管强行往它嘴里注射葡萄糖水；抽搐也越来越频繁，一抽起来就哀号着四处乱撞，有一次竟钻进冰箱背的缝隙里，好不容易才弄出来。我们不得不在它的窝四周放上遮拦物。不知为什么，随着病情越来越严重，它反而不躺下了，整日就这么站着，用头死死地顶着周围的硬东西。自发病以来，只要不抽搐时它是绝不叫唤一声的，但后来一定是头痛得太厉害了，它开始整日不停地呻吟，声音却很轻很轻，就像一个病痛难忍却又很懂得克制，生怕给旁人带来不安的病人一样。其实它的每一声呻吟都会在我们心上引起难以言喻的刺痛和歉疚，特别是志霞，整日里几乎是什么事都不做了，就形影不离地待在思思的身边，一边注视着它的每一点儿动静，一边流着眼泪喃喃自语："思思，可怜的小思思，我们对不起你，我们没有把你养好……"自思思生病以来，志霞已不知流过多少眼泪，有时半夜都在哭泣，她太可怜这个生下来还不足月就任人宰割地被卖掉，浑然不知地来到我们这个完全陌生的环境并把我们当成它唯一的依靠和亲人的小家伙了。

志霞一次又一次打电话到医院，恳求医生想办法救治，而得到的却总是失望。还在她带思思去医院治病时，医生就曾劝她，干脆打上一针，让小家伙

“安乐死”算了，当时就被她断然拒绝。而现在，眼见小家伙如此痛苦，这种想法却又浮上心头，她犹豫着几番与我商量，是否可以这样做。我看小家伙也确实是没有救了，便说可以考虑。于是再次打电话到医院，不料医生却回答说，安乐死可以，但他们只能提供针药，余下的则必须由我们自己亲自动手，也就是说，要由我们亲手结束思思的生命！我们本身就很犹豫，听这样一说，立即回绝了。

就在那一两天里，一直顽强地站立着的思思终于体力不支，倒了下去。就在它倒下去之前的几小时，它还挣扎着跳出窝来在外面撒了最后一次尿。它侧躺在窝里，四肢前伸，周身抽搐，呻吟不已。志霞流着泪长时间地陪守在它的身边，决意要伴它走完生命的最后一程。为了减轻思思的痛苦，我们试着给它灌喂了两小片安定，小家伙服药后很快就睡着了，我们都松了一口气，心想至少那个晚上它可以平静地度过去了。不料半夜时，客厅里又传来了小家伙的痛苦呻吟声。我们都后悔不已，决定以后再加大一点儿药量，但谁知道第二次却怎么也无法灌喂进去了。

思思数日不吃不喝地躺在窝里，我们不知道是什么东西在维系着它的生命，就是自耗也要把那衰弱不堪的小小的躯体耗光了啊！也许它是眷念着这个它还看得太少太少的神奇的世界，也许它是舍不得离开这个它已经开始熟悉和习惯了的家……也许，也许，谁也不知道也许是什么，反正它就这样一天天顽强地支撑着，舍不得最后闭上那一双已经全然无神的眼睛。但我们也知道，它总有一天会去的，而且一直在做这个准备，甚至连如何为它办理后事都想了又想。这天早晨我们醒来后，照例躺在床上悉心聆听着，外面静静的，没有一点儿声息，志霞一下就哭了，让我赶快出去看，我屏息静气地走近放在客厅电视机柜旁边的小纸盒，看见小思思躺在里面好像真没有动静了，我的心不由得一下子收紧了。但当我蹲下去仔细察看时，却发现小家依然活着，只不过呼吸已经十分微弱，只剩下游丝般的一口气了。

我们把思思从窝里抱出来，放进一个它一直很喜欢的里面铺着厚厚的绒布和毛巾，志霞带它去看病时专用的黑色手提包里，然后放在门厅里一个进出时能随时注意到的地方。那天我上班时心里一直忐忑不宁，过一两个小时就要跑回家里看看。思思躺在提包里，依稀可以看见腹部仍然在微微起伏，喘息声却几乎听不见了。这时志霞已哭红了眼睛。她说，我不在时，她去安抚思思，小家伙听见她的声音，几次都想挣扎着抬起头来，但都因实在没有力气而作罢。她说，她已给小家伙许了愿，到时要把它安葬在一个最好的地方，让它好好安息，然后就给我谈了她对料理思思后事的想法，要我做好一切准备。我让她在思思一“那个”的时候就打电话给我。

直到傍晚下班，也没有接到一直担心着的电话，到家门时还在想，也许思思还会跟我们一起过上两天。不料进得院门，就看见志霞愣着神站在那里，心头立即升起一股不祥的预感，走过去轻声问道：“思思怎么样了？”几乎是在她回过头来的同时，两行眼泪便掉了下来。她语带哽咽地告诉我：“它已经走了。”我心头一震，站在那里也不会动了，随后就有一个什么东西从心里往下落着，一直往下落着……我问志霞是什么时候，志霞说就在几分钟之前。她说，她当时正从院子里跨进门厅，忽然听到思思轻轻叫唤了两声，她赶紧走过去，发现小家伙扭动了一下身子，然后就平静下来，再也没有动了。她俯下身去细听，也没听见熟悉的喘息声。

“它肯定是一直在等我，感觉到我进屋了，就挣扎着向我做最后的告别……它那样衰弱，只剩最后一口气了……小思思，它实在太乖太乖了……当时我觉得整幢房子就像突然间变空了一样，非常害怕，就跑到院子里去了，可是又不忍心走远……我的小思思啊，它什么都知道，什么都明白，只是它不会说话，它说不出来……它还只有几个月大啊，真是太可爱，太可怜了！我不知道命运为什么会对它这样不公，这样残酷……”说到这里，志霞已是泪流满面，泣不成声。

我竭力忍住上涌的眼泪，蹲下去久久地凝视着双目紧闭的小思思。在经历了和凶恶病毒的十数日的顽强抵抗之后，它那耗尽了最后一丝力气的小小的躯体终于彻底松弛下来，但两条前腿却仍然前伸着——也许小家伙在生命的最后挣扎中仍在幻想着撒腿奔跑……倏然涌起的热雾罩住了我的双眸，脑际浮现出小家伙刚到家时种种天真无邪和活蹦乱跳的情景。

小思思，你能原谅我们吗？……

八

我们决定按预先想好的方式及时安葬思思，让它尽快地回到大地母亲的怀抱。我们在那个黑色的合成革提包里垫了三层毛巾，把思思安放在上面，又在上面盖了两张新毛巾，然后把思思平时吃饭用的一个不锈钢小盆、一个不锈钢小碗、一个它玩耍过的电动玩具小狗放在里面，然后由志霞抱着，搭了朋友的车子悄然离开家门，驶出市区，经过长江大桥，直奔有“山城花冠”之称的南山。

到达南山时，天已近晚，游人和车辆都很少了，我们放慢车速，在松林满坡的盘山道上来回逡巡，悉心选择着可以让小思思安息的一处理想地方。车子一直上到山顶附近，又折返回来，终于发现了一处地形既平缓，视野又开阔，上面长满松树的小丘岗。我们又下车考察了一番，觉得十分理想，决定就选择这个地方作为思思的长眠之地。不料小丘岗表面看来土质很松软，挖下去后才发现石头很多，铁锹使用起来十分吃力，铁铲则根本使用不上，挖上几下，就得匍匐下身子去用手捡石头。眼见暮色四合，司机朋友已做好了用车灯照明的准备。幸好思思所需要的地方不大，我们终于在天黑之前将墓坑挖好，然后小心翼翼地将装着思思的黑提包放了进去。这时我和志霞都站了起来，默默地注视着坑里打开着的提包，与静静地躺在里面的我们的小朋友思思做最后的诀别。志霞眼含泪水，呜咽不止地说道：“思思，你就好好地在这里安息吧，以后我们会常来看你，你听见了吗？我们会常来看你……”回土时，我们没有把黑提包的拉链拉上，只是在上面盖了一层薄薄的防潮纸，我们愿意让思思尽快地与大地母亲融为一体。

返回的路上，志霞神志恍惚，唏嘘不止地叨念着：“它独自在那里好冷，好孤单啊！它那么胆小，晚上肯定会害怕的……如果它要我们，我们又不在……它怎么办呢？……”后来又反复地讲起一件事情：有一天，她蹲在地下找东西，思思不知怎么一下子跳进她的羽绒服帽子里去了，因毫无防备，她被吓得歪起身子，惊叫着将小家伙倒了出去，小家伙被摔得在地上打了个滚儿，爬起来后也没有叫唤，只是惊惶地瞪大着眼睛望着她，然后就乖乖地蹲到一边去了……她说，当时天气很冷，它肯定只是想钻到帽子里来取取暖，我却一点儿没想到！……细想起来，真是太对不起它了……

送走思思的第二天，志霞就让她的姐姐来把嘟嘟抱走了，因为只要一看见嘟嘟，她就会想到思思而悲痛得不能自抑。也怕嘟嘟再有个三长两短，那她就实在无法承受了！

思思走后很长一段时间，志霞仍沉浸在悲伤与自责之中，不时拿出思思留下的几张彩照来看，经常是看着看着就情不自禁地流下眼泪来。有一次她们姐妹相聚时，见到了许久不见的嘟嘟，免不了关切爱抚一番，听到姐姐谈及嘟嘟在她那儿如何乖巧长进，逗人喜爱时，她先是高兴了一阵，但忽然就泪眼迷离，不能自抑了，然后就抽咽着说起了她的小思思……她说，小思思与她的缘分虽然如此短暂，但留给她的思念却不会有尽期。她说，在与小思思相处的一两个月中，它在她的情感上所引起的触动之深，甚至超过了家人，因为家人还随时可能惹她伤神动气，而思思却从来不会这样，它总是那样依恋她、亲近她、需要她，它所给予她的快乐和慰藉，远超过她所给予它的那些微不足道的关照。

站在市区我母亲住处的顶楼阳台上，可以隔江眺望南山。有一天我们在那里驻足逡巡，竟然在万绿丛中发现了那个埋葬着思思的小松冈！志霞凭栏凝视，含泪自语，久久不去。从此以后，每次到母亲那里，顶楼阳台都成了我们的必去之地。

因为对思思的感情太深，志霞说，她这一辈子可能都不会再养狗了。我本人对此虽然嘴上没说什么，内心却在暗自希望着有朝一日她能改变这个想法。我故作轻松地说，传说狗是有七条命的，小思思只是去了一次，它还剩下六条命呢，说不定什么时候就投胎变成另一条同样可爱的小狗狗了，而且，既然我们可以这样爱思思，为什么就不可以同样地爱它的兄弟姐妹呢？她听后默然无语。

而今，我们对于这种与人类相依相伴，甘苦与共了数万年，以往却经常被作为下贱的代名词的动物，已产生了一种全新的感情。我们从来没有这样深切地意识到，它们同我们人类一样也是大地母亲的孩子，和我们人类一样，生命属于它们也只有宝贵的一次，它们与我们同样有在地球上生存的权利。而且应该说，对于我们人类的生存发展，它们是功不可没的！现在，我的眼前经常会浮现出一些以往熟视无睹或视为理所当然的场景：那些小思思的兄弟姐妹们，正奋不顾身地扑向袭击我们的毒蛇猛兽，正不知疲倦地搜索罪恶的毒品，正夜以继日地寻找废墟中的生命痕迹，正气喘吁吁地在雪原上为我们拉动雪橇，正百倍警惕地在草原上为我们守望羊群，正寸步不离地为我们看家护院，正为孤独寂寞的老人送上欢笑，正为举步维艰的盲人带路出行……对于它们，我们人类是应当心存感激的！

我们人类可以自视为“万物之灵”，却不可以自视为“万物之尊”，更不能自视为“万物之霸”！我们不能在百般珍惜自己生命的同时，漠视其他生灵的存在，特别是那些千百年来给予了人类莫大帮助的动物朋友！我们不能在大规模地占有各种地球资源的同时，却不愿留给它们一点点生存的空间！不能一遇到什么灾祸就不分青红皂白地迁怒于它们，拿它们当替罪羊甚至大开杀戒！我完全认同一位国外的动物救护工作者的话：“我们人类对别的动物是有责任的，包括它们的‘过错’！”是的，我们应当以足够的爱心和责任感，善待、呵护与我们共生于同一天地间的动物朋友，在我们和它们所共有的地球家园里世世代代和谐共处，相依为伴！

小思思，我们会永远记着你！

——原载于《散文家》2017年第3卷

作者简介：

余德庄，中国作家协会全委会名誉委员、重庆市作家协会荣誉副主席、重庆市文史馆馆员，重庆市文学院顾问。

王者牡丹

■李　钢

牡丹这种花我多在画上看到，现实中的反而少见，往往是偶然得见，又一别数年。没人栽，也就无处看。

我每年必看的是桃花。早年看桃，所感“年年岁岁花相似”；近年看桃，渐感“岁岁年年人不同”。一树桃花，两样心情。不过这桃花我也看得挑剔，只认可最原始、最天然的那种，至于什么变种的、改良的、新培育的，无论多么繁盛，我一律不承认它们也叫桃花。春天来了，我不喜欢杂七杂八的东西。

印象中，牡丹似乎只种在几个专门的地方，城里乡间很少有人散养。想来，牡丹号称花王，花开富贵，一般城里人家的小阳台上若弄来几盆，反倒把自己显得寒酸了；如果养的还是名贵品种，赵粉二乔，甚至青龙卧墨池什么的，那么自己也就变得像个侍从。一个人好好的干吗要像侍从呢？所以，要把牡丹养出气派，还得配套购置一座庭院，这成本显然稍微高了点儿。而乡村虽然广阔，但田头土垄都是只适合开些野花的地方，没来由种上几株牡丹，把花王弄得跟草头王似的，也不像话。要我说，若想让牡丹开得华丽显赫，环境仍然当为宫苑；若想让牡丹开得气势磅礴，那就必须动用一座山。

此番专程前往垫江观赏牡丹，那儿就有一座牡丹花山。谁知气温偏冷又逢下雨，花期推迟了，满山的牡丹只开了零星几朵。幸亏我前年曾经看过一回，当时天气大好，可惜行期稍晚，花儿又有些谢了。由此可见，牡丹这种花不迎人，不等人，傲慢任性，盛气凌人，这就是王者。

花无错。本来就是人要看花，又不是花要看人，因此牡丹与花客的关系，是接见与被接见的关系。花客来早了，我王高卧未起，只能在外恭候；而如果来得太迟，王退朝了，下回再说吧。所以，要随遇而安，要平常心，要学我。

我本属于“天子呼来不上船”的那一类，即便正逢花期，也只是静静地一睹王颜，决不会花前花后地逢迎，像个弄臣。何况我也不适合近身，因外形更像个刺客。总之此行不遇，后会有期。无所谓。很高兴。喝酒去。

春天不是从牡丹开始的，我认为，春天应该从树上开始，比如桃、李、梅。树的躯干是春天的骨架，支撑起春天，然后，繁花满枝，展开了春天。初春之际，基本上便由桃、李、梅三分天下。

花朵如人，性格各异。梅花生性高冷，且孤芳自赏，自古格调既定，改也难。桃花花开随处，亲切宜人又妖艳含情，掺和了世间太多的事，以至于弄出了“桃花运”“桃色事件”这样一些敏感词。我看桃花多年，也算是阅花无数了。李花是路过春天的诗侠，一夜怒放满树皆白，直开得意气风发，神采飞扬，像毫不掩饰的才华与豪气。那是我的姓氏之花。

而牡丹，天生就是来做花王的，卓然绽放之日，即是其君临春天之时，自有百花簇拥，好比百鸟朝凤。牡丹完全不屑与谁争春，春色渐浓迟迟不发，那是有意让天下先热闹一阵。如此一来，江山无主，局面明显失控，各路的鲜花似乱世英雄竞起，拥兵自重，借势东风，争奇斗妍，逐鹿中原。此间花事纷扰如战事频仍，姹紫嫣红，层出不穷，一时世上多少颜色。这是春天最好看的战争，花国诸侯的大规模混战，有割据的、有问鼎的、有火并的、有捣蛋的……直至牡丹傲然出世，雄视八荒，所及之处，六王毕，四海一。

确实也无花能与牡丹相争。牡丹花朵硕大，花色夺目，王气逼人，那种端庄堂皇的气派简直与生俱来。此花别说一睹真容，就是让画家工笔重彩临摹在纸上，挂在墙壁上当背景，也可使人间的王者更像王者，土豪更加土豪。这样的花，你可以不喜欢，但不能不承认其花王的地位。我觉得唯一能与牡丹相比的，是同为王室血亲的芍药，但芍药毕竟妖娆了一些，柔弱了一些，赢得了文采，却坐不稳江山，所以最好还是直接写诗填词去吧。

有个很著名的传说，说是某年武则天忽然心血来潮，打算搞一个反季节的“花博会”，她在冬天下令，要一夜之间百花齐放，并将拒不参加这项活动的牡丹逐去洛阳。

这个故事，我起初把它看作武则天在跟男人们较劲儿。我一向认为牡丹为男性之花，牡者，雄也。再仔细一想，又不像性别斗争，倒更像人间和花间的两个王者在撒娇使性子。女说：“讨厌，敢拆老娘的台！滚，滚得远远的，滚到洛阳去，再不要看见你！”男的说：“去就去，朕还不想再见到你呢！”不过，武则天随即也跑到洛阳去了，连国都也迁了过去。除了政治上的原因，她大约还是依附了牡丹。再往后，武则天去帝号，恢复皇后身份，终老洛阳，还政李唐。

现在，我把这故事里的各种寓意，女权、男权、王权什么的都琢磨了一圈之后，又把它看简单了。它就是一个女人和花儿的故事，生动地表达了女人对春天的渴望，和对花朵“朝朝恨发迟”的急切心情。凡事不要瞎琢磨。

垫江女孩小周跟我聊天，讲起她小时候爱花，常去花农的园子里采下大朵的牡丹来戴。花农也由着她采，只是叮嘱她小心，别伤了花根就行。我听着不知怎么就想起了隋炀帝杨广的事儿。杨广对着镜子端详自己的英俊模样，忽然摸着脖子说：“好头颈，谁当斫之？”语气中透出帝王的自恋和自信，很有个性。不晓得骄傲的牡丹是否也这么想过。我倒是由此一下子冒出来两句诗：

凭一双纤手，轻轻
摘取了花中天子的头颅

没错，一双纤手！这正是天子们的短处。

小周要我送一幅字给她，我提笔写了四个字：香自天来。记得数年之前给一位姚姓女孩写字，那次我写的是：姚黄魏紫。都与牡丹有关，也算一种祝福。

其实，除了牡丹之外，我认为菊花也是王，是另一个季节的王。两花相比，牡丹是盛世之王，高高在上，被万花拥戴；而菊花没有，菊花在肃杀的季节里昂首向天，孤高，超然。但是我曾在一片原野上看见过菊花庞大的阵容，那场面，真是王气尽显，气吞山河。聚如王阵，散如隐者。我喜欢。

他年我若再做一回李白，仍然要踏着月色设酒花丛，我的四周当为王者牡丹，层层叠叠灿然怒放，漫山遍野。试想那该是怎样的情景：天地间，山岭上，云影轻过，花语芬芳，独我一人举杯畅饮，从古至今。那时的境界，定然是意态纵横，物我两忘，千年万里中，月亮是魂，牡丹是身。

——原载于《重庆晚报》2017年4月19日

作者简介：

李钢，诗人，重庆市作家协会荣誉副主席。

巴廉寺的黄昏(外一篇)

■ 吴佳骏

巴廉寺是巴廉寺的过去,就像黄昏是夜晚的过去。

过去的巴廉寺,香火鼎盛。只要寺内的晨钟一响,整个安澜镇的人都能听见。听见之后,人们该做饭的做饭,该种地的种地。倘若有年岁大的老人,既做不了饭,又种不了地,就端张凳子,坐在屋门前的山头上,看朝阳初升,飞鸟出林;看日子怎样催老了自己,春夏如何荒废了秋冬。到了傍晚,寺庙的暮鼓复又响起,种地的人慢慢朝家走,倦鸟衔着落日归巢。那些望山的老人呢,抽完最后一锅烟叶,也披着暮色的袈裟回到了自己最后的岁月。

一天的时间,就这样过去了;一年的时间,就这样过去了;一生的时间,就这样过去了。而那安澜镇的历史,就这样周而复始地在巴廉寺的晨钟暮鼓声中轮回。后来,不知道这历史的车轮轮回了多久,巴廉寺也开始在轮回中渐渐老去。晨钟生锈,暮鼓破裂。那敲钟捶鼓的僧人,俱已圆寂。巴廉寺只剩下巴廉寺这个名字。

时间的针脚滴答滴答地走。走着走着,又是若干年过去。或许是安澜镇的人们为了纪念巴廉寺吧,竟在它的废墟上盖起了一座学校。学校面积比当年的寺庙不知大了多少倍，能容纳好几百名学生。说来也奇怪，那些学生仿佛全都受了巴廉寺的福佑，每天勤奋用功的琅琅读书声远远盖过了当初的晨钟暮鼓声。他们将佛法幻化成自己的智慧和聪颖，读着读着，一个个便如鸟儿一样，飞向了祖国的四面八方。学生在变换，老师也在变换。唯一没有变换的，是学校操场上的那几棵香樟树。自从巴廉寺修建以来，它们就挺立在那里了。默默地生，静静地长。到如今，树龄已逾百年。

可树毕竟不是人啊，这人世间的兴衰，树又怎么能懂。

这不，也是突然的一天，学校宣布要合并了，需迁往另一个地方。没多久，树便眼睁睁看着那些脸上稚气未脱的孩子，依依不舍地离开了巴廉寺，离开了巴廉寺的白天和夜晚。从此，原本生机勃勃的学校挂满蜘蛛网，成了危房。那几棵树呢，再也听不见孩子们的欢声笑语，叶片灰扑扑的，只能独自承受着内心的百年孤独。

孤独是残忍的，它使树失去了时间，也失去了季节。大概是风可怜树吧，总喜欢用手抚摸它。可风刚一触碰，树叶就簌簌朝下掉，像一个孤独的女人掉下的头发。太阳更是心慈，老想着要给树一些温暖，每天都用光芒照射它。可越照，树越打不起精神，反惹得天空也跟着泪流满面。

直到有一天，另一个更加孤独的勇敢者来到了巴廉寺，将学校翻修加固后改造成了旅馆，那几棵树才终于摆脱了孤独的纠缠而重现葳蕤。

这个孤独的创建者，大概是个艺术家。他保留了学校原来的样子，就连楼层和客房都是按年级和班级来命的名。这让来此投宿的客人，都产生了回到学生时代的幻觉——那些往昔的迷离、激情、彷徨和忧伤。人啊，真是太过聪明。我们肉身回不去的地方，就用记忆去抵达；记忆抵达不了的地方，就用心灵去凭吊。

在这个夕阳辉映的黄昏，我找到了自己青春期的印象。

吃过晚饭，伫立旅馆门口，清风从我的面孔拂过，也从我的想象中拂过。忽然间，我有一种想要去周围转转的冲动。像读书时从夜自习的课堂上逃出，跑去学校后面的山坡与女同学幽会，共同仰望天空上月亮的羞涩和星星的心跳。

沿着旅馆左侧的小路行走，四野无比安静。我仿佛不是走在巴廉寺的土地上，而是在心灵的地图上漫步。这么些年来，我一直活在自己的内心世界里。宛如一只蝴蝶，藏在花蕊的中央；或一只蜗牛，躲在厚厚的硬壳里。我的心就是我的整个宇宙。我把自己包裹得越紧，我的心境越是开阔。

在巴廉寺散步，我感觉我的心里也供奉着一座庙宇。

小路的下边，是一个大大的池塘。池塘右侧，栽种着大片的荷。斜阳照在荷叶上面，像金黄的稻草裹着一个绿色的蒲团。蒲团浮在水上，像佛法浮在经文上。我停下脚步，俯身池面，以这种方式向荷叶叩首。

越往前走，小路越幽静。有蛙声从池塘边的青草丛中传出来，它们是大地上隐身的歌者。兴许是这歌声实在太美妙了，使路两旁的各种花朵竞相绽放，纷纷向它们的偶像悄送暗香。其中，绽放得最为娇艳的，是一片白玫瑰和一片红玫瑰。我怕自己的走动和注视，会干扰花儿们示爱，只好假装啥都没看见似的转过头去，望着远处的霞光偷偷地微笑。

我的微笑，是另一朵盛开的花。

围绕池塘慢走一圈之后，夜幕徐徐降临。月亮高挂在天上，如一枚银盘。巴廉寺的月色是迷人的。我顺着月色指引的方向，回到住宿的旅馆。我住的房间是初三三班，跟我同寝室的同学是一位诗人，他正躺在床上，写一首关于巴廉寺的诗。我目不转睛地注视着他，他显得有些焦虑，以为我又要调皮捣蛋，拿他的诗来佐酒。为使他心安，我故意转过身子，用背朝着他。果然，他一下子就放松了警惕。我见时机成熟，瞬间以假寐的手段，盗走了他的诗稿和才华，并连夜在梦里编织出了这篇散文。

不知这算不算补上了一堂我缺席多年的晚课。

谨以此记献给我在巴廉寺黄昏的游走和夜宿。

去大山包朝圣

我怀疑是天气太冷的缘故，把血管一样的盘山公路冻得痉挛。公路一痉挛，车就开始颠簸。车一颠簸，车上坐着的人就开始紧张。或许是自我安慰吧，有人唱起了歌，但那歌声分明也是紧张的，像是谁在歌者的喉咙里放了辣椒酱。如此一来，车反而颠簸得越加厉害了，像一只被歌声吓丢了魂的羊。它使劲儿一抖，竟把歌声和紧张同时抛出了车窗之外。于是乎，车内便只剩了静寂，和静寂包裹着的更大的静寂。

静寂是必要的。唯有静寂之人，才有资格去大山包朝圣。

越往上走，雾越大，形成了一张天然的白纱巾，将大山包整个罩住。我很想亲手掀开纱巾，偷偷地瞅一瞅大山包的样子。但我伸了几次手，都缩了回来。我怕这一轻佻的行为，会触犯山神，遭受惩罚。我的欲望和贪婪太泛滥了，我必须学会控制。在这仙境之地，我只想做一个谦卑的人。像地上的一根草那么谦卑，一块石头那么谦卑。草和石头，是大山包的胡须和骨骼。我从它的胡须上，看到了岁月浸染的风霜；又从它的骨骼上，看到了时间雕刻的密码。这两样东西，都深深地震撼了我。

我静静地在大山包走着，像一朵云在天空中走着。那一刻，我第一次感觉到自己有了高度。我想飞，但寒冷阻止了我。寒冷有时是另一种温暖。因为，它会提醒那些如我一样的幻梦者，你一旦起飞，就有可能成为雕塑，成为向寒冷献祭的礼物。所以，如果你既没有翼装飞行者那样的翅膀，又没有他们那样的胆量，那就老老实实地在地上行走好了。飞翔和行走，都是活着的形态。飞翔有飞翔的美，行走有行走的美。无论你选择哪种方式生活，目的都是为了自由——生命的自由。

在通往大山包制高点的路旁，我遇见一个卖烤土豆和烤鸡蛋的老妇人。她身披一件麻布缝制的寒衣，面孔被冻得通红，嘴唇瑟瑟发抖。但她就那么坐着，仿佛一个打坐念经的人。从她身旁走过，我听到一种骨折的声音从她体内发出。她常年生活于高寒地带，经受风雨的洗礼和太阳的炙烤。她用一生的时光，来替大山包的一瞬间作证。这种生命的顽强和坚韧，使我欲哭无泪。忽然间，我觉得这个老妪是上帝专门派来大山包向朝圣者示法的。这样想着，我心里顿时升起对老人的敬意。于是，当我再次回眸凝望她时，我耳朵听到的，就不再是骨折的声音，而是一种经幡飘动的声音。

那声音随着雾气越飘越远，后来又完全化成了雾，雾又变成颗粒。那每一滴颗粒，都是水死去后的“舍利子”，围绕着大山包在转经。我站在山顶上凭栏远眺，试图看清山的远方。但雾实在太浓了，我的目光被乳白和圣洁给挡了回来。

我回转身，用衣角擦去眼镜片上的水雾。这时，我隐约看见有几个裹着头巾的妇女牵着马在山的对面站着。我走过去，那些马一律低着头。起初，我以为它们是在害羞。待走近些，我才观察到那些马表情里的疲惫和眼眶里的泪水。马的泪，也是大山包的泪。我掏出手机，拍了几张照片。我要把这高寒地带的英雄形象带走，顺便把英雄背后的疼痛和温暖一并收藏。那几个牵马的妇女，一见到我就大声嚷嚷：“骑马吗？便宜嘞。”我极力摆手，自顾自朝前走着，她们仍跟着我纠缠不休。马照旧低着头，看着脚下的路，以及路上的马蹄印。那些凌乱的蹄印，酷似一把把被光阴磨变了形的月牙刀，割着大山包的皮肉。马每走一步，大山包就会发出疼痛的呻吟。而那每匹精瘦的马背上，都驮着一个移动的“大山包”。

我再一次感觉到寒冷，被美刺伤的寒冷。我努力要摆脱牵马人的纠缠，像马要努力摆脱被缰绳套住的厄运。瞬间，我跟那些马匹结成了兄弟。我们共同流浪在这高寒地带。我们都被时间流放了。我们走过了昨天，到达了今天，并正在走向明天。大山包只不过是我们流浪途中的一个驿站。

既然是驿站，那就不要多做停留，前方的路还远着呢。我开始在浓雾中四处摸索，寻找下山的路。这时候，不知从哪里跑出来一条狗，无助地望着我。我想，这个地方怎么会有狗呢？难道是它触犯了天条，被贬斥到了大山包，受困于此若干年，只为等待可以解救自己的人。像孙大圣当年被佛祖压在五指山下，等待去西天取经的唐僧那样。这条狗很有灵性，它一眼就看穿了我绝对不是它命中的唐三藏。不但不是，而且似乎还察觉到我也是一个在到处寻找高人点化之人。于是，它朝我轻吠了几声，像一个被逐出佛门的沙弥念了几声“阿弥陀佛”，就独自逃开了。

逃开也好，它走它的路，我走我的路。

雾丝毫没有散开。我既像是被雾裹着在走，又像是被自己的想法裹着在走。我经常被自己的想法打败，又经常被自己的想法放飞。这么说来，大山包倒成了我想法的栖息地，那我应该算是大山包的一只黑颈鹤吧。我来大山包，不是来赏景的，也不是来悟道的，而是来越冬的。尽管，这个季节并非冬季，而是初夏。可人内心的季节，谁又能说得清楚呢？有时，一个人在一天的时间里就可能历经春秋冬夏。甚至，在一个小时里也可能历经好几次四季的轮回，不是吗？

这样一想，我的心里顿时一片祥和。

返回的途中，有人不断地发出遗憾的叹息。他们说，要是没有雾就好了，也不至于啥都没看到。只有我沉默着，像沉默着的大山包。我知道，真正的交流是不需要语言的，就像真正的风景都在人的内心深处。我以沉默理解大山包，大山包同样以沉默理解我。你看，那漫天弥漫的浓雾，不就是我与大山包进行交流时涌起的纷飞的思绪吗？

也许，正是他人在大山包什么都没看到，我才因此看到了大山包的全部。

——原载于《啄木鸟》2017年第10期，原标题为《去大山包朝圣》(外一篇)

作者简介：

吴佳骏，中国作家协会会员、重庆市作家协会全委会委员。

大美博尔塔拉

■ 刘建春

博尔塔拉，历史悠久，距今约有三万年的历史。隋唐时代，古丝绸之路新北道的开辟，更使这里商贾云集，城郭迭起，农商之事繁盛一时。这里草原辽阔，山峦雄伟，湖泊清澈……

穿越悠悠岁月长河，如今的博尔塔拉，延续着古老文明的历史，书写出新的文化传奇。

"净海"，赛里木湖

几次到新疆，都未曾到过赛里木湖，留下了一个遗憾。我想，因那是一片"净海"，需要你的心灵净化，才能走进她——走进那一片纯净的湖面，用洁净的湖水洗濯你疲惫的身心，然后躺在湖畔的草地上，静静地观看蓝天白云，让身心放牧在这一片蓝天下，与湖水相依相偎。

今年7月，再次走进新疆，了却一睹赛里木湖的夙愿。7月，内地已是一片炙热难耐，暑气蒸腾。但博尔塔拉蒙古自治州首府博乐却清风悠悠，凉爽无比，这不，一下车，顿感赛里木湖寒意袭人，幸好，我有所备，马上披上长衫。

赛里木湖，蒙古语意为“山脊梁上的湖”，哈萨克语意为“祝愿、祝福”，汉语则称其为“三台海子”。

据史料记载，一直到博尔塔拉蒙古自治州的三岔口处，历史上一共有五个“台”（驿站），大约在元朝时期就设立了。那时，位于伊犁境内的阿力麻里是成吉思汗的二儿子管理的察合台汗国的都城，来往于阿力麻里的商贾旅人川流不息，且多为骡马徒步行走，故而设此“台”多为旅人过客歇息之用，当然也为军事服务。“三台海子”由此而生。后来，清王朝也沿用了此法。由于丝绸之路北道经过赛里木湖，因此，湖区还遗存有岩画、乌孙国古墓群、寺庙遗址、敖包（鄂博）、碑刻、古代驿站遗址等。

我们六辆越野吉普车在宽阔的湖边大道上长驱而行，沿着“三台海子”——赛里木湖近90公里的环形公路饱览全湖景致。眼前的赛里木湖温润地躺在博乐境内的天山山脉中，宛如玉宫里的琼瑶天池，又如一块蓝色的琥珀，在空旷的天野里熠熠闪烁。难怪南宋思想家丘处机路经此湖时发出赞叹：“大池方圆二百里，雪山环之，倒影池中，名之曰天池。”元朝大臣耶律楚材也赞美道：“百里镜湖山顶上，旦暮云烟浮气象。”而清末文人宋伯鲁则以“四山吞浩淼，一碧拭空明”的诗句，玲珑剔透地描绘出了赛里木湖雄旷清澈、满目澄明的自然景色。现代诗人艾青也一往情深地留下了这样的诗句：“你宝石蓝的湖水，一见便教人心神荡漾。”

海天一色，澄波泛碧，涟漪轻动，清幽俊美，赛里木湖，怎不让人心动神驰，流连不去！

听说，这里还流传着一个凄美的爱情故事：不知是哪一年，这里还是一个鲜花盛开、百鸟翩跹的美丽草原。草原上有一位叫切丹的姑娘与一位叫雪得克的蒙古族青年男子彼此深深相爱，可是凶恶的魔王贪婪美色，将切丹抓入魔宫。切丹誓死不从，伺机逃出魔宫，在魔王追赶下，切丹被迫跳进一个深潭。当雪得克赶来相救时，发现切丹已经死去，万分悲痛中，他也跳入潭中殉情而死。霎时，潭里涌出滚滚涛水，翻腾怒吼，浊浪滔天，淹没了魔王和他的手下。于是，辽阔的草原从此变成了一片汪洋。那含恨而死的情侣，在波涛汹涌中化作两座形影不离的小岛，至今厮守在万顷碧波的湖面……

生死不渝的爱情故事感动了一代又一代前来朝圣的男男女女，他们把至真至纯的热泪洒在湖里，与浩浩湖水融在一起，续写着人间最美的爱情。我在湖畔见到了一对恋人，面对湛蓝的湖面亲密地相互拥抱，用清澈的湖水来见证忠贞的爱情。

在镌刻着“高山明珠——中国新疆赛里木湖，海拔2071米”的标志性石碑下，我们的车停了下来，就像和大多数游客一样，免不了俗，在这里留了个影。哪怕是沾沾赛里木湖的“湖”气，也不枉来此一游。

我们再驱车沿湖畔缓缓而行，远处的科古尔琴山和岗吉格山依然银装素裹，静静地环抱着这一湖圣水，显得静谧而深邃。阳光下，不同的路段所见之湖景也各有特色，或静如处子，或风卷云舒，或锦鳞泛光，或玉碎化珠；有的像一个翡翠，有的像一块锦缎，有的像一幅油画，有的像一面彩旗；有时风起云涌，湖水奔腾咆哮着扑向岸边，卷起阵阵雪浪；有时风平如镜，湖水静静地安然流淌，亲吻小岛礁石。因湖水深浅不一，阳光照射不同，湖水呈现出银白、淡黄、青绿、湛蓝四种交错的颜色，显示出赛里木湖的独特韵味。

“你看，草地上，那一个个毡房像一个个白色的蘑菇，点缀在蓝天白云下，多美的蒙古包啊！”车里，不知是哪位女作家发出感叹。

车窗外，蒙古包旁，一群牛羊在阳光下悠闲地啃吃青草。远远地飘来了一股股青草的清香和牛奶的芳香。这一片大草原，该是牧民们放牧和休养生息之地。

“现在是7月，要是6月来，那漫山遍野盛开的一片片黄色的郁金香和金莲花才叫美啊。那才是赛里木湖最美的季节。”当地的朋友介绍道。

每年6月上旬的初夏季节，赛里木湖边的各种野花相继盛开，用花海如毯来形容，一点儿也不为过。放眼草原，还能看到星星点点的黄花点缀在绿色的草地上，与白色的蒙古包互为交织，相映成趣。

冬天，赛里木湖的冰雕节也很有特色，各种“白天鹅”“十二生肖”“丝绸之路”冰雕在湖面上晶莹剔透，营造出一个冰清玉洁的纯净世界。

赛里木湖的春夏秋冬画卷是如此多姿多彩，摄人心魄：春天，波平如镜，水涌冰裂，雪峰高耸，花海缤纷；夏天，波深浪涌，黄花遍地，牧草茵茵，牛羊成群；秋天，群山环绕，天水相映，芳草染黄，毡房点点；冬天，瑞雪飞舞，银装素裹，雪涌水凝，浮光跃金。

赛里木湖，五彩花朵，七彩虹霓，究竟什么才是你的特色？是春天的斑斓花儿，是夏天的绿色草原，是秋天的飘飘黄叶，还是冬天的银色飞雪？无论哪个季节的色彩变化，你都傲然以蓝色湖水的博大、深邃和纯净，成为你永恒的象征和力量。

照我看，蓝色才是你的特色！

你那奇绝无比的蓝，天是蓝蓝的，水是蓝蓝的；蓝蓝的天融于蓝蓝的水，蓝蓝的水波润着蓝蓝的天。那蓝，蓝得沁人肺腑，蓝得情痴神醉，蓝得忘乎所以，蓝得刻骨铭心。

赛里木湖，古称"净海"，元代时，被丘处机誉为"西天净水"，又被人称为"大西洋的最后一滴眼泪"。这主要是因为赛里木湖是大西洋的暖湿气流最后眷顾的地方。但这么美丽的高原湖泊居然和眼泪联系起来，难免令人费解。

赛里木湖，因一对为爱殉情的年轻恋人的泪水汇集而成，又因爱你的每一个子民留下的滴滴热泪，经过千百年的汇聚，才形成了你今天碧波浩荡的"山脊梁上的湖"。

遥想历史上那一个个面对"净海"的人——留下千古名句"苟利国家生死以，岂因祸福避趋之"，被充军伊犁时在此留下墨宝的林则徐；曾力主文以载道、文道并重，并向成吉思汗宣讲道教教义，劝他要"敬天爱民为本，清心寡欲为要"的丘处机；写下热烈情怀诗句"野步殊能健，长吟亦自豪。此行多胜侣，万里忘尘劳"的清末爱国诗人宋伯鲁；挥洒深情写下"伊犁的苹果香又甜，鄯善的瓜儿甜又香。我们要把祖国大地，处处变成鱼米乡"的现代著名诗人艾青……他们炽热的泪水早已与湖水融为一体，滋润着巍巍天山，浩浩草原。

此时，我一任感怀和思念的泪水一泻奔流，汇入蓝蓝的湖水里，去追随先贤的流向……

壮哉，怪石峪

一到博乐，就听说有一个怪石峪，是全国罕见的岩浆侵入岩孔穴造景地貌风景区，也是中国西部巨大怪石群库之一，具有花岗斑岩造型博物馆之美誉。它主要面积达142平方公里，海拔在780—1350米，以各种惟妙惟肖的人物和动物造型闻名。

一想到风格各殊、形态各异的人物和动物造型，在浩浩的荒山野沟里兀自凸立，顶着阳光，沐浴风雨，千年不倒，万年不毁，那该是一种多么奇妙的景象，你顿时会联想到洪荒混沌、海天一色、星野阔垂的远古世界，怎不使你心驰神往。

怪石峪又名“阔依塔斯”，蒙古语意为“遍地像羊的石头”。远远望去，这些光滑的巨石一个一个挨在一起，如同羊群挤在山坡之上。其实，这里的石头并不都是像羊一样的石头，但哈萨克牧人常年与羊在一起，可以说羊是他们生活中须臾离不开的亲密伴侣，用“遍地像羊的石头”来形容怪石峪，足见他们对怪石峪的青睐和重视。

站在怪石沟前，仰望那一群群怪石组成的奇特造型，你发自内心地感叹大自然的神奇魅力。不可思议，这里原来是一片海底，亿万年的沧海桑田和星移斗转，加之地壳运动的不断变化和风霜雨雪的日夜剥蚀，怪石沟呈现出千姿百态的自然景观。面对大自然的滔天洪水、山崩地裂，每一块石头都在为生存而相互交织在一起，它们紧紧依傍，并肩抵御，历经劫难，才形成了如此壮观的石雕族群。它们或气势磅礴，或玲珑可爱，或像人神，或如怪兽，或似器皿，形态万千，栩栩如生。任凭你怎么想象——如天狗望月，那是一种对理想的企盼；如石猴母子，那是一种对亲情的依恋；如大象戏水，那是一种对情操的冶炼；如黑熊探海，那是一种对事业的探求……真是鬼斧神工，自然天成。

沿着山石小径，我们一路上行。在上山的路边，一尊“小羊思春”的石头特别引人注目：小羊半蹲在草地上，回头凝望，嘴唇微启，是在呼唤母羊，还是在顾盼牧羊姑娘？“小羊思春”，多么富有诗意的名字，在这满山都是光秃秃的石头岭上，小羊和所有食草动物一样，最思念和热爱的就是春天里那一望无际的青青草原了。

我们继续上行，沿途石廊迂回，石径通幽，怪石嶙峋，异态纷呈。尤其是一些裸露的巨大山体，其形其状都呈现出一种沧桑的壮美，令人遐想悠悠。

有一块褐红色的花岗岩巨石吸引了我的目光，岩下是一蓬蓬茂盛的野草，盛开着一朵朵紫红色的花朵。在这荒山野沟里，居然还能看到这么美的野花，粗犷与柔美、野性和温情，这些相互排斥的词汇一下跳入我的脑际，我得感谢造物主的神奇，让这个世界充满了多元的美。更令我叹为观止的是岩石上那些褐红色的纹理和线条，仿佛在昭示着什么，是猎人的狩猎场面，还是牛羊奔跑的情景？

有同行朋友说是矿石自然呈现的色泽，也有朋友说是常年风雨侵蚀后形成的苔痕，无论哪种说法，我都感觉有点儿牵强，我感觉它就像一幅画，隐隐约约地呈现出一点儿什么来。

"这是怪石峪古岩画，也可称为怪石峪古代摩崖石刻，距今，已有2000多年历史。画面主要记载了远古游牧民族的生产、生活、事件、宗教信仰等内容。"陪同来的朋友介绍道。

真有这样的岩画，多么珍贵的原始文明的文物。但这些岩画常年裸露在外，经过千年的风雨洗礼，早已风化严重，几乎难以保存，加之无法辨认，只留下了一个模糊的影像，让你的想象在远古文明苍凉的天空里，思极八载，纵横驰骋。

"径转疑无路，山鸣似有钟。"迂回一路走到山顶，放眼远眺，连绵的山峦和草场逶迤至遥远的天际，莽莽苍苍，一派边塞风光的雄浑和苍凉一览无余。远处的、近处的怪石，大都光秃秃的，且龟裂斑驳，但绿茵茵的青草依然在石头缝里倔强地伸枝展叶。在山顶上，甚至有三五枝小草长得青绿鲜活，亭亭玉立，昂首与阳光亲吻。

面对荒山大漠，思绪纷至沓来，联想起唐代著名诗人王维的诗句"劝君更尽一杯酒，西出阳关无故人"。这是王维《送元二使安西》中的名句。安西在今天新疆的库车附近。当年王维送友人到西域任职写下这句诗歌时，其情其景何等感伤，至今读之，也会令人潸然泪下。

"新栽杨柳三千里，引得春风度玉关。"春风早已温暖了这里的一草一木，有了"天苍苍，野茫茫，风吹草低见牛羊"的牧民新生活。

怪石山下，一条由山泉汇聚而成的小溪蜿蜒而去。山因水而更显灵气，水依山而愈发妩媚。难怪,千万年来,怪石山任凭风霜雷电的袭击,狂风骤雨的敲打,依然纹丝不动,初心不变,守着自己的信念,坚守在大漠里,日复一日,年复一年,保护着这里的山山水水。这是何其令人喜爱和敬仰的怪石啊!

回程路上,路经一大片金色的向阳花地,漫漫无际,开得如火如荼。相邻的是一大片红色的万寿菊,也开得云蒸霞蔚。旁边还有一片青绿绿的高粱地,高大阔密的高粱,齐刷刷地伸向蓝色的天空。

多么奇妙的组合,一边是花岗岩石形成的各种奇特造型的凝固的石头群,因有灵性而千年不朽;另一边却是金色的向阳花、红色的万寿菊、青绿的高粱,远古和近代,静止和灵动,石头和花叶,组成了一幅何等优美、何等绚丽的生机勃勃的油画啊!

“大壑松不凋,高山石不朽。”壮哉,怪石峪!

——原载于《光明日报》2017年10月22日

作者简介:

刘建春,中国作家协会会员,重庆市散文学会会长,重庆日报报业集团高级编辑。

你不知道上帝何时翻脸

吴景娅

想起这句话的时候，我像被谁的铁鞭狠狠抽了一下，血，汪洋恣肆一般从灵魂里涌出来。

也就是那个时候，我发现桃园大峡谷仿佛是武隆另一个巨大的天坑。人坐在里面会感到大山如掌，很轻柔地蜷过来，怕弄疼我们似的。然而黑的夜却像一队队轻骑兵从山顶上哗啦啦扑将下来，把我们擒住，使人动弹不动。

而我心甘情愿束手就擒，被这神秘得有些诡谲的夜晚——我们几乎是穿过一座山的肚腹，穿过一种时光隧道走入桃园大峡谷的，这是进入《印象武隆》剧场必需的仪式，属于仙女山的仪式。每个人仿佛都要被仙女山的心肺、律动洗涤一番、检验一番才会被放行，去到山的另一个空间。

我们被黑夜扔进更深的黑。因此，你会以为《印象武隆》的舞台有着无边无际的蛮荒——黑压压的大山，像扇子般打开万丈绝壁，风在绝壁间行走，声响像号子般此起彼伏。灯光打过去，绝壁上便生出些千奇百怪的图案，像大山的各种表情。而灯光打过来，你便看见有一潮一潮的人出现。他们就像是这绝壁间偶尔存活下来的岩松或在岩石缝里筑窝的山燕子，绝壁是他们的出生地与出发点。只要细雨纷飞，云雾缭绕，他们便会趁着朦胧夜色，像精灵似的一个个身手矫健地在那里上下翻飞。刹那时，声光打出了灵雀图案。灵雀扇动翼翅冲出峡谷，漫天飞舞。天地间忽然充满一种勃勃生机的喜悦，把黑暗赶走。你会发现，那山的深处，藏着我们从未沉没过的家园。

一

我们的父亲是以纤夫的身份上场的。他在回忆，在呼朋唤友，在试图重现令他们痛苦绝望又辉煌无比的时光。他的声音时而嘶哑低回，像是对着江风在自言自语；时而洪亮高亢，炸雷般在你耳边回响。他喊起上滩号子、拼命号子，仍像个18岁的崽儿在江上血盆里抓饭吃，精力充沛，近乎疯狂。纤夫，这个人类发展史上最艰苦、最残酷、最倔强的职业便从山脚下的舞台，从山边云烟般的灌木丛，从绝壁的岩缝间涌出来，像洪水一样，拉着陈年老酒般的时光之纤从岁月深处爬上来，在你身边呈铺天盖地之势。你的世界全是他们的"嗨哟嗨哟"，他们裸露的脊背与闪闪发亮的汗珠。他们的号子声像一粒粒饱满的粮食，把桃园大峡谷这座粮仓装得满实满载。

《印象武隆》为何如此浓彩重墨、如歌如诗地去表现纤夫史？

如果你真正走进武隆，才知道这里有一个川江最险处：神出鬼没的上帝突然发脾气造成的乌江险滩——羊角碛五里滩。

它让我又想起那句话——你不知道上帝何时翻脸。它的结尾一定是像铁锤般砸下来的感叹号，而不会是弱弱的问号。因为上帝不允许你对它发问。你问了，它也是拒绝回答，有时连小小的暗示也没有。人与上帝签订的条约都是不平等的和一次性的。

当年的武隆李家湾山崩形成的羊角碛五里滩，便是来自上帝的一次恶狠狠的翻脸。

时隔200多年了，在文献中读到有关的文字，上帝那种狰狞的表情，仍会摧毁我作为人类试图春风得意的笑容。史载："乾隆五十年（1785年）六月初九，山崩成滩，乱石棋布，绵延五六里，转峡处，江水高数丈……"

我不得不佩服古人对灾难的描述简洁得近似麻木，仿佛是一种科考论文在客观地呈叙事实，绝不带一丁点儿感情色彩的渲染。我曾听一位朋友回忆他所目睹的山崩。他说："天啊，那是上帝在实施大屠杀，五马分尸一般就把山的一些肢体给活生生撕扯了下来。"说这话时，他仍面露惊恐绝望之色。

200多年了，够长的时间让我们有力量来回放发生在1785年的那场灾难。

那又是一个惹是生非的初夏。连日的暴雨终于停息，太阳像老情人一般从云层里钻了出来，与等候它多时的人们握手言欢。一切都祥和平静、山清水秀，万物安妥，没有任何可疑之处。连乌江上行船的人也变得有些懒洋洋的，喊起号子来也比素日更带些"荤味儿"。那是因为他们心里莫名其妙地开始湿润，向着一种遥远迤逦而去。那遥远可能是一座影像模糊的吊脚楼或一个女人的背影，竟都在那一刻杂草丛生，拔都拔不尽。那遥远便是未来，女人便是幸福，二者相加便是这些江上讨生活的人的前程。趁着雨过天晴，太阳出来的当头，想想大好前程，他们美滋滋的心情，可想而知。

然而，突然，乌江南岸李家湾一带山峦摇晃、大地颤抖，来自地狱般的巨大声音轰然大作，如烈焰一样地在天地间窜来窜去，那是魔鬼的合唱。上帝开始用它毫不怜悯的颤抖之手，一层一层拔拉下峭壁、悬崖、岩石和人类的任何侥幸心理，凌空把这些地球上足够巨大的存在一股脑儿向乌江上扔去——成百上万吨的巨石或泥土，顷刻成了这只手任意戏弄的玩具，想怎么扔就怎么扔。

我不知道那个时候活着的人在干什么？悲号？诅咒？绝望？束手待擒？我相信，只要上帝给了一线生机，那些整日在大血盆里抓饭吃的桡夫子，即所谓的纤夫，便会连吭都不吭一声就身手矫健、风一般地从上帝的眼皮子下溜走，逃生。

遮天蔽日的烟尘散去，大地平静，人们才发现巨石飞翔的目的地，已聚乱石泥沙为碛，长达五六里。因形如羊角，当地人便顺口称它为羊角碛。他们进一步发现，曾砸出江水万丈高的巨石们，也像一只只魔鬼的手，扼住乌江，把它几乎阻隔成两截。水流至此，"湍急汹涌，秋涸险绝，半涨亦恶"，竟断航达一年之久。

当地的人们何等绝望啊！本来已是穷山恶水，上帝还要将人赶尽杀绝。似乎已听到上帝幸灾乐祸的笑声了。他袖手旁观，要看看被称为万物之灵的家伙们如何将人生这出戏唱下去。

千里乌江，舞台已空旷。后台鼓锣敲响，一声紧一声地催逼。却问谁敢登场？

二

竟是纤夫。

要想乌江不断航，唯有盘滩。那便是船上下此滩的时候“必出载”，即人员、货物先卸下，“虚舟乃可行也”。而虚舟时，必须靠纤夫的肩拉背扛，把船拉过羊角碛。到另一端，再上人上货。

人跟老天爷叫上了板。

有了这番周折，便有了源源不断的营生；有了营生，便有了大批纤夫、挑夫涌现；有了这些辛勤的劳动者，便有了犒劳劳动者的食物、生活必需品，甚至奢侈品，如烈性的酒；劳动者酒足饭饱后，多少要思一番“淫欲”，他们可是身强力壮的真汉子，身体与心思都需要一个安放之所，于是便出现了女人，为他们上滩煮饭、下河浆洗。怎么也需要一处遮风挡雨的窝。于是，这被上帝摧残之地便出现了第一座吊脚楼，第一家商铺，第一个酒肆茶馆，还有，那欲说还休的妓院……

羊角镇像雨后的彩虹，悄然当空。它一时风华绝代，繁荣兴盛，成为乌江流域与龚滩齐名的四大名镇。

纤夫自然是这里最早的原住民。说羊角镇就是被他们的肩膀拉来的也不是诳言。

从羊角碛到羊角镇，一字之差，却饱含天地人间的多少玄机。羊角碛是上帝的造化，表达上帝的意志与个性，那是谁也无法阻挡的力量；羊角镇是那些在上帝眼里生若蝼蚁、死如草芥的纤夫的作为。他们虽然也害怕上帝再次翻脸、发威，也修庙宇、敬鬼神，抬头望天时，表情一派虔诚、感恩。但是，竟也胆大包天，把自己想象的天堂建筑在上帝的翻脸之处——自己痛心疾首的伤口上。

很遗憾，我从未见过一位羊角镇的纤夫。但总是想象他们神情中会是目光炯炯，带有天然的桀骜不驯。精瘦的身子宛如一枚杀伤力强大的子弹，随时准备向着上帝的脑门子射去。

人们一谈及纤夫，便会冠之为川江纤夫。他们吼的号子，也以川江号子之名被列为国家级非物质文化遗产。而我更赞同这样的说法，应该准确地叫他们巴江纤夫或峡江纤夫——他们属于巴国疆域上廪君和巴蛮子的子孙，属于上苍从来没有待见过的人群。一大堆的穷山恶水、急流险滩和难以飞渡的峡谷天堑，像箭矢一样呼啸着追逐他们的命运。可这些巴人不过是咬咬牙，认了，活下来或死亡了，就这般天雷沟地火地干脆。他们自嘲是“死了没埋的人”。可怎么一个埋法啊？他们走滩闯礁，时而如猿猴一样攀爬于悬崖峭壁间，竟把兽类都不敢涉足的禁地，踏出一条条细若游丝的纤道；时而在激流漩涡中生死轮回，一步天堂，一步地狱。可以说，生只是他们的侥幸、偶然，死却是无法抗拒的常态，是他们忠实的随从。每一步的拉纤路都可能是没有讨价还价的死亡直通车。

早些年，羊角镇有个老纤夫李文才，逢人便爱讲起当纤夫的悲苦。他是个孤儿，很小就跟着伯父上船当船桡子，既是船上的勤杂人员，又是随船的纤夫。他说，干纤夫的都是些穷人，穷得也只剩下了一条命。偏偏又住在死亡隔壁。最怕那东西像个贼娃子，随时随地翻墙而入。有时拉纤人只顾往前拉，竹篾编成的纤绳却“嘣”一声被礁石磨断，拉纤人便会当即撞到岩头，鲜血迸溅，死于非命；有时，驾船的人看走了眼，失了手，把船引进险境，就会把正攀爬于悬崖边的纤夫拉下水，拉到漩涡中去，一条条命顷刻便被急浪收走。他从小到大干得最多的事，就是帮人去认尸。去认那些可能昨夜还彼此打过招呼的人。这些活着被叫成人、死了被叫作尸的人还算幸运者，可以入土为安，为一家老小留个念想。而不少纤夫却把千里乌江当成了归属，每一朵浪花都是他们的坟茔。

李文才曾讲了这么一个魔幻般的故事。当年，船泊峡谷，夜入三更，一弯月像寡妇似的孤零零待在天上，守着他们如死亡般睡去的脸时，偏偏有号子声传来——嗨哟嗨哟的，乌嘘呐喊、尖刺刺的，像一把把的刀把天空与水面斩成几截。他们从梦中惊醒，环顾四周，杳无人影。那嘿哟声竟是从水下传来的……他们知道那是已成亡灵的弟兄们还在拉纤，趁着月明星稀，江水温柔。他们不过是想把自己的命重新拉回阳间。于是，船上的人反而不惊骇了，唯有悲从心来。不过燃起香，烧几刀纸，送过去，算是对弟兄们的安慰。

死了没埋的人，也就是这样。

但再悲再苦，羊角镇人家干纤夫的依然多如牛毛。正如他们曾赤条条来到这个世界上，赤条条地上滩下水当纤夫。当他们归去时，或许也因赤条条少了许多麻烦与啰唆。活一天，就拉一天纤。死了，不埋就不埋吧，死哪儿，哪儿就是坟,不怨不恨。反正山高水长,横竖都是乌江的鬼。这些活在刀尖上的人,朝不保夕的生活方式反而给了他们浑身的胆子、豪气、豁达和无比的性感。在武隆有民谚曰:江口的妹子羊角的汉。赞的是两地多生产俊男靓女。而羊角的汉子之所以令人动心,皆缘于他们是一种对大自然极端霸道与恐吓的绝地反击——他们长年拉纤锻炼,肯定身无赘肉。而被烈日江水不断洗礼的肌肤,紧实、黝黑,以至变成了铜一般的物质,闪烁出金属般的光芒。也像金属般坚硬,带有了进攻性。他们弓身匍匐前行的身型,真的就像一枚亮晶晶的子弹瞄准前方——向不可知的命运射去。

如果说羊角镇的汉子像一枚枚极具杀伤力的子弹,那么这里的女人呢?写到她们的时候,我真想阳光缓缓地俯下身来,嗅嗅这些与她们一样高贵的灵魂与肉体是多么芬芳。

在偏远的羊角镇还藏有乌江航运史乃至世界航运史上罕见的一股力量:有人称她们为神秘的女纤夫部落。还有人在兴致勃勃地打听她们拉纤时,会不会也像男纤夫那般为了上滩下河方便,为了预防湿衣贴身带来病患,为了少磨损衣裤省钱养家,就一丝不挂地裸行于五里长滩乃至乌江?

哎,这些女纤夫何曾神秘过?她们从来没有远在天边,不过是羊角镇东家的女儿西家的媳妇,或者母亲或者婆子妈。她们的父亲、丈夫、儿子大都是在乌江上讨生活的劳动者。

羊角镇女孩的哭嫁是乌江流域最经典的。唱起哭嫁歌,一人唱,几人合,几天几夜不停歇—— 一哭山摇地动,二哭柔肠寸断,三哭余音不绝。也难怪她们要以最悲切的方式来迎接自己人生的大喜:因为在家当姑娘,天塌下来多少有爹妈顶着;出嫁当媳妇,自己将要去顶起别人的天了,她们实在是害怕啊。何况她们嫁的往往是纤夫这样来去无定、生死难测的丈夫。从此后的人生也将是风雨兼程,凄苦复凄苦。

乌江流域很盛行各种版本的《送郎调》,自然是女人唱给男人听的,算作情歌,也算作警示。我发现,它也是唱给上苍听的,比如这样的《送郎调》:

送郎送到五里排,
天上的雷公打下来。
天上的雷公莫打我,

我再送他五里哟，就回来。

……

每次听到这歌，都想哭。我不知道天上的雷公是否也像我这样泪点低，动辄便泪水涟涟。只希望雷公是个明白人间情事与慈悲的老好人，那样他便会手下留情，应了这个女子的祈祷。因为她的恳求无一句与荣华富贵有关，甚至为她自己。她贪的不过是一个情字。所以乌江的女子啊，心怀里存放的就是一条波澜壮阔又曲折凶险的乌江。便因此而生死由命，不离不弃。

然而，她们绝非只扮演哭哭啼啼送男人去远方的弱者。在羊角镇，女人当纤夫算不得稀奇。只要生存所需，五里长滩的拉纤队伍中，常常走着婆媳、母女、姐妹和妯娌这样的家族组合。或许前一分钟，她们还在自家吊脚楼里烧火煮饭。一听到河滩喧闹，知道涪陵来的大船要“盘滩”了，就仿佛听到了灵魂的召唤，眼睛发亮，“嗵”一声把自家吊脚楼的门一把掩住，撒开两只大脚板就直奔五里滩。拉纤，让竹篾条编成的纤绳勒进自己也曾白皙娇嫩的肩头里，勒出热腾腾的血以及岁月的坚韧、岁月的宽容。最后，那个肩头便什么感觉也没有了。

这些女纤夫自然不会像男纤夫那样裸行。她们仍以对待花朵的方式来待见自己。比如，会在赶场天去为自己选一张可心的手帕。一是用来拉纤的间隙，躺在礁石上打盹儿时盖住脸子，防烈日，护皮肤。只要有闲工夫，她们会立即记起自己生为女人身；二是用来与自己心仪的男子在江面上擦肩而过时，挥挥手帕，抒个情。或许每个女纤夫，私下里都拥有好几张手帕——自己买的，那个“死鬼”送的。手帕成了千里乌江男女纤夫之间表达感情中看又中用的小道具。它薄如一枚树叶，又像一片月色似的娇羞无力。想象一下它在男女纤夫粗糙的手指间绞动时的感觉吧，或许是一种最坚硬的东西和最柔软的物质在惺惺相惜——一种无以形容的铁血柔情。甚至让我怀疑这小小的手帕，有时会像风筝一般漫天飞舞，挤满乌江上的每一寸天空，花花绿绿的，让云朵也改变了颜色。它们飞得那么高、那么缥缈，学识再渊博的历史学家也够不着了。

三

有时，你真不知道上帝为何说翻脸就翻脸了。是为了惩戒、报复，抑或仅仅就是为了一点儿好奇心、恶作剧，就给地球来一场山呼海啸，天崩地裂？上帝的心思，人类猜了上百万年了，还是无法猜透。人类也渐渐学会了反省，学会小心翼翼地伺候这个主儿。但更学会了坚韧与承受。

只要你踏进武隆的地界，就很容易发现它的身影——武隆特产豆腐干。其中羊角镇的豆腐干又是精品中的精品，一张响当当的名片。诗人哑铁曾这样来歌咏这经典的名片：

从大豆到豆干，像一道谜
需要揭开乌云的面纱，躲过
雷电的袭击。用身体里
积蓄的全部温柔，将大豆
无法收敛的哭泣，乳白色的咆哮
渐次抚平。再用传统手法
克制、忍耐，自我解剖
然后灼烧，把最后一滴水分
还给阳光，或者空气
……

做羊角豆腐干的大豆自不用细说。且说水吧，是山崩后藏于地下的那股活水。卤料呢，也是没有被赶尽杀绝的大山里的植物所制。全是劫后余生。这种豆腐干吃起来绵扎，留在唇齿间的香味有着久久的荡然，仿佛是老天爷淡淡的深情。由它，我竟会联想起诗人舒婷笔下的惠安女子：

天生不爱倾诉苦难
并非苦难已经永远绝迹
当洞箫和琵琶在晚照中
唤醒普遍的忧伤

你把头巾一角轻轻咬在嘴里
……

天知道豆腐干积攒了多少苦难。它把这里过去与上帝的恩怨都包容了，收进自己黄褐色、娇小的身体里，然后飞镖一样地呼呼打出去，掷地有声——羊角镇成了中国豆腐干第一镇。羊角镇的土特产们好像都带着一种石破天惊的决绝——羊角老醋、羊角猪腰枣，全是些个性独特、外表张扬"以食为天"的角色。看得出来，羊角镇的人正利用自己的智慧，分分秒秒地犒劳着自己，包括味觉，包括对生命的细微处悠然的体验。一个会耗费200多年心思和光阴来制作点儿不起眼豆腐干与香醋的地方，那里人的性子实在耐磨啊。

那是因为他们懂得了与擅长动不动就翻脸的上帝打交道，或许不能仅仅依靠承受与坚韧。

有人说，上帝爱我们的方式，我们往往不知晓。我们向上帝祈求力量，他却给我们以困难。我们克服了困难就拥有了力量；我们向上帝祈求希望，他却允许黑暗来临。而我们走出了黑暗，伸手触及的便是满满的希望……上帝给了我们一次惨绝人寰的岩崩，也给了我们一次奇妙的邂逅，羊角的人领悟了，他们还给上帝的可能要比它指望的更多——那便是热气腾腾了300多年的羊角镇。用血与性命书写奇迹的船夫、纤夫；诱惑你的味觉与情爱的豆腐干、猪腰子枣和一坛子摔翻便可让乌江水香上三年的老醋；以及，外面世界无法克隆的豪放又精致的小镇人生。

其实，在武隆处处可见上帝摧残过的痕迹。上帝创造武隆时，无疑用力过猛，那种超越你拥抱范围的山水，无法充当你的宠物来爱与恨，比如尺寸过于磅礴的天生三桥，像地球心肺的地缝，两岸峭壁无边无际的芙蓉江……武隆的景色都是重金属的打击乐，轰天的摇滚，要有强悍的心脏才能把握。

有时，人们选择一处居住地，有与生俱来的偶然，也有生命意志的必然。

芙蓉江流到武隆珠子溪的旋坝，不知为何，水竟把山劈成了两半，然后像女皇一般前呼后拥而去。她一回头张望，奇迹便出现了。旋坝有一跳鱼滩，每至春季，桃花开至灼灼，就有鱼，比如当地人俗称的"母猪壳"，会拼着命从下游跳到几丈高的上游去产卵，生儿育女。见过这一鱼跳奇观的人用动人心魄来形容这一场面——在"白浪和水雾中，一条约莫两尺大小的红尾鲤鱼跃出水流，尾巴神奇地卷向前来，用嘴咬着，一下子就由下游跳上几丈高的上游水中，红闪闪地在空中划出优美的圆弧”。

娇小的鱼类为何要做这么高难度的跳跃？难道没想过有人正设了机关等待它们自投罗网？但，它们仍是义无反顾、前赴后继地去跳跃，去掀起酣畅的水花，管它下一步是走向死亡还是天堂？而且，总有强悍的鱼跳过上帝设的局或渔人的追捕，胜利大逃亡了。这些胜利者把强悍的基因留了下来，一代又一代地积累，鱼类们仍活得天长地久。

四

《印象武隆》到了尾声。黑暗中，我泪流满面。我们的父亲——永远的纤夫在台上用悲凉又坚定的声音喊道：“忘了吧，忘了我们吧！”金光灿烂的时光之船便载着他向山崖边更深的黑暗处划去，向无垠的宇宙划去，最后的一点儿光亮也被岁月迅捷地吞没。

这个世界的推陈出新，全得靠所有事物的消失来完成，包括我们的父亲、纤夫、旧的羊角镇与我们自己……消失就像水流必须去的方向，很残酷，却也浪漫与美好。所以，我们更多的时候必须选择遗忘，遗忘苦难与哭泣，遗忘曾经的成功与辉煌。当我们具有了强大的遗忘功能，才可能浴火重生。

父亲登上时光之舟消失了。场子里的人在唏嘘、落泪，举行心灵的默哀式来送别曾经代表我们人类与大自然博弈的勇士。却又在顷刻间点亮灯火，迎来一场狂飙般降临的年轻摇滚。瞬间的交替，犹如饱餐了母亲尸骸的大马哈鱼的婴儿们瞬间长大，正气吞山河地要重返海洋。我们在黑暗中吞食了父亲的骨血与传奇，也将在光明的地界分享和传承。

“忘了吧！”我对消失了的父亲说。转过身去，对着那些扮演纤夫的小伙子们举起的摄像镜头，笑靥如花。

——原载于《西部散文选刊》2017年第4期

作者简介：

吴景娅，中国作家协会会员，重庆市作家协会散文创委会主任。

我打着油纸伞走过李庄

■ 金铃子

深冬了，冬天的色彩要暗一些。

下午在陈家坪坐大巴，到达李庄已经是晚上8点多。几小时的车程下来有说不出的疲倦。遥遥地看到，魁星阁在江边迎接我了。几个艳丽的红灯笼挂在高高的树干上，夜色中的李庄，生动、活泼、喜人。江风是徐徐送来，不是吹。一个习惯了水的人，出行，住山水之间，是惬意的。其实，我来晚了些，那条江，鱼儿们快要酣睡了。

临河而居的日子才属于诗。你可以去江边填一曲"一江春水向东流"，也可以在楼上品茶谈些宇宙诸事，唱一曲"人生得意须尽欢"。站在魁星阁下，你就以为你站在北斗七星中了。

入门的登记处，女子笑容可掬，让我签名。她有樱桃小口，仿佛夜色的梅花，有香气。在李庄签名我要轻轻地，再轻一些，这里有我仰慕多年的先生们。他们的历史留存在城中或者掩埋入土，他们的经卷或许还没有整理装裱，但我记住了他们星斗一样的名字，李济、董作宾、梁思永、梁思成……当然，我最爱的是林徽因，不仅仅是因为她偶尔写的几首小诗，如《你是人间的四月天》。是她的病。她赞美过春天,就逝于春天了。

我签下了名。

这群来看李庄的人,都得签上名。纸片上、阁楼上,或一片云彩上。李庄从来没有忘记一个人,只要你看过它一眼,你就会成为这里的一块青砖、一条鱼、一滴江水。多少人来来往往啊,望着隐隐约约被遗忘在江滩上的小渔船,我有了凭吊的感觉。我寻思着明天要去江边。

迟到的人。该吃晚饭了,一杯酒下肚,对面的陌生立刻融化。说来奇怪,李庄的鱼与众不同。黄辣丁,长江鱼中佳品,肉质细嫩,味道鲜美无比。

我想在鱼中找出诗歌,找出滚滚江水和落日。

第二天下午。我和白月在江边散步,见到何大草,他正用手抓着一条鱼吃。在河流的音符中,在优雅的鱼群里,它们游进了我们的嘴唇。相传,黄辣丁是一个丫头变的。在南方江边,一个古老的小村落,黄姓人家晚年得女,宠爱至极,取名小小。不让她下田,也不让她种地,只让她在家里养养花朵,看看月色,寂寞的时候和池塘里的鱼群聊天。黄家的花朵,夜晚香漫一条江,黄家的鱼群在河流的音符中,在优雅的鱼群里,它们弹起爱情之歌,仿佛鸟儿发出的千百种婉转的歌声。黄家丫头绣的鱼都带有春色。

她绣的是爱,或者别的。让人忌妒,让河神睡不着觉。修炼千年的河神,他忘记了修炼,他在水底翻了翻身,动了凡心。在一个寂寞的夜晚,没有星星,河神从三江汇合处飞身而出,带走了小小。小小化身为鱼,游来游去。

美味的鱼。我不知道这些鱼和别的鱼有什么不同。一种鱼代替了另一种鱼,一些事物代替了另外一些事物。各种鱼。它们游进东街、南街、西街、北街及柳家街、状元街。它们在女墙、垛口、城楼、城门、灰瓦盖的房子、灰砖砌的矮墙。四处笙歌音美,弦管声谐。我寻找歌声的方向。在江边,红色的鱼声像空气游进我的肺里。

我被鱼装满。当我吃下一条鱼的时候。我说了一声:“原谅我,亲。”有时候我想,多么不可思议。我是否在吃下燃面、李庄白肉和李庄花生时,也应该说一声:“原谅我,亲。”

在月亮田,我真的见到林徽因了。我们合影。

她带我去看陪伴她的冬日的竹林。风吹来,竹叶发出一丝丝哀鸣。一大块方正的院落,四五间方正的矮屋。虽是深冬,月亮田里的菜地还绿着,旁边的甘蔗也还旺盛。谁在屋后磨墨,谁在屋前喂鸡。这里有烟火的香,香得忧郁。几只鸟从我面前飞过,林徽因用爱慕的目光看它。飞啊,飞。飞翔中的鸟不知道我们是不是羡慕它。

它在飞,而我们不能。

爱着的人,被爱的人都是幸福的。就算冬天来临了,营造学社的经费几近枯竭,她的肺病再次复发,高烧40度不退。上坝村无医无药,先生还学会了打针,学着蒸馒头、煮饭、做菜,他还从当地老乡那儿学会了腌菜和用橘皮做果酱。我想象不出一个男人做腌菜和果酱的模样。一定帅呆了。就算他神色凄然地对美人说:“把这派克笔清炖了吧,这块金表拿来红烧。”一只从万里之遥的美国绮色佳购得的手表,当出的价钱也只能在市场上买两条草鱼。我开始讨厌当铺里的账房先生了,他一定脸色灰暗,好丑。

唉,凡是账房先生就是我的敌人。我晚出生了好多年。如果我和他们在一个时代,我希望我是一个有钱人,好多好多的钱。我要养活他们。

给他们送冬日的残雪。

给他们磨墨汁。

给他们米。唯一的米。

她写诗的时候,我和她讨论诗歌。告诉她我喜欢的词语是一个鲜活的生命,拥有一个生命该有的音律,跃动,和色彩,仿佛一个带有动感的建筑。而这些生命词,又不是孤立的,它们奔涌着,欢喜着,奔向一个崭新的世界。犹如房屋的骨架建成的美。一切有如创世之初,除了自在、欢喜、好奇,就是赤裸裸的存在,善恶尚未诞生的存在。它好像在说:“我来了,我就是我,自足而充盈,丰富而生动。”

她说:“真的吗?”

我说:“差不多。”

当我们敞开心扉,她放下手中的图画。月色寂静,我看见流星从月亮田划过。男人们会不会忌妒我们。

她笑得真美。没有疾病。没有饥饿。

我喝酒。在10月的酒窖里。

看《水浒传》梁山好汉一端酒碗，顿生豪饮之气。我常想“三碗不过冈”的酒店所卖“透瓶香”名字取得真好，问题是“透瓶香”还不算什么。宋江在浔阳楼独饮“蓝桥风月”，一两杯下肚就手舞足蹈写反诗，以宋江的酒量，可见“蓝桥风月”更胜一筹，能够独饮风月真是无限风景啊！人生如梦，“何以解忧？唯有杜康”。当今你我都在醉中吧，醒与醉实无多大区别。我自语道：

上帝啊，别叫我迷失方向
酒人给我带来珍藏的米酒
我们观色、摇晃
篱笆上全是酒香
远道而来的钟师、鼓师、琴师、神农
用朗诵诗词般的语调……
打开一粒麦子
颤动的麦芒

我最喜欢奶奶做的米酒，味道天然清香。她将米饭摊开散热，加入少量凉开水搅拌，将米粒松散开，放上酒曲，将米饭压紧，中间挖个小洞，盖上盖子或保鲜膜。三天左右就可以吃了。总是吃不完。将做好的米酒放在冰箱里，可存放半个月，慢慢吃。

小时偷喝奶奶做的米酒，醉卧坛子旁边，梦见在百花的卧榻上玩要，却被母亲的皮鞭轻轻抽醒。

母亲的皮鞭轻轻落在我的身上。这小小的印迹，是爱酒的理由。

在李庄的街道上。好多油纸伞。红的绿的白的黄的。卖伞的主人不在。游人们在。我们用油纸伞作为道具照相。我想起戴望舒。那个叫戴望舒的人一定躲在某处写诗。他不是我喜欢的。我喜欢挥着马刀的男人。锐利的刀锋偏冷，一刀可以把油纸伞劈碎，把我劈碎。他将我的身体扔进炉火。入水淬火，刀身渐薄，弧度如我画的长卷山水。我们棋逢对手，一笑多是恩仇。尤其是玩火的时候。他知道近护手处应该浑厚低沉。我知道近刀尖处，必须响亮清脆。

我真正地走过李庄了。我把李庄摩挲了一遍。我爱上这个城市。

如同我爱上某一行诗。某一个人。

——原载于《十月》2017年第4期

作者简介：

金铃子，中国作家协会会员，诗人，书画家。

渐渐走失的村庄

■杨犁民

好多个夜晚，我从外面回来，刚刚走到村口，一团黑影从脚边一下子蹿过去，吓了我一跳，转眼就消失在夜色中。第二天或第三天，就听说宝富家或是猪二家的一只黑猫不见了。从此再没有回来。

猫是村庄里最容易走失的动物。很多夜晚，猫凄厉的叫声在村庄屋檐上窜来窜去，“心里像猫抓”，仿佛谁正拿刀一点点割它的肉似的。发情的猫，你拿绳子都套不住。此后的几个夜晚，村庄里再没有它摄人心魄的叫声。

它跑过一个又一个村庄，在遥远的另一个村庄里找到了自己的白马王子或白雪公主，熄了体内的一颗火石子。

稍有情义的猫在怀上或是留下猫种后，还会返回家里。有的猫就再也不回来了。

猫嫌贫爱富，有奶就是娘。这是没有办法的事情。怪不得猫。谁家温暖舒适，谁家吃香喝辣，猫就赖在谁家里。碰上不咬耗子的猫，你也无能为力。你不能吼猫，也不能打猫，你一打，猫就跑了，跑到把它放在腿上睡觉的人家里，跑到不咬耗子也不会被打的人家里。有时候打急了，猫还会反咬你一口，反抓你一爪子。

几乎没有一只猫能够在村庄里活到老活到死。人们不知道，作为村庄的一部分，村庄的一只猫，是怎样走失的。

其实不光是猫。村庄里的所有事物，都在一条与村庄相反的方向上走着——整个村庄都在走着，以我们看不见的速度，一天天离开村庄。虽然村庄并不会因为一头丢失的猪、一个打破的碗而变小。然而所有事物，都在以自己的方式离开。

——牛早就在村庄里住烦了，受够了那些年复一年折磨它的土地，它瞪着眼睛，卖力地犁着地，恨不能一口气把一生的地犁完，从此挣脱枷锁，认真地干一件牛事；

——猪们一生都在啃咬栏圈，企图有朝一日从破洞里逃跑出去，到旷野里去撒欢，偷吃几口青草，天色暗了随便找个岩窖睡觉，想什么时候起来就什么时候起来；

——羊虽然不说话，某个远方却一直深深地装在心里，它埋头赶着一条没有目的的漫长道路，沉默里尽是坚持；

——一只鸡活腻了，不再生蛋打鸣，也懒得偷吃菜叶，干脆叫一只黄鼠狼或是一只野猫叼了去；

——镰刀、锄头、犁铧，以生锈的方式，一天天一点点地跑掉着自己；

——土地在逐年变薄，泥土一有机会就会顺着锄头铧口和人们的脚边，往石缝间悄悄溜走，每年都会有些泥土，在人们睡着的时候趁着月色沙沙地流失……

村庄在一条看不见的道路上，走啊走啊，带着它自己，和它的粮食，蔬菜，家禽家畜，农具，房屋，猪圈，火铺，碗筷，土灶，板凳，猫狗，苞谷，红苕，洋芋，一把生锈的火钳，一件破了个洞的蓑衣……村庄越走越远，渐渐地，便走得离开了自己，走得让村庄迷失在了村庄里。

很多夜晚，你明明看见村庄还在，黑黑的，耸立在那里。你不知道，村庄它有脚，此刻正一步步地向着我们不知道的地方走啊走啊。它走在无边的岁月里，孤独而持久。把一个巨大的背影留给了黑夜。

存放在苕洞子里的红苕、洋芋，还有捧瓜（佛手瓜），隔一段时间去看，全都变得皱皱的，像老太婆的手。我们不知道，那些曾经饱满光鲜的红苕、洋芋，还有捧瓜，都到哪里去了。这么温暖如春的地窖，都留不住它的心情和容颜。无孔不入的老鼠，在洞内打了无数小洞，它啃过后的半截红苕、洋芋留在地窖里，另一部分没有啃过的则平白无故不见了，永远不知去了哪里。

很多年前，高坪村投工投劳，集体修了个红苕高温大屋窖。一村子的红苕全部集中在里面。再寒冷的冬天，里面也是热乎乎的。每隔三五米，就放有一个温度计。

可红苕还是沿着自己的路，一个个地走掉了。有的打湿一点儿生水，便整个烂了，像一摊臭狗屎。有的脱了水分，干瘪瘪的。还有的走得太急，外面还是冰天雪地，它便急着长出一眼芽苞来。

如山的红苕，堆积在那里，每个红苕都有条路，它们走过十万座大山。

村头大梨树上年年彻窝的鸦雀，也在某一年突然离开村庄，从此杳无音信，再无踪迹。

它一定是爱上别的村庄了。这家鸦雀在高坪村住了好多年。谁家小孩出生了，谁家姑娘出嫁了，谁家老人去世了，它们一家子知道得一清二楚。

它们有时候对着树下过路的村民叽叽喳喳地叫，声音急切，却没有人理会。人再聪明也不明白动物的意思。叫得不耐烦了，便朝村民头上屙一泡鸟屎。人生气了，抬头对天骂了一句，拿石头朝鸟打去，打不着，只好把鸟屎一揩，继续赶路。

鸦雀记仇。夜风中一只小鸦雀吹落地上，被过路的村民捡回去给孙子喂猫了，每次过路，这个村民都会遭受鸦雀的攻击。有时是一只，有时是两只，有时是一家。人们不知道鸦雀是何时走的。巨大的鸟窠悬挂在村口，像座没人居住的木房，再无生气。

狗最忠诚，撵都撵不出去。一条被主人遗弃的狗，遍体鳞伤地跑出村庄。两个月三个月或者一年两年后，它又失魂落魄地回来了。

某天清晨，你一开门，它正可怜兮兮地站在你面前，浑身脏乱，背上还掉了一块皮。这段时间，它在外面受尽了尘世的冷暖炎凉，被邻村大群村狗围攻，在一场与野狗的较量中被咬穿了头皮。

它睡过荒野的苞谷蓬，钻进野坟啃过死人骨头。它站在主人面前，没有怨恨，没有愤怒，一副做了错事的样子，尾巴摇得圆圆的。“主人我错了，你打我是应该的，你就收留我吧，我再也不跑了。”

主人一看它那狼狈相，越看越气，转身拿了条竹竿又是一阵乱打。此后这条狗就再也没有回来了，再忠诚的狗，也有伤透心的时候。它在荒郊野外四处乱跑，眼睛里充满了怀疑和恐惧。

一条心如死灰的狗，从此不再信任人。即便有人家想要收留一条流浪狗，也再难挽回它失望的心。一条对人忠诚的家狗就这样走了，变成了一条彻头彻尾的野狗。某些夜晚，空中传来阵阵狗哭……

好多年，村庄就这样一点点走失自己。

麻篮篼里的一根针，它待着待着就找个缝钻了进去，主人把麻篮篼翻了个底朝天也再没有它的半点儿消息。

一年一年的风，把板壁刮得越来越薄，它暴露在日晒雨淋中，到处都是岁月的纹路和缝隙。

每年秋天，都会有些粮食被遗漏在山坡上。人们背上背篼，挎上竹篮，满坡掮（拾）洋芋，掮（拾）豆子，掮（拾）苞谷。

有经验的人们，仿佛已经听到了一粒豆子在阳光照射下自爆的声音，一颗洋芋在地下唤自己的声音，一个苞谷喊他名字的声音。

可无论人们怎样寻找，总有一些粮食藏在人们看不见的地方，连同第一场雪到来之前来不及砍回的苞谷秆，暴露在旷野中，被寒风夜以继日地吹拂。

…………

——原载于《地火》2017年第3期

作者简介：

杨犁民，中国作家协会会员。

远行：火车站

■ 唐 力

挂钟

挂钟在火车站的上空，它是秘密的心脏。也是我的。

我是一个送行的人，我也是那个远行的人。

我一声一声的心跳，洪亮有力，敲响在火车站的上空。

所有的人：送行的人、正要远行的人、既不送行也不远行的人，都在倾听我心脏的敲击。“当，当，当——”他们都听到它那金属质地的声音。

在火车站，我把心脏挂在了高处，高处。

是我的心脏，在准确地传达着离别的旨意。是我的心脏的跳动，将会把人群分开：一半离去，一半留下。

是我的心脏在高处发言。

是我的指针：一支指着离情，一支指着别意。还有一根在摇摆，始终无法安定。

是我的心脏在输送他们。就像输送一滴滴血液。他们都是大地的血液。流淌在火车的血管里。

我输送他们，就像输送我自己。

我是一个人:一个送别的人,一个远行的人。

送别,我把我自己送给了别人。在火车站。

我是把心脏挂在火车站高处的人。

我注视着浩荡的人群:我是他们全部,送别的人,留守的人,我承载着他们全部的情感。

汽笛鸣响,我的心脏因沉重而下滑。

火车站开始慢慢下沉,在生活中,在所有人的心脏里。

售票大厅

售票大厅是火车站的胸腔,是火车站最重要的位置。

它有很多个心室,分管着很多条路线。

作为流动的我们,我们必须要在它那里获得一条路线,获得通向远方的凭证。

就像我们,在母亲的体内,获取了生命,也就获取了来到这个世界的凭证。

我们排成了一列列,依着顺序,去获取我们通向目的地的凭证。

当然,我们必须付出:

获得通向理想的凭证,我们必须付出孤独和求索;获得通往爱情的凭证,我们必须付出感情和玫瑰的花束;获取通向正义的凭证,我们必须付出天平和良心;获取通向真理的凭证,我们必须付出热血和牺牲……

也有的人付出贪婪,获取通向罪恶的凭证,最终他会一去不回。

也有的人付出卑鄙,获得通向丑陋的凭证,最终他会面目全非。

也有的人付出欲望,获得通向悔恨的凭证,最终他会乘一辆返程的火车回来。

……

也许,更多的人和我一样,来到售票的窗口,购买两个站点:幸福和梦想。

结果发现,它们并不在同一条路线上。

检票口

必须给检票口立下命令:仔细检验票证。

只允许通行:理想,梦幻,追求,正义,真理,良心,公平,精神,悲悯……这些路线的旅行者。

检票员必须借助电子高科技产品,检查所有人的身体和物品。并用一双火眼金睛查验票据。

绝不允许有丑陋,阴暗,虚假,仇恨,痛苦,卑鄙,罪恶……通过检票口。

从这种意义上说,检票口是极其重要的。它纯洁着我们的队伍,让一切不好的事物都阻挡在我们的起点:检票口。

就如它让我们脉管里的血液,不会含有细菌和病毒。让我们的血管永远流淌着纯净的血液。

经历检票口后,一支纯净的、纯洁的、纯正的大军,登上生活的列车。我们都放下心来。

然而,在长久的行驶中,我们逐渐发现,慢慢发现:车厢的人群中,依然存在丑陋,虚假,仇恨,罪恶……他们依然在人群中时隐时现。

有时,他就在你的身边。

那么,谁是我们中间,背叛的人?

候车室

候车室是一个小小的祖国。

它容纳了祖国辽阔的版图:四川、重庆、湖南、河南、河北、新疆、内蒙古……

所有的旅客都带着自己的省份在行走,我和一个陌生的、肩扛蛇皮口袋的人擦肩而过,实际上我是在和一个辽阔的省份擦肩而过。

候车室是一个小小的祖国。

在这里,所有的省份是浓缩在一起的,大家相互接触,可能就是新疆的雪山挨着四川的丘陵,青海的高原挨着浙江的河流,可能是上海的楼房挨着江西的村庄,北京的宫墙挨着广东的海港……我们每一个人都带着巨大的省份，当我夹在两个人之间，我可能就是夹在黄河和长江的波涛之间。

我在候车室中走动：我可以看到天山的牛羊，草原的马匹，高原的青稞，黄河边的白菜，秦岭的草木，江淮的稻谷……你热爱候车室里的每一个人，热爱他们身上的汗味、烟味、香水味……就这样，我就热爱着祖国的每一寸土地。

候车室是一个小小的祖国。

我热爱候车室的人，这些大地上的人，这些浩大的，带着自己的省份行走的人。

候车室是一个小小的祖国。

我热爱候车室，我热爱候车室里每一个奔忙的，游走的人。包括我自己。

因为就是他们，组成了祖国的全部。

站台

（一）

一个面色潮红的人，坐在阳光下，落叶在飘落，他在咳嗽。

一声一声的咳嗽，一声一声紧似一声的咳嗽，像一列火车驶出了他的身体。

这一列火车载着唯一的旅客。

载着他的疾病，奔驰在灿烂的阳光下：这列火车的铁轨就是他的声带。然而，这列火车仿佛永远在行驶，始终没有到达终点。车上的旅客仿佛是一个不知疲倦的旅行者。

他携带的行李箱就是药袋。

对此，他无能为力，他不能阻止这列火车的出发，他只有在他的旅行箱里不停地添加芍药、白术、甘草、西比灵……

他又是一个可怜的送行的人，他送走的是他自己。

而在一阵咳嗽的间隙，就是一阵喘息：这是列车停靠的站台。二十分钟，十分钟，八分钟，三分钟，两分钟……列车将再度出发。

而在喘息的站台上，他潮红的脸，不断凋零。

（二）

我们每一个人的一生，都是一列火车，一列永远向前的火车。

我们的年龄就是一个个站台。

但火车却在每一个站台都不会停下，一刻也不停。

只有我们知道，它一旦停下，那个站台就是终点站。

即使在路上也是如此，它会把停止的地方变成终点站。

因此，火车在穿越每一个站台时，一刻不停。

它每穿越一个站台，就老去一层，直到它浑身锈迹斑斑。

就像我们看到，一个在树下椅子上的老人，他已历尽沧桑。

车站的清洁工

（一）

一列火车顶着落日，驶进了他的身体。

一片斑斓。他的身体上绣满了黄金的虎纹。

然后暮色来临。黑夜一丝一丝地抽尽了他身体里的光线。

就像火车，抽走了那些远行的人。

然后是，回归抽走了那些送行的人。

只有他，不是远行的人，不是送行的人，也不是迎接的人。在火车到达或离开的时候，站台不属于他，站台属于那些远行的人，送行的人，迎接的人，回归的人。

而此时，车站上的悲欢离合，离情别意，在暮色里渐渐沉寂。

所有的人都走了，只剩下站台，没有离开。

它的空空荡荡，刚好对应了他身体的空虚。

（二）

他的身体就是一个空空的站台。

所有的人都在他的身体里，坐着火车出走。他的儿子，坐着火车，去了南方，在波涛和浪花之间，寄居着他的梦想；他的女儿，在一个不知名的小站，把生活的铁轨，摆在烤羊肉串的摊上。他的父亲，本来开着一列长长的火车，而最后，他开着开着，就开走了火车头，剩下车厢，遗留在路途中。而他毫不察觉，一往无前地开着。而今他开着坟墓的火车头，在暮色中独自远去了。他的妻子，用一张离婚的站台票，混上了别人的火车。

所有的人都离开了他的身体。

他的身体，也是漫长岁月中的一个站台。

而今，他在清扫站台，他也在清扫自己的身体。

他清扫走一方手帕上的泪痕，一缕发丝上的柔情；他清扫出两个人的拥抱，迎接时的欢欣。有时，他会扫出遗落的粘满口红的半个吻；他会扫出两声咳嗽，一碗苦涩；他会扫出死亡的暗影。而今他已清扫一空，他的身体里，住满了风声。

他再也不会有一人可以送了，唯一可送的就是自己。而他不会，也从不想乘坐火车周游世界。

生活已足够的辽阔，他已经疲惫不堪，而生活的边界，他似乎还没有触摸到。

他的身体是一个站台，他和火车有着无言的默契，每一次火车出发，他就会掉下一根头发。

仿佛无数的火车都是从他的脑门上开走。

他的脑门越来越空，就在现在，他开阔的脑门，就像午夜的火车站台，蓄满了秋风般的寂寥。

——原载于《文学港》2017年第11期，原标题为《远行》

作者简介：

唐力，诗人，中国作家协会会员。

康定，那条穿过记忆淌过童年的河

■嘎子

我经常强迫自己，朝记忆的最深处走去，沿着那条从清晰到模糊的时光之河。

我想走到最初的源头。我看见的是一片黑暗，却听见了一种让人兴奋和激动的声音。

呼呼——霍霍霍——

我一直以为那是风的声音，康定本是风之城，狂风本就是栽种在耳旁的草，晃动和抽打都会震荡我的耳膜。可我尝不出风的味道，那种青草与牛皮混合的味道。我能感觉到绸缎的飘动，水波的冲刷，还有千万颗巨石从高坡滚下的震动。

那是河水的声音，也是我从最初的记忆程序里搜索寻找到的东西。

我曾经在一本又一本的书里读到过，河水对人类文明的孕育与滋养，可河水对于我就像脱离母体后，永远也割不断的脐带。难怪都把家乡的河叫母亲河，她的流淌、她的声响，不管你走多远、走多久，只要你停下来都能听见她的呼唤，一声又一声，像你母亲当年站在街口呼唤淘气的你快快回家，饭都快凉了！

老家康定有两条河，小小的县城里那些木质的土石砌的小楼，就像河岸的鹅卵石一样沿岸摆放，也像河水冲刷的卵石一样，一年又一年地变得古朴精致起来。住在河岸边的人，不管你把窗户关得多么严实，那种轰鸣也会从细小的缝隙里钻进来，“霍霍霍”地咬着早已坚韧的耳膜。那声音就陪着我一天天长大，我也习惯了那声音，像习惯了窗外从来就没停止过撕咬的风声。

风的声音和河水的轰鸣，就是我康定娃娃呼吸的空气，比《康定情歌》更动听的歌声。

很小很小的时候，我只知道折多河，不知道还有另一条叫雅拉的河。我把雅拉河也当成折多河，河和人一样，有一个名字，不会有两个名字，我妈妈没给我取两个名字，它妈妈也不会给它取两个名字。我常听见父亲对淘气时的我咒骂：“你再调皮，我把你扔到折多河里！”从来没有听他骂过“扔你到雅拉河里”。只是奇怪，在我眼里同是一条河，为啥一边脾气暴怒，一吼就满河的白泡沫；一边脾气温驯，静悄悄地看不出有流动的波纹，河水也清幽得好看，河底的石头与水草都清晰可见。那时，我更喜欢脾气暴怒的那段河，看着在一个又一个巨大卵石上暴跳怒吼的浪花，就兴奋得想干些坏事情。男孩子就这样，荷尔蒙的生长就是心内杂草的生长，一激动就想干这样那样的坏事。那时，男孩子最喜欢的游戏就是在河岸边比赛扔石头，能把石头扔到河对岸的人就是大家崇拜的英雄。扔石头也见证了我的成长。开始，只能扔到不远的河边，连河水也扔不进。就一天一天地扔，终于能扔到河水里，看着石头在浪尖上蹦跳，也兴奋得跳。后来，自己扔的石头也能击打到对岸的堤坝上，才看清自己的个儿也长高了。

那时的康定，高高低低的小木楼，歪着脖子沿河岸生长，只河西空出一条狭窄的路让车马行走。我们总能找到空隙处看河水，看让湍急的浪花冲刷得光滑的对岸堤坝。有几个被大人们称作官茅房的厕所，悬在河水上。隔着破烂的土墙有时能看见里面的大人正在掏裤兜里的玩意儿撒尿，坏透了的我们又有了恶作剧，当然最坏的是那些领头的大孩子，我们躲在对岸的墙缝里，掏出弹弓朝对岸官茅房里的大人们的那玩意儿射击，在对岸暴跳的骂声里飞快逃跑。我们兴奋得相互捶打玩闹，却不知道那样对别人的伤害，不知道后果的严重。

不知道是哪个淘气包，从关外牛场娃那里学到了俄尔朵的制作方法，那时扔俄尔朵开始在康定娃娃中流行起来，找来牛毛绳，一块牛毛毡片做成兜子，手巧者还在抛绳上扎上漂亮威风的红绳子。兜里放上石头，在头顶"嗡嗡嗡"地舞着，"叭"的一声像响鞭，兜里的石头就狠狠地砸在对岸的石堤上，力道大得令抛出的石头瞬间粉碎。我们大大小小的坏男孩就一排排站在河岸，大大小小的自做的俄尔朵在头顶舞着，"砰砰砰"地把河对岸砸得轰响。大人的暴怒恶骂也不顾了，我们都觉得自己 就是强大的豪杰猛士，我们的俄尔朵就是世上最强大的武器，扔出去的石头就是发射的枪弹炮弹。终于有一天，惹出了大祸。有一个倒霉的娃娃扔出的石头，砸在另一个正在河对岸路上行走的更倒霉的娃娃脑壳上，一下就把人打得飞起来，倒在地上不省人事了。

在那个鼻涕都会结冰的寒冷早晨，一个脸颊微胖的男孩子，头发蓬乱，衣衫褴褛，肩上挂满了手工俄尔朵，敲着一扇大铜锣，边敲边涕泪满面地说："娃娃们，别学我。我用俄尔朵打死人了！ 康定娃娃们，别再耍俄尔朵了！""咣当！"他就这样游遍了大街小巷，好些人跟着他闹着尖叫着，好像很好玩。大人们却把自家娃娃耍的俄尔朵全收缴了。

据说，这个倒霉的娃娃打死人后，吓坏了，浑身颤抖尿湿了一地。那家死了孩子的人家原谅了他，康定人总是那么善良。说他们失去了孩子都痛苦得要死，不能让另一家也失去孩子。就让他游街来制止这种不良的行为。

不能玩俄尔朵，不能玩弹弓和扔石头，我们这些爱逃学的不良少年只有坐在河岸的堤坝上晒太阳、吹凉风。我们沉默地看着不停吐沫奔流的河水，心里憋着一股火，放屁都带烟。我们都觉得不该这样瞎混了，该做点儿什么事了。一个说："想回学校上学去了。"一个说："上了学想去打工，挣些钱来帮助阿达（父亲）养家。"我看着水里有根枯木在漩涡里钻进钻出，就是出不去，站起来，把一块在手心里捏烫的石头扔进水里，说："谁知道这条流向哪里？""哈……"都看着我笑，说："你真的没好好上学啊？ 河水都向东流，流向大海。"我说："我想跟着河水走，看它到底流向哪里，就是到了海边，我也想去捡几个海贝回来。"他们都啧着舌头，说："那里好远，你就是走死，也到不了海边。"我说："我就想想，没说去。"

那时，我们中没有人离开过小小的康定，都不知道我们每天伴着的折多河流向何处。

终于有一次，我与另一个很要好的孩子，勇敢地去走折多河，看看它到底流向何处。当然，我们还带着钓鱼竿，想走累了就钓鱼来烧着吃。我们一早就出发，我至今还记得，出了东关后，我们就一直在河岸的卵石间穿行，和咆哮的浪花一起蹦跳，很累也很兴奋。天快黑尽了，我们到了一个叫瓦斯沟的地方，才知道折多河的尽头并不远，就在这里变得温柔，伸出有些缠绵的小手，拉住了高傲的雄气勃勃的大渡河的衣衫。那一刻，我们失望得鼻腔发酸，看着伴着我们长大的这条小河，我们竟然难受得想痛痛快快地哭一场。

那时，河水好像没有这么窄，两岸的堤坝间还有石滩和沙滩，那也是康定孩子们常玩的地方。那时，康定娃娃们有一句话，“走，河边上挖铜圆去”。那时，河岸边真能掏挖到好些铜圆和小钱，运气好还能掏到真正的袁大头银圆，掏出来在水中冲洗一下，吹口气放到耳旁真的能“哧哧哧”地响。我从掏出的这些铜钱银钱里，认识了我从来没有见到过的世界，那个世界被称为“旧社会”，他们就用这些钱来买卖东西。我奇怪，怎么河里会冲来那样多的铜钱呢，难道这河与时间的某一处是相通的？那时我正好读了一本叫《时间机器》的书，就想顺着这河朝上走，或许在某一处就进了“时光隧道”，就能到达用这种钱买卖东西的地方。从那个时代过来的大人们却说：“刚解放时，好些有钱人家怕革命，怕划了不好的成分，就趁黑夜把一筐筐铜钱，还有金条啥的朝河里倾倒。‘哗啦’一声，就解脱了，就成无产者了。”

那时，我们还能在河岸见到好些淘金人，他们把木制的淘金船放进水里，另一头是他们掏挖成的小河沟，然后把水里掏挖出的泥沙倒在金船子上，河水一冲把石头泥沙冲走了，沙金啥的就粘在了木船子上。淘金人对我们说：“五行里只有木头才能制服金子，金就木，木粘金。”我们也想看看金子是啥样的，就耐心地等着每天淘金人收船的时候。他们在船子上把大粒的金子捡起来给我们看，只是一块块豌豆大的石头，看不出它们是金子。可淘金人说是，剩下的细沙粒又倒进一个木瓢里，在水面荡着荡着，那些沙粒就变成亮晃晃的金沙了。那时，我们羡慕死了的，还是淘金人每掏挖起的一锄泥沙里，都有好多铜钱钢洋，可他们都当废铜铁卖给废品收购站了。不像我们，每一块儿都会玩好些年，或看着上面的袁大头、宣统帝像、双飘旗帜想象着那个世界是啥样的。

冬天,河两岸都会结上厚厚的冰板。不是一层冰,是好多层,那是因为高原的雪都是一层层地下,下一层,结一层冰,河岸的卵石上的冰就渐渐地厚起来,像冰雕似的漂亮。那时的河岸也很危险,我就亲眼见过一个穿红棉袄的女孩去河边冲刷尿桶,刚一踩上一块结冰的石头,就滑倒了。岸上好些人都惊恐地叫起来,那女孩滑进水里还想去抓比她冲得更远的尿桶,手一伸就不动了,像根木头似的越冲越远。河岸边围满了人,没有人敢跳下水去救,因为水很冷,再会水的人下去也会冻僵。康定的河水不知冲走了多少鲜活的生命,有想不通跳河的,有不小心掉进河里冲走的。河看着不大,就是水太陡太急,人下去,只一眨眼就不见影子了。几天后,才在东关和大风湾下面的石缝里发现让水撕扯得破烂的尸体。因此每次我们出门找小伙伴玩时,大人们都要咋呼:“河边上别去哟!”

康定是个多民族杂居的小城,藏传佛教、伊斯兰教、道教、天主教和基督教等都在这里建有庙和教堂。人们信仰自由,进不同的寺庙或教堂,出来后又能融洽相处。我的小伙伴里就有叫尼玛、扎洛、伊波拉、阿里曼的。流传下来的好些故事,都与这条河有关。大人们晒着暖融融的太阳,一张脸就笑成阳光一样,对着永远沸腾的河水说:“别看你们那么狂,你们没人敢在这条河里划船吧!”我们说:“也没见过谁敢在折多河里划船,除非是疯子。”大人们说:“真有个洋疯子在河里划过船。”

好多年前,有个德国传教士突发奇想,用一艘橡皮船在折多河上玩漂流。他还带上了他的宠物——一头肥胖的小狗熊。他在岸边灌下了一大瓶威士忌,合着圣经默念了许久洋经,就把书交给岸上的信徒,皮船放进水里,他抱着熊上了船。开始,他还向岸上的人挥手招呼,一个巨浪打来,船狂奔起来,撞上一个石头又一个石头,船粉碎了,胖胖的传教士舞着手一眨眼就被冲得不见了人影。岸上的人乱了,呼喊着追赶着,最后在下游瓦斯碉河湾上,他鼻青脸肿地抱着离岸不远的大石头,露出头来喊救命。他的宝贝却不见了影子。人们把他拖上岸时,他沮丧地摇晃着头说:“这不是人间的河,是从地狱流出来的河。”“哈……”所有人都笑了,又把这笑声传遍了康定的大街小巷。

还据说,瓦斯碉口子下的一块巨石上,过去是城里藏族同胞们水葬的地方，他们在那里把去世的人送上天界。过去，那里像圣地一样插满了经幡，迎着风“呼啦啦”飘着，像唱着圣歌。在我童年时，真的看见过水葬。那是矮壮的戴吉水葬他的弟弟豆寇。他弟弟那时是我们这样大的娃娃心里的一匹狼，因为他胖大，又蛮不讲理，见谁打谁，我们都躲着他。可是一次流感，豆寇也染病了，且越病越重，然后在戴吉的怀里咽了气。记得那一天，好些人都在街上说，豆寇要被扔进折多河了，我们都从家里赶了出来，看见又矮又壮的豆寇哥哥戴吉，露着黑亮的胸脯，肩上扛着捆成一团的弟弟豆寇在街上昂首挺胸地走着，豆寇的耳朵、鼻孔、嘴巴和屁股里都塞满了酥油。我们一大群孩子跟着他，赶也赶不走。我们看见他从下桥河口上下到水里，“哗啦啦”就踩进了水里，走了几步后低下头默念了些什么，就从肩膀上放下弟弟的尸体，轻轻放进河水里。他拉着弟弟好像舍不得放他走，又扳过他的脸，把脸上的一些脏东西弄干净，然后放开了手，朝河心一推。豆寇像船似的就顺水漂走了，在浪花里翻了几下就看不见了。戴吉回过身来，朝我们挥挥手，好像在赶我们走。人群中有人把早就准备好的鸽子放飞了，带鸽哨的鸽子尖叫着飞到了蓝得透明的天空……

折多河水陡，狂怒得像奔跑的马，又冰冷刺骨，因此折多河水里很少有鱼虾能生存。最早见人扛着竿要去河里钓鱼的，是住在我们街尾的卖猪肉的男子。他刚讨了老婆不久，老婆大约快生了，他想钓几条鱼来给她补身子。我们奇怪，说：“折多河里从来不生长鱼。”他说：“不在折多河里钓。”他没说在哪里钓，我们就跟着他走，从州医院那座木桥过去，又朝上走了不远，那里的水很平稳，水里生满了绿色的水草。在那个时候，我才知道，这条河与折多河不是一条河，叫雅拉河。才知道雅拉河和折多河都来源于叫一样名字的大雪山，是大雪山上的雪融化成的河水。当然，耐不住性子陪他坐在风口等鱼的我们，都不知道他后来钓没钓到鱼，而我见到有人钓起来鱼的地方，在东关大风湾那里。那时，那里是河水最宽阔的地方，公路紧靠着山岩。那人挥手把渔线扔了很远，扔到我们睁大眼睛都看不见的地方。才一会儿就高兴地说：“有鱼咬钩了！”我们也不知道他是怎么晓得的。他等了一会儿，就开始收线，收收放放，说：“那是条大鱼。”我们都盯着他收回来的绷直的线。果然，看见了鱼，好长的鱼，在水面上蹦跳。他抓起鱼举起来让围拢的人看，鱼瘦长，背脊漆黑，像蛇又像龙。他有些失望，说是条土鱼子。土鱼子没鳞片，肉粗糙，刺又多。后来，又见有些人很久才钓起鱼来，都很小，不是土鱼子就是石趴子。我们也自己弯了些大头针当钓钩，掏挖了蚯蚓当饵，却没钓到一条鱼。

我们没了钓鱼的兴趣，并不是没有了对河水、对鱼的兴趣。那时，我们又有了另一种喜好，就是在河岸边撮鱼，特别是一场涨水过后，水消了，河岸沙地石缝里就留下了大大小小的水凼，好些来不及逃出去的小鱼就留在了里面，我们的游戏就来了。我们偷来家里的簸箕从早到晚都泡在水里，把水搅浑后就用簸箕撮鱼。我们把那些豆芽样的鱼苗叫"丁丁鱼"，撮到后就放进瓶子里养着。在夜里昏暗的灯光下，看着瓶子里箭一般在水草里射进射出的丁丁鱼，心里满足极了，我们也想像鱼一样自由地射来射去，哪怕在一个小小的瓶子里。

夏天最燥热的时候，有孩子想到了下河游戏。河水那么急，一块石头扔进去，都会冲得不见影子，哪敢去啊！大一点儿的孩子就带我们到东关一处挖沙的地方，那里是河湾，水本来就平缓，又挖沙掏了些大坑，河水涌进坑里就成了游泳场。看着那里清澈平静的水，我们的心痒了，脱光了衣服就跳了进去。水真冷，一泡进去浑身的疙瘩就冒出来了。可我们仍然快乐极了。那是暑假，正找不到玩的地方，就天天来这里玩打水仗。可是，有一天一个孩子游出了水坑，想试着在河里游游。我们都叫他别去，他还是去了。我记得他在水坑缺口处站起来，水珠从他细瘦的身子上滴下来，他拍拍冻红了的胸脯，说："怕个屁，我大渡河都去游过！"就扑进了水里。开始，他还在河湾的缓水处游着，挥着手叫我们也过去。可一个浪打来，他身子翻滚了一下，就滚进了狂怒的陡水里。我们都"哇"地叫起来，跳到岸上喊他的名字。可是满河的乳白色浪花里再也看不见他的影子了。我们追着跑着，哭得嗓门都哑了。

从折多雪山流淌下来的折多河水，从雅拉雪山上流淌下来的雅拉河水，像两根牛毛绳在瓦斯碉垭口上拧成了一团，写成一个大大的"人"字。两条河，温柔的、粗犷的、甜腻的、狂暴的、沉静的、喧闹的、冰冷的、热情的……混合在一起，才是一个完整的人，一个真正的康定人。我相信，我的那种外表阴冷粗糙、内心狂热柔软的脾性，就是这条家乡的河塑造的，像河水常年冲刷那些粗糙硬实的卵石，磨去棱角，留下圆润。内心的激情和比梦更多的想象，富足得怎么用也用不完，那是因为我从来没有割断家乡河的脐带。河水就这样流淌，像嘀嗒的时钟一样从不停息。而我们也在河水奔腾的轰响声里悄悄长大了。我们开始清点自己的时候，才发觉真的像蛇脱皮一样，把身上曾经的一切都脱光了，成长为一个崭新的人。河水带走了我们童年的一切，我们的欢乐、悲伤、幼稚、邪恶、空虚、茫然、充实、纯真、失落、追求……今天，我闭上眼睛，还能看见河堤坝顶上，一排坏孩子掏出小雀雀对着喧腾的河水撒尿，领头的嘴里发口令："掏枪上膛射击！"哗啦，鲜亮的尿水射进河水里，岸上一片兴奋的邪气的笑。还记得我冒着狂暴的雨，在河滩给一位邻居的女孩撮鱼，只因我不小心把她放在门边的一瓶丁丁鱼打翻了，在滑了一跤时又踩死了好几条。冒着大雨为一个女孩子撮鱼，我竟然一点儿也不累。后来，她成了我唯一的异性小伙伴，她和她母亲回成都时，我还躲进屋内痛哭了一场……还有，一个疯子路过河边时，把一个路人的帽子抢下来，扔进河里，自己也跳进湍急的河里，一晃就冲得没影。这些画面会一幅幅闪过，像河水载走的那些漂木。

最让我心中隐痛的，是每天早晨太阳还没燃亮郭达山头时，有个老阿婆站在河岸用忧伤的腔调一遍又一遍地唱诵六字真言："嗡——嘛呢叭咪吽。"一遍又一遍，唱得人心中酸痛极了。她是在吐尽心内的苦痛，直到太阳升起，阳光把满河的水点燃，她阴沉着的脸才温暖起来，带着满足的笑捏着佛珠离开。那时，我在准备高考，就在老阿婆的身旁看书读外语。看着满河鲜亮金黄的阳光，我时常将其幻想成一根伸进天空里的长藤，像从神话故事中读到的那根伸进天界到巨人家里盗取金蛋的豆茎。我终于从这根豆茎上走了出去，外面的世界很大，可脚仍然踩在地上。花花世界五彩缤纷，都市的噪音撕裂耳膜，可心依然生长在这根脐带样的豆茎上。

有家乡的河牢牢地拴住，我不管走到哪里，走多少年，都走不出母亲河水的喧闹，人不管长多大，就是成熟为一个饱经风霜，内心丰满又智慧强悍的老人，静下心来依然能清晰地听见母亲站在门边，用揪心的嗓门叫："儿啊，回家吃饭啦！"

——原载于《贡嘎山》2017年第4期，原标题为《康定，那条穿过记忆趟过童年的河》

作者简介：

嘎子，本名黄定坤，重庆文学院签约作家，编辑。

黔江峡谷城

■ 刘运勇

在土家族的美丽传说里，峡谷是用月亮弯刀砍出来的，于是在大地上留下了一道道堑壕。土家族语称之为“芭拉胡”。这个词只是谐音，无任何意义，只是让我忆起了跳月。大抵由摆手舞引申的。那些疯狂的舞者，脑壳缠着一圈圈青头帕，身穿宽松的对襟衣物，足上套着六绊草鞋。舞蹈从呼喊“哇哦哦”开始。每一句歌词，要配合三五次的扭动。是不是脚下踩了深深浅浅的峡谷栈道？那些数千米长的高壑，一道道地紧连着，汇聚无数土家族人和苗族人，及其他族民，牢牢地构成黔江。这座城原本立在东部盆地，分东城、南城、西城，改革开放之后，黔江人突发奇想，不再挖刨那方田土，而跨越西部峡谷发展，在舟白建机场，在正阳开发新区，以持续的苦干，建设起一座方圆200平方公里、世界第一的峡谷城。

这是多么巨大的人工造物啊！

历经几千年的旧时代，好不容易，才创造了一座城。30年新生活，轻而易举，又添了一座城。新旧城之间，横亘着著名的西山，因山势向阳而称西阳山。

黔江大峡谷穿越城区三大组团，北起老城，南越黔江河，直至阿蓬江的入口处，全长近8公里，拥有国内唯一跨越7个地质年代的偌大区域，峡谷平均深度约200米，最高深度竟达500米。其间有庞大的地底溶洞群。临近的新城中，立起了很多现代化建筑，于是新旧交错。

旧城是块儿盆地，已经被改造了，上班坐公交车，到处是菜市，赶白日场，唯一与旧时代无区别的，只是满口夹杂着的武陵人口音，问话要称“么子”，答话都说“是格”，容易使人想起陶渊明笔下的桃花源。

无论城里乡里，土家族姑娘出门，偶有哭嫁的旧俗存在。新娘在结婚前半个多月哭起，有的要哭一月有余，至少三五日。每次可象征性地哭一两声。也有土家族人把能否会唱哭嫁歌，作为衡量女子才智和贤德的标志。当然只需要待嫁时唱上一唱。哭嫁期间，新娘可以对家中每位亲人唱一首，对贺者再唱一首，遇上陌生人进屋必须唱，每做一件事都可以歌唱。因此，哭嫁歌就分为了哭父母、哭哥嫂、哭伯叔、哭姐妹、哭媒人、哭梳头、哭戴花、哭辞爹离娘、哭辞祖宗、哭上轿等等。所有的哭只相当于一个临别赠言，因此哭词优雅而欢喜，再无旧时妇女对婚姻不自由的厌恶。幸福生活到底是不是哭来的？人心深沉如壑，犹如峡谷，不大容易看穿，任凭哭者揣测。所以姑娘们哭嫁的时候，双手捂紧了眼睛，从手指缝中去看客人，唱词欢喜或者含糊，心里乐开了花。

苗族姑娘出嫁，似乎也要哭嫁的，这样才显得不忘娘恩，伤心离别乃是出自内心。

这样一座老城，要花许多精力，才立得新规、育得新人、见得新面貌哩！不妨行至黔江城去逛逛芭拉胡吧。峡谷里有大水，龙溪潺湲而奔出，左右不乏森林、瀑布和湿地，到处是各种形状的石头。人说石头会开花、会说话。就在对岸西阳山上，用线描法，镌刻着观音大佛像。佛以慈眉善目，普视芸芸众生，为怜悯神态。我觉得佛眼里含有一种羡慕。芭拉胡是亚洲唯一长在城市中的大峡谷。黔江这个地方，城中有大峡谷，峡中有大溶洞，洞中有大景象，实属当世罕见。莫非它是一座放大了的世外桃源？在峡谷一侧，今人凿出808米长的绝壁栈道，提供给攀爬者往天上走。其中一段百米栈道，用全透明的钢化玻璃铺成，斜斜悬挂在峭壁上。崖壁长满了野生蜡梅，火红色的，宛若一束束火焰，为开怀大笑状。这就是黔江大峡谷。远远望去，活似巨人，身披彩带，开心地看着攀上来者。

去看一看它吧，美哉芭拉胡！黔江大峡谷，一座城中裂变之谷。它看着人很远，人看着它很近，任由光阴在相视中悄然转换。黔江人踩脚摆手地尽情欢唱。那些景致哟，光用眼睛是看不完的，光用笔是写不尽的，得到古往今来的名篇中慢慢寻找。比如清代诗人彭施铎的《溪洲竹枝词》。在那遥远的文字里，可寻章摘句，找出倾情描写土家族人欢欣鼓舞盛况的文字：

福石城中锦作窝，
土王宫畔水生波。
红灯万盏人千叠，
一片缠绵摆手歌。

历史遗留下这真实，可以唱一个真实、舞一个真实，然后，默默地述说出一个真实。

那就是妙绝人寰的摆手舞啊！

土家族人兴奋了就跳舞，跳起大摆手舞会地动山摇，跳小摆手舞也令人耳热心跳。大摆手舞，土家语称为“叶梯黑”。小摆手舞，土家语叫“舍巴”或“舍巴巴”。均模拟其生产生活情景。舞蹈姿势包括了赶猴子、拖野鸡尾巴、犀牛望月、磨鹰闪翅、跳蛤蟆等十多个原始动作。有专家介绍，摆手舞只用大鼓和大锣各一面打击伴奏乐器来伴奏。敲击演奏时，一人或两人，在摆手堂中央击鼓鸣锣，指挥全场。其节奏平稳，强弱分明，雄浑深沉。敲锣为点、一敲即捂为列，击鼓为咚。村村寨寨都跳摆手舞，跳过单摆，又跳双摆，还要跳回旋摆，他们的每种摆动，都张扬着乐观、张扬着奋斗。

跳摆手舞，是峡谷文化活动，劳动累了、耍无聊了、想亲人了，就“手之舞之、足之蹈之”，不怕路人笑话。在大峡谷的沟壑里，跳得优美没人看见，跳得笨拙没人看见，跳走样了也没有哪个看见，只是跳一个随意。四围都是纵横的大峡谷，无数深谷、浅谷、宽谷、低谷，构成一座座宏大的峡谷城。因为峡谷众多，溪流也就宛转，常常可见180度的大转折，越发显得这座城婀娜多姿，简直就是城市精灵。

而精灵是注定要锻铸成族魂的。

山既然是黔江的魂魄，就凭这峡谷城，黔江人坚称“宁愿苦干、不愿苦熬”，“套现”为一种精神，万般顽强，风雨不能动摇、霜雪不能压塌，也就一点儿都不足为奇了。

峡谷不仅在主城有着，在黔江所有乡镇，都或大或小的以群的形象存在着。都说十三寨也是峡谷。那是浅谷，随山势下凹几许，出现一道山沟，封锁了上下端口，就可以建筑城堡了。十三寨曾是刀客嚣张地。而且这里以女性为尊，每至五年，会挑选一个才艺双绝的女子，出任总寨主。谁都想不到，站在人们面前敞开歌喉、笨拙地摆手的中年妇女，会是寨主或者总寨主。倘若坐到织机跟前，你一定只把她当成织女，看她灵巧地投梭织锦。寨主们如今承担的责任与义务，只是持家待客，或以敞亮歌喉、坚毅手势，展示山乡的一切美好与古朴。

十三寨的土家族人或苗族人，居住在杆栏式木结构吊脚楼里，神龛里供奉着“天地君亲师位”。那些字特别有趣。须书写成“天不出头、地不离土、君不开口、亲不立木、师不带刀、位不离人”，须用繁体字写出，换成简化字，就达不到这些要求。

有种乐器是土家族、苗族的绝技，那就是吹嗡，有“嗡通鬼语”之说，当然是祝福语。

看看这些剽悍的神秘族群。

凭借这剽悍，十三寨人才辈出，以学堂寨为最，皆因大义凛然。寨人王克明与温朝钟、黄玉山等曾组建革命武装，叫作铁血英雄会，于1911年1月3日起义，失败后在黔江城壮烈牺牲，史称庚戌起义。革命先辈引领的革命，早已取得了成功；革命后人兴起的建设，正蓬蓬勃勃地开展着。在土家族寨、苗族寨外，是无边的花田和果园，嗡嗡飞舞着无数蜜蜂。它们采了花，酿出新生活的蜜来，不正是兑现革命的初衷吗，或者实现了革命者的诺言，革命后辈们，正以空前的想象力和创造力，建设一个崭新的峡谷城！

于峡谷起城，无论怎么斟酌，还是要搭座吊脚楼。十三寨吊脚楼群，依山面峡而就势兴建，讲究的是虎坐形，有“左青龙，右白虎，前朱雀，后玄武”之势。寨民把斜坡挖成上下两层，每层进深各六尺余，面积约100平方米。前排立落地房柱，搁置在下层地基上，形成悬空吊脚。最外层不落地房柱与上层向外伸出地基的楼板持平。上下地基之间的空间，就形成了吊脚楼的底层，上下两层相差大约四尺，层层的山壁用石头砌成堡坎。这就是吊脚楼“天平地不平”之特点。吊脚楼是十三寨的普通民居，无论苗族人、土家族人，都惯于居住。其上层通风、干燥、防潮，惯作居室，下层关牲口或用来堆放杂物。建筑吊脚楼房时，采用穿斗式结构，每排房柱五至七根不等，在柱子之间用瓜柱或枋穿连，组成牢固的网络结构。中柱必须是一根枫木。因为枫树是苗族的生命图腾树，供奉祖宗圣灵的神龛，就设在二楼的中柱脚。楼板壁皆用杉木板刨光封装。每间窗棂，都用木条拼成形状不同的图案，房门皆为独扇。仅堂屋大门为双扇，刻有龙凤浮雕，上方两头安装门当木雕，门当另一头成牛角，俗称打门锤。卧室外就是堂屋，因宽敞方便，常年设有火塘，一家人围着火塘解决三餐。吊脚楼大都在二楼架有悬空走廊，两侧装曲栏靠椅，苗语叫作“嘎息”，民间称“美人靠”。漂亮或不漂亮的姑娘们，常常靠着挑花刺绣，拿大眼睛瞟人，都会唱那首传之弥远的《木叶情歌》：

大山的木叶烂成了堆，
只因小郎不会哟吹；
……
几时吹得哩木叶叫，
只用木叶不用媒。
……

过路小伙儿回对一段，幸运会陡然降临头上，哄得土家族或苗族姑娘进门。也是峡谷城里一桩喜事哩。第三层如有吊脚楼，除了屋顶上盖瓦以外，墙板全部用杉木建造，柱与柱之间用大小不一的杉木，斜穿直套系连一起。

虽然不用一个铁钉仍十分坚固。房子四周还可以装吊楼，飞檐翘角似展翅欲飞状。房子里外涂上桐油，讲究又干净又亮堂。毕竟是新生活，过得自然要滋润些，十三寨房屋，尽以七柱四骑、四合天井大院为主，相当于城里的独栋别墅，或是小洋楼。

再牢实一些，把石头用来垒屋，垒成土家大屋，使得人的生活完全离不开石头了，甚至成城堡、成街市，从而包裹他们的渴望。那些石头上，没有经过播种，突然冒出了一群树，有阔叶有针叶，还有不长叶的杆儿。耸立起峡谷城的框架。那些石头缝隙之中，会缕缕不绝地冒出烟气，随着峡谷的风盘结，或者升到半空，飘散成弥漫的雾幛，直到把天地完全掩埋。生长出了树，峡谷就有了生命；冒出了雾缕，峡谷就有了情感。

峡谷城就是如此烟霞横生的哦。

“哟哦”，随着岚烟，可以朝寨子里头走，去跟阿妹们款款谈心，或者拉阿哥们跳舞，他们说过了，无论在白天在夜黑，说的都是月亮话题或太阳话题。

走进一座吊脚楼，堂屋里搁着一架实木织布机，完全还原《天工开物》里的织机模样，主要采用丝线、棉线和毛绒线做原料。织出的锦布即是人们常说的西兰卡普了。织法纯粹沿用古代斜织机的腰机式织法，把经线往织机上拦腰一拴，投梭行纬线，以观背面，织出正面，所织图案美观且整齐，织锦结实而耐用。

见了客人来，土家族姑娘会拿眼睛来问：我与西兰卡普相比，哪个更漂亮？懂事的客人会说，姑娘比花铺盖漂亮；不懂事的客人也会说，姑娘比花铺盖漂亮。一个漂亮在面上，一个漂亮在心头，或者表面与内心都漂亮。

这就是闻名遐迩的西兰卡普，最是多姿多彩，山里人用最美好的词儿形容：土花铺盖。这锦布铺着多姿多彩，看着眼花缭乱，盖着温暖柔和。

取天下诸般花色，那就叫土；揉天下诸种鸟羽，那也叫土。土家族姑娘当然能织出最美的锦缎！其实以山里人之矫健，之心灵手巧，那就是男子眼中的大美。

根据实地的观察，西兰卡普用色，肯定借鉴了艳丽的鲜花、鸳鸯的羽毛、天空的晚霞和雨后的彩虹，图案素雅、古朴、沉着；纹样多以菱形结构、斜线条为主体，讲究几何对称，反复连续，色彩调配上颇有讲究，有一首歌诀说："黑配白，哪里得。红配绿，选不出。蓝配黄，放光芒。"充分说明了土花铺盖喜用对比色，用黑白衬托钩提，用红绿过渡勒边，用蓝黄比对映衬。刺绣手法采用了各种钩状、锯齿状、梳齿状、缝合状、连锁等边饰，加上多角形的小花作为点缀，又多以黑色衬底，以白色镶边。于是，主次纹样显得既界限分明，又连成一体。或者采用暖色的大橘黄为基调，用于主要部位，具体配色又是变幻无穷的。观者无不视之为"天孙巧织"。如今，土花铺盖之中，有表现土家历史题材的作品，如四凤抬印，土王五颗印之类；有生活风俗题材的，如双凤朝阳、龙凤呈祥、麒麟送子、福禄寿喜、鲤跃龙门、五子登科、鸳鸯戏水、野鹿含梅、老鼠娶亲等；有自然风光题材的，如峡谷风光等；也有动植物题材的，如猴儿花、虎头花、猫脚迹花、狗牙齿花、玫瑰花、菊花、月月红等。土家族人把能否挑花绣朵，作为衡量姑娘心灵手巧的标志，并创作了情歌来传扬：

白布帕子四只角，
四只角上绣雁鹅；
帕子烂了雁鹅在，
不看人才看手脚。

看织布姑娘手脚做什么？那手要像梭子一样，纤长灵巧，能够把幸福投向任何地方；那脚要像踏板一般，任随往哪里一踩，都站得牢实，轻易不会动摇。寨中还流传着一个凄婉美丽的故事。土家族姑娘西兰手织花布叫作"卡普"，把山里百花织完后，还没见过半夜开半夜谢的白果花儿，为了绣出白果花，西兰深更半夜时，独自爬上高高的白果树梢，去与花儿对话，不料被又丑又坏的二嫂发现，向长兄进谗言，哥哥怒其不贞，操起板斧，砍断白果树，摔死了西兰姑娘。可她织卡普的技艺为土家族人传承。

十三寨只是一条浅谷，坡度比较缓和，劈山种粮，可以把苞谷一直种到天上去，所以当地人不缺吃、不缺穿，甘愿勤奋劳作，建立了幸福山寨。

有人如是说，阿蓬江割开武陵山，形成峡谷，给后世留下了濯水古镇。濯水古镇与彭水、酉阳、咸丰接壤。镇上原有一条老街,开辟了一条新街,政府在打造第三条街,当然也是新街了。新街往往是崭新的希望哩。濯水场最早被称为白鹤坝,元明之际属酉阳土司管辖,因商贸位置重要,逐渐成为川东南的驿道、商道、盐道所必经之地。商贸业一时风生水起。其中的茂生园、宜宾栈、光顺号、同顺治等商号,以及多个染房、酿房、刺绣坊等手工业作坊,吸引着来自上海、宁波、厦门、广州、南京、武汉等地的客商。山外好多新鲜玩意儿,比如脚踏风琴、口琴、自鸣钟、汽灯、手摇留声机等洋货,被他们带到了濯水。转而将濯水的蚕丝、桐油、茶、漆等远销山外。甚至还有西洋人进山经商,把光顺号的生漆和同顺治的药材,远销到海外去,不断演绎着中西民间贸易的传奇。民国二十四年(1935年),亦因当地商贾云集,如河水般流入,店铺鳞次栉比,似堤坝般耸立,人称濯水为濯河坝,与酉阳的龙潭、龚滩合称三大名镇。在濯水街道中段兀立着一块四尺高下宽约尺半的石碑。碑面阴刻"天理良心"四个大字,为武陵山地区极少见的道德碑,用以警示古镇商贾:经商、为人、处世要正派。

"沧浪之水清兮,可以濯吾缨;沧浪之水浊兮,可以濯吾足。"濯水有没有洗马之本意?有些时代,黔中的濯水一带,可是皇家流放犯官、皇室不肖子的苦地方。民间有"养儿不用教,酉秀黔彭走一遭"之说。过去到酉秀黔彭来,须得绕道湖北、广西,从武陵山进;或越过白马山,进入大娄山区,再渡乌江入。俱是极其艰难曲折的。且民风淳朴,衣食简陋,讲究忠孝义气,方才有了最佳教育基地的名头。如今的濯水古镇,交汇穿过渝怀铁路、渝湘高速公路、319国道,交通极为便利。流过濯水前头那条阿蓬江,发源于湖北省利川市,是我国唯一的一条自东向西倒淌的内陆河,自古便与乌江、酉水一起,成为沟通三峡地区和江汉平原的重要通道,巴文化、大西文化由此交替传播。于4000年的漫漫历史长河中,扎扎实实地见证了巴人的进退与兴衰。濯水古镇古老的街巷格局得以完整保留,体现了与其他城市街区的历史差异,承载着巴文化、土家族文化与其他文化的融合、传承和创新。同时码头文化、商贾文化、场镇文化相互交织,形成了一条滔滔不绝演绎历史风云的文化大峡谷。

桥是走过峡谷最便捷的通道。

风雨桥横跨于流经濯水古镇的阿蓬江上，长658米，宽5米有余，是亚洲第一廊桥。桥分上下两层，一层可供行人交通，二层可供休闲娱乐。这座桥为纯木结构。建筑木桥材料之间，以榫头卯眼互相穿插衔接，因直套斜穿精密而牢固。桥上建有三层塔亭，两侧有近百扇可自由开合的雕花木窗。桥内摆放有红漆长凳，游人累了可随时稍坐，护栏中部按40厘米宽统一设置了座位。廊桥遮风避雨，逢夏暑冬凉或天气恶劣时，可庇护做买卖者或过桥乡民。人字形廊桥青瓦木梁，四面通透，雨水不会浸入廊桥中。初夏时，有充足的光线照射，上下午阳光大盛，甚至可以直接照射透入，使廊桥始终保持干燥。赶场天人多拥挤，廊桥可起到规顺人流的作用，不至于像街巷中人群熙来攘往的乱成一锅粥。不同的空间、不同的功能，无形中出现了划分，有了起伏、有了层次，人群走动便流畅通达、自由自在了。

从水码头上观赏风雨廊桥，所看见的，是整齐有序的廊柱，以及略带弧线的人字形房檐，很坚实又很规则的空间，恍如一道七彩长虹，横卧在阿蓬江上。

河水就那么奔流而过了，人们永远瞅不到相似的再一奔，立于岸上哪能不感叹。

濯水古镇隐藏着一道文化峡谷，那就是后河戏，曲用古谱，夹叙夹唱，声调高亢而锵锵，算是半台锣鼓半台戏。主要表演一些劝人为善的故事。最悦耳的就是听锣鼓鸣响，锣鼓长时间地敲，戏份轻重缓慢，演抒悲欢离合，着重唱念做打。濯水后河戏的锣鼓曲牌有100多种，虽分南北上三路唱腔，实属皮黄戏，具有一套完整的戏剧表演程式。

黔江峡谷城中多树，所有的山头都曾被太阳晒酥，再被风吹化，变成了泥土，才能种树，抑或繁殖荆棘。再高一些的峰峦，那就是云的巢穴了，虽然无心，飘来那么几朵，是不算稀奇的。

还有一条大峡谷，就是堰塞形成的小南海，湖泊里散布着巨大的落石，如月光下的一艘艘捕鱼船。据清《黔江县志》载："清咸丰六年五月壬子，地大震，后坝乡山崩……溪口遂被埋塞。厥后，盛夏雨水，溪涨不通，潴为大泽，延袤20余里。"借着月光看下去，当年地震形成的断岩绝壁，海口北侧的大垮岩、小垮岩等遗迹，仍清楚可见。在大小垮岩之下，滚石密布，巨石林立。滚石直径一般为丈许，大者三丈以上，从数百米外被推置而来，在海口堆成大坝。这是一个融山、海、岛、峡诸风光于一体的高山淡水堰塞湖泊，为国内迄今保存最完整的一处古地震遗址，已有160年历史。

在海周和海心岛上，经千百年培育，成了天然的动植物园。其森林资源十分丰富，有薄皮马尾松、黄杉、水杉、铁尖杉、香柏、楠木、银杏、黄檀、紫柏香樟、白花泡桐等100余种乔木；曾经出现过华南虎，还有豹、猴子、羚羊、麝、大鲵等出没；有50多种鱼类，是四川省八大渔场之一和养麝基地。海之四周秀峰环列。海口奇石林立，绿水回荡；海中港汊纵横，扁舟穿梭于碧波之上，鸥鹭齐飞于天水之间。朝阳岛上有朝阳寺，可拾级登岸，即闻犬吠鸡鸣，又观一派田园风光。至老鹤坪东侧的金沙滩，即见一滩卵石排列井然，蛤蟆石喷水相戏。在南海三岛中，最大、最美的却是牛背岛。其神秘隽永，满岛松风，不时有猴群窜起、麝牛奔驰。岛后一条倒牵溪不宽，却很深，干脆隔断与陆地的联系。再往彼岸走，就是地震造成的断壁残崖了。

我发现，在坍塌的高绝崖壁上，突然显现出两个由石筋构成的大字，从左往右读，有些像"诗"和"月"，从右往左辨认，仔细去甄别，分明就是"月堑"二字。在土家族的哲学概念中，那就是月亮之家，月亮早晨从蓝汪汪的海水中升起来，傍晚落入金灿灿的海水里，所以形成了土家族人的峡谷崇拜，形成了峡谷城，形成了宽阔如峡谷的胸怀。

而月亮确实落到峡谷水域里了。

——原载于《散文家》2017年第1卷

作者简介：

刘运勇，中国作家协会会员，重庆市作家协会副主席、秘书长，副巡视员。

徜徉在白鹿原上

■ 邢秀玲

刚刚看过电视连续剧《白鹿原》不几天，我便有幸来到白鹿原，感受这块厚土上曾经发生的波澜壮阔的变革，捡拾充满传奇的一串故事。

白鹿原位于陕西省蓝田县，这里古代是盛产美玉之地，晚唐大诗人李商隐的名句“沧海月明珠有泪，蓝田日暖玉生烟”就是最好的佐证。而白鹿原上曾经出现过的那只白鹿又是最具灵性的动物，它象征着平安、吉祥、和谐、幸福，也说明当年这里的生态环境优美绝伦，才能得到白鹿的眷顾。

白鹿原离西安只有一个多小时的车程，表妹亚利和妹夫家鸣开着新买的车，轮流驾驶，很快就到达了落成不久的“白鹿原影视基地”。广场上，一个造型灵动的铝合金白鹿雕塑，在阳光下熠熠闪光，腾蹄欲飞，令人想起电视连续剧《白鹿原》的序曲：“原上的白鹿哟，我爷爷我爸爸的白鹿哟……”旋律婉转动听，剧情扣人心弦，看得人如醉如痴，欲罢不能。

《白鹿原》是我最喜爱的当代长篇小说之一，早在20年前就拜读过了，而今再看长达77集的同名电视连续剧，等于重温了这部经典。尽管编剧对小说中有些情节做了较大的改动，但基本上是忠于原著的，而且更集中、更富有画面感。加上扮演主角的知名演员张嘉译和何冰对角色吃得透，演活了白嘉轩和鹿子霖两位白鹿原上家喻户晓的人物。在他俩既有合作又明争暗斗的一生中，出现过多少纠葛，又有多少恩怨，说不尽，道不清，最终都在时代的大潮中荡涤殆尽，只留下一声喟叹，几缕回忆……

穿过广场，我们走进巍峨的影视城大门，顺着路标的指引，很快来到“陈忠实老宅”。在大门左侧，有一尊新添的陈忠实雕像，他神态安详地坐在椅子上，双腿交叉，一手托腮，一手拿书，似乎还在继续酝酿佳构巨著。

望着这座雕像，我想起了和陈忠实先生仅有的一次会面。那是2011年，他到重庆参加中国作协在这里举行的全委会，我作为旁听代表也参加了这次会议。趁着大会休息间隙，我走上前去，和他搭话。他一听说我来自青海，笑逐颜开，称我为“乡党”。他曾两次赴青海采风，对我的故乡充满了感情。我俩一拍即合，聊得很投机，还一起合影留念。

2015年5月，我受武隆区文联的委托，邀请他参加在武隆仙女山举办的全国著名作家文学笔会，我打通了他的手机，听到的不是往日的大嗓门，而是十分微弱的声音：“乡党，我病啦，来不成咯……”我以为只是一般的小病，谁知竟是绝症，2016年4月29日，噩耗传来，和癌魔抗争一年之久的陈忠实，在西安溘然长逝，享年74岁。他的肉体生命终结了，但他的精神永存！由他的长篇小说《白鹿原》所改编的电视连续剧一年后终于搬上荧屏，这大约是对逝者的最好纪念!

真正的经典不会随着岁月的流逝而褪色，只会在时间的长河中越来越显示出非凡的价值，因为它是付出巨大的劳动才铸就的。为了完成这部著作，已经摘取全国优秀短篇小说奖桂冠的陈忠实，回到乡下祖宅，用两年多的时间搜集资料，走村串户了解白鹿原的历史，掌握了大量第一手材料，再用整整四年的时间写成文字，终于完成了这部被他称为“进棺垫枕”之作。当时，既没有电脑，更没有工作室，他坐在老宅简陋的书房里，啃着妻子每周专门为他烙的锅盔，不分昼夜，不管晴雨，独对孤灯，苦思冥想，“寻找属于自己的句子”，编织富有趣味的故事……写完后，他甩下一句狠话：“如果小说出版不了，我就回家养鸡!”

是金子，总会发出光彩；是美玉，总会有人赏识。1992年，他的《白鹿原》一经完稿，就被《当代》杂志连载，读者争相购买，西安城一度出现洛阳纸贵的现象。陈忠实当然也没有辜负读者的热情，他不仅以超群的才华，而且以过人的胆识，突破了某些禁区，撕下了习惯于贴在人物身上的“高大全”标签，还原了生活的真实。不论是白鹿村的族长白嘉轩、乡约鹿子霖，还是关中大儒朱先生、长工出身的土匪黑娃，都被他写得有血有肉、有声有色，让读者如见其人、如闻其声，读后余韵袅袅，难以忘怀。

离开陈忠实的老宅，我们坐缆车直上白鹿原最高处，来到通过文字和荧屏认识了的白鹿村，毫不费力地找到了白嘉轩的四合院。这是一个长方形的院落，虽算不上气派，却很整洁，一切井然有序。东北角有个小门，通向长工住的后院，空间不大，但也拾掇得整整齐齐，灶台连着土炕，方便冬天取暖，通风条件也不错。绕过土屋，就是牛棚马圈，也弄得清清爽爽。折回院子里，发现北屋门上贴着“耕织传家久，经书济世长”的对联，堂屋供着“天地君亲师”的牌位，摆有几把木椅，显然是接待客人的地方。西墙有个小门，连着白嘉轩母亲的居室。比起其他三面屋子，这是最宽敞的主屋。我坐在西屋白嘉轩夫妇的炕头上，看着花被、炕柜、炕桌、油灯等昔日的摆设，想起白嘉轩的家史：白家本是贫苦农民，由于祖上出过一个举人，从此置了田产，渐渐发家致富。但到了他的前六代，出了一个败家子，几乎将家产败光。幸亏其弟吃苦耐劳，勤俭持家，又慢慢有了点儿积蓄，盖房置地，走向了富裕。他留下了一个只能放入钱币不能取出的钱匣子，让后人居安思危，细水长流，成为全村勤俭发家的典型，他家从此稳坐族长的位置，直到现在。

让白嘉轩倍感荣耀的是，他家的族长中有两位堪称楷模的先贤，一位在早年间，带领村民挖井取水，累得咯血，最后死在井台上。另一位在和盗贼刺刀见红的战斗中，被强盗一刀劈成两截，成为舍己救人的英雄。有了这样的族长为表率，白嘉轩也处处先人后己、公而忘私，在“交农”事件中主动承认是“事主”；饥荒年月深入匪巢借粮，表现了迎难而上、敢于担当的勇气和精神。

距离白嘉轩的四合院不到一箭之地，就是鹿子霖的宅院了。他家的面积、布局和白嘉轩的院子差不多，只是天井里少了几口大水缸，屋内陈设也有点儿凌乱，不像白家那样整洁。他们两家同族不同姓，鹿家是靠曾祖父到西安城当“马勺客”(厨师)发起来的，文化含量显然比不上白家，尽管也在争族长之位，想出人头地，为祖先争光，但威望和能力不够，一直处在下风。为此，鹿子霖嫉妒白嘉轩，处处和他作对，给他挖坑。

当然，鹿子霖也和白家保持表面的和气，他也并非为富不仁，能够热心捐资办学，率先把两个儿子送到城里读书。长子鹿兆鹏接受了革命思想，成为中共党员，回到白鹿原后，发动了一场“风搅雪”的农民运动，打破了白鹿原的旧秩序，带来了一股新气息。小儿子鹿兆海是白嘉轩的女儿白灵的恋人，两人青梅竹马，情投意合。但他后来误打误撞，参加了国民党的军队，信仰的不同，导致白灵和他分道扬镳，接受了她一向崇拜的大哥哥鹿兆鹏的爱情……

最后，我们走进象征白鹿村最高权威的祖祠，高大的门楼依然如故，门楣上书有“祠堂”两个大字，门槛很高，里面幽暗深邃，显得森严肃穆。厅堂很宽绰，可供百余人聚会。踏着两层台阶上去，就是族长和族内德高望重的老者所坐的木椅，最高处的长桌上供奉着祖宗的牌位，牌位前的方桌上点着油灯，摆着供品。每逢节庆吉日，都由族长率领族人祭祀祖先，燃放爆竹，献上花果、蒸馍。祭祖是最有仪式感的活动，族内奉公守法的男人才能参加，女人不准入内，只有当新娘时随新郎到祠堂拜谒祖先，否则不合礼法。黑娃的女人田小娥因为来路不明，就没有资格踏进祠堂，至死被拒之门外。

祠堂也是惩罚族人的地方，如果哪个族人违犯了族规，做了不光彩的事情，族长有权动用“家法”，轻则在祖宗牌位前下跪认错，重则用荆棍体罚。当白孝文和田小娥的奸情被发现后，白嘉轩怒不可遏，亲自动手把白孝文打得皮开肉绽、血花乱溅。此时此刻，他只是执行族规族法的族长，而不是平日里和蔼可亲的慈父。正因为他的不徇私情、公正透明，才进一步树立起族长的威信，深得白鹿村族人的信任和拥戴。但是，他毕竟是封建宗法势力的代表，尽管恪守礼教、尽职尽责，但靠他一己的力量，无法抵御自然灾害，也不能让白鹿村的村民都过上安稳富裕的好日子，他深陷于迷惘和痛苦之中，将美好的期望寄托在梦中的白鹿身上……

走出祠堂，已经过了正午，我也感到饿了，表妹知道我爱吃面，就到附近一家秦川面馆落座，每人要了一碗裤带面。这种面，在电视剧《白鹿原》中已经多次见识过了：两指宽的面条，油炝的辣子，还拌有小葱、蒜粒、白菜、红萝卜，有荤素两种，我要的是素面，清淡爽脆，相当好吃，至今还在回味那份美味呢！

离开白鹿原前，我又恋恋不舍地站在灵异的白鹿雕像前驻足凝眸，蓦然想到，它和作家陈忠实一样，都是白鹿原的象征。永远和这块土地融为一体，无法分离。

——原载于《青海湖》2018年第10期

作者简介：

邢秀玲，中国作家协会会员，中国散文学会理事，重庆市散文学会名誉会长，重庆日报报业集团高级编辑。

桃花林内有吾村

■ 邓高如

“满树桃花红似锦，桃红又是一年春。人面桃花常相映，桃花林内有吾村。那缓缓的溪水明如镜，正好洗我花衣裙……”

这是川剧《桃花村》里姚小春的一段唱词。此戏说的是唐代才子崔护春游都城南庄，于桃林之内巧遇村姑姚小春，二人缠绵问答，互生爱慕之情的故事。

菜花黄，李花白。杏花细雨，桃花小汛。作家美女齐聚，才子佳人如流。原来姹紫嫣红开遍，有机农业景色如许……

近几年来，我只要应时回西充桑梓之地，总会多见桃红柳绿、人气日高的景象。假日周末，城里人来西充农村田原秀爱撒欢，锄地摘果的生活情趣，已成一道风景线。

当然，西充花样生活的景观，皆缘于有机农业的崛起。过去回西充，从乡亲们口中得知，县乡各级领导也曾号召兴农业，办企业，搞种养，富民生，招数换了不少，但往往劳而少功，成效不明，建设美好乡村成了一句空话。

原来，西充无大江大河，无舟楫之便，更无铁路运输，过去发展工业总是落后于邻县。于是县委调整思路，认清昔日的“三无”之地，正是现在发展新型农业必须具备的无污染之地。便决定通过转型发展有机农业，带动其他各项产业，把富民强县的目标落到实处。通过十年努力，方有了今天“游充国田园，享有机生活”的喜人景象。这才是“绿业乾坤大，林下日月长”啊。

那日，我回西充金华山登高远望。金华山位于县城西南面10余公里处，海拔450米，是四川省100个最佳摄影点之一，也是俯看全县概貌的最好位置之一。正巧，县委陈泽斌书记也在那里下乡。他说：“高如同志，每当县里要决策某项重要发展项目的时候，每当我工作倦怠需要振奋精神的时候，每当有客人、朋友前来参观访问需要干部带路的时候，我都要登上金华山，远望周围的农业发展景象，那才真是清风徐来，万壑藏胸，眼界大开，知后而明进啊！”

他停了停，望着右前方说：“前面是凤鸣镇，那一带土地肥美，向阳通风，若再种上几千亩玫瑰多好！”

我问：“在乡下，那么多玫瑰花好销售吗？”

陈书记摇摇头说：“这么多玫瑰花，若是仅在乡下销售，不知哪辈子才能卖完。你可知道，那玫瑰花正是提取玫瑰精油、制造法国香水‘香奈儿’的主要原材料。精油优质，香水才能优秀。我们县出产的玫瑰花，正符合他们无污染的严格指标要求。因此商家已与我们签订好合同，我们产多少，他们收多少！”

随后，陈书记又目光前移，指向远处说：“你看太平、古楼那边，既有山坡，又有平坝，要是在那里再种上万亩桃树、李树、梨树多好！几年后，又多了一个花果飘香，观花采果双受益的好去处啊……”

陈书记走后，我心久久难以平静。西充过去是穷乡僻壤，如今变成了半县山水半公园，一地风光一锦绣的中华名县，好生了得！

我举目北望，正前方的远处再远处，正是我的出生地中南乡。距家乡五公里处的槐树镇，是三国蜀汉大学者谯周的故乡。谯周年幼丧父，孤苦伶仃，随舅父生活。他发愤读书，废寝忘食，通晓五经，谙熟礼法，上懂天文，下知地理，被时人称为“蜀中孔子”。

蜀汉建兴二年（224年），丞相诸葛亮推举他为典学从事，负责学校、生徒、训导、考核、升免等职事。蜀汉延熙元年(238年),被调任太子家令。后历任中散大夫、光禄大夫等职。他曾对姜维多次北伐虚耗国力表示不满,并著有《仇国论》,力陈北伐之失。特别是当魏国三路伐蜀,兵临城下时,他力劝刘禅顺应历史,开城议降,避免了一场恶战,保护了成都百姓的生命财产,赢得了巴蜀百姓的普遍爱戴。

此时正值阳春三月,花红柳绿,草长莺飞,在淡淡的云雾中,我想那大学者、人文主义先驱谯周的棺椁,不正安放在家乡那浓浓密密、漫无边际的松林翠柏之中吗?那一沟沟、一树树的桃花、梨花、杏花,不就是家乡亲人送给他的硕大无比的花环、花幔吗?

啊!这些年家乡漫山遍野种下果树花木,翠柏青松,除了给人们提供了大量的经济收入、休闲娱乐外,莫非还对长眠地下的纪信、张澜、鲜英等豪杰先贤的英灵功德,在无声的祭奠?

我将目光收回,落到了距我家几步之遥的雨台山小学。那天课堂上,吴老师正在讲述一个在家乡流传很广的故事:

古时候,一个财主请了三名匠人修宅子。宅子修好后,财主给他们送来了两篮又大又红的水蜜桃,并说,你们吃完这两篮桃子,就来领工钱吧。

那时家乡还不会种桃树,这三个匠人也从未见过这种稀罕物,便各自有了心思。那木匠先对石匠、泥水匠说,今天是竣工的好日子,既要发工钱,又要吃桃子,你们先在工棚好好待着,我去买回几样酒菜庆贺庆贺。果然,这木匠出门不大一会儿,就买回了酒菜,刚一进门,不想那石匠、泥水匠便抡起大棍子,同将这木匠打死。

原来,当木匠出门买酒菜的时候,那二人就商量:这桃子只有两篮,三人不好分配,不如我们共同将木匠打死,便能一人分一篮了!于是便出现了刚才那一幕。谁知,当这石匠、泥水匠吃下酒菜,还来不及分桃子、领工钱的时候,就双双口吐白沫死在门前。显然,那木匠早已安下了杀死二人、自己独得桃子的歹毒心肠,在买回酒菜的途中就在酒菜里下了老鼠药……

吴老师讲到这里,神情严肃地说:"同学们,这就是家乡版的'二桃杀三士'的故事。听完这故事,我要同学们思考三个问题,一是地主老财设下这毒辣的计谋安的是什么心？二是人性中的自私是多么丑陋，我们怎么从小培养自已向善向公的美好品德？三是为什么地主老财要选用桃子来诱杀三名工匠？”

我记得对于前两个问题，当时同学们都回答得很好，唯有对第三个问题的回答，莫衷一是。我也记不清那时老师是怎样归纳的了，但是多少年后的今天，在经历了三年困难时期、“文革”动乱时期和改革开放的今天，似乎可以这样回答：一是用“二桃杀三士”这个成语，来“旧瓶装新酒”，便于故事的传播；二是用那两篮“又大又红的水蜜桃” 做诱饵，很具故事的诱惑力；三是，这一点很重要，那就是西充这一带当时还不会种桃子，它还是“稀罕物”，如果像今天这样普遍，别说两篮桃子，就是两车桃子也不可能因此去杀人夺命的。因此可以这样说，物质财富的丰富多样，总是人类文明进步的阶梯；创造更多更好的物质财富，既是提高人民的生活质量，又是提升人类的精神文明、道德情操和社会公德的不竭动力啊！

老师，这番道理，我是否懂得的太晚、太浅了呢？

在西充有机农业的配套发展中，我还不能不惊喜其新农村建设与改造工程的迅猛推进。

今年3月初，我随《重庆晚报》和西充县有关部门组织的重庆作家团到家乡采风，沿途那一排排一幢幢带有江南风格的乡村别墅，真让人耳目一新。那青松翠柏、似锦繁花掩映下的农家小院，似乎比城里的高档小区更有吸引力，与当年崔护随兴所至的“南庄柴门”相比，更是不逊多少韵致。当连续参观完几处花样田园和人文景观后，我们来到了被誉为“中国有机生态循环第一村”的凤鸣镇双龙桥新村入住。

次日清晨一早，我起床唤上同行的作家、乡友马郎甫超，同去领略这小镇风情。这里小桥流水，杨柳依依，小巷幽幽。一排排形同小别墅，又似农家院的街区向前延伸，座座建筑皆是穿斗小青瓦、白墙坡顶房，腼腆而含蓄地展现在我们面前。漫步在春雨初停的小街小巷中，我多想遇见一个桃红色的仙子，或如戴望舒在《雨巷》中所描述的，撑着油纸伞，如丁香一样地结着愁怨的姑娘。

果然，我们前行到小街尽头，右边一拐，便见一座座稀疏有序的农家院展现在眼前。我们正入神地观看，路边有一年轻大姐轻声唤道："二位先生，请院里用茶。"我们见那农家小院清静敞亮，桌椅茶具干净整齐，大姐也干练清爽，一双儿女机灵可爱，便忙进院里坐下，边饮茶边细谈。谈中得知，大姐名叫何华平，三年前她除去以旧房抵资外，另花七万元购得这套168平方米、一楼一底的农家院，办起了农家乐，还在房前屋后栽种蔬菜果木。各项收入，除支付日常用度和供两个小孩读书外，还绰绰有余，是个典型的小康人家。

县旅游局副局长杨焰君告诉我们："这一带经过大力发展有机农业后，不少地方已是田园变花园，农区变社区，村民变市民了，人们的物质文化生活水平有了显著提升。"

几小时后，我们随采风团离别了青龙小镇，离别了西充故乡，真有些依依不舍。那青山绿水中的家乡美景，那桃林翠竹下的柴门情韵，何日才能长相陪伴呢？

——原载于《重庆晚报》2017年4月29日

王雨简介：

邓高如，中国人民解放军少将，重庆警备区政治部原主任，重庆市作家协会荣誉副主席，重庆市散文学会顾问。

放学

■王雨

放学了,有闲暇的我陪同老伴去接读小学一年级的孙女。

太阳在笑,绿树婆娑。小学校的校门口人山人海,如同乡坝里赶场。来接孩子的人好多,邻近的马路几乎被接孩子的校车、小车塞满。遇见当年一把手的老领导,一个和善可亲的老头儿,一边与我寒暄一边翘首渴盼外孙儿出校门来。这里没有官阶贵贱,都是来接孩子的父母或父母的父母,脸上挂着发自内心的笑。小学生们出来了,是按班级出来的,队首有老师领队,有小学生举牌,秩序井然。

孙女所在的班级出来了,她跟在高举年级牌子的雄赳赳的男同学后面。我们赶紧迎接上去,孙女喊了爷爷奶奶,脸上有汗粒。我立即接过孙女背的漂亮的书包,与老伴牵孙女回家。儿子儿媳有预见,购了离学校近的住房,少了车接车送停车难之苦。没走几步,孙女喊叫着到了一个女同学身边,说是跟她同住一个小区的好朋友。她那好朋友对我们视而不见,两人蹦跳嬉闹。我不快,还是对她那好朋友点头笑。

儿子读小学时我在部队,事多,好像从没有去接过放学的他。儿子当年那小学校在市区，回家要经过车水马龙的几条街。老伴没到下班时间是不敢擅离岗位的，去接的次数有限。儿子多半是自己或是跟同住一个院子的小伙伴回家，书包是瘪瘪的小挂包。儿子回家晚了有时会挨打，我用挠痒的篾抓子打他。那一次，我是心痛了，出差回来看见儿子头上长了几个大脓包，赶紧给他涂抹鱼石脂药膏。

我读的小学在市郊的嘉陵新村，那时候周围还是庄稼地和乱坟山。小学校在山脚，我家在山顶。放学后是自己回家，沿了山间的泥巴小路蹦跳着上山。夏天多半会手拿着苍蝇拍和火柴盒。当时正除“四害”，要多打苍蝇装进火柴盒里交给老师点数。途中那露天粪池的苍蝇多，我有次打苍蝇时掉进了粪池里，是滑下去的，双手撑在茅坑边。我不记得是怎么回到家的，只是哇哇哭。母亲在挤住有几户人家的竹篾房子的小院坝里对着天喊我的名字，叫我回来，快回来！母亲说，那是在把我被吓跑了的魂喊回来。后来，我好像就没有哭了。父亲母亲都没有文化，我便只有自己做作业。

儿子住的小区在小学校的山顶，孙女读书的小学校在山脚，跟我儿时读小学的情景相仿。才发现这小区离嘉陵新村并不远，只不过当年是更为偏僻的荒山地。孙女用不着登山，有电梯直达山顶的小区。小区的环境甚好，草坪郁绿，黄葛树、杨树、槐树、苦楝树林立，叫不上名字的花儿开了或是待开。孙女走路一步三跳，说她高兴说的话。我和老伴点头笑，笑出声。孙女回家要看电视动画片，我和老伴没敢顺从，好言相劝。疲惫的儿子儿媳下班回来，便是督促辅导孙女做作业、画图画。

上了一天学还在忙，小学生真累，我心疼孙女。

一代人有一代人的活法，唯有对后代的真情不变。父母和父母的父母对子辈孙辈总是牵挂，后浪倒总是推了前浪走。

——原载于《散文家》2017年第1卷

作者简介：

王雨，重庆市作家协会荣誉副主席，中国作家协会、中国电视艺术家协会、中国电影家协会会员，重庆市文史馆馆员。

一块冰箱贴

■ 李显福

“女士们、先生们：飞机已开始滑行，请大家收起小桌板、关闭电子设备、系上安全带……”机舱里响起了甜美的女声，左右两边通道的前方各站着一位空姐配合着声音做着手势。

我立即响应，将刚才搁水杯放下的小桌板收起来，关闭了手机，系上了安全带。前两天在京的朋友就表示要安排车到机场接我，并且让我将起飞和到达的时间发给了他。十分钟前，他还在微信上问我：“是不是准时起飞？”我回答：“准时。”

飞机已经被推出机位，向跑道滑行，我抬腕看了一下手表：12点13分。心里说：准时，14点55分能到北京，一路顺利！于是头斜靠着机舱，眼望着窗外活动的景物养起了神。突然，我的右前方响起了空姐不断的劝说声：“先生，请您系上安全带。”“我不系，系上了身子发痒……”

我乘坐的是载客二三百人的大飞机，前面是商务舱，中间和后面两个是经济舱。我所在的48排是中间舱的最后一排，左右靠窗各两个座位，中间四个座位。我是48排A座，侧过身子往右一看，47排中间最右边的一个头发花白的老者因不系安全带,两个空姐站在旁边耐心地劝导他,他仍不从。

此时,乘务长走来对他说:“先生,飞机马上要起飞,爬高时,不系安全带有危险。”

“我不系。我长期坐飞机,从来不系。”

“这是规定。”乘务长耐心劝导,“先生,您现在系上,可以系松一点儿。飞上高空,平行飞行时,您觉得不舒服时,可以解开。”

“哪个规定要系?我坐飞机从来不系。只有你们国航才强迫人系!”

“先生,这是规定,哪个公司都是一样的,不能违背。”

“叫你们机长来,我给他说,哪有强迫人系这个东西的?”

听他在这里耍横,我心想,他周围这么多乘客,怎么就没有一个人站到乘务长一边,劝劝他?他有没有随行的亲友?

双方就这样僵持着,没有乘客支持空姐的这一正当要求。我实在忍不住了,对着那边,几乎是大声吼:“你系上嘛,不要因为你一个人耽误两三百人的时间!”

机舱里静静的,没有人回应我的话,他周围好像没有坐人。

静默了两三秒钟,仍是乘务长的声音:“我再说一遍,你不系,飞机只有返回去。”

说完,乘务长返回前舱了。一个身着藏青色衣服的安全员跟着她来了,一只手举着录音机,重复了刚才空中小姐和乘务长的话,希望他系上,他仍不系。此时,从前面走到我旁边过道的一个穿白色航空服的人也说:“赶快系上!”

“我系什么,我教了你们几代,还不懂飞机上的情况?问你们的老一辈去!我要到总局告你们!”那老者发起火来,“你们的领导都是我培养的!”

听见他耍横,周围仍没有吱声的乘客,我加大了声调:“把他弄下去,拉进黑名单!”

空乘们顿时不吭气了,各自返回了前舱。飞机还在滑。我想,这班国航飞机摊上事儿了!他们真怕这个自称“老前辈”的同行,就让他一个人特殊?难道他真是民航的老革命?难道这系安全带的国际国内规定就被他打破了?万一飞机起飞爬高,他摔倒了怎么办?

飞机继续滑行,我从窗子看出去,不对,飞机已经转了一个弯,离开跑道了，再一看，廊桥出现了。唉，飞机真的滑回廊桥了。此时，一个牛高马大，身着黑色西装的30多岁的人，急匆匆地从右边过道的前面走过来，我以为他要去谴责那个不系安全带、给全机两三百名乘客造成影响的老者，结果他却去找到空姐大声吼："怎么开回来了？我安排好时间，要赶去北京签合同，现在晚点了，怎么办！"

机舱里喧闹起来，几乎都在质问空姐，没有一句话批评、谴责造成晚点的始作俑者。

我急忙打开手机，给朋友了发了微信：晚点一个小时左右。同时，举起手机，越过邻座小伙子的头，对着那老者拍了一张照片，发到微博、微信上。过了一阵，安全员来了，让那老者拿出了飞机票。又过了一阵，拿着录音机的安全员、乘务长和两名机场警察上来了，一个满头银发、身高一米八左右、身着白色航空服的老外（据说是加拿大人，机长）走到了他身边。见这阵仗，那老者变卦了："我没有说不系安全带，只是说，你飞机起飞了我就系。"

机长说了一句外语，乘务长翻译过来："把他带下去。"

"凭什么要我下去？"他对靠近他的警察说："我以前也是警察，什么都见过。老子回北京到法院告你们！"

安全员说："不要啰唆，拿上行李，跟我们走。"

我想，凭刚才的表现，他一定不会下去的，他会双手抓住座椅、甚至躺在过道上……肯定得警察架着他下去。我的设想全落空了，他提着两个破旧的包，蔫蔫地跟着他们走了。我这才看清那有些猥琐的形象，跟他口中自称的空乘的老前辈、老革命或老警察怎么也联系不起来。过了一会儿，机舱里的广播响了："希望大家理解，我们正在查找他有无托运行李。如有，还要从行李中找出来。"

坐在他周围的几个人用重庆话说："这老头儿，有性格！"

飞机终于起飞了，吃过机上送的餐饮，一向有午休习惯的我开始打盹儿。不知过了多久，一个甜美的声音把我唤醒："先生，请您帮个忙。"

我张开蒙胧的睡眼，扭头看着空姐："什么事儿？"

"先生，是这样的，乘务长说，请您帮我们写一个书面的情况说明。"空姐手里拿着张白纸说。

“你们另外找人写吧。”

“刚才只有你在主持正义，了解前后情况。”空姐坚持道。

确实，面对这种在公共场所、特别是在航空器里，无视法律法规的行为，应该配合民航等部门予以严厉打击。依法治国不是一句口号，人人都应践行，不管是作为同机的乘客还是一个普通公民，都是义不容辞的。我接过了白纸，从背包里找笔。空姐递过来签字笔：“先生，您不用找，给您准备好了笔。”

这是一张对折的二分之一16开大的白纸。我提笔展纸，才想起了要写航班号。正要去找机票，空姐好像知道我的心思，急忙说：“这是CA××××航班。”

在微微抖动的小桌板上，我一口气写满了这张白纸，并根据她的要求，写上了座位号和我的名字、联系电话和日期，然后交给了一直站在旁边的空姐，又闭目养神了。一会儿，那空姐甜美的声音又在耳边响起了：“先生，您写的情况，乘务长看了，说写得太好了。她非常感谢您，特别送给您一个礼物。”说着递过来一个巴掌大的盒子——国航卡通人物冰箱贴。

我接过来表示感谢。

她说：“我们要感谢您。”

我说：“不用。现在是依法治国，各行各业，每一个人都应遵纪守法，只有这样，才会平安和谐。”

一个乖张的乘客不系安全带就可以使飞机晚点一个多小时，这是我此生多次乘飞机遇到的第一次。

很快，飞机平稳地降落在首都机场。机舱里的乘客们立即打开手机，纷纷向亲友报告这次乘机“奇遇”，寂静的机舱里突然热闹起来了。直到走在机场出港大厅里，身前身后的男女们仍在兴奋地谈论这件原本沉重的事儿，好像是看了一场喜剧。

我的心里有一种莫名的惆怅，拔凉拔凉的。

——原载于《万州时报》2017年9月16日

作者简介：

李显福，中国作家协会会员、中国报告文学学会会员、中国散文学会会员，重庆市第一届政协委员，重庆市作家协会主席团荣誉委员。

土家龙船调

■ 向求纬

“妹娃要过河，哪个来推我嘛?”提到土家族的龙船调，谁耳边都会响起这么一句银铃般娇滴滴清亮亮的歌词，随后粗喉大嗓们一般都会奋勇争先地翘首抢答:“我来推你嘛!”再随后往往便是一片欢乐的哄笑声……

是的，这就是土家族山寨的龙船调，传遍东西南北，人们已经耳熟能详的龙船调。特别是在我们这渝鄂交界之地，更是随时感受到土家龙船调那浓郁的亲切的气息。

然而这次，当我们这群文化人从渝东北的重庆万州翻过界梁七曜山来到鄂西利川的时候，却在一个夜晚不经意地撞见了土色土香的龙船调，秘不外传的龙船调，甚至可以说没经过半点儿加工润色的“土得掉渣”的龙船调!

如果说我们通常在城市里在舞台上都能看见“哪个来推我”的带点儿表演性质的龙船调，那么我们这夜在利川市柏杨坝镇栏堰村四周吊脚楼围护的小学的操场上，才真正看见了土家族骨髓里的龙船调，原生态极致处的龙船调!

谁承想能歌善舞的土家族人，热情似火的土家族人，大山深处的土家族人，留守家园的土家族人，在这个夜晚亮出了看家的绝招?

一堆泼上汽油的长柴大棒，立着，架着，篷着，围着，然后轰隆……猛然串起火光，点燃了人山人海留出个圆圈的龙船调，沉沉夜幕炸开火花的龙船调，服饰斑斓面带喜气的龙船调，呼娃唤崽挤进挤出的龙船调。

开始了，开始了。四位“演员”出了场。咦？怪啊！原本是盼望衣裙亮丽的多情土家族妹子出来喊出那句“哪个来推我”的哟，原本是盼望雄壮俊朗的土家族小伙出来应答“我来推你”的哟，怎么把两对“丈人”“丈母娘”级别的人给忽闪出来了？

锣在响，鼓在响，“逗锣儿”在响。忽而急促，忽而舒缓，忽而四平八稳。甲“丈母娘”“坐”着车灯，神气活现，且扭且唱，倒也动作潇洒，忘我忘情；甲“老丈人”拿着蒲扇，紧紧尾随，倒也尽心尽力，巴心巴肠；乙“丈母娘”大约是媒婆吧，拿把绸扇左顾右盼，左扇右扇，倒也从容自如，胸有成竹；乙“老丈人”独自跑得稍稍靠前，空着双手，随着节奏枉自比画，不知所云……

紧锣密鼓，紧锣密鼓……四位老者不管不顾地卖力演唱，与年龄极不相称的圆润高音令人惊叹不已。没有灯光，只有火光。没有音响，只有鼓点。有的是观众，有的是哄笑，一浪浪过去，一浪浪过来。那节目的意思既可意会，也可言传。哔剥爆响的篝火就是总指挥，表演的圈子随火花溅落东挪西移，拍照的相机、手机们都见缝插针，抢抓闪亮的瞬息时光。

许是在描绘山寨殷实的光景吧。许是在讲述做媒提亲的故事吧。许是在调解婆屋娘家的纠葛吧。许是在商议子孙后代的大事吧。反正歌声高高低低，场景闪闪灭灭，剧情明明暗暗，结局模模糊糊……

老人的唱做好认真，老人的穿着好花哨，土家族传统的青丝头帕、琵琶襟男上衣、左襟女大褂，与生俱来的唱功做活，不须排练、不用准备，原本就是这样做的、说的、唱的、活的，大凡小事就自个儿做主了，哪儿还需要“哪个来推我嘛”！

好个龙船调啊，调门开开，调门高高，既到此处谁能忍住不“破门而入”！挤进去跟着胡乱扭哟、唱哟、喊哟……借过土家族姑娘的头冠戴哟、比哟、照哟……没人问“哪个来推我嘛”，界梁那边过来的这群男崽儿们还是自作多情地撕破喉咙喊——“我来推你嘛！我要来推你嘛！”

这一晚啊，真是幸运，都撞到龙船调的老窝里来了！都把传承非物质文化遗产锣鼓、车灯、龙船调的四位“丈人”“丈母娘”级别的老艺人请出来了！品着这原汁原味的大餐，远来的众多的“女儿”“女婿”们，都有些忘乎所以，乐不思归了！

——原载于《贵州民族报》2017年7月4日

作者简介：

向求纬，世界华文诗人协会会员、中国作家协会会员，重庆市作家协会荣誉副主席，三峡都市报主任编辑。

华盛顿街头的松鼠

■再 耕

在美国首都华盛顿游览，有许多可供观赏的景致。比如，白宫、国会山、华盛顿纪念碑、林肯纪念堂、国会图书馆、国家艺术博物馆、自然历史博物馆、宇航博物馆等。每一处都独具特色，每一处都会为你打开了解这个国家的窗口。然而，我却对这个城市遍布大街小巷的小小松鼠情有独钟，认为是它们的存在，增添了此处的活力。

从美国西海岸到东海岸，从洛杉矶、旧金山到费城、纽约，放眼一望，到处是挤挤挨挨的摩天大楼，到处是滚滚的车轮、匆匆的脚步。反倒是这作为政治中心的都城，比别处显得宽敞宁静。城里看不见高楼，最高的楼宇不会超过169米的华盛顿纪念碑。没有工厂，排除了污染的源头。五六十万人口，留足了相对宽松的空间。蓝天白云下，是大片清澈明亮的湖水，是绿色的树林、绿色的草坪。也许就是这样的环境，为松鼠这种能给人带来快乐的小生命，提供了家园似的栖息场所。

在华盛顿街头行走，随时随地都可看见上蹿下跳，无拘无束的小松鼠。或是从粗大的树干顺势蹿下，或是站立在碧绿的草坪四下眺望，它们举止悠闲，神态自若，与路上的行人各不相干，抑或偶有交集，都表现得见惯不惊，落落大方，当你从口袋里掏出一块面包，它会取而食之，慢慢咀嚼，慢慢品味，颇有绅士风度。总之，它的一举一动，能够让你感受到它们不是食不果腹的流浪者，而是这座城市吃喝无忧的主人。

我们一行四人，飞越太平洋，从美国的西部到美国的东部，走走停停，边走边看。去过洛杉矶的污水处理厂，也去过费城的造币厂。开阔了眼界，也增长了见识。我们这个小小的团队，其中三人年龄偏大，只有30多岁的小皮年纪较轻，且英语最好，我们开玩笑地叫他“皮特”，兼任对外交往的联络员和翻译。从“国会山”下来之后，我们来到拉法耶特广场，坐在广场边的长椅上小憩。刚刚坐下，三只黑色小松鼠，便从左、中、右三个方向走近身边，与三位年长者做了零距离接触。对于这些天性活泼的小家伙，谁会不满怀爱意？于是，瓜子、花生、饼干，自然成了见面的礼物。站在一旁的皮特见状哈哈大笑，在与松鼠亲密无间嬉戏的过程中，他见缝插针地讲述了不少自己搜集到的关于华盛顿松鼠的逸闻趣事。

原来，华盛顿的松鼠与华盛顿的人一样，都是从别处迁徙而来的。这是一座人造的移民城市。100多年前，为了使这座空空荡荡的都城更具生机，美国国家动物园从加拿大引进了18只黑松鼠。如今数量众多的黑松鼠恐怕就是它们的子孙。松鼠是个既有人喜爱也有人讨厌的动物。它的萌态，让人忍俊不禁；它的胡乱啃噬，也让人心生烦恼。近一个世纪以来，小家伙们在被喜爱与被讨厌之间反复折腾，历经驱赶和捕杀，也历经喂养和宠爱。最终，后者占了上风，这些可爱的小生灵才得以在此安心地繁衍壮大。出于对大多数民意的尊重，政府授权公园警察承担起给松鼠喂食的职责。并在松鼠聚集的地方，安装了专为松鼠设计的房子和铁质的饮水容器。松鼠们从此过上了舒适悠闲的幸福生活，与这座城市的人们相依相伴、和谐共处。换一个角度来看，松鼠在此惬意地栖居，也冲淡了这座城市的喧嚣与躁动，缓解了神经的紧张和身心的疲惫，让城里的居民和途经此地的过客，仿佛置身于山风的吹拂、溪水的浸润中，享受到散发着松脂香味的大自然带来的美丽及抚慰。

在充满矛盾、充满诡谲、充满变数的当下，我个人认为，“国会山”那些议员们一本正经地滔滔雄辩，远不如拉法耶特广场的松鼠们拥抱自由的玩乐潇洒有趣。匆匆走下“国会山”，久久坐在拉法耶特广场，这种选择，有着充足的理由。

我曾经在黄山的悬崖峭壁间偶遇松鼠。我忙着上山，松鼠急着下树，一条由山泉汇集的小溪将我们隔在两岸，彼此各忙各的，没有任何交流，分道扬镳，就此分手。回想起来，那种不期而遇，实属偶然，松鼠没有将游人看作朋友，游人也没有停下脚步观赏松鼠的思想准备。甚至，松鼠担心受到伤害，还会对人类敬而远之，予以防范。看来，在我们这个赖以生存的大千世界，长期有着相斗相残的历史，要做到相互了解、相互信任、相互尊重、相互友好，必然需要一个漫长的过程。

动物之中，我厌恶蛇类与鼠类。然而，我从未将大尾巴的松鼠和小尾巴的老鼠归并为同类。期待有一天，我所在的城市，也能绿意盎然、空气清新，在明丽的阳光爱抚之下，人们可以和无忧无虑的小松鼠一起在松林之间的草坪上快乐地打滚儿和跳跃。

——原载于《重庆晚报》2017年5月8日

作者简介：

再耕，本名成再耕，中国作家协会会员，重庆新诗学会副会长，重庆市体育局原副巡视员。

以一种什么样的方式，记住您

■辰　湄

从重庆到黔江，汽车要穿行数十个隧洞，翻越数十座山。沿途再美的风光，三四个小时之后，都已审美疲劳。一车人疲惫不堪，东倒西歪，有的嘴角挂着涎水，有的打起了呼噜。

昏昏欲睡中，突然瞥见路边指示牌，提示不远就是黔江城区。心头像被什么东西蜇了一下，人一下子清醒过来，用一对探照灯似的眼睛，在连绵起伏的武陵山间逡巡、搜索。

陵园就在城区不远的一座山上，我去那里参加过一位八旬老人的葬礼。而大哥，不久也把最后的家安在了那里。

我将车窗一遍遍擦拭干净，目不转睛地盯着那山的深处，想看清楚点儿，再清楚点儿。

那一个个大鼻子样高耸的土堆，士兵般整齐排列的石碑，都哪儿去了呢？

眼睛睁大、睁酸、睁痛，都一无所获。我自责功课没做好，方位感也不强，明明去过的地儿，还是不辨东西南北。

忽然我忆起了您的一篇散文——《心香袅袅》，祭奠您操劳一生的父亲。

香烟袅袅中,您与父亲在天国的灵魂对话,曾触动着多少读者的心扉。于是,我昂首坐定,双手合十,也在心里点燃一炷香,送上迟到的祝福:“大哥,您一路走好!”

能听到吗,大哥?

我确信,您能听到。我知道您在,在这片群山之中,在距离不远的某一个地方。转念一想:莫非大哥在和妹子藏猫猫?责备妹子不来送您最后一程。或者像那次,因一些不便明说的理由,我没有主动跟您打招呼,您还记着,这次就故意躲起来了?

记得当时您有些气恼,一边自责老眼昏花没认出我,一边抱怨我没喊“姐夫”。您魁伟的身躯像一堵墙似的,立在我面前,不容分说,令我伸出手来打手板。我有些难为情:我可是您朋友之妻,与您妻子同姓的妹子哟!要是从兄弟的角度讲,您还得叫我嫂子呢。而且又是在办公室,有同事正不解地瞧着呢,您好像搞忘了,也忘了您是以公家身份来出席一个会议的。

“来,打你一个手板心儿!”一只大手高高扬起,但落下来,轻轻的、柔柔的。几个指头像温润的珠子在我手心里弹跳了一下,倏地就掉了。抬头看,您眉眼里全是笑,灿灿的,纯然一副邻家大哥哥的模样,狡黠而不失童真……

这一幕,外人看来一定滑稽可笑,我也暗笑不已。回到家我跟先生讲起,他也忍俊不禁。后来每每回想,越发觉得大哥的可爱、可亲,又要笑一场、念一场。

大哥有一双胖乎乎的手,手掌厚实,手指粗壮,与我的手相似。人们把这种手称作“抓钱爪”,说这种人有福,一生不愁吃穿。我没少用这双手宽慰自己,特别是处境不顺的时候。先生说,大哥确有财运,早些年就一边上班,一边写作,还一边做生意,租了房子开画廊,做得风生水起。买房,买车,还供女儿出国留学。但说福气,即使有,您也享受得太少。您的脚步太匆忙,走时还不过半百。

2013年12月8日,我和先生去您家里看望。那是您患癌大半年后终于答应见面,记得在电话里您还开玩笑似的说:“还没有死。”一副无所谓的态度,让我们忐忑的心情放松不少。

您家住在长江边，站在窗前俯瞰，重庆城的江景、市景美不胜收。室内装修颇讲究，中式风格，实木家具，一面墙上挂着一扇又圆又大的雕窗。您躺在客厅沙发上，穿一件黑色羽绒服，精神还不错，没有想象中那么虚弱，脸型也没怎么变，一头乌发，一根根钢针似的，粗硬、油亮，像春天肥沃的土地上茂盛的青草生机蓬勃。这令先生和我都有些吃惊。本以为做了化疗，您头发会变白。据说您以前生过一场病，头发就白了不少，吃了好些药才慢慢转青。

打过招呼后，不知从何谈起。先生想了想，才说："我那个房子弄得差不多了……"

不料，话刚出口，您就不高兴了："莫跟我说你的房子。"一反平日的随和。

正值寒冬，窗子关得严严实实，空气仿佛要凝固。平日两个无话不说的老友，此时都跟木偶似的，不会说话了，不知道说话了。只有眼神，而眼神正要交汇的一刹又立即各自躲开了。我坐在一旁，一动不动，大气不敢出。

照料您的七叔解释说，前两天您才输血回来，现在精神好些，之前可恼火得很，说话都很费力，声音小得听不清楚……

您也自觉话说重了，向老友道歉："你别介意。我都是将死之人了啊，唉！"一声重重的叹息，似巨石滚落。

"你身体如何？"

"还好，没得大的毛病。"先生已经有些谨慎了。

您又说起自己的病：飞来横祸，长了个瘤子，又不好切除。住了七次院，去北京治疗了三个月，可身体还是一天天地垮，体重由200斤降到了140斤。您摸着自己羽绒服里面的肩膀，摇摇头道："尽是骨头。那些花花绿绿的鬼都来索命了，要把我拉去，还他们的命。"

先生说："不欠，是他们欠我们，我们谁也不欠。"

"我现在有两个多月没有吃任何东西，输水、输血……每吃一口饭、每说一句话、每走一步路，都像是在爬珠峰。"您断断续续地述说，"大小便都失禁了，我都感觉不到……"

一时累了，您忍不住"哎呀——哎呀"起来。宽大的屋子极静，全是一声声呻吟，有时像负重爬坡的老翁出气不匀。但歇一会儿，您又张口说话，也许怕冷落了我们，像看透了世事般地说："啥子都不重要了。我这次病好了，班也不上了。"闭上眼，睫毛不停地眨，嘴角抽动，泪水终于没包住，汹涌而出。

我顿时心头一阵颤动。都说，男儿有泪不轻弹。一个血性的男人，武陵山土家族汉子，当面痛哭流涕，必是有大痛、大悲、大无奈。纵是石头做的心，也会被哭化。四五十岁，正年富力强，大有可为，就此盖棺定论如何心甘？一如您在一篇文章《人生浅悟》中，把人生比作一个圆，经历过青少年的懵懂和激情、成功和失败，中年乃是紫红色的，"平行略呈上扬趋势"。没能把自己的人生画得圆满，对于谁，都始终是个遗憾。

我一时忆起几年前去世的小舅。也是不到50岁，也是劳苦一生，病倒后我几次回去看他，他都泣不成声，泪水长流。他一再地对我说："我这辈子真划不来。"我还想起了过去的许多亲人，都是眼看快要爬完或已经爬完人生最艰难的陡坡，本以为苦尽甘来，却不想生命戛然而止。临别时，无不追悔、叹息。但个人血泪的教训，往往随着一副木棺一并被黄土掩埋。而活着的人，依然在俗世中为各种理由忙活，没完没了。

直面死亡，您并不惧怕："家人、亲戚，都说要坚强。我不坚强，哪能还坐在这儿？有一次心脏骤停，只有出气，没有吸气。我妈、大姨，一家人都哭起来……医生开始说，只活得到三个月(已经有七个多月了)。我命里就有这一劫，不得死人，就是要受很大的磨难。这次在医院住院检查，医生说真是奇迹，在变小了。"

我和先生都为之庆幸，心想，大难不死必有后福。当然，也许您早已料定自己逃不出劫难，只是为了宽慰我们吧。

我们没有留下来吃夜宵。几年前，我们在此宵过夜，您亲自动手做了满满一桌菜。记得有从山上弄来的大白菜，非常新鲜，您特意推荐说绝对绿色环保。自然也少不了土豆，大山里长大的孩子一辈子与其貌不扬的土豆结缘。喝的酒，是自制的药酒，一杯又一杯下肚，哥俩都有些"二麻二麻"了。这时，您对我附耳道："有一个老中医的秘方，用核桃壳熬水喝，可以乌发，别跟别人说！"意思是，让我回家给先生弄。我将信将疑，但看看您的头发，真是黑得跟染过一般。后来您弟弟也来，便更热闹了，喝酒、饮茶、聊天，大家有说有笑,其乐融融。而如今,即便有山珍海味,又怎能咽得下?

在冬日灰蒙的夜色中,我和先生带着一身寒气往家里赶,一路上几乎没怎么说话……

我们此行目的地是黔江濯水古镇,要在那里颁发一个文学奖项。要是大哥您健在,我们兴许会同行。您生前兼有少数民族文学创委会职务,一直关心青年作家创作,曾多次向我推荐过文章,希望能在我们这份内刊上刊载。如看到又一批青年崭露头角,生龙活虎,想必有些欣慰。也许,您会给我们当向导,一路走,一路讲,如数家珍般地讲您可爱的家乡——美丽的阿蓬江、神奇的蒲花暗河、千年土家族古镇……像您一生的作品,多是在讲述这片生养了您的土地和物事,倾诉您内心对家乡深沉的爱。也许还会邀上三五朋友,到您称为神仙居住的地方——小南海去,那里有您为母亲修建的养老的小屋(您是个大孝子),打一壶山涧清泉,沏一壶土生土长的绿茶,氤氲中谈天说地、感时抒怀。也许您会说,等退休了就回"根据地",做自己最想做的事——写作。您一生喜爱文学,写小说,写散文,厚厚几册,200余万字。以其现有的功力,若假以时日,毕其功于一役,完成一部传世之作也未可知。

也许,也许,都只能是假设了。事实是,与病魔抗争八个多月后,2013年农历的最后一夜,大哥您闭上了沉重的双眼。夺去您生命的是一种我之前闻所未闻的肿瘤——母性纤维瘤。正月初二安葬,但我和先生得此消息已过了五六天,没能去送别,一直深感歉疚。

又是寒冬,重庆城破天荒地飘起了雪。转瞬间,物是人非,大哥您与我们阴阳两隔已近两个春秋。

我的手机里、QQ里,还保留着您的号,还闪耀着您最后的签名:"别过死神,信步余生!"先生也是,一直存着您的信息,存着关于您的点滴记忆。他说,与您相交二三十年,无话不谈,谈文学,谈时事,谈熟识的人,谈复杂的社会,甚至很深入地谈男人间的秘密——女人和性。而您也曾对我说,先生对您的了解,对您作品的评论,就像挠痒痒,最能够挠到痒处。

我们从一个小城来到重庆谋生,颇费了一番周折。有段时间甚至感觉要放弃了,您劝我要有耐心,说:"好事多磨。"

而等我们终于如愿，本以为哥俩这下好耍了，可长相往来了，不想您却走了。直到现在，先生没写过关于您的一句话。我知道，他还没有整理好思绪，甚至还没有完全地接受您已不在的事实。每当在书架上看到您的书——您写的、您送的，都不由得会谈起您来："他就是太累了，身心疲惫，既想在工作上有一番大的作为，又想在文学上有所建树，想得太多了。"这次痒痒挠对了吗？

呵呵，我仿佛听到您会心地微笑："知我者，哥子也！"

关于对朋友的纪念，一位诗人说："我会像他活着时那样谈起他，该肯定的肯定，该批评的批评。这样，他就永远活着！"

以一种什么方式记住您呢，大哥？

我想，我们也会这样，像您活着时一样谈起您，谈您的理想，谈您的遗恨、您的渴望、您的无奈、您的微笑、您的哭泣……

无论现在，还是未来，每当来到黔江，路过黔江，甚至提起黔江，我想我都会情不自禁地想起您，想起您说："来，打你一个手板心儿。"

大哥，看，妹子已经把手伸出来了。

——原载于《散文家》2017年第3卷

作者简介：

辰湄，本名陈梅，重庆市作家协会会员。

食物的灵魂

■李 晓

我相信,我们吃的所有食物,都是有灵魂的。这些被上天赋予灵魂的食物被我们消化,就融入了我们的生命,也成了命运的一部分。

城里小吃

一个人生活在一座城,对城市最真切的记忆是什么?我要说,是胃。一座城市的胃,养育着上百万千万的人口。那么,城市的胃到底在哪里呢?

但你千万别以为城市的胃是被大鱼大肉灌得满满的,城市的胃其实是被一些小吃给养着的。一座城,它沉淀于心的影像,如老奶奶的老炉子,在文火里咕嘟咕嘟冒着气味,在小吃的香气里徐徐浮现。

亲人朋友就是我的故乡,我人到中年后想,小吃也是我最后的故乡。因为遇到那些小吃,我就把自己放心地融入那小吃散发出来的清香中,如一个农人,在麦浪里露出稳稳的笑容。

我楼上的老周,50多岁了,患有肺气肿,走路总是气喘。老周是我在这个楼上最亲近的人，他和我一样，喜欢在家听一点儿音乐，午睡起来后，喜欢去城市里闲逛，在一棵树下看看报纸，然后磨蹭着去小城摊子上吃一碗酸辣粉、牛肉米线之类的小吃。很多人不能容忍老周清晨起来在阳台上的大声咳嗽，但我能宽容他这一毛病——我俩都是小吃爱好者。我也是这样，有时觉得一天就那样虚度过去了，就跑到一家小吃店里，吃一碗牛肉米粉、芝麻汤圆、骨头豌豆汤。一碗小吃下肚，如安慰的暖流，抚慰着我的胃，也让我一颗悬空的心落了地。

一年之中，我总要去外面旅行好几天。其实我是故意这么干的，我想试探一下，我到外面去了，我还能想起故乡的一些啥。我在外地行走，一旦思乡，就抽动鼻翼，那些小吃的香味、最亲的人身上的气息，就从千里之外抵达了。令我眷念的，还是那些躺在城里不起眼地方的小吃，是一个一个话不太多但一个眼神就能交流的人。

我去外地行走，最喜欢去县城，去那些小城里的僻塞角落里漫游。在都市里，几幢如接云天的高楼，就把我的心脏压迫得难受。再说，民间的小吃，往往在那些大山怀抱里、河流边上的小城里悠悠飘香。古代的四大美女，不就是诞生在鸡声茅店边吗？因为那里有山泉、绿树、白云、鸟语。知道我怎样看一个地方的人生活得是不是从容安定吗？我一般看人的标准是看他是否像鹿那样温良，眉毛平顺而不是杂乱地纠结在一起，鼻孔里的鼻毛有没有粗俗地露出来。而一个地方的小吃，就是它最真实气流的一部分。

那些小吃店，有时也像一个历经世事的汉子一样不修边幅，你只管随意地走进去，用目光，用鼻息，就能感觉到。在东北的一个小城，那个小城最高的楼只有八层，我吃到了血肠米粉，就是在猪大肠里灌的血香肠，里面加了酸菜，柔和香浓，绵软巴口，我吃了一碗后，又叫了一碗。东北的秋天，风有一些凉了，吹得脸上紧绷绷的，吃了两碗血肠米粉，似乎把我的四经八脉给调理疏通了一下，感到舒坦了许多。在云南一个小县城，我吃到了一种野菜煮的粥。吃着那粥，感觉山野大地上的地气，正在我体内聚集升腾。一个人对我说过，所有的食物，都是植物、动物们付出生命而来，你能不感恩小吃吗？

那些经营小吃的主人，你如果在那里吃久了，一眼望去，他们的举手投足，往往就有一种亲人的感觉。在古代，他们就给归类了，是属于市井里那种引车卖浆者之流。一个小吃摊，一般就是一家人维持生计的全部寄托。一些经营小吃的，还有祖传秘方。那年，小城里的胡老汉落气前，就是把一块卖凉面的牌子，颤抖着递给了他的儿子。儿子传了下来，孙子却在一个大都市里安了家，他做的是房地产开发生意。

一群人，望着灰尘滚滚的城市，挖掘机、推土机在轰鸣，那是老城在拆迁，一只田野里的青蛙漫无目的地蹦跳着，它失去了家园。我最后的故乡呢，就是那些安卧在城市角落里的小吃了，它们袅袅飘散的气息，像望不见的炊烟升起。

我庆幸，我收藏了城市的胃，是它们，让我认领了一座又一座城。

乡野美食

正如高手往往隐匿在民间，许多的美食也在乡野大地飘着暗香。这些纯朴的食物，蒸腾着大地赐予的气息，当然也凝聚着那些民间厨子的智慧。

一旦爱上了这些乡野美食，或许一颗心就和它终身相许了。

我对乡野美食的眷念，让我这些年爱上了徒步行走。我行走的地方，望不见城市的阑珊灯火，听不见城市里整日的车流滚滚声。

那是群山丛林中的小镇饭馆，我要徒步而去，享受一顿山药清炖猪蹄花儿、粉蒸老南瓜、红焖猪大肠、羊肉土扣碗……还有土碗里那么一口纵情的老酒。

从城市出发，如果望见天上有了蠕动的积雨云，我就把那顶悬挂在墙上的斗笠背在肩后，它是那年我在乡下收集农具时收藏的。

徒步沿途，大多是高山大树，溪流潺潺，那些崇山峻岭之间的公路，如结绳记事的麻索，疙疙瘩瘩缠绕在山谷之中。我喜欢在这样的公路上徒步，步伐悠悠，常常于半途停歇在一棵树边，靠在树下迷糊一会儿，有时，还索性在一股清泉流淌的石头边，睡上一觉再出发。我在山野里睡觉，苍苍大树送来的滚滚氧气，把我的肺叶也浸透成绿色的了。

有次在赶往小镇途中，在公路上遇见开着“突突突”的拖拉机的汪老大，他是在给山民们运送化肥、种子、油盐酱醋之类的生产生活资料，那是那个小镇上，最后一辆还在行驶的拖拉机。拖拉机有时“噗嚓”一声喷吐出一股黑烟，如一个乡下林间连滚带爬的打屁虫冒出一股气。汪老大踩住刹车，大声喊我：“走，跟我走，我送你去馆子。”我摇摇头，摆摆手说：“我自己走路。”汪老大笑笑，驾驶着拖拉机开走了。我突然猛跑起来，想去跟拖拉机赛跑，又发觉这样实在是不给汪老大面子，就停住了脚步，靠在山崖边一棵松树上傻笑起来，自己跟自己，较啥真儿呢。

我在山梁上，望见了小镇上成老二的饭馆，那饭馆名字就叫“老二饭馆”。小镇在山下一字排开，就一条独街如老藤串起小镇。早些年，小镇上这样的饭馆，还烧煤炭，屋顶上还立着一个烟囱，烟囱里吐出的烟，让一个小镇也香遍了，也让那小镇，如一幅朦胧画一般，诗意地镶嵌在山野怀抱里。这些年，小镇上用起了煤气，烟囱已绝迹了。在小镇漫游，我有时还怀念那烟囱，浮想起有一年，镇上一个卖煤炭的男人，爬到屋顶烟囱边，边喝酒边唱山歌的情景。

我在那个叫磨盘寨的小镇饭馆里，古人一样拖起长腔吆喝店老板：“老二啊，来一盘花生米，两个土扣碗，切一盘猪头烧腊，打半斤烧酒！”成老二乐呵呵地上了菜，他肩上搭一条灰白帕子，习惯性地用那帕子掸掸桌椅上的灰。老二在酒坛子里泡的老酒，里面用了十多种药材，他说：“喝了那酒，男人补肾。”这个我信。我有次喝了那酒，回去时狂奔了好几公里路。

老二烧得一手好土菜，都是本土乡野里的食材，肉也是喂养的土猪、土羊、土鸡、土鸭，吃着那肉，香浓黏嘴。老二有一个菜，叫高粱粑煎土腊肉，实在是我的最爱。寂静乡野，种高粱的乡人，也差不多绝迹了，但老二自己在山梁上种了一片红彤彤的高粱。秋天，还没等到霜降，饱满的红高粱在风中如少妇般摇摆，我去高粱地里转悠，如一个醉酒的人那样兴奋。

在一家临河吊脚楼的老饭馆里，一棵参天梧桐树下的饭馆中，我和一些赶集来饭馆喝上一杯再回家的乡人成了知己。在他们面前，我有时散吹着一些城里的逸事，也听他们唠叨山野间的桑麻事，有次，一个乡人突然向我问起了一个航空母舰的细节问题，我支吾着，没回答上来。

在那些名字和打扮都土得掉渣的小镇饭馆里，乡野美食，喂养着我的身体，似乎也喂养着我的灵魂。

一粒大米

一个国外的作家这样说，在所有的粮食中，大米是有灵魂的，其他都只能算是杂粮。这篇文字，顿时击中了我的心房。

一粒大米，它从水田里的一株秧苗开始成长，经历了秧苗分蘖期、幼穗发育期、拔节孕穗期、抽穗开花期、灌浆结实期……终成一粒大米，再看看它经历过的这些农历节气：雨水、惊蛰、春分、清明、谷雨、立夏、小满、芒种、夏至、小暑、大暑、立秋、处暑。你看看，二十四个节气，一粒大米，从种子出发，到颗粒归仓，竟经历了一半的旅程。从春到秋，一粒大米竟经历了风雨雷电，还有农人匍匐大地滴下的汗水。所以上天赋予一粒大米的灵魂，应该是有渊源的。

一粒大米，在岁月的天光下，充满了艰辛。

我对一粒大米最初的感情，是在乡下童年。六七岁时候，我提着一个竹篮子，在收割后的稻田里，拣拾那些遗落在稻田里的稻子，每一穗稻子，都似串起的珍珠。把这些遗落在稻田里的稻子捡回来时，夕阳已经把一个少年单薄的身影，完全吞没了。家里的奶奶，晚上犒劳我的，是一罐在柴火上煮熟的米饭。那是我至今吃过的最香的米饭，是我对米饭最痴情的吻。

我离开故乡的那一年春天，由乡村学校转到县城去读书。一个村里人，在水田里吆喝着一头牛耕田，突然就倒下了，他比牛还累，还苦。一个老实巴交的庄稼人，一个人种着七口人的田，正准备把田耕完以后，撒下谷种，却倒进了土里，化为泥土。所以当你吃着大米时，想着这样一个辛苦一世的农人，却没得到善终，没死在床上，心里会很难受的。不过我成人以后，改变了这种看法，一个农民，死在土里，或许才是善终。

而今，是大米把我们养育着，它太普通了，太司空见惯了，有时我们竟忽略了它的存在。好比一个最亲的人，有时也突然模糊了他的样子。大米哺育了我的身体，我在精神上，还时常处于动荡的阶段，我还没做到像一粒躺在米罐里的大米那样安静，你看它在田野里经历了季节风霜，一旦归来，却是那样的从容。我40多岁了，吃了多少大米，一直无法统计，但我对大米的深情，埋在心里，像井水潜藏在厚土之下。

我有时望着自己写下的一个个文字，它们成群结队，像婴儿一样望着我的目光，很是凄凉，因为我最终把它们都抛向了浩渺的江湖，后来的命运也一直不详。我只有一个奢望，就是这些文字，一个一个字，像一粒一粒大米一样，从我灵魂的稻田里长出来。

这些年，我的一些老乡，已很少有人再种稻子了，他们在城里买了房，靠买粮生活。我常常眺望乡下稻田，在梦里穿着一双草鞋降落。我在商场里，看到的那些大米，大多来自长江三角洲、东北大平原。我的冲动也常常涌起，想去东北平原看一看，和那些稻子一起吹一吹旷野的大风，和稻子们一起成熟，一起归仓。

一粒粒大米，像我的生命一样，铺在通往命运的长路上，好白啊，白得晃眼。一粒粒大米，请赐予我灵魂，在这大地上，从容生长，从容飘荡。

土豆的命

土豆，在那些清贫岁月里，是我亲人们的主粮。吃土豆的亲人，而今差不多和土豆一样，埋进了土里。土豆的命，就是我那些亲人们的命。

产土豆的地方，是我故乡的一个土山包。祖祖辈辈的手，摩挲了不知多少遍的黄土，一季一季地产土豆。山梁上的土里，一条条长藤覆盖着沧桑的土，一锄挖下去，一条藤上，就带起来几个圆滚滚的土豆。

我的曾祖父，穿着长衫，坐在矮桌前，吃着清水煮土豆，喝几口高粱酒。我没有见过曾祖父，但从爷爷断断续续的叙述里，我常常看见曾祖父捋着白花花的胡须，拍打着长衫，笑眯眯地望着我。有一次在梦里，曾祖父塞给我几个煮好的土豆。等我醒来，窗户纸被风吹得哗啦啦响。

爷爷说，我的曾祖父下葬前，灵堂里的案桌上，摆的就是煮好的土豆。养活了曾祖父一生的粮食，又送70岁的曾祖父上了路。

茂密的土豆藤，依然蓬蓬勃勃地生长在山梁上。我的爷爷和奶奶，站在山梁上，举起锄头挖下去，再佝偻着身子，用手去搓下土豆上的泥土，把土豆放在一旁的背篼箩筐里。爷爷担着土豆回家，奶奶把土豆洗净，放到铁锅里煮，再加入玉米面掺和，就是土豆玉米粥了。爷爷胡子长，他喝着土豆粥，胡子上也沾满了。奶奶坐在灶门前，边喝着土豆粥，边煮着猪食，土屋子里弥漫着柴火烟雾，呛得奶奶按住胸口不停地咳嗽。

爷爷在73岁的那年夏天去世了。奶奶说，爷爷的最后一顿饭，就是土豆稀饭。他喝了最后几口土豆稀饭，说是要去睡一会儿，下午还要挑粪上坡去菜园子里施肥。爷爷躺下去，就再没醒来——脑溢血发作，瞬间就要了他的命。爷爷就和土豆一样，生在厚厚的土里，命却薄。奶奶哭吼着，要是早知道爷爷要走，就把房梁上挂的那一小块腊肉煮了，给爷爷吃了走啊。那一小块腊肉，从冬挂到夏，直到长了蛆虫，也舍不得吃。爷爷吃着土豆时，偶尔望着房梁上的腊肉，咂巴着嘴说："等大儿子回来，把腊肉和土豆一起炖上，全家人好好吃上一顿。"在爷爷的祭桌上，奶奶终于摆上了腊肉。那一年我13岁，一边伤心地哭着，一边吞咽着口水，喉咙里早伸出了爪子来。

奶奶后来被接进城里居住。有一段时间，奶奶一直饭量不好，患有阿尔茨海默症的她又思绪含糊，表达不出来，就总是坐在阳台上，望着迷蒙的远方。父亲有一天突然懂了，那是老家的方向啊。父亲托老乡带来了故土山梁上的土豆，用清水煮了，奶奶胃口大开，一顿就吃了五个。一个人的胃，也是有铭心刻骨的记忆的。奶奶胃里的记忆，就是土豆。而今，我奶奶的土坟旁边，就是一大片种土豆的沙地。奶奶在地下，应该告别了饥荒岁月，有土豆陪伴，不会挨饿了。

我在城里工作以后，常常一个人回到故乡的山梁上，有时躺在土豆地里，闭上眼睛。有一回我回村看望82岁的三奶奶，她正一个人端着一个大碗吃土豆。三奶奶没几颗牙了，她吞咽土豆的样子很是艰难，瓦房顶上有几块玻璃瓦，阳光照下来，落在三奶奶耀眼的苍苍白发上。"来，吃一个！"三奶奶用筷子夹给我一个土豆。

十多年前，故乡山顶上修建机场，山坡在巨大的轰隆声里，被炸成一片平地。我失魂落魄地赶回去，捂住疼痛的胸口，与坡上的土豆作别。

吃土豆的日子，吃土豆的人，深埋在我记忆的土里。

南瓜如人

无论是在乡下，还是进了城，我对南瓜这种食物，总是情有独钟。

秋初，我返回乡下休养，去看望南瓜们。

乡间的早晨，草丛里有露水滴滴答答滚落。我看见，一根长藤在草丛里蔓过来，藤上挂着几个憨憨的大南瓜，我总担心，它们会从瘦弱的长藤上“扑通”一声滚落下来。我多虑了，好比我这个人，总是对世界和未来没有安全感，显然是杞人忧天了，瓜一直结结实实地挂在藤上，有时候大风吹来，藤摇晃着，南瓜也随之起伏动荡，让我的心也悬紧了。可南瓜稳稳当当系在藤上，时候不到啊，别急，会有人来抱着它回家的。

于是我看见一个乡人，他嘴里含着一支烟，踱着步子走过来，我一直观察着他，乡人嘴巴没动，但烟一闪一灭，我看见虎背熊腰的乡人，双手伸向藤上的南瓜，顺手一旋转，藤上脐带一样的结就轻轻断开，于是，乡人像一个大地上的接生婆，把南瓜双手抱回了家。我呆呆地望着空空的长藤，它在风中瘦弱下去，像一个失去孩子的母亲。

有一次我回到乡间，和一个老农去看望他种的蔬菜瓜果。红艳艳的番茄带着骄傲的神情，茄子炫耀似地探出头来，海椒在风中不停地颤动，似乎急着要上市赶热闹去。我拉着农人，走向沟边草丛，那里头有南瓜呢。我们蹲下身，顺手撩开草丛，只见几个滚圆的南瓜挂在藤上，南瓜上面还扑着一层白生生的粉，让我想起孕育它的花粉，是不是最终落在了上面，陪伴它长大。我和农人“嘿嘿嘿”地笑着，有一种出其不意的喜悦，那么大的南瓜啊，一个瓜，就可以让一家人整整吃上一天。我望见那瓜，竟有眉开眼笑的样子。我想起小时候，爸爸并不是很喜欢我，爸爸喜欢聪明的哥哥，我长得也像南瓜一样，木讷、憨，一个人独自幻想着世界。后来，哥哥走了，爸爸才把全部的爱给了我。而我面前的农人，他脸上的皱纹，多像这个南瓜身上一圈一圈漾开的纹路。一个个南瓜熟了，一个辛苦一生的农人，也在岁月里佝偻下了腰，慢慢地和大地贴近。

我默默观察过那些乡间的农人，他们的音容笑貌，风调雨顺季节里的喜悦，多像一个南瓜的样子，从来没有张扬过，狐假虎威过，装腔作势过。南瓜，它是乡间最具品性的代表作。小时候我在乡间，春天里南瓜花开得粉嘟嘟时，我就喜欢一个人望着藤上嫩嫩的南瓜花，充满了幻想。奶奶常唤我："孙啊，去抱一个南瓜回来。"于是，童年的南瓜饭，成为而今舌尖上的记忆。

我在乡间望着南瓜，想起城里和我心灵相伴的一个男人——老付。老付身材偏胖，尤其是一张大脸，让我总感觉像那种盘形的南瓜模样，他平时话也不多，就像南瓜起初从美洲来，语言似乎不通，但精神却能交融。我把一个乡间的南瓜送给老付，他双手抱回了家，望见他蹒跚的脚步，我忍不住流下了泪，这个像南瓜一样的朋友，放心地一直在那儿。

——原载于《北方作家》2017年第3期

作者简介：

李晓，供职于万州区五桥街道办事处。

地铺上的兄弟（外一篇）

■简云斌

和我同睡一张地铺的兄弟，叫中建，是我初中时的同学。我们不见面已32年。岁月太过漫长，在人生的重负之下，我甚至忘记了曾有这样一位兄弟。

他却没有忘记我。

上月某天，突然接到他的电话，从广东打来的——说是找了我很多年，通过另一个初中同学，在网上发现了我的踪迹，又辗转打听到我的手机号码，终于，在茫茫人海中把我擒了回来。不得不承认，网络是神奇的。

“老同学，你现在可好？”一句平常的问候，令我的心微微有些发慌。32年了啊！这位兄弟突然从时光隧道中现身，向我挥手致意，让我握住少年时那些熟悉的体温、气息、欢乐、忧伤，恍然一场梦。

记忆拉回那个地铺时代。

1982年秋天，我在故乡罗家坝读初二。中建似乎留了一级才到了我们班，他身材敦实，肤色偏黑，脸微胖，一笑就露出白牙齿。我和中建离家都远，为了上晚自习，先是在学校附近找了一户人家，一张床，两个人挤着睡。后来，学校安排了一间大宿舍，十几个读初二、初三的学生住在一起，打通铺。

屋子没有窗户，黑黢黢的，弥漫着汗臭与霉味，地上是一溜铺盖、竹席、稻草，大家睡觉时，头挨头脚靠脚的。农村孩子不知道苦，反而觉得很快活。中建睡在我的右边，我们每夜都聊那些学习试题，语文、代数、几何、物理、化学……那时，为了升学考个中专或高中，我们都太刻苦，一天拼命看书、做试题。中建成绩一般，他有点儿佩服我。

有时，我们也聊《霍元甲》《武松》。当年，看武侠电视是一场精神盛宴，学校有台黑白电视，几百人围着看，很热闹。看完电视，一群孩子就在校园那棵香樟树下“练武”，口里“嘿嘿”叫着，胡乱对打一番，或用脚飞踹树身。中建有体力，经常把树踹得在月光下剧烈摇晃。

中建穿的衣服很旧，每件都有几个补丁，学费要拖到期中才能交足。他家兄弟多，父亲好像有病，他能读初中，已很不容易了。我们在一起聊理想，他最大的愿望是考上中师，当一个小学老师，拿“国家粮票”。其实，我的愿望也差不多。对于我们这些偏僻农村的孩子来说，还能有什么其他理想呢？

印象中，为了省钱，中建很少吃早餐，午餐用瓷盅蒸饭吃，盅里只有米饭，有时配一点儿红苕、洋芋和咸菜，很少见油荤。当然，我们的午餐都很差，长期吃瓷盅蒸饭，令人反胃。有一次，我打了份回锅肉，花了两角五分钱，要分一点儿给中建，被他坚决拒绝了。那一刻，他脸涨得通红，似乎我要分给他一万块钱一样，令他不知所措。唉，地铺上的兄弟，当年，我们的友谊多么清贫而颟顸！

1984年6月，初中毕业，我如愿考上中师，中建却落榜了，连高中也未考上。他爱笑的脸上有一丝落寞。我不记得最后一次是怎样与中建分开的。我们住在不同的村子，相隔很远。读中师时，我们断续通过一些信。他出去打工了，先是在福建，后来又到江西或者新疆，再后来就不知所踪了。在福建时，他寄了一张照片给我，他穿着白衬衣站在码头上，背景是轮船，手里握着杂志，人很精神、青春。

搬了几次家，照片早丢失了，但中建青春的形象已在我的心中定格。我甚至不能想象他如今的富态模样。

从电话中知道，中建在广东开了一家制衣厂，有几百名员工，自己有车有房，妻子能干，有两个孩子，大的已上大学。当年睡地铺的兄弟，如今发达了，很有成就感。但我不知道，他这32年是如何走过来的，料想也充满了艰辛与磨难，毕竟，他只有初中文化。在为中建高兴的同时，也叹息自己的庸常，人生不可谓不辛苦，但多顿挫、少磨难，故人过中年，还困于生活的重轭之下。时乎？命乎？

中建重情义，说要给我寄一件衣服来，我说："算了，都老同学了。"他说："不行，我自己公司做的，意义不一样。"隔不多久，就快递来了。是一件做工精致的毛线上装，没有商标，看来，他的公司规模还不大，是帮大公司做贴牌的。衣服很好，就是短了点儿。时隔32年，他不熟悉我的身高，甚至不熟悉我的生活。我们，只是当年打地铺的兄弟，我们对彼此的记忆，都停留在少年。

地铺兄弟也上QQ，他的QQ名"湖海一鬼"，居然是我读中师与他通信时，为假装得愤世嫉俗所使用的一个笔名。我早已忘了，他却还记得，还捡来上QQ，好兄弟！岁月会改变人生的许多东西，命运、生活、思想……但年少时的友谊，却永藏于心底，如沙中琥珀，温润、圆满、永恒。这是怎样一种慰藉！

此时，地铺兄弟的QQ就在网上亮着。我的QQ也亮着。我们的QQ，都带着工作性质，忙而琐碎，不涉情感。他不说话，我也不说话。我们之间还需要说话吗？都32年了，我怕网上突然闪现出一个西装革履、大腹便便的企业家来，怎么瞧着也不像当年的兄弟。

就让时光永远停顿在32年前吧。尽管，我们之间只相隔一个鼠标。

山路马帮

近来在乡镇工作，每天上下班要坐40分钟的车，一般早上8点出发，晚上6点回家，在蜿蜒曲折的山路上来回奔波，天天如此。坐车时，我喜欢打量窗外风物。本地属于采煤区，公路沿线多是光瘠、裸露的石灰岩山壁，间或有些茶山、竹林、庄稼地，由于灰尘重，颜色并不清绿，路旁的农舍更是灰扑扑的。这样的感觉自然不太爽。只有马帮在公路上出现时，才令人眼睛一亮。

早上看见的那些马，同人一样，是出门干活的。晨光中，几匹矮小、结实的马，在公路边排成一队，驮着沉重的货物，摇着尾巴，低着头，悄然地走着。每匹马左右两边各挂着一个大竹筐，装的多是水泥、石灰、片石等建筑材料，两个竹筐用木棍架起，紧紧压在马背上。行进中，它们的身子洒满了阳光，黄色、褐色或黑色的毛发沾着尘土，稀疏而脏乱，散发出热腾腾的汗水，马蹄在坚硬的路面“嗒嗒”作响。

赶马的是些普通村民，有时甚至是老人、妇女，拿着树枝类的马鞭，并不吆喝，也不鞭挞，只是牵着缰绳，那些马就老老实实地跟着他们走。主人不说话，马儿也不吭一声，像一队默默移动的石头。偶尔，一匹马因不堪重荷，会抬头喷一个响鼻，顺便打量一下我们的汽车。它的嘴是咧着的，似在憨厚地向我们笑，它的眼神特别温驯、纯朴，像山里的那些孩子。

这儿的马匹，是典型的南方矮种马，个子不高，身体也不骠壮，但筋骨结实，腿短而有力，善于爬山。一匹马能驮三四百斤重物，在坎坷嶙峋的山路上如履平地。据说，本地以前也有马帮，但都是跑长途驮运，到贵州、重庆等地贩盐和山货，当年，一些古道上，马帮成群结队，络绎不绝。后来，马帮一度绝迹。近年来，随着农村发展，马帮又逐步出现了。不过，现在村民们饲养马匹，一般不跑长途，主要是就近搞些零星驮运，将砖、石头、水泥等重货，运送到不通公路的大山之中。

有一次下乡，碰见一位正在运料的老乡，顺便向他打听了一下马的行情。据他讲，一匹马的身价大概2000元左右，每天吃十几斤饲料，主要是豌豆、玉米、小麦和草料，成本20多元，而马干一天活，可以挣七八十元！那位老乡说着，很自豪地拍了拍身边一匹正喘着粗气的黄马。那马已干了一整天活，此时，身上仍驮着两大袋水泥，背部早勒出了几道深深的血痕。我摸了摸它的背，它也向我甩了甩尾巴，不知是不是在表示感激。

每当看着这些低眉顺眼、老实巴交的矮种马，我总在心底发出一声感叹：这就是命运啊！同样是马，北方的马可以在草原、大漠上扬鬃奋蹄、驰骋如风，大地是它们的舞台、自由是它们的性格、奔跑是它们的形象。而南方的这些马，生来就是负重，套着缰绳，驮着比自己还重的货物，在山路上无休无止地跋涉、劳苦，一直到衰疲、老死。终其一生，它们除了行走在这些坑坑洼洼的山道，身体被荆棘、乱石擦出层层血痂外，从不曾梦见过辽阔的草原、浩瀚的沙漠和坦荡的阳关大道，也从不曾拥抱过奔驰的梦想。

但是，这些矮种马身上表现出的坚韧品格，却着实令人敬重。人们常把干沉重的体力活叫作“当牛做马”。相对来说，马比牛更忠实、更勤恳。牛一般不会累死，如果它实在不能负重时，会消极怠工，赖在地上不肯动，所以牛虽然勤劳，但有时也博得一个不雅之称：懒牛。马则不一样，虽有“良马”“劣马”之分，但从未有“懒马”之说。它宁愿累死，也不会停下跋涉的步子。面对这些朴素的马，我想起曾经读过的几句诗：“我是一匹埋头于千年耕作的老马/忘记了奔腾/挣不脱鞭子和故乡”我想，当这些马驮着重物，艰难行走在大山深处时，一定有一种内在的力量在支撑着它们。不然，它们如何爬得上那么高的山口，跨得过那么深的沟壑？

我还听说过一件事：本地一个景区开发之初，业主请了一些马帮驮运材料。因工期紧，运输量大，那些马匹没日没夜地奔劳，先后有四匹马累死在了工地上。这个故事令人伤心。我觉得，公园业主应该为那四匹马修一座纪念碑，让人们在游玩时，记住这些为人类幸福献出了生命的牲灵。虽然，它们在大地上活着时，是那样卑微、无声，但谁又能说，在仁慈的神明面前，它们的灵魂不比我们人类的更为圣洁高尚？

下班路上，我碰见马帮时，则是另一番情景。夕阳落山，暮霭四合，马儿们完成了一天的劳作，迈着轻快的步子，从陡峭的山上一路溜达下来，是那样轻松、自在。树林漏出的夕晖中，晃动着它们矫健的身影。沿路都是青草、野花，一些马忍不住停下来，惬意地啃上一两嘴，主人也不急着催促它们。有些马儿身上的竹筐里，还盛着一大堆青草，那是主人顺路扯的。马儿和它们的主人一起，沿着公路，悄无声息地走上一阵子，就回到那些亮着橘红灯光的农舍，那是他们歇息的地方。

我们的车走远了。回头看时，马帮早已不见，薄雾冥冥，宛若缰绳般纤细的一条条山路，也隐进了夜色之中。我不知道，在那样的夜晚里，当那些马立在厩旁默默嚼食时，会不会忘掉白天的辛劳，偶尔揣想一些与奔跑有关的事情？

——原载于《散文百家》2017年第7期

作者简介：

简云斌，中国散文学会会员、重庆市作家协会会员。

食物的意义

■罗 夏

“妈妈，清明节是吃什么的节日？”清脆的嗓音在耳边响起，青春期的女生，表情平淡语调平常，但我还是秒懂了女儿这个问题隐含的期盼：今天过节，有什么好吃的？

虽然远在他乡，我们的生物日历依然与国内接轨。比如春节吃汤圆、发压岁钱，比如端午节看龙舟赛，中秋节吃月饼。再比如此时，我刚将情绪调整为“清明时节雨纷纷”模式，很快把自己催眠进入“欲断魂”状态。女儿这个突兀的提问让我错愕。

“沙县小吃，卤蛋没有！”我很想这么吼回去，恼怒她只知道把节日和食物画等号，没文化没内涵，同时也是掩饰，因为自己同样没文化，给不出答案。求助万能的朋友圈吧。

静心想想，也不能怪孩子。节日的美好，多亏有美食相伴。节日靠美食圈粉，古今中外莫不如此。就像瑞典人的复活节大餐主角一定是鸡蛋和三文鱼，而美国人的餐桌上必不可少一整只烤火鸡，就像草莓沾巧克力酱是情人节专利，蛋奶酒只在圣诞季节上架，就像犹太人的逾越节晚餐少不了忆苦思甜的青菜沾盐水以及白水煮蛋。如若不然，就像坐火车没吃到盒饭，那份缺失，会让人感到深深的遗憾。

庆祝与团聚，是节日的两大主题。而最让人惦记的是节日餐桌上的那一道道美味。不是美食家推荐的精美菜式，不是营养学家强调的健康饮食，而是大众化的食品，或许不够健康也不够精细，但加入了爸妈的宠爱与关心以及几十年的炉火纯青，成为有灵魂的私家菜肴，它带着特有的温度和滋味，暖胃更暖心，给人以最极致的满足。面对它们，我的肚量，总是很大。

在这样的日子里，我们不光用味蕾体味愉悦，同时还打开了身体每一个毛孔、每一丝触觉，全面感知和感受自己生命中的美妙、惊喜和奇迹。在这样的状态中，没有不可口的食物，没有不迷人的景致，没有不善良的人，没有不和谐的气氛。此时，整个世界，没有不美。

食物，当然不仅仅属于节日，它更是每日生活的重心。塞万提斯有句名言：All sorrows are less with bread（所有的悲伤随着面包而减少）。估计在他所属的文艺复兴时代，能每天吃上面包已是满足。从前，人们膜拜所有食物，设立特别的节日载歌载舞欢庆丰收，于是有了美国南瓜节、加拿大枫糖节、丹麦土豆节、西班牙西红柿节。后来，温饱已不再是问题，人们开始用眼睛以貌取菜，开始讲究色、香、味俱全，开始追求新鲜的食材、新颖的搭配。现在，我们用手机吃饭。下单前我们习惯性地使用手机里的APP，娴熟计算每一道菜肴的卡路里，再做选择。我们几乎完全忘记了，食物本是用来享受、庆祝的，不是用来数数的。

食物带给我们最天然的治愈：萝卜上市，医生没事；一天一苹果，医生不见我；菜花，是穷人的医生，天赐的良药。如果有谁说自己从小到大没有吃过冰糖雪梨，不曾饮过红糖姜水，我会以为他是一朵奇葩。《本草纲目》里对无数原料的功效都有这样的描述，“补虚乏”“强肾阴”“疏调肝气”“安五脏”等等，似乎有些玄乎。现代科学家们则偏爱某某酮、某某素、某某酶这类的名词，让人虽然不明所以，但是立刻就能抓住中心思想：嗯，一定特别有营养。

南方人喜欢米饭，北方人首选面食；在美国顶级饭店也能吃到汉堡包，当然，价格不是“麦记”可比；坚果和水果干在伊朗和中东国家是一种历史悠久的零食文化，街上的干果店就像北美的咖啡馆一样多；加拿大魁北克最传统的poutine（肉汁奶酪薯条）店外总是排着长队……虽然理论上我们什么都可以吃，但在实际生活中，我们总会在众多的食物中做出自己的选择，食物里面藏着我们的DNA，因此它也在一定程度上成为破译我们身份与个性的手段。正是我们对饮食的不同偏好，让我们不管身在何处，总能体会到一份特殊的归属感。所以西方人说We are what we eat（人如其食）。

就像一瓶葡萄酒里一定藏着产地的土壤和气候信息，我们也总能从一盘盘菜肴中感受到山川河流、阳光雨露的味道。

旅行在外的日子里，我的胃比我的心更忠诚。长年驻外的岁月中，唯有食物能够缓解乡愁。这个年代，乡愁是个时髦词，人们格外乐意认领它，仿佛有了它，就有了别人眼中的诗和远方，只有我们从未真正满足的味蕾，和那些馋得让人魂不守舍无法成寐的夜晚，知道那是怎样的无奈。塞万提斯的话或许应该改一下：所有的悲伤，只会随着从小熟悉的食物的香味而飘散。

食物的意义对于我，等于永不磨灭的记忆，等于家的味道。我怀念重庆盛夏街头的凉虾、冰粉，浸泡着琥珀色的红糖水，晶莹剔透，甘甜爽滑清凉可口，让夏日的闷热一扫而光。难以言语的滋味和美妙的口感，怎能忘怀。我怀念在每一串石阶的旮旯都藏着的小面馆，不论有名无名，即便没有惊喜，也从不会令人失望。我尤其怀念爸妈家楼下的老灶火锅馆。每次回家，放下行李，我都恨不得直奔进去，刻不容缓。直到欲望的每一个毛孔都被麻辣的气息填满堵塞，直到不能呼吸。再开始淋浴，仿佛冲落的头几股水流仍能加热成汤底。够味儿！

但我深知，回家后若要表现出我的孝顺乖巧，屡试不爽的不二法宝便是：一天三顿，顿顿在家吃妈妈采购、爸爸烹饪的各式家常菜：糖醋排骨、陈皮兔丁、酸萝卜老鸭汤、回锅肉、甜烧白、芋儿鸡。名单还可以继续，排名不分先后。一边吃，一边诉说离家的日子里发生的种种，越详细越好。我最琐碎的絮叨，爸妈听在耳里都如同天籁。当然，自己心里有一道红线：只能报喜，不必道忧。就这样，随着胃被慢慢填满，生命中缺失的一部分也被慢慢抚平，以最温柔的方式。过往的岁月里，曾有那么多美好的记忆诞生于餐桌边，我丝毫都不怀疑，从现在到未来，我们还将无数次从餐桌上获得圆满，身体的、心灵的。

清明节究竟吃什么？朋友们给了我答案：青团子、菜粑粑。节日饮食几乎一边倒地偏向高脂、高热、高糖，是否觉得，清明节的这一抹绿，例外得刚刚好。

——原载于《重庆晚报》2017年10月14日

作者简介：

罗夏，重庆市作家协会会员。

叩问吴哥

■ 梁 奕

喜欢地球最初的样子:林木森森、藤蔓纠结、乱石散落、荒草伏地……

去了柬埔寨的吴哥窟才发现真相原来如此的蓬头垢面,无精打采。褪去装饰后的原形可能会使人难堪,甚至绝望,但你如果还没被彻底毁灭,那你就将获得置之死地的坦然和退到绝路的静对。大美,是走向废墟。

繁华落幕

小吴哥醒得好早。当她在柬埔寨时间凌晨5点的天光下突然立在我面前时,着实把我吓了一跳。曾作为柬埔寨国徽图案的三座莲花宝塔就这样出现得不由分辨。实在等不及那天探头探脑,不爽不快的日出,抑或是不堪水池边蜂群拥巢般的热闹,我们径直朝着森森的小吴哥寺的塔庙走进去。

人很少,我们没有走大多数游客的路线,跳过了近千米的回廊石壁上的浮雕,人便陡然立在了荒草和乱石蓬勃的后庭中央。金黄的阳光斜着挂在斑驳、陡直的石阶和铜锈色的围墙、屋脊上,油画样的美得惊心。遥想那些古真腊(今柬埔寨)宫廷女人环佩叮当,裙裾窸窣地行走于雕梁画栋间,似乎还见有人正转身回头说着话,阳光照着的脸,丰润而灿烂。这应该是一个曾经强盛的国力颐养的笑脸,属于天堂的表情。

居东南亚一隅的吴哥王朝雍容而华丽地走过了六个世纪。这期间,中国的唐朝刚刚走过,只留下一个背影,宋、元王朝完整地跨越了吴哥,明王朝探出了前半身,见证了高棉的文明。元代官员周达观来了,奉命“招谕”真腊国,被“金窗”“金镜”恍花了眼,回国后写成“调查报告”《真腊风土记》,只恨自己不会写诗作画;元代航海家汪大渊来了,走在“裹金石桥”上,仰望“桑香佛舍”,一路叩拜;明代尹绶也来了,抑制不住冲动地将所见绘图后呈与皇帝,明成祖喜不自禁……

回望四周廊柱上姿态各异的“阿卜沙拉”(仙女)雕像,一律的水腰丰臀、袒乳露脐、纤指柔曼、裙裾轻掀、分分明明媚惑却不沾一滴妖淫,让人对那个古老王朝的审美陡生敬意。

我想,处于吴哥王朝鼎盛期的苏利耶跋摩二世在建吴哥寺时,怎么也不会想到这座他为自己建造的陵寝后来会成为世界上最大的宗教寺庙,会在九个世纪后跻身世界七大文明奇迹之列。但我还是从那些山一样高傲的塔庙和如石书般重叠向上的石阶以及巨大的舰船甲板一样展开,在主塔两翼的回廊上读出了这位帝王的霸气和踌躇,他在登上主塔,透过似石风铃装饰的窗棂鸟瞰他的国度时,一定出现了进入天国成为众神之神的刹那间的恍惚。

高棉人崇拜猴子,这在吴哥寺著名的回廊壁画和印度教神话故事中多有体现。那天,在吴哥寺外廊台基上,突然走来一只离群的病猴,脱落的皮毛下闪露着殷红的伤口和惨白的骨头,它步履艰难地低头走着,我们的目光猛地相遇,它自尊地看向别处,没有向我伸手。它的头上是永远的天幕,它的身后是颓败的建筑,我突然想哭,几次差点儿泪涌,为这只来日不多的猴子,为在时间里匆匆一瞬的天下生灵,为宇宙的亘古无垠,为繁华落尽后的真实。

高棉的微笑

微笑的石脸! 整座山全是巨大的微笑的石脸! 这是吴哥巴戎寺的标签,甚至是吴哥文化的标签。我去过,却被自己混沌的肉眼错过。

一直认为“看见”不仅靠一双肉眼,还有“第三只眼”长在心上。“看”在于眼,而“见”在于心。

一直不认为我与巴戎寺那上百个“高棉的微笑”错过,否则何以一合眼,就见到那个百思莫解的笑容:是深思,是倾听?是洞悉,是深眠?是不屑,是悲悯?是关照,是漠然?

一直感觉到有一种神圣在石头上挺拔,有一种幽秘在石洞间游弋。没有遇见,却分明看见;分明迷失,却没有错失。近,未必不惑;远,未必不清。我想,那天我在巴戎寺断石残垣间的迷路是佛的旨意。

有人说那些微笑的石脸是高棉国最传奇的国王阇耶跋摩七世自己,说他是个低调、洒脱的人。他本是老国王的长子,承继王位符合高棉族的祖制,但他把国家最好的光景让给了他的兄弟,当他年过半百受命于危难时,他有了双重身份——强势的国君和虔诚的佛教徒。抗击外族侵略使他置身于无奈的血光战火,还黎民以安宁生活又让他还原了真实的自我。人性?神性?执权者铁一样的责任,佛教徒超然出世的境界,这一切被他纳于一身,搅拌出独特的表情,使他的笑有了神灵的幽深、君主的威严、佛陀的慈悲。

所以巴戎寺著名的回廊浮雕被赋予了很深的意义:战争是奔赴、动乱、抗击,和平是静候、安宁、闲适,两种极端的场景同时在回廊上凸现,不得不佩服高棉人生活哲学里的因果祸福观以及艺术对比手法的表现力。

宏大的浮雕在回廊一侧卷轴般地展开——这边是高棉人与入侵的占婆人短兵相接:到处是林立的弓矛和隆起的肌肉。那边是热气腾腾的市井生活:一妇人临产,捧着肚皮,张嘴叫痛;两男人斗鸡,被按着的公鸡耸毛伸颈,啄了路人的屁股……有的人在躬身制陶,有的人盘腿下棋,世俗的快乐带着泥腥、带着汗味山风一样刮来,简直就是吴哥版的《清明上河图》,骨头一软,心头一热,就忘了自己身在何处。

我于是看见塔山上的国王走下神坛,他的笑泯灭了世间所有的盈亏、消长、得失、苦乐。“高棉的微笑”成了宗教的仪仗,只为昭示天下:荣辱终将湮灭,是非转头成空。

“林迦”与“优尼”

女王宫长道两旁足有一米高形如男性生殖器的石柱投影，赳赳地挺立，逼真得赫然 。阳具在梵语里叫“林迦”。

女王宫本是阇耶跋摩五世国师的家庙，因寺庙小巧、浮雕精致而得名。女王宫外仪仗般地排列着的“林迦”，多少让人觉出些意味，也让实在太老的女王宫强打起几分精神。

吴哥各个寺庙里有许多的“林迦”和“优尼”（女性生殖器），如果把女王宫门前的“林迦”看成一种写实，那么在不少塔庙回廊处放置的“林迦”和“优尼”的组合石座应该就是一种写意。作为底座的“优尼”上方有一至三个插洞，上方通常插有直径不少于20厘米的石柱。“优尼”一端开口，酷似中国农村的石磨盘。当我们听说这个石器组合象征男女间的交媾，无不惊赞古真腊人对生殖和性的朴拙表达，像是一下子被印象派大师的作品带到了艺术美的出发地。可惜不少“林迦”被偷盗者带往世界各地，空留下“优尼”豁开的洞口，在时光中无尽地寂寞。

古高棉人有着非常坦荡和开放的性观念。这从塔庙的石壁和石柱上的女性人体雕像可见一斑，这在周达观的《真腊风土记》中亦有生动的描述：“番妇多淫，产后一两日即与夫合，若丈夫不中所欲，其妇必曰：我非是鬼，如何孤眠。”这简直就是人性的呐喊。我相信在听从身体的召唤，喊出这声宣言的时候她的眼睛被熊熊的情欲烧着了，她的椎髻高挽在头上，袒露的乳房泛着瓷的光，轻薄的裙带滑落臀部，她像蛰伏的蛇等待着欲火如信子般吐出。

走在这已难分彼此的“林迦”与“优尼”间，突然听到中国妇女在几千年的贞节牌坊下，压抑的人性如厉鬼的号哭，想到高棉女人的青春如空中点亮的烟花，虽是一瞬却绚烂惊心。

在著名的印度史诗《罗摩衍那》里，“林迦”被说成是印度三大主神之一湿婆的化身。我在吴哥寺石壁浮雕上见到了湿婆的像：坚硬的五官、强壮的四肢、健硕的肌肉，很有男人气概。

在吴哥窟唯一的“林迦”与“优尼”的合体石座前，在光天众目下，我双手合十，跪拜。因为这首印度史诗中人性的绝唱，因为这段吴哥文明里烛火般的性觉醒。

谁是地球的主人？

白光惨惨的树根像魔怪的巨舌，舔舐着豁开的门洞，到处是被植物的藤蔓扭歪了脸的雕花的窗棂，绿苔斑斑的石壁闪着古陶的颜色。在这里，张扬的植物争抢着人们的眼球，名扬四方的古建筑成了十足的背景。

曾经是《古墓丽影》拍摄地的塔布隆寺正回放着一部关于时间的电影。

时间来到13世纪初的某一天，古真腊吴哥朝国王阇耶跋摩七世为祭祀母亲所修的这座"母庙"落成。庭院庙堂内，烛火熠熠，仙乐袅袅。人来人往处，金冠颤颤，裙裾飘飘。耸立的中心庙塔如国王的皇冠庄重而威严，雕花的庙墙如波斯的织毯华贵而绚烂。与其说这是一次宗教的祭祀活动，还不如说是一场盛世的庆典。

然而，月太圆，离月缺就已不远。后来，掠夺来了，战争来了，真腊国王无力抗击更强大的暹罗（今泰国）人的进犯，丢弃了这里的繁华富贵，决然离去。再后来，光阴来了，岁月来了，将地老天荒的身体压在了这块生长莲花蓓蕾的土地上，丰饶的肉体被一天天销蚀、浸淫。

时间很老，他什么都看到了。他说，当地球上还没有生命的时候，植物王国里的侵犯和霸占就开始了，它们是地球最早的主人。

时间又说，人类取代动植物霸主地位，并且无视自然王国的规律那是后来的事。越来越多的后代，越来越精密的大脑，让他们的欲念越来越肿胀，总有一天，人类将会被自己聪明的大脑彻底出卖，总有一天，人类将会从地球上全体退场，那时候地球的原主人就会大踏步地回来，就像我们今天在塔布隆寺看到的，它们将疯狂地把人类的"家装"掀翻，粗野地推倒，无孔不入地进入，再一次傲慢地发表自己"绿色"的宣言。

有科学家预测，人类离席后100至300年间，地球将是一个坍塌的时代：法国的埃菲尔铁塔、美国的西雅图太空针塔统统轰然倒下，那时，植物赫然立于依稀的街道，它们的手脚胡乱地伸进废弃的高楼的门窗。再过几万年，那些石质的建筑，如中国的万里长城、埃及的金字塔、美国的胡佛水坝也会被强势的植物压在如章鱼触须般的根系下面，嘎嘎地呻吟，张着大嘴喘息……

将绿意和安静归还地球是人类的宿命。到那时，一切都寂静了，没有了

PM2.5，没有了噪音；没有了沙漠化，没有了温室效应；没有了空难，没有了核泄漏；没有了三聚氰胺，没有了转基因大豆……地球恢复了一脸的干净、一脸的乖萌……

历史的场景有时会惊人地重复，若干年后，会不会有人也如今天的我一样看着那些被大自然吞噬的人类建筑胡思乱想、神经质地感叹？

还是觉得古真腊人睿智，知道本不该属于自己的东西应该归还原主。他们的离去总带着几分神秘，还有几分大度。

——原载于《散文百家》2017年第10期

作者简介：

梁奕，中国散文学会会员，重庆市作家协会会员，重庆市散文学会副秘书长。

仙女山：静静的岁月航船

■ 贺　芒

一

第一次到武隆仙女山，是两年前的夏天。车子沿江而上，脚下是湍急而幽深的芙蓉江，“水色如黛劲如刀”。两岸是刀削般直耸云霄的峭壁，望之而令人眩晕。别处的水都是柔美的象征，这里的水却集柔美、强悍、野性于一身，它绿中带蓝，有着埃及艳后之妖娆，又如江南美玉般莹润，看似柔弱的身躯却像一把利刃，切割着山体，切割出一道道深长的峡谷，一处处奇特的地貌。

想象着数万年前，地壳上升，地表崩裂，江水撞击、冲刷着山体，咆哮、喘息、搏斗，是怎样的一番惊心动魄！如今，那些曾经的搏击已经凝固成芙蓉洞的岩溶地貌，千姿百态的钟乳石似竹笋、似飞瀑、似银针，像一句句欲说还休的语言，默默地诉说着胸中丘壑。也有凝固在半山腰的天生三桥，天坑地缝，气势恢宏，鬼斧神工，有着史诗般的气魄，是一部何其宏大的叙事诗！

如此一番风云激荡、血气方刚、壮怀激烈的地势之后，就是海拔2000米的高山之巅，一切都平静下来了。到仙女山是早晨，杉松、灌木、草甸都笼罩在轻纱般的薄雾中，神秘而幽静。空气清冽甘甜，薄薄的凉意浸透衣衫。

太阳出来，薄雾散去，天空碧蓝如洗，绿草茵茵如毯，三三两两的牛羊悠闲地吃草，好一首和美的田园牧歌！却一直奇怪为何到了这里却险峰不再、激流不再？

后来看到《中国国家地理》，才知道高山之巅的仙女山国家地质公园是处于鄂西期的喀斯特地貌，极为古老，半山腰的天生三桥形成于山原期，形成时间较晚，山脚的芙蓉洞形成于峡谷期，形成时间最晚。芙蓉洞与天生三桥是青壮时期的喀斯特地貌，所以血气方刚、铤而走险，而仙女山已经是老去的喀斯特地貌，它有过惊心动魄的搏击、崩裂，但随着年龄的老去，险峰已被时光夷为平地，激流也被天长日久形成的漏斗与落水洞吸收殆尽，那些奇峻、惊险终究都归于平淡。现在，除了浑圆的山丘，找不到一处险峻的山峰。

那些波澜壮阔，的确是存在着的，不论时光如何变化，也不会改变这一恢宏的过往。只是，它蓄积深厚，宽广、平和、圆融，所有的变迁，都包含在内了。我们看到的，只有云卷云舒，处变不惊。

所以，仙女山不只是眼里看到的云淡风轻，绿草如茵，鲜花繁茂。它是一坛老酒，历久弥香。需要花时间慢慢品、慢慢咂，才能咂出它固有的味道。遗憾的是，不少人只把它当成一杯轻淡的糖水，浅尝即止罢了。

二

再去仙女山，是在冬季。白雪皑皑，银装素裹。一直认为南方的雪景相比于北方的雪景胜出许多。北方的雪景总是“白茫茫大地真干净”的单调、平淡。一望无际的平原，一望无际的雪白。没有起伏变化，没有出其不意。南方丘陵起伏，雪景也多了许多变化。尤其是因为常绿阔叶林居多，那雪挂在树梢，更是多了别样的风情。

仙女山的雪景尤甚。宽阔的大草甸铺上一层白色绒毯，宁静而安详。苍绿的灌木、松树上挂着一团团莹白绒球，煞是可爱。白雪覆盖着奇峰异石，随物宛转，多出许多情致。细雪飘飞、轻雾笼罩的时刻更是如同仙境。远山云遮雾绕，铅灰的云朵透着沉甸甸的水意，在黛青山脉中穿行。横斜的树枝映在天边，枝影清浅。恰似一幅绝佳的水墨画。在雪地里穿行，不经意间，雪团自树枝散落，飞了一头一脸，也惊飞偶来觅食的麻雀。峰回路转，一棵低矮的野梨树挡在你面前，白雪压低了树枝，撩开树枝，弯腰前行，雪团簌簌落下，钻进脖颈。

这般冰雪琉璃世界，纵是多么古板的人，也免不了童心回归。脚下就是厚厚的积雪，抓起一把来，搓揉成雪团，给同伴来个出其不意的袭击，或是就地取材，堆起一个雪人。若是去高山滑雪场去滑一场雪，就更为尽兴了。

赏玩一回，衣衫濡湿，暮色浓重，风雪更急。一群人来到餐馆，就着炭火烤濡湿的衣衫，炭火上是已经烤得金黄的全羊，散发出阵阵肉香。不一会儿衣衫烘干，杯盘碗盏也拿了上来，早已饥肠辘辘的一干人也顾不上风度，徒手撕扯全羊，蘸上干海椒面，送进嘴里，烤羊肉外焦里嫩，酥脆化渣，满口浓香。紧接着一大钵汤端上来了，那是羊骨头熬的杂碎汤，汤色牛奶般纯白，里面除了羊杂碎，还搁了白萝卜，撒上几颗葱花、芫荽，清香爽口。趁热喝上一碗，从头到脚，由里到外都暖和过来了。吃饱了，打着香嗝出门去，雪已停住，幽蓝的夜空给满地白雪染上一层浅蓝，泛着幽幽的寒意。夜晚白雪覆盖的山林，宛如一位静娴淑女，低眉垂袖，委婉含蓄。

作家冰心尤爱月下白雪覆盖的山林，在她的笔下，这样的山林，不宜于将军夜猎，因为从骑杂沓，传叫呼喊会破坏了平整匀净的雪地，破坏了静冷的月光；不宜于燃枝野餐，因为众声喧哗、杯盘狼藉会破坏这如怨如慕的诗的世界；也不宜于友人话别，过多的抑郁缠绵，配不上晶莹雪月、空阔山林；甚至不宜于高士徘徊，美人掩映，因为只要有人的存在，就会破坏这晶莹空旷、禅意通透的世界。这里只容得下默然凝睇、回肠凝想、意念徘徊。

冰心笔下的月下山林超凡出尘，却过于清寂了。我独爱王维的“空山不见人，但闻人语响，返景入深林，复照青苔上”。偶尔响起的人语，以及照进深林里的阳光，给山林镀上了一层人间暖意。而且，山林之静寂、空阔会在三两声人语、几缕阳光的反衬下更为宁静。空谷传音，愈见其空，人语响后，幽深更甚。

经历过寒冷，倍觉温暖；经历过喧嚷，更觉静寂；经历过沧桑，更见淡然。经历过繁华，独归平凡。数万年前的山崩地裂，岩浆喷涌，地壳上升，激流奔腾，那时的惊险搏击，血脉贲张，仙女山早已经历过。如今，九九归一，海纳百川。沧海桑田，都在她的内心，她早已经圆融通透，能够包容一切。三两声人语，偶尔的喧闹，对她来说，又算得了什么呢？

三

几次去仙女山，都住在仙女镇李丽家。

李丽是我家保姆的亲侄女，多年前到城里来打工，初来乍到，人生地不熟，在我家借住过几天。那时的李丽，尚未出嫁，肤色健康红润，面目姣好，身材婀娜，拖着一条又黑又粗的长辫子，怀着无限向往来到城里，在餐馆端过盘子，在宾馆做过服务员，最辉煌的经历是被一支模特队看中，经训练参加模特演出。后来回乡下结婚生子，适逢仙女山旅游开发，她利用自家的院子，借钱盖了两层楼房经营旅馆，随着仙女山的知名度上升，游客激增，她的旅店生意十分红火，夏冬两季，天天爆满。如果不提前预约，是没有房间的。

只要我告诉她要来，她就一定会给我留着房间，不管那些求房若渴的游客给她出多高的价，她自岿然不动。

我独爱她家的农家小院。院子里栽着梨树，养着鸡鸭，还留着一块地种点儿小葱、藤菜什么的。我们去了，她会摸两个新鲜的蛋，捋一把小葱，再摘上一把嫩得滴水的藤菜，炒一份喷香的鸡蛋，再炒一盘绿油油的藤菜，摘下厨房房梁上挂着的老腊肉，切成薄片，和着自己腌制的萝卜干炒了，香味扑鼻，令人馋涎欲滴。遇到夏天梨子成熟的季节，还可以自己摘梨。可能是经过了高山雪水浇灌，那梨子味道特别甜，特别脆，皮薄多汁，入口化渣。

生意这样好，完全可以再扩大经营。有人劝她，这么大的院子，留着也是可惜，完全可以再起几层楼开旅店啊！李丽用围裙揩揩手，说："起了楼房，我这梨树怎么办？猫狗鸡鸭往哪儿放呢？再说了，钱是挣不完的，我觉得现在已经很好了，不想再去受那个累。"

李丽家的女儿已经13岁了，读初中，儿子7岁，上小学。一家人生活富足而安逸。

她的女儿常常在院子里帮着父母洗菜、洗碗、洗衣，天气晴好、店里事情又不多的时候，她就烧了热水，提到院子里，放下一头黑幽幽的长发，浸进兑好热水的花瓷盆里洗着，有时洗发水的泡泡会在阳光下飞起来，散发出五彩光芒，在一旁做作业的儿子就会跑过来，抓着泡泡玩，女儿往往会因为他的顽皮而呵斥他两句。也会叫他去拿毛巾、端水什么的。那时候，时光显得特别悠长、缓慢、安静而又平和。

李丽有时会倚着梨树看着这一双儿女，女儿刚刚洗过的头发黑油油地披散在肩上，茂盛浓密，一如她年轻的时候。偶尔我跟她聊起当年她在城里打工的日子，她就说一句："那时年轻，不懂事呢。"

忽然间想起读过的一首诗来：

劈劈啪啪的大雨在早春的房顶落下/邻居的女孩赤足经过/门前的天井里传来她快活的洗濯/花园的砖地重又砌过一遍了/屋子里光线顿时暗下来——/而我眼睛里依然存有/白雪的闪亮——/借着蜜蜂的嗡嗡/一个人在读着泛黄的古籍/河里的落花，平原的游子/大地深处腐烂的棺木、房梁……/这一切都像静静的航船/夜里经过了我的窗前

整个仙女山，不就是一座静静的航船吗？带着岁月的痕迹，不露声色地将激荡的风云化归为大地般的平静。河里的落花、平原的游子、大地深处的惊天动地，都被静静的岁月航船载着，驶向了平静，留给世人的，只有无穷的回味。

——原载于《散文百家》2017年第1期，原标题为《静静的岁月航船》

作者简介：

贺芒，重庆大学教授，文学博士，重庆市作家协会会员，重庆市散文学会理事。

送给女儿的一对翅膀

■吕岱

人之初来乍到，总有一块童蒙心田。是谁为你播下了第一粒心灵萌发的种子呢？

对于一公主来说，是父亲在她心里种下的一对翅膀。

22年前，一公主啼哭着来了。父母为她取了个不能再简单的名，“一”。不过，“一”之后配上公主的昵称，就成了唯一。

从牙牙学语，父母就交替着给她讲故事。母亲端着书本，讲美人鱼、青蛙王子、七个小矮人，讲所有的安徒生童话和所有的格林童话。一公主从未看见父亲手上有书，只见一张笑眯眯的大脸随着故事变换着表情。父亲信马由缰地现编，满口人人马马，各种怪声怪气。女儿睡了，刚耷上眼皮，一停，又跟淘气的小狗一样“呜呜”地闹，睡实了，各路神仙才回朝。

父亲的讲述中，永远有一个不变的主人公，与听故事的小姑娘一样，也叫一公主。围绕在一公主身边的，是一群陆续相聚的小伙伴。黑飞豹忠勇无比，武艺超拔出群。黑飞豹擅长夜间作战，它浑身漆黑，皮若绸缎，眸如星辰。不动，它是小山丘的一部分，一动，就是一道紫黑色的闪电划过。宝石龙的来临与一公主的眼泪有关。一次，一公主看见动画片里一个善良的公主受了虐待，她入戏难拔，怜悯的泪珠儿像钻石一串串掉下来，于是在父亲的讲述中就产生了一只闪闪发亮的宝石龙。若遇大江大海，斩风劈浪就是它了。危机当头，宝石龙平常用来逗乐子的触须会瞬间爆发，由短变长变粗，成为横扫左右、伸缩自如的利器。如八方强敌来袭，它的鳞片会嘭地炸开四射，或用坚甲利盾将敌顽卷裹窒息而亡。要说呢，一公主最舍不得的是让七彩鹰出阵了。七彩鹰凌空一啸，天空顿时弥漫21道色彩、49道音符，让敌阵竖起一片片耳朵，还拉直了无数的眼神。让那些傻了吧唧的喽啰们软绵绵地放下刀枪剑戟又如何？一公主自己还听不够呢。七彩鹰是奇异的，一公主也奇异。父母带一公主去游山玩水，在林中，遇到动听的鸟鸣，一公主会突然发出奇异的声音来，羞得鸟儿也闭嘴聆听。

这样的故事，父亲讲了多少？也许一千零一段，也许只有一个。在父女的时光里，时间变短了，每天的故事开了头，一会儿就匆匆过去。

做游戏时，一公主爱张开双臂，波澜起伏地飞。她爱飞。她告诉父亲："要飞起来就好了。"

四岁的时候，某日，父亲笑眯眯地对一公主说："我要送你一对翅膀。"

五岁生日，一公主伸手要翅膀，父亲说："设计去了。"

六岁又要，父亲答："工厂在制造。"

后来逢年过节，一公主还要，父亲都答说，那可是个大工程，哪能轻轻松松造好。翅膀上如有一个看不见的沙眼，也要折断裁下来的。

一公主闹着找母亲要，母亲总是左右搪塞。她很想提醒丈夫，千万不要去哄骗女儿哟。可一转念又算了。她晓得丈夫的脑子里少不了稀奇古怪的念头，从小就是。她早就听说，丈夫小的时候，他老爹专门选了一个吉利日子，要他去拜干爹。他死活不从。反复追问，他梗着脖子说，他自己早就拜了一个干爹。干爹是谁？住在哪里？他小跑着带老爹和众亲戚到了村后的山林，指着一块有模有样的青石说："它就是干爹！"众人爆笑起来，老爹横着巴掌要扇。所幸这时爷爷站出来拦住，他缓缓地说："大青石乃天地滋润而成，我孙子敢拜于它，长大定有大出息。"爷爷一言九鼎，大家莫不听从，就此洒洒供果，放响鞭炮，昭告天地。

一公主哪知这般曲折，只是慢慢长大，省了事，觉得父亲那是逗自己开心而已。看看老师同学，哪个又有什么翅膀，有了，不被当成妖怪才怪。

初中毕业，一公主一下子考上了当地著名的一中。拿到通知书，她就拉着父母去一中逛了几个来回。在校训碑前，她神气又骄傲，手抚左胸，默念校训。

正式开学的头一天，母亲早已为一公主购置了学习用具，还有漂亮的衣服、球鞋。这一日，全家人高高兴兴，一公主也欢喜得有点儿手舞足蹈。某个时刻，父亲忽然对一公主说："一公主，今天我要履行承诺，送你一对翅膀。"一公主怔怔的，眼看着父亲两手空空。不过她的内心还是期待有什么奇迹发生。

父亲说："一中的校训碑上刻着八个字，勤慎努力，自强不息。这无非是告诫你们努力努力再努力。这也不错。但是我要送你的翅膀更好。"一公主望着父亲还是不明。只见父亲笑眯眯地说："我要送你的一对翅膀就是——思如翔、行如航。"

父亲说："何谓思如翔，就是人要突破自身的局限和禁锢，思想无拘无束，自由自在，翱翔于无垠天际与无边宇宙；何谓行如航，就是在科技高度发达的今天，人之前行必须行有方向，做有尺度，要有精益求精、一丝不苟的科学精神。有此翅膀，方可高飞。"

刹那间，一公主若有所思。

一粒父亲播下的种子，播下去，再钻出来，不觉十年有余！而这只是一对无形的翅膀，一公主收到这对无形的翅膀了吗？

其实许多父母都曾对自己的孩子播下过童话的种子，孩子长大了，也许记得点儿什么，也许全忘了，可是父母还是一茬茬地播下去，无私无怨地播下去，不计开花，不念结果，不思回报。

还是回到一公主吧。她17岁考入美国曼哈顿音乐学院，修习长笛，次年参加四年一次的国际长笛比赛。她21岁考入美国莱斯大学音乐学院，读硕士，仍习长笛，同年在美国卡内基音乐厅参加演出。七彩鹰还随伴左右吗？

若要问打造“思如翔、行如航”这对翅膀的人是谁，他是向光，中国著名的油画大家，现居贵州。

——原载于《重庆晚报》2017年9月6日，原标题为《送给女儿的翅膀》

作者简介：

吕岱，重庆市作家协会会员。

荒村

■马卫

一

荒村最先荒的是庄稼地。

一台台的梯地，石头砌的堡坎垮了，已长出小树和野草，起码五年没有人在这儿种植了。鸟们大胆地筑窝，繁衍后裔。一只斑鸠突然冒出，把我吓了一跳。按理说斑鸠是鸽形目的飞鸟，应当和人亲近才对。可能是人来得太少，它以为是怪物呢。

不仅仅是梯地，连水田也荒芜了。从小河沟引水的堰，好多地方已坍塌，没人维修，成了干沟。只有雨天的积水，还浑浊浊地停在里面，多处阻塞已无法流动，当然长不了鱼虾，连螃蟹也没有，一只丑陋的蛤蟆，“呱呱呱”地叫出声来。也许很久没有人来，它也寂寞了。把它的话翻译过来，应是：欢迎，欢迎，热烈欢迎！

庄稼地荒了，于是地边地角，种下的果树，橘子、李子、桃子、桑椹、枇杷，一个个没精打采，像是被抽了骨髓。正是李子和桃子成熟的季节，可是李子小得如手指，桃子大都是烂的，半边麻点，我随手摘颗，尝一口，呵呸，酸死了。

荒村不见人，牛和羊也不见。唯有野狗，蹿去蹿来，却不咬人，也不狂吠，只会跑。也许它们也是没主的，觅食的重任，压迫得它们没时间和我打招呼。

最能说明是荒村的，是房子。

有破旧的土墙房，不是20世纪70年代，就是20世纪60年代，或许更早修的。它们早被主人抛弃，或者仅仅作为堆柴放草的地方。20世纪八九十年代修的房子，大多是一楼一顶，砖房，有砂砖，有水泥砖，有火砖。

只是人去楼空，房门一把大锁，草已长上了屋檐口，屋前的地坝草有半人高，主人家应当是三年以上没回家了。他们或许在南方，或许在东部沿海发达地区，打工或当老板，甚至可能有的人出国了。

我试着敲了几户人的门，没一家有人。我喊了好多嗓子，没人回应。只有回音，久久不绝，在荒村的上空飘荡。

荒村离城并不远，20多里。

荒村的山并不高，五六百米。

可是，就是没人。我郁闷，于是一个人努力向前，终于在村口见到了一位大爷，正在地里用锄铲草。

"大爷，你要种啥？"

"我啥也不种，我是来挖折耳根和野山药的。"

原来是采野菜。

"你是这村的？"

"对啊，你看那有大竹笼的房子就是我家的。"

"你还住在那儿吗？"

"早不住那儿了。儿女们成家，进城的，在镇上买房的，我住在新农村建的房子。"

"原来的房子不要了？"

"不要了，没得用。暂时堆些乱七八糟的东西。"

老人说："你也别干站着，来扯些折耳根和野山药。夏天的折耳根，做菜老了，可用它泡茶，清热润肺呢。"

老人家并不为荒村可惜，或许这是无奈，这是必然。在他心中，曾经流血流汗的土地，也不再有亲近感。不是人们硬要抛弃土地，是生活逼着人们离开土地。

夕阳下，我慢慢和荒村告别，就像告别我的亲人。

曾经养育了多少代人，成长了多少孩子的荒村，就让它安详地进入夜晚，做它的美梦吧。也许，我是它梦里的虫子，或是一条蛇，一只蝶呢，为荒村增加了一丝活力。

二

“猫记八百，狗记一千。”可见狗的记忆力，在家畜中占优。

荒村这条叫老黄的狗，在初冬的暖阳下，蜷缩在墙角，回忆曾经温暖的岁月。那年，主人得子，一个月后，把它抱回家，成了孩子的玩伴。

吃得美。绝不是残羹冷炙，都是新鲜饭菜，偶尔还有肉骨头。

每周，主人还为它洗澡。

虽然农村人不大喂宠物，但它是孩子的玩伴，必须干净。主人夫妇怕给孩子染上疾病，或虱子。为此，狗还进了乡医院，打了防疫针。这是它一生第一次进医院，也是唯一的一次进医院 。

十年后它苟延残喘，狗的生命，十年已相当于人的八九十岁。它很老很老，周身都是病。年轻时吃生食，所以胃不好，住地长期有湿气，所以得了关节炎，最要命的是，所有的器官，都衰竭了。自从四年前主人离家到东部地区打工，一去不还，再没有人关心过老黄的身体。

老黄很羡慕人类，有养老保险，有孩子给老人养老。狗呢？

老黄也有后裔，算起来，它从两岁开始，就不断地制造后代，有同村的母狗，也有邻村的母狗，为它生儿育女。可是狗就是狗，不讲血缘。不仅不认它这个爹，还来抢食，甚至争斗。有一次，老黄发现一只野兔，好多天没有吃好的它，奋力扑去。想不到，这时闯来一只成年狗，强壮如狼，凭它头上的三个斑点，老黄想，这应当是它的后裔，它用狗语——“汪，唔，唔”，和这条狗对话，意思是，“一家的，别抢”。可是那条成年狗，根本不理它，屁股甩过来，老黄一个趔趄，差点儿摔倒，于是，野兔子不再是它的嘴中美味。

老黄非常想念主人一家，男主人吉科，强壮有力，沉默少语。在乡村，干活是一把好手，农闲时，还去打野兔。老黄是他的助手，每有斩获，野兔内脏就奖赏给它。

女主人很爱卫生，为它洗澡，冬天还用温水，并在它的窝里丢下旧衣破袄，为它增温保暖。女主人漂亮，特别是那一头油油的秀发，像春天的草，清新、茂密，蝴蝶和野蜂，都想来栖息。

小主人更好，白白的，瓷娃娃一样，老是笑。儿时的老黄，和小主人一起玩，一起疯，一起长大。可是到了六岁，小主人要去读书，而它已成为老黄，当然无书可读。主人一家就在那年走了，走时还给老黄留了些食，但这些食管不了多久，它不得不去觅食，成了流浪狗。

人如果流浪，还能得到救助。起码，在街上卖唱曲，就会赢得他人同情，丢下硬币，会有慈善家捐赠。如果是少儿，还可能有人领养。人老了无儿无女，会进养老院。

可狗呢？乡村的流浪狗，绝对无人理睬。被人踹，或打，是常事。悄悄死亡的狗，如同悄悄死亡的草，无声无息。

老黄不知道自己的死期，于是它努力地爬出来，慢慢地走向村口，盼望主人归来。

荒村，哪有人影？偶尔来个过客，采药的，摄影的，或是纯粹看风景的。

失望的老黄，眼里滚出泪来。眼睛老花了，那泪也是浑浊的。

太阳落山了，老黄得快爬回自己的窝，不然晚风会让它受不了。

睡沉前，再拉出一段古老的记忆，回味曾经幸福的时光。

三

漫步荒村，难得见到人影。

年轻人打工去了，年迈的出不了门，学生们在读书。偶尔能遇上一个“半老年人”，很激动，递烟，想和他说说话。可是人家忙，肩上不是扛着锄头，就是背着背篓，手拿镰刀，来去匆匆。有时间和我聊天的，一是坡上的牛，二是啃草的羊。

于是，我决定和牛聊天。

我说：“牛啊，你一个人在山上寂寞不？”

牛说：“当然寂寞，因为没有母牛，我一个孤零零的。”

你看，世人都说男人好色，哪知畜生一样好色，公牛念念不忘的，是母牛。

我说："母牛哪儿去了哟？"

牛说："你不知道啊？现在，母牛只能和进口的公牛配种，说是这样才能保证后代的品质。"

我明白了，这些年乡村也讲起科学生产，科学种田，猪鸡牛羊引进外国品种，可这不是让这头牛一辈子也没有性福生活吗？

我说："牛啊，别伤心，男人中也有很多打光棍的。"

牛似乎听懂了我的劝，点点头。

我说："牛啊，你现在的活重不？"

牛说："说起来，现的日子好过，一是吃得好，可以吃到粮食；二是种的地也少多了，犁耙的日子并不多。"

我说："看来，你们也过上了小康生活。"

牛说："是的，我们也分享了改革开放的成果。但是，我们的烦恼比人还多。"

"为啥？"

"你看，现在牛少多了，我没有伙伴，哪有快乐？无法嬉戏，甚至想打架也找不到对手，我的眼里，除了山还是山，除了草还是草。"

"没有牛，你和羊交朋友啊。"

"哪成呢！羊天生和牛成不了朋友，它们太小，怕被我欺负，所以远远地躲着。何况牛语和羊语，相当于人们说拉丁语和日语，相隔太远，无法相通。"

"山上不是还有野兔、山鸡、刺猬、小鸟吗？"

"和它们更成不了朋友，野兔蹿得如闪电，山鸡只筑巢在荒草荆丛，刺猬常在果树上跳跃，小鸟高高藏在树叶里。"

看来，牛的寂寞是真的。

我说："牛啊，寂寞你就叫几声吧。"

"是的，我叫，我哞哞哞，结果如何？回家就挨了鞭子，说我吵了主人干活。"

唉，真是的，当畜生也不一定有自由啊，人有时都不由自主，何况畜类？

我说："牛啊，不叫又死不了，你就安静些吧。"

牛说："我一无朋友，二不能随意叫唤，虽然吃得比以前好点儿，但活得一点儿快乐也没有，我真想一死了之，哪怕被人们拿去烫火锅，我也心甘情愿。"

牛说到这儿，滴下一串眼泪。

我安慰不了牛。离开牛的时候，我真难过，因为我一点儿也帮不了它。

很多天我都在想，怎样才能改变一下牛的生存状况呢？等我再次去那座山散步时，那头牛不见了。

我寻问到了牛的主人，主人说："唉，你说那头牛啊，不知何故，跳岩摔死了。"

我和主人来到岩边，听主人介绍，嘴上唏嘘不已。

四

再进荒村，这次，经过近三个小时的寻觅，我终于在狗儿坪自然村找到一户比较年轻的主人。户主姓向，叫向鸿义。那天他在院子前，用斧子劈柴。偏远山乡，仍然用柴火煮饭烧水。

我有点儿小激动，或许是因为半天没见他人的缘故。

向大哥是外向型性格，几句话就拉近了距离。

"你为啥还住在这儿？这个行政村，留下的人户，十不足一。"

"唉，说起来嘛有点儿羞人。我老婆在我家老二出生后不久，就跑了。当然，她不是村里第一个跑路的女人。村里的妇女，差不多每年都有跑路的。我一个人拉扯孩子，没办法出门打工。现在年岁大了，又不愿出去打工了。"

"现在孩子多大了？"

"大的已成家了，在外地。"

"小的呢？"

"在读初中，寄宿。"

"你又成家了吗？"

这下他的脸更红，像秋天的枫叶。嗫嚅半天才说："算成，也不算成。"

我不懂，一脸狐疑地望着他。半晌，他才说："我现在和兄弟媳妇儿搅伙过。"难怪他有些害臊。

"你兄弟呢？"

“外出打工，出车祸死了。车主逃逸，无人赔偿。”

“你为啥不找其他人？”

“找不到啊。村里没年轻女人，外村的更没人愿嫁来。连离婚嫂也不愿嫁到我们这个穷村。”

“你兄弟媳妇儿愿意？”

“这也是没有法的法。兄弟死了，孩子小，她根本无法干坡上的农活。如果她要嫁外地，房子就没法带去，这儿根本变不成钱。留下孩子，她又不忍心。拖孩子嫁人，孩子难免受委屈。”

我的心同样受到沉重一击，没想到，婚姻在这儿，和爱情无关，纯是为了生存。

这时，他的女人，也就是他的兄弟媳妇儿，从菜园回来，手里抱着菜，有茄子、海椒、土韭菜、黄瓜啥的，见有生人，不好意思，连头都没有点一下，就钻进屋，再不露脸。其实，这种事，也说不上羞人，只不过他们没有办证，有点儿不光明正大罢了。

“为啥不办个证？”

“花那钱干啥？我们没有财产，你看到的这些房，宽是宽，但一分钱都不值，三个孩子，长大后谁也不会要的。”

“向大哥，你一家独住，怕不？”

“怕倒是不怕，就是遇到事，没有相帮。比如去年我照管苞谷，遇到一群野猪，我拿把刀，根本不敢动。搞得不好，我小命先完了。如果有一批年轻人，野猪也不敢这样猖狂。我辛辛苦苦种的苞谷，大半喂了野猪。”

“你真不搬家？”

“以后吧，等最小的孩子成家了再说。何况，我想搬，也难啊。镇上的房子，要十几万，新农村的房子，也要近十万。现在我们种地，根本存不下现钱。”

向大哥脸色严峻起来。

确实，要进城，到镇上，以他目前的经济能力，是不太可能的。或许新农村的房子，还有可能住上。但要孩子们成器，支持。

我不敢聊得太久，因为从向大哥这儿走出荒村，要近两个小时。我看了看时间，只好告辞。

他要送我小菜，我选了五根黄瓜，上面还有刺，新鲜得很。

我提着黄瓜，沉甸甸的。不是菜重，是我的心情沉重。因为，独居荒村的向大哥，今后的生活，有没有幸福，一时还真难以看出端倪。

岁月轮回，从土地集中使用，到土地下户，差不多用了30年时间。从土地下户，到农民弃地进城生活，又用了差不多30年时间。下一个30年呢？村民会不会从弃地，又回归种地？

或许，在城镇化后，土地成为资源、资本，再次成为农民生活的中心？那时的荒村，又会怎样？

——原载于《延河》（下半月）2017年第1期

作者简介：

马卫，重庆市作家协会会员，万州区作家协会副主席。

时间的缝隙

■何春花

一

我坐在露水集结的草丛中，和一群苍蝇拉开了战事。不远处，我的牛儿在草丛中悠扬吃草，苍蝇爬满了它的身体，却丝毫影响不了它的好胃口。太阳还没升起来，荒野还在昏昏欲睡，别处的牛铃声穿透厚重的晨曦断断续续地传来，我知道，如果像揭铺盖一样揭开这片晨雾，就会看到这样的情景：穿着湿漉漉的胶鞋，披一身晨露的小伙伴们，坐在一群黑乎乎的苍蝇和牛儿的嚼草声中，他们睡意蒙眬，似乎都还沉浸在昨晚那场未做完的美梦中。

我们是村里的放牛娃，天还没亮，就被爹娘从梦中拉扯出来。爹娘告诉我，牛儿是我家的命根子，把它服侍好了，地里的庄稼才有望——饥荒是祖祖辈辈遗传下来的疾病，已在我的血液里生了根，从生下来的那刻起我对它就充满了恐惧。爹娘说，只要勤快，这土地总会给我们一口饭吃的。于是，从六岁那年起，我就学会了起早贪黑，并且很快记住了村里所有放牛的场所及牛儿最爱吃的草类植物。我的童年在牛苍蝇的嗡嗡声中拉开了序幕。为数不多的闲置着长不出庄稼的瘦土地、一条大山半腰伸出来的河沟、几片树林和大大小小的坟场就是我们放牛的地方。

我常牵着牛儿走在光秃秃的小路上，逼仄的小路和路旁的庄稼把我和牛儿逼往一个窄小的空间，我望着牛儿唇上的泥土和眼中的焦灼，只得牵着它快速逃离。我们沿着小路出了村，通往山上，那里有一大片贫瘠土地上长出来的野草。牛儿才走进去，被禁锢已久的蹄子就跑了起来，饥饿似乎在此刻迎面扑来，牛儿的嘴切草机般收割着草丛。我坐在空旷的山野，鸟儿们从村子的方向赶来，停在枝头叫着，它们似乎也在叙说着一场与村庄和逃离有关的悲伤。我望着牛儿贪婪地吃着草，它咀嚼青草的声音使我幸福得想要掉泪。我折了一株草，放进嘴里，学着牛的样子咀嚼起来。草割破了我的嘴唇和舌头，我吐了一口，眼泪就跟着流了出来。我不知道我们的祖先有没有吃草的经历，而此刻，那苦涩的青草味让我的血液开始沸腾，我真想学着牛儿的样子啃光那片绿油油的草场。阳光白晃晃地照着山野，打到树尖上后又落到了我身上，我口干舌燥，空落落的肠子揪着痛。我开始悔恨起来，早上该听娘的话，多吃一点儿饭。可我实在是咽不下啊，那粗糙的玉米饭像米糠一样卡着我的喉咙……娘见我吃了半碗就放下了碗筷，她深深地叹了一口气，无可奈何地说："孩子啊，你生下来就只有吃这个的命啊，这土地里长不出那么多的大米，你得认命啊。"我知道我家那几块稻田产下的大米早在四月里就吃完了，要不然娘是不忍心看着她这挑食的孩子挨饿的。我心里一阵酸，说："娘，我真的饱了！"说完，我就飞奔着出了门，我真害怕看到娘那心痛、无奈而又责怪的眼神。

这是一个多雾的清晨，山下，我的村庄在丝丝缕缕的烟霭中醒了。它似乎还沉睡在几千年前的旧时光中，永远是一副慢吞吞、睡意蒙胧的样子。那雾蒙蒙下的村民们，早在鸡叫头回就起了床，燃起灯，开启了一天的生活。小孩们上山放牛、割猪草；女人们在家生火煮早饭、喂牲口；男人们扛着锄头、背着背篓上了山……我所有活在村里的亲人们，在村庄慢吞吞的个性中早学会了匆匆忙忙赶路。他们把光阴捏成碎片似的活着，到头来，除了安然度过的时光，日子似乎都还是旧日的模样：我们的饭桌上，永远是一锅玉米饭和一碗咸菜；大人小孩一年四季都穿着一样的行头；霉味和老鼠洞年复一年地占据着我们的木房……

太阳搁在山梁上时，我娘打开木门走了出来，站在院坝呼唤我的小名。随后，村里的木门一扇扇开启，呼儿唤女的声音一波波响起。我的小伙伴们从散去的晨雾中露出了脸和瘦弱的身子，他们应了爹娘就赶着牛儿踏上了回家的路。越来越多的牛儿和伙伴们从草场里走了出来，那条通往村庄的小路上，洒满了牛铃声和牛蹄声。小伙伴们仿佛此刻才从瞌睡中醒来，他们吆喝牛儿的声音充满了喜悦，甚至有人唱起了从学堂里学来的歌："太阳当空照，花儿对我笑……"所有人都跟着唱了起来，唱完了一首，又接着唱第二首。我们的歌声把山野唱活了。歌声传到村庄，村里的爹娘听见了，站在院坝上轻轻一笑，退回屋里准备碗筷去了。

我们牧牛回家的歌声响起之时，正是一个村庄完全醒来的时刻。

二

在那片朝阳的森林里，我们的牛儿已深入草丛不见了踪影。燕子姐姐让我们围坐在一块草地上，要我们说出自己的理想。我顺着燕子姐姐的方向望去：一座大山堵住了我们的村子，它多么巨大，我们的村子不过是它脚下的一粒蚂蚁。我相信它有能力堵住一切幸福的到来，把我们发霉的日子堵成一潭死水……大山啊大山，你为啥就堵在我的家门口呢？我突然变得有些伤感了。

"花花，你的理想是什么呢？"我惊醒过来，见同伴们都含笑瞧着我，他们的笑容是一朵朵绽放在村里的野花，有着知宿命后的安宁。我站了起来，指着对面的大山说："我要把它移走！"大家都被我逗乐了，说："花花要学愚公移山了。"我嘿嘿地笑了起来，推搡着身边的秋秋问："你呢，长大后要做什么？"秋秋低下头来，那张苍白忧郁的脸红了，她说："我要去找我娘。"说完，秋秋低下头抽泣起来，那样子活像一片颤抖在雨中的树叶。燕子姐姐把秋秋揽入怀中，替她抹去了眼泪。我们都沉默了，盛夏的阳光在村庄上跳动着，我们看见村庄在一片金黄中轻轻地颤抖了一下。

"你们都还没问我的理想是什么呢？"富生的话打破了安静。他自顾自地说开了："我长大后要娶一个像燕子姐姐一样漂亮的媳妇儿回家，服侍我娘，为我娘生一大堆孙子。"我们又被富生的话逗乐了。"富生，你想得美，你们家那么穷，你娘又是瞎子，才没有姑娘愿意嫁给你呢。"富生抠了抠脏兮兮的癞子头，轻声说："可我力气大啊，我娘说了，我以后一定是干活的好能手呢……"我们没等富生说完，朝着他做个鬼脸后，各自跑了。

那年冬天，秋秋的娘真的来村庄了。只是，秋秋再也无法睁眼看她一眼。

秋秋是刘五叔捡来的女儿。刘五叔是单身汉，在秋秋没来之前，过着一人吃饱全家不饿的日子。那个萧瑟的秋日晚上，风刷刷地吹着树梢，把满枝的红叶吹落了地。刘五叔躺在床上，听着窗外的风声养瞌睡。"咚咚"的敲门声就在此刻响起，刘五叔打开木门时，月光从摇动的树梢落下来，正好落在门前的背篓上。背篓里的婴儿在一片月光里笑着。刘五叔既欢喜又心痛，他摸了摸婴儿的脸，说："苦命的孩子啊，从此，我就是你爹了。"

秋秋如一粒风带来的草籽在村庄落了脚。刘五叔用米浆喂养她，喂到两岁时，秋秋总算学会了走路。秋秋从小就体弱多病，她身上常有一股淡淡的中药味。从秋秋知事起，就缠着刘五叔要娘。刘五叔疼爱秋秋，什么都可以给她，却无法给她一个娘。为此，刘五叔悄悄掉了不少泪水。后来，秋秋长大了，突然就变得懂事起来，她不再缠着爹要娘，不再无缘无故朝爹发脾气，她默默地帮着爹喂猪、煮饭、种地、放牛……她脸上的忧郁越来越浓。没有人知道秋秋在想什么。只是，每一个月圆之夜，她就会坐在月光下，望着天空发呆，她的眼泪总是不经意间就洒满了脸庞。那时，刘五叔隔着木窗看着秋秋坐在黑夜中，他不敢走近，他明白，即使他的爱再满，也填补不了血缘里那份温情的缺失。之后，刘五叔更疼爱秋秋了，隔一段时日就会用省下的钱为秋秋买些补品，过年过节也会为秋秋缝制新衣裳。我们都羡慕秋秋有一个好爹，在我们眼中，公主才会有那么好的日子呢。我们都喜欢秋秋，她虽然总是沉默寡言，那张苍白却像画儿一样漂亮的脸蛋却让人又是怜又是爱。她总是很少笑，就算笑了，也是极其安静的。

那是一个阴沉沉的冬日，寒风呼啦啦地吹着山野。我们围坐着烤火时，能听见大雪越过大山的脚步声。我们的黑脸蛋和秋秋的白脸蛋隐在火苗间，谁都没有说话。是一阵凄厉的牛哞声把我们从温暖的火苗中吓醒过来，我们迅速离开火堆朝牛群跑去。在那块临崖、陡峭的坡地上，我们看见了牛群，大家都被吓傻了——这块坡地可是牛儿们的命门，大人常提醒我们不能让牛儿们爬到这块坡地上去。牛儿们见了我们，慌乱中摔打着身子朝坡顶跑去。牛群一散去，我们就看见了秋秋家的牛儿，它悬挂在崖前的一株小松树上，嘴里“哞哞”的求救声像洪水翻过山野。这一群放牛娃中，年小的吓得哭起来，大的瞧着悬崖上的牛儿也不知所措。秋秋就在那一刻跑到了悬崖边，她拾起地上的牛绳子，拉动着挂在松树上的牛儿。小松树在秋秋的拉动中摇摆着，它虚弱的根部在土层里发出了“噼噼啪啪”的断裂声。我们都吓哭了，着急地喊道：“秋秋，快放开牛绳子……”秋秋颤抖着、哭泣着，自言自语道：“你掉下去了，我们家的地谁耕啊，爹会难过的，你回来，回来啊……”她拉直了牛绳子，拉住了牛儿一声声的“哞哞”声和淌着的眼泪，把我们的心拉得好痛。就在大家跑过去救秋秋的那一刻，小树断裂了，我们先看见秋秋的牛儿滚下了悬崖，然后看见秋秋如一株小草从悬崖上空划过。时间瞬间凝固了，我们听不见秋秋最后那一声悲惨的喊叫，听不见我们彼此的号哭声……一切都静止了，我们似乎也跟着秋秋飞下了悬崖，飞去了另一个安静的世界。

刘五叔赶来时，我们已为秋秋洗净了身上的血迹。秋秋那张苍白而漂亮的脸蛋安详极了，仿佛还是十年前那片月光下婴儿的脸。只是，她的手中多了一根紧握着的牛绳子。刘五叔瞬间变成了一个苍老的老头。他灰色的眼睛把所有绝望和痛苦都关了起来，散发出冰冷的气息。他轻轻地抱起秋秋，说道：“孩子，我们回家，回家去给你找娘，走，回家，啊……”

秋秋的娘听说秋秋出事后，还没等人去找，她就赶了来。这个一生不断生孩子又不断遗弃孩子的女人，脸浮肿着，白发如霜，她看上去比实际年龄老了十几岁。她抱着秋秋，哭了一场后就走了。

第二天，雪并没有来，天却放晴了。刘五叔把秋秋和他家的黄牛葬在了后山。他说：“有黄牛陪着，秋秋就不会孤独了。”冬日的阳光安静地照着树林，照着山下的村庄，照着奔走在村里的村民，照着刘五叔家的木房，照着山坡上永远沉睡过去的秋秋和她的牛儿……这世界似乎还是平日的样子，好像没有什么能惊扰得了它。只是，这突如其来的时光裂缝，这吞噬了秋秋往后岁月的时光裂缝，从此成了一道伤口，活在了刘五叔和我们的心坎上。

三

秋收后，大山的玉米地都闲置出来了。在那段从秋收后到来春的时光里，牛儿们的日子是最亮敞的。我们一早把它们赶上山，傍晚时，再去把它们找回家。它们终于可以摆脱缰绳，回到它们祖先生活的时代里，自由地享受着一头牛应有的欢乐。

大山如一张画卷缠缠绵绵地展开，我们看不到山的头和尾。牛儿们奔跑在空旷的山野里，我们从不担心它们会丢失，每个下午，它们总会腆着肚子聚集在某一片山岭等着我们。

秋秋走了快两年了。我们提起她，还是会伤心。她的坟墓，在每年春天长出了草，草儿们又在秋日里枯萎了。我们都说，草儿们是在替秋秋活着。

我们的日子并没有多大改变，还是吃鼎罐煮的玉米饭和锅炒的咸菜。这个冬天，燕子姐姐就要出嫁了，她不再上山放牛，整天待在家里随她娘学习缝鞋垫、扎布鞋。我们在村里遇见她，见她的脸蛋越来越红润饱满，身体也日渐丰腴，她长成了大姑娘。她见我们，柔柔地喊我们的名字，再也不会陪着我们一起疯了。听娘说，出嫁，就是把这个村里的日子搬到另一个村去过。我想，燕子姐姐一定会养上一头牛，让她未来的孩子放的。

就在那个秋天，我们家的牛儿丢了，这件事让我们一家人难过得几天没生火煮饭。牛儿是在大山里走丢的，爹一口咬定是被贼偷了去，说："我们家牛儿认得回村的路，它是不会走丢的。"

牛儿走丢的那个下午，太阳搁在山头扫着山野。我如一张孤零零的剪影在金黄的落日中移动中，呼唤着。我走啊，跑啊，沿着牛蹄印走了很长很长的路。我害怕回家，害怕看到爹娘绝望的眼神。我想，我的牛儿一定是在某片山野里睡着了，它听到我的呼唤声后一定会跑来带我回家。

夜来了，我的嗓子已喊不出声音，我陷入了深深的黑暗中，周围的路轰然断裂开来。我看着山下的村庄，煤油灯照亮的窗户一扇扇地开启又合上。黑暗把村庄包裹得严严实实，秋秋和她家牛儿的坟墓、刘五叔的孤独、爹娘的焦灼被黑暗包裹着。我透过夜色，把它们看得如此清晰。

我抱紧自己，蹲在荒野里，听风翻动山野，听鸟儿们挤在窝里的吵闹声，几只小野兽从我面前慌乱地跑过——我因为丢失了牛，被遗弃到了它们的家门口。那一刻，我多么思念我家的木房，想念鼎罐里玉米饭的香味。我这个无耻的丢失了牛儿的孩子，居然还想着吃，肚子居然无耻地响起了“咕噜噜”的喊叫声。我感觉又累又饿。我想今晚一定会像秋秋一样死去。我把自己抱得更紧了，把抽泣声压在喉咙里，死了也好，这样，就不用担心牛儿会走丢，就不用面对爹娘的绝望……我闭上眼躺在地上，看见星星出来了，它们多美啊，像一粒粒闪着光的大米。我侧头又看见了堵在村庄门口的大山，它此刻就在我对面。我能透过星光，看见它厚实的轮廓。它又如一张布挂在我的面前，我多想撩开瞧瞧它的背后有些什么。难道我真的就要这样死去了吗？我终于哭出声来。

爹娘的喊叫声在黑暗中响起时，我差一点儿就睡了过去。我不知道，他们是在村庄，还是在来找我的路上，那声音透过大片大片的山岭和黑暗，传到我耳中时，只剩下了一细丝的声音。我在这细弱的呼叫声中看见了光，看见了满天的米朝我落下来。

我们家的牛儿丢了后，爹娘借别人家的牛来耕地，借一日，爹娘来春就得帮别人干三天的活儿。地耕了两天后，爹娘算算，若要把地全耕完，来春至少得拿出个把月的时间帮别人家种地，这样，地里的庄稼又得荒了不少。于是，他们决定，那个冬天，全家人上山挖地。我和妹妹还小，挖不动土，爹娘就让我们扯草，拣地里的石头。地从冬天挖到了来年春天，我家庄稼总算按时下了种。爹娘却一日比一日愁。家里没有余钱，想要买一头牛是不可能的。娘总是怨我们：“你们总是挑食，这日子过下去，以后玉米饭都没得你们吃的。”

那年冬天，一群打工仔回村后在村里激起了一阵骚动。就在年后，爹也随打工仔们走了。娘说：“爹要翻过那座大山，再翻很多座大山，坐长长的火车去很远很远的地方。”我真羡慕爹。娘说，爹是去外面吃苦的，不过，怎么苦也没有种地苦。娘说，等爹赚了钱，我就可以继续读书了，还可以买一头牛儿回来耕地。

四

那年冬天，一年未见的爹回村了。他回来后就买了一头牛。牛是富生家的，富生的瞎子娘害病走了，富生说他要出去打工，就把牛卖了。那年，富生13岁。

爹因为要外出打工，有些土地闲着了。他把牛的股份让了一半给刘五叔，这样，牛一年就耕两家人的地，而我家一年只需放六个月的牛。因为爹常年在外，又常能寄些零花钱回来，我们终于吃上了大米拌玉米面的“两糙饭”。

13岁那年，我小学毕业，考上了县城的中学。要去读书的头天晚上，娘边在灯下为我缝制去县城读书用的床单，边和我说话。她说：“孩子，去了就好好读，山外的世界没有牛放，没有地耕，幸福着呢，你学习好了，就不会再回到这里做农活儿了。”我想，如果我学习不好，也学爹一样翻过很多座山，坐长长的火车去打工。爹说，那里的人都是吃大米白面呢。

第二天，当我终于站在村庄前那座大山的山顶时，我才发觉大山外面原来还有那么多座山堵着。我想，等我再大一些了，再一座座地去翻越。

上了初中后，我的放牛生涯也算结束了。富生去了大城市打工后，从此杳无音讯。他家的地成了荒坡，他家的木房和牛圈也垮掉了。不知在另一片土地上，他有没有养一头牛、种几块地，有没有娶上意愿中的女孩儿。

——原载于《民族文学》2017年第9期

作者简介：

何春花，重庆市作家协会会员，鲁迅文学院第13届少数民族作家班学员。

冬捞

■陈益

迎着冬天和煦的暖阳，腰系竹编的鱼巴笼，左手提着捞网，右手握着捞扠，神情悠然地赤脚走在乡间的田埂上。这，就是儿时冬捞出发时的情景。

川东多丘陵，这种地貌就形成了众多的谷、坡、坝、垭、塆等，而塆的尽头不是水库，就是溪、河，河的尽头自然是江。我老家那条大河就叫渠江。站在丘陵高处顺势往下望去，但见层层叠叠的冬水田，很像是一面面平放着的巨大镜子，镜面上映着天上的白云和远处的青山。这些冬水田，有的像梳子，有的像桌子，有的像鞋子。但有两点是共同的，那就是都有弯角，都有缺口。所谓缺口，是每个田都必须要有的，一般开在田的中间，主要用来关水和排水，夏天泄洪，打谷子时放掉田水，春秋和冬季一般都是封起来的。

冬捞的工具一是捞网，基本材料是麻绳，先编织成喇叭形的网，再用斑竹绷成捞网,前面网口像是倒着的弓，只是箭处非箭而是一根竹棍，后面则是网尾。二是捞扠，捞扠也是用斑竹烧弯制成的，三角形，大小与网口相当。捞扠的底部竹棍上一般套有几个空心圆竹筒，摇一摇“哗啦啦”作响，捞鱼时增大气势，让鱼儿惊慌失措地直奔网里而去。冬捞的最佳时间宜选晴日下午的2

点至5点。切忌雾天、刮风天或雨雪天捞鱼，因为出发上路时心情就坏了。冬捞的鱼类只一种，就是鲫鱼。

冬捞有三要：一要有坚定的毅力。下田捞鱼不能穿棉裤只能穿单裤，单裤才能高挽起裤脚，还必须打赤脚。大冬天，赤脚踩在霜雪尚未消尽的田埂上，下到尚有薄冰的水田里，开始时的那个冷，简直是蚀骨透心，不咬紧牙关，莫说下田，门都不敢出。有三个过程，感觉刻骨铭心。开始下水冷得上牙磕下牙，浑身打哆嗦。待适应半个小时后，双脚双腿冷得麻木，完全没有了感觉。再后来，满载而归时，双手双腿慢慢回暖，五心微微发热，周身通透舒坦，仿佛任督二脉被打通了一般。那个安逸爽快劲儿，极可能是心境派生出来的能量！

二要有侦察员的眼睛。冬捞每次不落空，开头是因为众人畏寒怕冻，不敢涉猎。还因为老人有言警醒：少时寒伤老来卧床。但当饥饿袭扰和美食诱惑占据上风，特别当看到我每次丰硕而归时，村里那些红了眼的伙伴们便纷纷加入到冬捞的行列中来了。如何在竞争中立于不败之地？我的诀窍是：仔细观察，独辟蹊径。大凡动物，都有躲避天敌和保命的本领，鲫鱼也不例外。一般来说，一个水田，大则五六亩，小则一二亩，水深三寸，大白天，阳光下，一眼望去，田中景象一览无遗。除去弯处或田角水稍深可藏鱼外，其他地方根本无处藏身。而可捞的藏鱼处，你一网我一网不几天早已被捞光。按说一个塆，上上下下十多个水田，经过一个冬天无数次洗劫，早已无鱼，可一开春到来年三四月份栽秧，很多田里仍然有鱼！为什么？我的结论是，鱼儿藏起的，藏在极不易发现处。顺着这个思路，我对每个水田特别是那些无人问津的水田用心仔细观察寻找，结果回回都有斩获。比如，有个水田水特别少，一眼看到底，除了泥还是泥，根本无下网之处。莫说鱼，连个螺虾也没有。可这个田处在大塆的中部，上面的田和下面的田都有鱼，它也应该有鱼！但鱼藏哪儿去了呢？我沿田背处细细察看，发现转角处有块青石板，像是夏天村民淘菜洗脚洗农具站立之处，可石板前无坑无凼，莫非被淤泥挡住了？我蹲下用手扒开石头前面的淤泥，然后伸手往石板内一摸，有水！再探，还较深。于是下到田里，双手齐扒淤泥，不一会儿，就露出一个水凼。下网一捞，天啊！一网足足捞起了四五斤鲫壳！我思索片刻往竹巴笼中捡了六条最大的，其余全部放回，并认真恢复好原状才悄悄离去。还有，在上水田流向下水田的缺口下面，在茂密的楼梯水草之内，在自留地接田壁边隐秘的暗洞里，都有藏匿之鱼。此外，即使田角等多次被捞过的地方，也还有鱼，即漏网之鱼。漏网之鱼特别狡猾，用网随你怎么捞都捞不到，因为人下水网动扠一搅水就浑了，它就趁机钻进稀泥里去了。对付漏网之鱼有一法，就是棍打。先蹲几分钟，待水面完全静下来，突然挥棍猛击水面，漏网之鱼大惊，从藏匿处猛地蹿出，在水中快速留下一条不规则的，像喷气战斗机喷出的烟雾踪迹，此时莫急，看准它的停留点，正确下网堵截，一捞必中。

三要有长远的谋划。当时的生产队，七八个村落，百十户人家，全部的冬水田最多五十来个，而常年有鱼的就十来个。如果不加保护地乱捞，来年鲫鱼就有可能绝种。所以，我给自己订下规矩，凡一指以内的鱼一律放生，并向同伴宣传，得到了大家的认可。另外，利用星期天等空闲时间到水库上游水草等处去捕捉蒜瓣大的小鲫鱼，然后放入各个冬水田里。当然要特别保密，因为它可以让你收获人生最享尊严的时刻：得意。

每当我从去年刚开垦出来顶端的冬水田里捞出鱼来，村里的同伴们都齐声惊叹："那田里什么时候长出了鱼？"

冬捞，是一个远去的时代，一个属于我们这一代人的时代。虽然现在网上根本搜索不到当时的捞网和捞扠的信息，但我永远记得它，一辈子也不会忘了它。正是有了冬捞这样的锻炼，正是有了咬咬牙、挺一挺这样的经历，才支撑我以后人生虽遭遇数次苦难甚至磨难，每每都能从容以对，冷眼笑迎。

由此，冬捞的意义，不仅仅是收获了鱼。

——原载于《重庆法制报》2017年11月17日

作者简介：

陈益，中国作家协会会员。重庆市公安局原机关党委副书记。

女儿在地球那端

■ 刘泽安

女儿去国外读书，好在时间不算长，一年的时间，不，准确地来说，满打满算地只有整整九个月的时间，必须回国内在原来的大学里来进行论文答辩，才算大学本科毕业。

走之前几个月，女儿跟同学一起在网上买机票，看哪一个时间点的飞机票便宜一点儿，少周转几次，计算来计算去，都是以飞机票的价格来论。懂事的女儿知道爸爸妈妈挣钱也不容易，一直为选择航班和机票的事纠结了好久，后来选了周转两次的国际航班。

女儿在香港休息了一个晚上，没有时差，和我们视频的时候，还没有那种隔着千山万水的感觉。但想到女儿及几个同学在机场不能正常休息，只是在机场的候机厅眯了一会儿，又担心她们行李的安全，总是反反复复叮嘱，一会儿打电话，一会儿又上微信，反反复复前前后后好多次，一直到睡觉前都没有完全静下来，静不下来也要睡觉，一个晚上迷迷糊糊的，我们没休息好，女儿肯定也没有休息好。

第二天，女儿她们一直在飞机上，我们在看电视、读书中慢慢地熬。其实，我们也大概知道到达学校的时间，但是我们这个地方是深夜，根本不可能准确地知道她们到达的时间。女儿去的学校，正好与我们有12个小时的时差，我们是晚上，她那儿是白天，我们是上午，她那儿是晚上，按照这个时间来推算，我们和女儿交流的时间只能在晚上和上午，可也有不凑巧的时候，上午是我们的上班时间，女儿晚上要休息，挤点儿时间还方便，我们在晚上空闲一点儿，女儿又是上课时间，她比我们还不方便。

女儿总算安顿下来，微信上报了个平安，说事情多得很，忙着整理宿舍、买家具、开学典礼等等数不完的事，还要换个当地的手机卡，费用便宜又方便些，隔几天再联系我们。我们一听，那真的是不行，几天没有消息，那我们不是找不着北了。女儿说那又怎么办呢？只有用老手机过渡一下，那就只有多花爸爸妈妈的钱，费用要高得多。这个时候，我们还会心疼那几个钱吗？与女儿保持信息畅通才是正道，就是能够听见女儿的一句声音，看见女儿发的一句微信，那都是一种无言的欣慰。

几天以后，女儿把自己上学的前期准备工作做好，静下来跟我们说话，说话的时间和方式发生了根本变化，不外乎介绍一下新环境的情况，特别是新学校，叮咛我们注意身体，不要为她担忧，她在学校一切安好。

女儿谈的、说的、写的，我们都相信，可我们心中想的是，女儿在异国他乡，那是她第一次出这么远的远门，不是一般的距离，而是隔着一片大海，实际的距离需要十几个小时的飞机飞行。现在的空间距离不算什么，那只是一个鼠标点一下，手机上动一动就能解决的问题，但那种爱不是时空隧道能够解决的，要用实际行动来证明自己的爱。

几乎在每一天的微信聊天中，我们首先要提醒的都是安全。为了方便看女儿的微信，我们将其置于顶上，打开手机就是她的声音、文字、各种表情，那就是一种幸福，即使有些表情是我们看不懂、弄不来的。

锻炼身体不可少，现在的大学生睡懒觉是一个比一个厉害，没有课的时候是睡到自然醒，也没有老师管。我们在微信里经常叫她，也只有等她回话，真没有办法，哪能像家里一样。我们常常让她在晚上12点以前睡觉，即使是学习太忙太累，也不能超过12点钟，那是我们这边快到11点半的时候，在微信里给她喊话：学习自然也很重要，身体更重要。不学真本事也不行，今后出来在社会上怎么立足？说得最多的一句话是：你自己优秀，你就有资格选择企业，你足够优秀强大，你更有机会赢取别人的机会，如果自己没有努力，不够优秀，那就没有选择的机会和权力。

女儿答应得快："嗯嗯，我晓得。"

我们最想每周的周末。我们不用上班，女儿不用上学，两边都有免费的流量。对话常常由女儿她妈妈发起，女儿晚上在宿舍，我和她妈妈在上午的家里，看见女儿的头发乱糟糟的，可她妈妈比原来的责怪少许多，顶多是嗔怨几句。看见女儿就在手机里，离我们那么近，一笑一颦都是那么清清楚楚，那么亲密，还责怪什么？

女儿说："以前我在重庆上大学，跟现在差不多。"

"怎么可能一样？重庆离我们多近？一个小时的距离，就能见面。"

"爸爸妈妈，真的差不多。你们工作忙，不也是很少有机会来看我吗？还不是靠手机联系，想看一看我的时候，不也是晚上视频聊天吗？"

"你说的不一样，爸爸妈妈感觉你离我们好远，好在一瞬间的连线就能看到，如果不是这样子的话，真不知道怎么办？"

"没有关系，我们周末都可以视频聊天，爸爸妈妈，在地球上的任何一个地方，现代的科技都会让我们随时可以见面，虽然不是面对面地坐在一起说话，也差不了多少。"

"好，女儿，你自己锻炼好身体，努力学习，早一点儿睡觉。"

其实，我们跟女儿的对话也免不了都是这些学习、身体、安全、交友等方面的内容。也许女儿真的听得有些厌烦，可我们还得不厌其烦地说，这是一种烦琐的爱，不管女儿理不理解，我们都不得不说，而且重复地说。

如今，女儿在地球的那一端，我们在地球的这一端，时差是客观存在的，可那份爱是没有时差的，那是女儿对爸爸妈妈的爱，也是爸爸妈妈对女儿的爱。

——原载于《重庆晚报》2017年11月28日

作者简介：

刘泽安，中国作家协会会员，重庆文学院签约作家，鲁迅文学院第30届高研班学员。

夜宴喀斯特

■常克

雨后的仙女山大草原上，最让人惊叹的颜色，还不是满坡鲜嫩的绿，而是蒲儿根的鹅黄，还有红花酢浆草非常干净的清艳。它们本身很弱小，也不名贵，但成片的连缀开来，沿了山形起起伏伏，那就是仙女山上最迷人的斑斓了。

在我的记忆中，仙女山一直都寂寞，同样从来没有名贵过，这一点也像无数辈子都在风中度过年华的蒲儿根，或者红花酢浆草。

仙女山的嬗变，恰恰就始于荒僻与寒冷。最高2033余米的海拔，33万亩的森林，10万亩的高山草原，尤其是以前没有人注意到的、高出主城108倍的负氧离子含量，突然之间让四面八方的人趋之若鹜。但仙女山真正的神来之笔，还是最能够吸引全世界目光的喀斯特地貌。

天生三桥、后坪天坑和芙蓉江这三个喀斯特片区组成了武隆独具风华的喀斯特地貌特征，它和很多地方的喀斯特那种一览无余的雄壮不同，它内敛、幽峻、壮烈。你必须身临其境，必须走近它的跟前，才能够感受到它的挺拔雄险，才能够听见它吞吐天地，咆哮奔腾千年万年的英雄气概。它们代表了中国喀斯特地貌中三个独立的喀斯特系统，这在世界上也极为罕见，联合国教科文组织将其正式列入了《世界自然遗产名录》，这是一份非凡的荣誉。

也难怪，人们心中最好看的太阳，月光，清新的空气，幽静的林间小路，原始森林，最神奇的喀斯特峡谷，甚至还有最浪漫的爱情故事，全部都装在喀斯特沉敛而广袤的怀抱中。

这种诗意不间断地开阔眼界，由此又培育了很多条精美的大街小巷，特别是山上多元化的建筑风格，中式、法式、西班牙式，被外国专家誉为“万国汇”，它旁边的林海雪原，又被人唤作“东方瑞士”。

引起我留意的那条街，叫“夜宴仙女山”步行街。

这是一条中西合璧的街，古典中带了几分清朗，漫步的时候，能够感受到时空在奇异地交替，但最让人浮想的还是“夜宴”这个街名，很宽远，很有趣味。估计创意者的灵感来自著名的《韩熙载夜宴图》，抑或几年前一部比较有名的电影《夜宴》，但终归都与一位叫韩熙载的古人有关。他的夜宴无意中成就了大画家顾闳中的千古名作，作为国宝级的夜宴图，它在证实历史秘境的同时，又给我们预设了无数种关于夜宴的想象空间。

在仙女山，夜宴现在属于每一个人，唾手可得，轻松加愉快，无须绞尽脑汁地去韬光养晦。在喀斯特的山麓，当我们从夜宴这条步行街慢慢走过，我们得感激前方那些影影绰绰的巨大投影，那就是天生三桥、后坪天坑和芙蓉洞，它们一直是有生命领悟的，它们组成南方喀斯特系统最经典的造像，成为地球博物馆一扇巨大的窗口。否则，我们难以分享仙女山的夜宴；否则，它们在群山间呼啸而过的绝代风华，就一定还在沉沉的寂静中度过黑夜。

远离主城约200公里的山岭上，在这片曾经很多人都想逃离的山村，有一种活色生香的夜宴，开始席卷那些热爱有氧生活的人的神经，成群结队的，从城市跑到山上来安家落户。可以想象仙女山夜宴的场面，入夜，喀斯特年复一年的目睹夜宴就在它的脚底下，如鲜花盛开。

在仙女山旅游度假区，除了夜宴步行街，即将开街的布鲁克林商业街也特别让人翘首期待，而七色天街、仙女天街、雪岭仙山和仙山流云商业街早已经为人所熟知，成为山林生活的一部分。

夜宴真的是一种很别致的性情流露，街边的灯光带了橘黄，鸢尾花和吊兰就在屋檐下静静地陪你，晚上10点都过了，确实有点儿冷，但“叽叽喳喳”地喝夜啤，喊“快哉”的人群是多数。想起那天晚上，我和朋友们就是这样子过的，十来个人，点些江湖菜，鱼，烧烤，腊猪脚炖粑豌豆，卤猪耳朵，凉拌折耳根，氛围欢喜得不得了。大块吃肉，大碗喝酒，似乎整个世界都收拢在这个夜晚的一碗一碟中，每一个人都兴致盎然，口吐莲花，疯疯扯扯地喳闹一直到凌晨。

实际上，仙女山上正在上演一场更大的夜宴，那就是向着70.6平方公里的旅游度假区规划区面积建设推进，完成“一心、一环、多组团”空间布局。

“一心”指的是仙女山度假区核心区，规划面积38.2平方公里；“一环”指的是休闲旅游环线；“多组团”堪称风姿绰约，到2020年，懒坝组团、七彩阳光组团、龙堡塘组团、印象武隆组团、梦幻谷组团、双河乡组团、机场服务组团都会排列在喀斯特的四周，将仙女山的度假旅游十大功能板块表现得淋漓尽致。

春赏花，夏避暑，秋养生，冬玩雪，仙女山将属于每一个人的每一个季节，全域联动会告诉我们平衡旅游的妙趣，会讲述更多温暖的故事。

这样生动的夜宴，源头还是要说到喀斯特。

武隆的喀斯特地貌让仙女山裙裾飘扬，整整几百万年，或者更久，喀斯特在沉默中越来越刚毅。而喀斯特自己从未有过夜宴，它只管付出所有成长的遥远路程，与孤独为伴，饱经风霜，这样的喀斯特，当得起所有人为它不远千里而来，在它的峡谷或峰顶，表达对亘古万代的虔诚和思念。

这样的夜晚和清晨，最好有一缕寒风吹过，清冽入眼，冷不丁一个冷战，心里头就突然有了一种开化——喀斯特与仙女山草原，铁汉与柔情，它们如此完美地在世界的武隆以兄妹相称。

仙女山大草原，一片又一片，一坡又一坡，绿草如茵，仿佛铺满女儿家的温存与满颊绯红，柔软得谁都想融入它无边无际的情怀。

而喀斯特的雄奇，无疑就是大丈夫的孤峰横绝，还有怜香惜玉。它那巨大的腰身，嶙峋的骨骼，粗犷的擎举，它接纳天地万物的超凡脱俗，用了无数个一万年的浸润，终于把最好的森林和最清净的空气，都交给了这一片神奇的土地。

仙女山和喀斯特，它们无暇赴约自己的夜宴，它们只是很早就在一起精打细算几百万年之后的日子，一个用柔情，一个舒展它的石破天惊。现在，人来人往的仙女山，草长莺飞的仙女山，可能就是它们在一万年前设计的草稿，所有的夜宴，包括河水豆花、烧烤和江湖菜，包括武隆最地道的麻辣豆腐干，都可以代表一座山或者一片树林的品质，这样，喀斯特就把它的满足变成了红枫树，变成了紫藤边上强悍的瀑布。

夜宴，在熙熙攘攘的流露中，不知不觉让心灵也充满了负氧离子，形色清新如许。这样好的夜宴，就在喀斯特的故乡，与高高的柳杉、油松和漆树做伴。

好吧，一起来，在这片到处都是露水的芳草地，我们来目睹高山的太阳初升，来听喀斯特讲那过去的事情，在子夜的风中喊凉，但更高贵的选择，是隐入仙女山的奇迹……

——原载于《重庆晚报》2017年6月20日

作者简介：

常克，作家、画家，重庆市巴渝文化研究院院长，重庆市散文学会副会长。

无声对峙

■程华

“嗞——”拖着长长尾音的刹车声，蓦然从左侧同向行驶的越野车方向传来。那声音很近且刺耳，惊得我一个愣怔，紧接着一脚刹车踩下去。

车身猛地往前一冲，硬硬地停住了。

道路宽阔，明明是绿灯，为什么突然刹车?！我有些恼怒。透过摇下一半的玻璃窗，我看见那辆车的驾驶员脸色煞白，惊魂未定地盯着前方的挡风玻璃。

几乎与此同时，一辆摩托从横刺里呼啸着冲到越野车车头前，在发动机的咆哮声中仓促刹住。

两车距离几乎为零。很明显，如果越野车反应稍有迟钝，必然狠狠撞上突然闯过红绿灯的摩托。而我的车因右前方视角正处于盲区，如不及时踩住，极可能也会同时撞上摩托。一万个恶狠狠的“问候语”在心头呼之欲出。足有好几秒，我、他，还有他，三双眼睛一眨不眨地相互对峙。虽然只看到越野车驾驶员的侧面，但他的眼神里分明注满了惊恐与愤怒。

摩托又开始启动，打算继续夺路驶过。而驾驶员凌厉的眼光，一刻也没有离开越野车驾驶员的脸。

摩托离我的正前方越来越近，驾驶员的脸也越来越清晰。

一张年轻的脸。额头宽宽，剑眉朗目，鼻梁是直直的、秀挺的，连同天生上翘的嘴角，勾勒出整个完美的面部轮廓。而此时这张脸看去失去了原本的清秀俊朗，剑拔弩张的眼梢嘴角挟着一股戾气。

年轻人与越野车驾驶员眼神对峙期间，摩托继续缓缓经过我的车头前，后厢上某“外卖”的字样清晰可见。

是个送外卖的小伙子。此时正是午餐时间，想必他刚从某个热气腾腾的店里出来，正急于把饭菜送到一个指定的地点，完成一笔通过线上支付的订单。如若迟了，他会被老板责骂、处罚，甚至炒鱿鱼。也说不定他自己就是处于创业阶段的老板。

但看他一身行头，更像是店里的伙计。已是寒冬腊月，还穿着单薄的春秋装：灰扑扑的旧毛衣，磨得起毛的薄外套，裤子也穿得看不出原色，和脚上沾满泥土的解放鞋一样脏脏的。

我忽然有些心酸，几乎冲口而出的斥责瞬间憋了回去。

他要去哪里？他要回哪里？都不知道。只知道他与许许多多在这个城市里靠辛勤劳动辛苦生活的人一样，每天忙碌着在目标与返程之间周而复始地奔波。

他需要快，就像一些快递的口号所说的“送啥都快”。他与这些团队的其他成员一样，只有凭着一个“快”字，才能在快节奏的时代中抢得一箪食一壶浆。快，将货品送到顾客手中；快，即刻返回到出发地；快，马上又开启了下一轮往返……失去了“快”的优势，缺乏一技之长的他们就可能失去安身立命的本钱。

可是，“快”是相对的。不管这个社会如何追求速度，这速度都得建立在秩序的基础上。缺乏制约的绝对的“快”，带来的往往不是效益，而是隐患，是危险。本该一年长成的猪，用激素催得几个月就上桌；本该几年修成的文凭，砸钱只用几个月就速成毕业；吃药一周可愈的感冒发烧，几针抗生素扎入静脉后貌似两三天就精神抖擞……投机求快的背后，是对过程的忽略，对规则的漠视，从而致使良俗公德缺失、秩序法条溃塌。最后这一切后果的承担者，毫无疑问是整个社会，是每一位自然人。

当辛苦奔波的年轻人一心奔向目的地的时候，他是忽略了交通规则的，忽略了别人包括他自己的生命安全的。一旦结果发生，其损害肯定是远远大于他手里一顿外卖的价值的，其伤害程度甚至可能不可逆转无法弥补，是凭他一己之力甚至他的家人都无法承担的。

为了好的生活，最终可能失去好的生活。这样马力全开的狂奔，又何止眼前的这个年轻人？如此不计后果的“快”，又何尝不在透支着无数现代人的安全、健康、快乐，甚至未来？

抬眼看，年轻人已结束了与越野车驾驶员的对峙，狠狠地收回眼里的一抹寒光，一踩油门疾驶而去，留下红绿灯下两辆车和车上的驾驶员，有些悻悻地望着那个轰然远去的背影发呆。

不过短短几秒，身后又传来阵阵刺耳的喇叭尖叫，声音此起彼伏，催得人心焦躁。于是同时一踩油门，继续往各自的目标奔去。

车前车后，依旧是匆匆忙忙转眼掠过的人，还有车。

——原载于《重庆晚报》2017年1月7日

作者简介：

程华，笔名胖向日葵，现供职于重庆市公安局，重庆市作家协会会员，重庆散文会会理事、重庆市公安作家协会副秘书长。

东非草原的诱惑

■朱一平

走了一趟肯尼亚，目睹了动物们的大迁徙，蓦然觉得冥冥之中，一切都有神秘的力量在左右，不管是我们还是东非草原上的动物们。

我对去还是不去非洲看动物大迁徙纠结过。去吧，那通过蚊子传播的疾病让人恐怖，而且花的银子可以走两趟欧洲四国。不去吧，那万马奔腾，数万动物争渡马拉河的壮观景象又在脑海里轰隆隆召唤。

整整纠结了几个月，我也不知道怎么回事，反正最终还是去了。打了能保证生命基本安全的黄热病疫苗，带了相当于赤脚医生小药箱的各种药品，提前吃了据说可以防蚊虫叮咬的维生素B1。做了最坏的打算，如果真的被有病毒的蚊子咬了，潜伏期有十天，那我们也差不多回中国了，有屠呦呦的青蒿素，怕什么?!

我们从上海飞到迪拜再转肯尼亚用了近20个小时，真的是难受。然而，到了肯尼亚，踏上去动物保护区的路，才知道什么叫艰苦卓绝。

刚出机场就开始堵车，这个地方也要塞车?! 只有两车道的柏油马路两边是裸露的沙土，车轮一碾，灰尘便如一股烟起。逐渐进入市区，车辆越来越多,也越来越缓行。有人发现没有红绿灯,任凭车辆自由发挥,直到黄昏进入肯尼亚首都内罗毕市中心,才看见一个转盘和几组红绿灯,奇怪的是一路上居然没有被堵死或擦刚。

第二天早上7点半我们分乘两辆九座越野车从内罗毕出发前往动物保护区,途经东非大裂谷那段,风景壮美,路面平整,让人有边走边唱的冲动。肉眼看东非大裂谷是开阔无垠的盆地,气势恢宏,两边植被浓郁,但不见明显的裂口,可能要在凌空飞翔的飞机上才能领略如此巨大的地球身上的伤口。

路两边开始出现荒野,不久车子便颠簸起来,黄沙如大雾弥漫,特别是当对面有车错过,顿时遮天蔽日不见前路。大家戴上口罩把自己裹成了粽子,拼出全身力气让自己坐稳不倒。

历时六个小时,终于在下午1点半到达了马赛马拉河边,大家已经灰头土脸,但惊喜地看见了马拉河里一群群巨大的河马！劳累顿时消除了一半。

眼前这条举世闻名的马赛马拉河,既不壮阔也不清澈,只因为每年有上百万的动物们要横渡它,所以被全世界的动物爱好者瞩目向往,不远万里、不辞辛苦,汇集在这条宽几十米的黄汤汤河流边,等待那被称之为“天国之渡”的动物大迁徙。

草草吃了午饭,便驱车前往草原深处寻找各种动物们。车顶掀开了,哇！风好劲爽！东非草原好辽阔、好金黄！一丛丛灌木和伞状的合欢花树如绿帆飘荡其间,湛蓝天空如庞大华盖笼罩我们,原始、洪荒、远古。如丝的记忆漂浮,突然有想哭的感动,脚下的这片草原,不就是300多万年前,人类祖先露西生活的地方吗！我们来自这里！我们重返原乡！

“角马！角马！”“瞪羚！瞪羚！”“斑马！斑马！”啊！眼前出现了一群群自由自在原生态的可爱动物。东非草原庞大广袤得如同另一个星球,一天有十几辆车在这里寻觅,但一进入草原便消失不见了,渺小得如同踽踽独行的蝼蚁。这里是动物们的地盘,它们是这里的主人,那天我们看见的鸵鸟、转角羚羊、野猪、长颈鹿甚至狮子都很友善,它们边觅食边抬头看看我们,眼光单纯明亮,特别是那头狮子,完全是辛巴的派头,侧身而卧,微微仰头,气定神闲,似看非看地看着我们,如同看它的子民。

我最记得刚进草原不久便看见一头羚羊站在一块突出的大石头上，仰头远望，夕阳半挂地平线时它还在那里，还是那个姿势，动物界也有望夫石吗？

有两晚我们宿在马拉河边，河马“噗噗”的打鼾声近在咫尺。早餐也在马拉河边，河马埋着头在河里浮浮沉沉，偶尔抬头“咕噜咕噜”地换气。此行夜宿的地方，不是有猴子羚羊，就是有野猪斑马相伴……真的是来到了原始社会，与动物们共枕眠，和谐美妙。

最令人期盼的一天到了，我们清晨出发，带上午餐，向动物大量聚集的草原深处进发，我们要去马拉河守候动物们过河。

草原的晨风很凉，动物们也起得早，在忙着“自助早餐”。最先出现的是灵活的瞪羚，瞪着无邪的大眼睛蹦来蹦去；斑马也是频频出现，黑白条纹的已成年，咖啡条纹的还未成年，它们有些羞涩，老是用漂亮的肥臀对付我们；长颈鹿不慌不忙地在树前啃嫩叶；矮壮的野猪东拱西拱；黑色的角马是这里的大家族，随处可见它们乌泱乌泱的队伍，人多胆大，动物也是如此，何况上百万的角马，大迁徙的主力军，不时有犄角威武、长发飘飘的角马突然在我们车前横穿，还用毛瑟瑟的鼓眼看我们，不知是喜欢还是挑衅。

我们在这片充满野性的草原上东奔西逛，有幸际遇了金钱豹、大象、河马、狒狒，还看见了五只狮子，可能是一家子，它们或卧或躺，如同在自家园子里，悠闲自在，友善而威严地看着我们。让我们惊讶的是一些离狮子更近的欧洲人坐的是全敞篷车！身着便装，手无寸铁，从头到脚裸露在狮子面前！

中午了，黑人司机终于让我们在一棵树下落了地，能够在动物主宰的东非草原上席地吃顿午餐，多么豪放。

下午，顶着明晃晃的太阳，我们久久徘徊、琢磨、等待在马拉河附近，静候动物们渡河。天苍苍野茫茫，我们虔诚守候，用千年等一回的耐心。

来了！来了！

只见数万头黑色的角马连同黑白相间的斑马队伍，浩浩荡荡、不慌不忙地朝我们这边走来，经过我们的车也不惊诧，径直往马拉河而去，我们正准备跟随，突然它们停止了走动，也不向前也不退后，安静得让人不可思议，天地间一片肃穆。静默再静默……等良辰？等指令？等密码？人类一思考，上帝就发笑！一走神，庞大的队伍突然掉头狂奔！瞬间爆发出滚雷般的野性轰鸣，如飓风卷沙，轰隆隆呼啸原野，惊心动魄！腾起的沙雾横亘草原，久久不能尘埃落定。没有预期的震撼场面让我们目瞪口呆，兴奋持续不绝，频频回味不腻。

时过境迁，那场硝烟仿佛还没消散，那震天动地的轰鸣声还在耳畔回响。

有经验的黑人司机说它们还会回来，把车开到河边灌木旁隐蔽，途经河边的地上安置了好多摄像头，一只菜花色的鳄鱼躺在河边石块上。我们屏息静气地等待再等待。果然，大部队又慢慢悠悠地走过来了，领头的角马、斑马探头探脑地露出半个脑袋，晃一晃的就是不下水，箭都在弦上了，就是不发！急死我们了。好像故意在逗我们？或看见鳄鱼醒着并饿着？或者有纠结症？

黑人司机和导游想用去看大象群取代看动物们过河，我们集体用沉默反对。于是决定换个口岸试试。途中，司机接到信息，一大群角马和斑马正在那边过河！我们立即赶过去。哇，好多越野车聚集在肯尼亚和坦桑尼亚的国境线上，远远看见一群群角马游向对岸，源源不断，有序而从容，我们赶紧靠近再靠近，紧接着一队队美丽的斑马也陆陆续续来到河边，不慌不忙地试探着下水，从从容容地游过国境线，并安全上岸。一只巨型尼罗鳄如枯树般安静地躺在岸上。

马拉河上，一派祥和景明。

我想，纪录片中惊心动魄的场面应是多次拍摄剪辑的精彩瞬间组合。而血腥的场面就有鳄鱼对角马、斑马、羚羊的绞杀。我们宁愿看到动物界暂时的和平景象。

我们不虚此行！

——原载于《公民导刊》2016年第10期

作者简介：

朱一平，重庆市作家协会会员。

看桃花

■ 张蔓莉

三月，乍暖还寒，溪流潺潺，桃花随波。

母亲接到电话，说长期闭口不语的三婶忽然开口说话了。一家人既欢喜，又惊讶。母亲让我陪她回去看看。

回到老家县城，直奔精神病医院的521病房。我们刚走到病房门口，见病房内几个白大褂正团团围住三婶。他们有的扭手，有的按脚，死死将三婶控制住。病床上的三婶先还拼命哭闹挣扎，喘着粗气，惨烈地喊着："我要看桃花，我要……"不一会儿就体力耗尽，一动不动了，似被驯服的羔羊。

走廊里人来人往，无人在意521病房里发生的一切。刚安静下来，一位白衣天使便翩然而至，仿佛早已设定好的一个程序。她手拿注射器，朝三婶一步步靠近。精疲力竭的三婶看见注射器，惊恐地瞪大眼睛，胸口剧烈起伏，想要做进一步的反抗，显然已是力不从心。一针下去，三婶很快呼呼入睡。

我被眼前的一幕惊呆了。望着三婶的惊恐无助，我双腿发颤，迈不动步子，脑子里嗡响着三婶惨烈的喊声。一旁惊懵了的母亲，呆呆地站在那里不停地抹泪。待我回过神来时，发现几个白大褂已疾步远去。身后留下白大褂们一串胜利者般的议论:“看她闹”“又可安静会儿了”“呵呵”“抓紧点儿,还有两个”。

我牵过母亲,在三婶的床边坐下。在针剂的作用下,三婶安静得像一具木乃伊。眼前,木乃伊似的三婶,虽不到60岁,却如耄耋老妪一般,干枯、羸弱和死寂。枯白的乱发,覆盖着一张皱巴巴的脸,也覆盖了儿时三婶留给我的美好记忆。

往事并不如烟,那一刻仿佛还在眼前。青梅竹马,同学相恋,从来就是人们向往的美好姻缘。这样的美好并没有远离三叔三婶。我童年的目睹亲历:一个桃花盛开的季节,年轻美丽的三婶,被三叔的迎亲队伍热热闹闹地迎进门。她梳着两条红头绳辫子,一身红装嫁衣,粉面桃花,羞涩而甜蜜。婚后,三叔与三婶和和美美,先后有了堂妹和堂弟一对儿女。他们辛勤劳作,抚育儿女,建设着自己的小家,过着男耕女织的生活。

然而此刻——

春红匆匆,桃花谢谢,溪流枯涸。我搜肠刮肚,也无法从眼前的三婶身上找到一丝记忆的痕迹。望着她那苍白的脸,和她身上惨白的被褥,以及四周惨白的砖墙,我不禁心生寒意。

窗外,三月的阳光暖融着大地,春絮纷飞;窗内,阴暗潮湿、浸骨冰凉的,不仅是三婶的铁床,还有形如枯槁的三婶身上透析出来的凉意。我心里凉凉的,沉沉的,浸入这凉的氛围不能自拔。即便全世界都是春天,也驱不走这浓浓的凉意。

我下意识地为三婶理了理被子,捏了捏肩,拨开遮在她脸上的杂乱白发。无意间,碰触到她枕边的一张照片。轻轻取出,仔细端详,是一张发黄的全家福。照片上,堂妹小英搂着三叔,堂弟小伟偎着三婶,一家四口,幸福相依。

我的目光,一下被绊住了,绊在了堂妹的笑容里。

母亲说,堂妹出生的时候,屋后山坡上的那棵老桃树开了好多花。襁褓中的堂妹很爱笑,一笑起来,两个脸蛋红粉粉的,还有酒窝,很像绽放的桃花。虽然,那时我也还是个小孩儿,但自从有了堂妹,我好像觉得自己一下子变成大人了。每次逗幼小的堂妹,我总是学着大人的口气:“英子笑笑,笑笑。英子,英子,喊喊姐姐,不喊我要打屁屁了。”直到有一天,堂妹的一个提问,我才觉得堂妹似乎长大了。

那时,我已读初中。一个周末回家,快到村里时,老远就看见一个小女孩,背着满满一篓猪草,步履蹒跚地行走在窄窄的村道上。人小背篓大,世界像一座大山,压在小女孩的头上。我倏地想到那个神话,联想到压在华山之下的圣母。我担心那脆弱单薄的躯体,随时都可能被压垮,担忧着那小女孩怎样才能卸下重载,打直腰身。走近才发现,那竟是堂妹。我很惊讶,赶紧上前要接过堂妹身上的背篓,可堂妹坚决不肯,说马上就到家了。堂妹见我回来很高兴,一口一个姐,脆脆的,甜甜的,一脸纯朴的笑容,撕碎了所有的艰难和痛苦,甚至让我忽略了她杂乱的头发、褴褛的衣衫和粗糙的光脚丫。

我没有先回家,而是陪着堂妹到了她家。放下背篓,打直了腰的堂妹,一身轻松,活泼而朝气,好像生活的一切苦难,都与她无关。家徒四壁,甚至没有一个好落座的地方,堂妹缠着要领我到屋后看桃花,似乎那才能表达对我这个姐姐的喜欢和最热情的款待。我不好令堂妹失望,与她手牵手来到屋后的小山坡。可到了老桃树下,我俩都傻眼了:一树桃花早已凋零,新绿未成,落红成泥,桃树像一位病恹恹的老太太。桃树旁山坡上的几座老墓新坟,还残留着清明祭拜的香蜡纸钱……

堂妹嘟囔着嘴,半天不语。憋了半天,才悻悻然说:“姐,对不起。”我赶紧宽慰:“没关系,没关系,明年还会开哩。”堂妹又突然冒出一句:“姐,这桃花读不读书呢?”

我先是一诧,怔怔地看着堂妹。顿似有悟,忙问:“妹,你是不是想读书了?”堂妹使劲儿点了点头。

晚上在与母亲的闲聊中,对堂妹和三叔一家才多了一些了解。

堂妹父母——我的三叔三婶都是老实巴交的农民,没有多少文化,除了种田也别无他长,连吵架扯皮都不会,挨别人骂也不知道怎么还嘴,只晓得自个儿偷偷躲回家抹泪。人弱受人欺,马软受人骑,这在哪里都是逃不过的生存哲学。家里的大人尚且如此,小孩在外又怎能直得起腰?因此,堂妹从小在村里就受尽了冷眼，有时父母在外受了气，她难免成为父母回家后的出气筒。

随着她一天天长大，堂妹不仅强烈感受到了自己一家在村里的卑微地位，更逐渐发现了地位的秘密——知识。

一次，堂妹目睹村里有势力的邻居，不仅霸占了她家边界的土地，还将她爸爸妈妈打伤。她守在父母的床前，难过得一夜没睡。三叔三婶告到村上，村干部还没有来，就被邻居请进了镇上的酒馆里。告状告来的是邻居加倍的疯狂，最后还是三叔带上家里的一只老母鸡上门赔了罪，才换来稍许的安宁。

村里一户读书读到县城工作的儿子回家，十岁的堂妹正在那家玩。她看见那儿子刚进院坝，乡里乡邻就闻风而来，有来聊陈年旧事的，有来打听城里稀奇的，也有无事串门的，就连威风凛凛的村干部和欺负打伤三叔三婶的恶势力，也主动上门问那家老小有什么困难。那儿子倒很随和，迎来送往，客气热情，还拿出了大包花花绿绿的糖果招待客人。看着大家吃着香甜的糖果，堂妹忍不住也伸手去拿。没想到，她刚一伸手，就被那家的小儿子在手上重重打了一掌，还骂她臭不要脸。堂妹哭着跑回家，立志要好好读书，也要读到城里去，好有钱买漂亮的糖果。她甚至还在心里暗暗发誓，到那时，一定要好好气气那个打她的小子。

一次次刻骨铭心的痛使得在堂妹懵懂的意识里，读书成了一条通向安宁、通向幸福的阳光之路。上学时专心听课，回家割完牛草猪草，她就靠在小板凳上做作业，每天晚上，忙碌了一天的父母睡了，她还要在煤油灯下学习到深夜。

堂妹的刻苦没有白费，小学毕业，她以优异的成绩考进镇里的初中。此时，堂妹对读书意义的理解，已不再是单纯为买糖果或“报一糖之恨”，而是将读书与逃出农村，摆脱贫穷，不受欺负，彻底改变自己一家的命运拴在了一起。命运之神似乎也眷顾这个顽强的女孩，堂妹踏着求学的阶梯步步为进。

“我要看桃花，我要看……”

三婶突然惊慌的呼喊声，一下惊动了我和母亲。我们赶紧围住病床上的三婶。好在，三婶喊了两声，又安静了，发出呼呼的安睡声。我松了一口气，望着母亲。母亲接过我手里的照片，抚摸着，眼泪滴落在了堂妹那灿若桃花的脸上。母亲有些哽咽，向我讲述起堂妹的死和她十多年的命运。

说起堂妹死时的情景，母亲不停地抹着眼睛。母亲说，那是她最后一次见到堂妹。那天下着毛毛细雨，路有点儿滑。去堰沟里扯了猪草回家，路过三婶家的门口，母亲把背篓放在一个石墩上歇歇脚，也顺带进屋看看堂妹。屋子很黑，四面不透风，母亲让三婶点上煤油灯。刚一掀开紧闭的房门，一股恶臭扑鼻而来，她差点儿呕吐。三婶赶紧歉然地解释："小英一身溃烂，在床上躺了很久了，我忙于田里的农活，也不能天天为她洗。"母亲没有吭声，径自走到堂妹床前，轻声喊着："小英，小英"。堂妹先是没有反应，过了半天才微微睁开眼，瞟了一眼母亲和三婶，叽叽咕咕，声如游丝，好像是说她要去看桃花。堂妹轻轻翻了一下身，眼睛很快又闭上了。借助微弱的灯光，母亲看见堂妹瘦得像根枯藤，全身多处溃烂，还长了蛆，十个脚趾头都烂掉了。堂妹翻身处，腥臭的脓血与床席粘在一起……

母亲按住胸口，沉默了一会儿，又继续说道："那次，你堂妹如果不去看什么桃花，就不会走上一条不归路了。"

看桃花，不归路？

这时，我似乎才注意到三婶一次又一次的呼喊："看桃花。"因求学工作，我很早就离开了老家，老家的很多事，我都不太清楚。母亲说，堂妹初中毕业就考上了中专，且第一期就获得了奖学金。寒假回家，还利用节约的钱给三叔三婶买好吃的，并向父母承诺，说新学期会更努力，争取拿更多的奖学金。然而，开学体检，堂妹被查出了乙肝，学校将她遣送回家治病。

回家后的堂妹，整个人的精神都垮了。

治不好病意味着辍学。十年寒窗，不就为了逃离农村，改变命运吗？她知道，家里根本没钱为她治病，她读中专的头期费用，也是父母和亲戚们帮忙凑的，拿着钱的堂妹，还激动地不停谢恩，说她毕业后一定挣钱还哩。

没想到，一场乙肝又将她打回原形。

弯弯曲曲的求学之路，还留着她艰难跋涉的足迹。中考那年，堂妹以优异的成绩，被省里一财贸校录取。这让村里顿时像是炸开了锅，男女老少都纷纷夸她，羡慕她家里祖坟埋得正，鲤鱼跳龙门。而那些曾经眯斜着眼看堂妹一家的人，斜眼像是得到了矫正，都圆溜溜地睁大眼睛，目光含情。

十年寒窗，堂妹终于如愿，三叔三婶也舒展了眉。

然而，接下来的学费像天文数字，很快又驱散了一家人的欢喜。对于家境贫寒、身为农民的三叔，在20世纪90年代，要为堂妹几年中专准备万元左右的费用，似乎比登天还难。一家人绞尽脑汁，唯一的办法是申请助学贷款。可来回折腾了两个月，直到要开学了，助学贷款还没办下来。这对视读书为唯一出路的堂妹来说，无疑是活生生折断了她命运的翅膀。

为支持堂妹读书，父母拿出了家里所有的钱，但离凑齐堂妹的学费还差得很远。无奈，三叔只好厚着脸皮，挨家挨户向亲戚们求助，几元、十元、二十元。终于凑够了学费。堂妹带着钱，怀揣着梦想，似辛勤的蜜蜂，飞舞在校园。第一学期下来，堂妹以优异的成绩，取得了学校的最高奖学金。表彰会上，老师的夸奖和鼓励，同学们的羡慕和赞美，让堂妹平生第一次享受到了从未有过的体面，并暗下决心，继续努力，直到以优异的成绩毕业分配，进城工作，计划着领到第一笔工资，要给三叔三婶买这买那。

然而，却梦碎乙肝。

为了千方百计给堂妹治病，有石匠手艺的三叔，开始外出打工。失望中的堂妹，似乎又看到了希望，一边盼着三叔带钱回家，一边帮三婶做些家务。忙与不忙，堂妹都不会忘记看书，她的心从来没有离开过学校。堂妹按照正常的教学计划，自学新学期的课程，盼着早点儿回到课堂，不要掉队。

天气渐暖，三叔终于在工地上找到了工作。堂妹很兴奋，心里又燃起一线希望。每天给在地里干活的三婶送饭时，总折回一些油菜花、豌豆花和胡豆花，编织成美丽的花环。

然而，命运的劫难，并没因堂妹编织着梦的花环，而绕道远行；也没因堂妹身心经受着没有结茄的伤痛，而减轻对她的摧残。三月的天，桃花灿烂，一场倒春寒，胜过数九天。

母亲说，倒春寒来的那天夜里，气温骤降。寒风穿墙而入，冷得堂妹缩成了一团，好不容易进入梦乡。睡梦中的堂妹，却被三婶从床上拽起，拖起她就往院坝里跑。迷糊中,堂妹见火光冲天,才知道是一墙之隔的王婆婆家起火了。火势越烧越大,堂妹家的房子很快被大火吞没。寒冷中,光着脚、冷得浑身发抖的堂妹,眼睁睁地看着家里的三间木头结构房子化成了一片炭黑。堂妹哭成了泪人儿,三婶急得晕倒在寒风里。

一场火灾,烧毁了堂妹家的唯一财产,也烧毁了她改变命运的最后信心。我不知道,在信心毁灭的那一刻,堂妹是怎么捱过来的,也体会不到她希望坍塌时的心情。母亲说,自房屋被火烧后,堂妹就日渐消沉。刚开始,她还与三婶念叨,说家里修房子更需要钱,她的乙肝怎么办?还能回学校吗?渐渐地,她没有了话语,每天紧关柴门,一个人躲在新搭建起的简易房子里,透过竹条糊稀泥的墙缝,望着外面发呆。三婶问她话时,她也只是抬抬眼皮,木讷地摇头或点头。

搭建起简易的房子后,三叔又急着外出打工。看着堂妹一天天不说话,三婶难过。白天她要忙地里的活,生怕堂妹有个三长两短,十分担心,却不知如何是好。正好堂妹的同学来看望她,三婶像是找到了救星。同学说带堂妹去邻县一个景点看桃花,陪她散散心。三婶点头,目送着她们两人。

没想到,堂妹这一走,连着那同学,一起都失去了消息。三婶催回三叔去找,他们走村串户,怎么也找不到。等到有消息时,已是两个多月后,山坡上的老桃树已结出青涩的果子。

母亲讲到这里,情绪有些激动,眼含愤怒。

原来,在去看桃花的途中,堂妹和同学在车上睡着了。醒来时发现被拉到了一个偏僻的村口,她被强行拖进了一个中年男人的家,并牢牢上了锁。她哭喊,挣扎,逃跑,却遭受一顿顿毒打。原本抑郁悲伤的堂妹,被中年男人施暴后,精神就崩溃了。不久,变得痴痴傻傻,一个人又哭又笑,还拿火烧自己的头发。那男人的父母见堂妹精神出了问题,怕毁了他们的家,又将堂妹赶了出来。四处游荡的堂妹,一次在垃圾堆里找吃的时候,被一位路过的熟人发现,将她送回了家。

回家后的堂妹,已认不出自己的父母,目光呆滞,沉默不语,无论站着还是坐着,都像一尊雕塑。唯一能引起她反应的,是村里上学的孩子和他们身上的书包。

一次，她出门后找不到回家的路，一个人在路上来回转圈。忽然，她抬头远远看见了自己过去上学的学校，顿时无比激动，两眼露出久违的光亮，径直快步走向学校，跑进教室，旁若无人地在一个空位上坐着不走，还将桌上的书捧在手里，吓得邻桌的同学惊惶跑开，老师来了硬将她赶出教室。堂妹被赶出来后，一些学生笑她，向她扔石子。她还傻傻地笑，边走边回头。

随着病情的加重，冬天的来临，堂妹再也跑不动了。她每天睡在床上，渐渐不吃不喝，进入一种迷糊状态。

为唤醒堂妹的意识，三叔三婶便拿着她在中专校园里的一张照片，在她眼前晃动。照片上，一米六几的堂妹，扎着青春的马尾辫，拿着书，甜滋滋地站在教学楼前的雪地里。那一脸的开心和流露出来的温暖，似乎要将脚下的积雪融化。

开始见到照片，堂妹的目光还有一些反应。很快，那反应也消失了。无论三叔三婶怎么晃动照片，她依然不声不响，呆若木鸡。她对这个世界的一切，似乎都不认识了，也不再有正常反应，每天睡在床上，不言不语，吃喝拉撒都需要人帮助。而父母，整天忙于农活生计，没有更多的时间照顾她。

随着病情的恶化，她的身体开始出现溃烂。先是背上。长期躺着，难以动弹，天气炎热，背上开始生疮，溃烂，流脓，腥臭的脓水流到哪里，溃烂就蔓延到哪里。

堂妹和三叔三婶的最后一次交流，是堂妹的一次呓语。迷糊中，堂妹一个人傻傻地乐："爸爸妈妈，这是我城里的家，你们快看，漂不漂亮？"三叔三婶含泪一边回应着，一边为堂妹擦洗，上药。然而，却无法阻止溃烂的蔓延。溃烂的伤口，似盛开的桃花，红白相间，血肉模糊。溃烂的脓血，浸染了床单，将她仅有的物品——课本，和她的身体粘在了一起，一拨开，就会掉下一层皮。到最后，堂妹的十个脚趾头也烂没了。没有钱没有文化的父母，只有爱，没有办法。

第二年三月，一个倒春寒的日子，桃花纷纷飘落。堂妹离开了人世，像一片凋谢的花瓣。那年，堂妹16岁。

白发人送黑发人的痛，让三叔和三婶几次晕厥。三叔三婶哭肿着眼，将堂妹葬在了屋后面，希望可以陪着她。为了让堂妹能看到桃花，三婶特意在屋后面的园子里种了桃树。

送走了堂妹，三叔又外出打工，挣钱修房子。

日子一天天过着。三叔因身体不适去医院检查，却被查出肺癌晚期。一个多月后，40多岁的三叔也走了。

失去了女儿，又痛失丈夫，亲人的相继离世，让孤儿寡母的三婶和堂弟，在村里比过去更受人欺负，有人甚至散布谣言说三婶是扫帚星。

为了补贴家用，后来，未成年的堂弟也去了外地打工，留下三婶一个人在村里种着庄稼。留在家里的三婶，一次晒稻谷，一户人家为抢占地盘，将她晒好的谷子硬扫进沟里。她拦着阻止，却被按倒在地，拽着她的头直往地上撞，还揪掉她一撮头发。

三婶找村干部理论，仍然是不了了之。她只能哭，似乎只有哭，才是她唯一能获得的帮助和安慰。三婶越是抗争，越是被欺负。日子的艰难，让三婶也越来越沉默了，似当初绝望无助的堂妹。在村里，三婶总是刻意避开村里的人，即便狭路相逢，三婶也是颤巍巍地赶紧躲闪开，待别人过去了她又再重新上路。她常常哭。有时一个人在地里干活，干着干着，就莫名地哭，哭声喊喊，悲动稼禾；或夜深人静时，在家里放声痛哭，哭完，又自言自语。渐渐，村里人都叫她疯子，还随意拔走她的青苗，摘走她的瓜果。男人拿她逗乐，小孩朝她吐唾沫。

随着村里人的大量外出，三婶渐渐被村里人忽略和遗忘，叫她疯子的声音渐渐消失。多年来，三婶已习惯了不说话，依然沉默地种着自己的庄稼，以为沉默，就那样平静地伴她老去。

可树欲静而风不止。

去年夏天，一向漠视她的村干部却突发善心，为三婶申请低保，还积极向镇领导反映，送她去了精神病医院。刚去时，三婶不停地抗拒哭闹，医院便将她捆绑着，为她进行各种“治疗”。渐渐，她不再哭，不再闹，最后连自言自语也没了。

听着母亲的讲述，我说不出心里的痛，也为自己和父母力量的薄弱，多年来对三叔一家的关心和帮助不够而懊悔,泪流满面。

一旁的清洁阿姨望着床上的三婶直摇头叹气,说几天前三婶看见一病友十多岁的女儿来看妈妈。她先是盯着病友的女儿发呆,然后,快一年不说话的她,忽然哭闹着要看桃花。

望着昏睡的三婶,我为她理了理那乱作鸡窝的头发。她忽然醒来,木然地望着我和母亲。随后,泪水直流。我抱紧三婶,她抽泣着,母亲为她擦着泪水。三婶哀求我和母亲,带她回家看看桃花。我向医生请假,带三婶回趟家。回到村里,我正下车欲扶三婶,村里的赵大爷见我便热情招呼。当我扶下三婶时,他忽然"啊"的一声,"怎么疯子回来了"?

我带三婶去屋后面看桃花。没想到,不仅没有了桃花,就连她那简易的家,也魔术般地变成了一栋三层楼的新房。山坡上的老桃树没了,原来栽桃花的地方,变成了新房的花园,摆满了铁树、摇钱树和发财树盆景,围墙的铁门紧锁着。

惊愕中,三婶忽然拽住铁门,猛烈地摇晃、哭喊。铁门里,窜出一条狼狗,对着三婶凶恶地咆哮。

我怕狼狗破门而出,赶紧掰开三婶的双手,抱着她上车离开。在发动车扬尘离开的时候,听见赵大爷自言自语:"过两年就要规划拆迁了,村干部还盖这么好的新房。"

三婶上车后,哭得更伤心了,进而抽搐。

我加大油门,想带她快点儿离开这里。

——原载于《天津文学》2017年第10期

作者简介:

张蔓莉,笔名林中蔓青,重庆市散文学会会员,中国散文学会会员。

理发

■熊魁

一

人方半老，顶发已落，徒留周围浓密的发丛。还得去理发。

经常去小城东转盘黄师傅的理发店，我对其情有独钟，彼此颇有渊源。

30年前，一个农村娃儿跳出农门，来到古朴守拙的小县城读书，阮囊羞涩，常常是身无长物。同学大多吹剪烫，弄得头发油光锃亮，风姿绰约。诚然，那是“高消费”。他离家两月有余，头发渐长，走街串巷，在当时巫峡镇去广场的中街巷道访得一间“黄师傅理发店”，经过价格比对，价廉，服务也“very good”。对于行止两难的他而言，再好不过。有一次理完发，摸摸口袋，竟然没带钱，执剪师喜笑颜开地让他走了。读师范三年期间，小小理发店见证了他的成长，从懵懂少年到书生意气。毕业时十七八岁，已有同龄人鲜有的成熟，正应了那句“穷人的孩子早当家”。

后来，自是一番苦拼，自学深造，卖力工作，阅读写作，拉扯兄弟……生存压力山大，髭须越拈越浓，头发越理越少，二十六七岁就开始脱发。

这个他，是我。

再后来，进城了。老县城因三峡水库蓄水全淹，就地后靠搬迁到半山，一座新县城拔地而起。人多，城大，一切焕发出新春的活力。偶然，看到一块招牌“黄师傅理发店”，仍然毛笔手写，仍然本色木板，仍然拙朴不加雕饰。走进去看看，呵，几年不遇的落寞，瞬时烟消云散。真是一对老主顾！店在街边，不大不小，刚好。黄师傅年近古稀，子承父业，老婆婆打着帮手，多么幸福。

二

“身体发肤，受之父母，不敢毁伤。”《孝经·开宗明义章》如此说。

儿时冬天，一家老小圈住偏屋旮旯的火垅，淘气包扯几根头发丢进正旺的火堆，“吱吱”的声音里夹杂着皮毛的焦煳味儿。头发似乎也有生命，挣命地卷曲、伸展几下，就销声匿迹了。大人们淡淡地提醒：“头发是不能滥烧的。”或者佯装生气地轻拍两下孩儿的手指，也并无什么曲折，冰消无事。

但理发不一样。每年农历“二月二，龙抬头”，家长们总要赶彩头，领着婴幼老小去理发。理发师理下的头发没过了脚背，外面等待的人还排着长龙。节令为惊蛰，大地回阳，天气渐暖，削去冗余，为的是接续上万物勃发的生机。世代脸朝黄土背朝天的农民，草根一样生活着，无望子女成龙成凤，但春雷唤醒了心中“一代强似一代”的幽梦。这种基于底层社会的文化心理，世代传承为集体无意识，无可厚非。于此，我看到了历史的苍凉和悲怆。

未过中年，就开始谢顶。生命无常，头发无倚，随它去吧。俗世烦扰在耳，幸有一圈头发不离不弃，执着地在头部的穹远、偏僻处根深枝繁，时时给予遮挡。未有“破帽遮颜过闹市”的自嘲，唯有耳根自清的逍遥。但发不能太长：其一，为了勉强混迹于世的形象；其二，还得要理，一如尘事还得打理。

将息自己，珍爱生命，享受人生，身心健康，是做人做事的最基本条件。我喜欢由黄师傅执剪理发，不单追溯渊源，他的修面简直是对顾客的犒享。

一柄长约两寸、刃口薄胜蝉翼、锋利的传统剃刀，快意地拂过发际、唇边、下颌、额、面、颊，不是刮、刨、削、剃，而是刀锋的按摩。那种舒服啊！半躺在椅里，任思想的白马信步由缰、自由驰骋……

三

头发是不是也有生命，理发是不是对生命的戕害？一茬茬发断、陨落，一遍遍萌生、簇拥。脱落有形，新生无声，都昭示着生命的自然接续。世间，新陈代谢，小微如此，伟大如沉沦于库底的老城。

赤子弱冠，削发为僧，为看破红尘。

俗间女子，落发为尼，为理去凡念。

皆为扶心，清欲。

人，活是一颗心，无心即不为人。心地不善，做人有罪。

白天去了巫山之巅的春晓村，帮扶一位88岁的贫困老者。走之前，我找医生开药，自费给他带去一批医药，他眼睛潮红，我也忍泪。风烛残年，子女远去，亲情无着。我从邻居处借来剪刀，给他理去过长的头发。泡桐树下，古宅门前，夕阳斜晖，一些发没剪断，一些人事理还乱，“别是一般滋味在心头”。

大自然亦有理发一说。年年树叶枯萎、零落化泥，年年横斜的老枝睁起一星半眼鹅黄。贺知章说：“不知细叶谁裁出，二月春风似剪刀。”谁是执剪师，谁应时而理？不知。

仰望苍穹，没有一丝云影。是什么剃度了天空？

恍惚中，密集旋舞的落叶，列队飞过的雁阵，非洲大草原上正在捕食，刚刚跃起就被枪手猎杀的豹子……我以为都是没来得及落地或者正在坠落的天空的发丝。

一群群动物死去，一代代人们终老，一批批生灵诞生……

秋风给万物剃度。

什么为人类一茬茬剃度？

手起刀落，尘封无数。

四

人从出生就走在了老去的路上。每个人都是一根头发，注定被时光裁理。在时间还没有将我湮灭前，我将用自己的方式，一日一日削去生命的长度，直到尘埃覆住躯体。

理发，卸妆，让岁月偷去皮肉，让自然拆解骨头。

一如旧时代，被新时代一刀刀剃光。

——原载于《重庆法制报》2017年12月21日

作者简介：

熊魁，重庆市作家协会会员。

莫高窟断想

■戴馨

敦煌城外以南，是荒凉的戈壁滩，一条公路在云影霞光中往远处延伸。路两旁视线所及，苍茫空寂，令人联想起汪洋中的一条船。前方，在戈壁与沙漠交界地段，突然出现大片绿荫。我知道，这就是莫高窟了。

提起莫高窟，脑中条件反射般地显现飞天华服盛妆、衣带翩跹，或是身姿婀娜的舞女跷脚反弹琵琶的画面。对此种种的探寻欲望，始终深植于心。

美好的事物总是伴随着沉郁悲壮的底音。我们的民族太过多灾多难。20世纪初，各国劫掠者的无耻抢夺，让这座佛教宝窟遭受了无情的损毁。也许是因为有效的保护，它没有想象中的那么荒凉凋敝。作为背景的鸣沙后山虽显寂寥，但山下窟前却是路道平敞，有笔挺的白杨夹道。各窟依次排列，高处栈道连接，整饬规矩。

莫高窟始建于前秦时期，到隋唐，丝绸之路的繁盛达到鼎盛。元代后衰落下来。明嘉靖七年(1528年)封闭了嘉峪关后，作为丝绸之路重要节点的敦煌更是变成了边塞游牧之地。几百年来，莫高窟不断遭受着大漠风沙的侵袭，不过，这都远远比不上人为掠夺给她带来的惨重伤害！

我们走入了莫高窟最重要的窟——16、17窟。两窟相连,17窟是于16窟北侧甬道壁上的一个长宽仅为二米六和三米的方形小洞窟。谁承想,这小小的石窟,却维系着一个民族的荣耀与屈辱。这里不得不提到一个怎么也绕不过去的名字——王圆箓。1900年,居守莫高窟的道士王圆箓(又一说是其助手)在清扫洞窟时,偶然发现16窟洞壁上那个封闭隐藏的小门,门内就是闻名天下的藏经洞。里面赫然保存着历代佛经、纸画、绢画、刺绣等文物五万多件。

我相信,那一刻,佛光汇聚,照亮了敦煌这座边陲小城。

据资料记载,王圆箓也曾奔走呼告,可清廷昏庸,又正值风雨飘摇之际,地方官员不是将文物占为己有,就是"无为而治"。于是,闻讯赶来的西方冒险家们,利用王圆箓渴望整修莫高窟的心愿和他对文物价值的无知,许以小小的金钱利诱,自1907年至1923年,陆续从莫高窟劫走文物四万多件,包括大批的壁画、塑像,敦煌文化遭受到前所未有的重创且永远无法修复!

我在展览室看到法国考古学家伯希和在藏经洞里翻捡文物的照片,身后卷帙浩繁,他的眼中闪现着贪婪的光芒。而王圆箓呢,穿着宽松的道袍,瘦瘦小小,呆滞的脸上挂着谦卑的笑。可见,西方这种"文明"的表象之下,暗藏的是扩张、掠夺与无耻!至今,世界上十几个国家,约40多个博物馆、图书馆,都收藏有莫高窟藏经洞的文物。一段憋屈,一股沉重,深深烙入民族的灵魂。难怪陈寅恪先生在莫高窟外一块石碑上题道:敦煌者,吾国学术之伤心史也!

作为世界文化遗产的莫高窟,因它的残缺之美闻名天下,当然,更因它包罗万象的博大文化,引来后世的膜拜。492个洞窟,除展现精湛的建筑艺术,无处不在的绘画、音乐、舞蹈题材,彰显着各个时代的民俗风貌和经济、文化、生活特色。

飞天便是其中最突出也是最为人所熟知的艺术表现形式。

以前我以为飞天只是姿态蹁跹、迎风招展的样子,走过几个洞窟之后方知,它的形象随着时代更替不断发生着变化。神话中飞天是一对夫妻神,名叫乾闼婆和紧那罗,一位善歌,一位善舞。从残存的石窟壁画可以看到,北凉时期的飞天身材粗短,上身裸露,肢体笨拙,没有轻盈的感觉。时间推移,丝绸之路兴盛,对外经济文化交流频繁。融合中原文化,又与道教飞仙文化结合，画工们从起初对西域飞天的完全模仿，到生发出绮丽的想象，手中绘出的飞天线条越发优美，衣饰妆容趋于中国化。到唐代时，飞天的形象终于达到极致。莫高窟窟窟有飞天，有的端坐于壁画正中央，有的挂于穹顶的边檐，有的虽已变色但姿态依旧俊逸。我从中揣摩到古人们骨子里隐藏的浪漫情怀。

这么集中的洞窟群，修建之初，固然因为人们对于佛教的虔诚，或是炫富也未可知，却为世间留下了一大笔宝贵的精神财富。1700年的洞窟建造史，可谓1700年的文化发展史、社会变迁史。

回望沙漠中那片绿荫，是终于幡然醒悟的我们为它营造出的一个安宁的家园。

——原载于《重庆晚报》2017年8月22日

作者简介：

戴馨，重庆市作家协会会员，中国散文学会会员，重庆市散文学会会员。

一座城，三道拐

■龚 会

对于长寿城，说起它的历史，老人们的记忆多是停留在河街、码头、三道拐。河街已经没有了踪迹，码头也不再是从前汽笛长鸣、人头攒动、挑夫穿梭的码头，唯有三道拐，还用古朴的姿态，留存着人们对这座城市的感叹。

自古巴山蜀水被称作“四塞之国”，东障巫山，北隔大巴山、秦岭，唯有一条大江涌通外界。大江奔腾到长寿，遇着雄奇险峻的石岩巨峰，桀骜不羁似乎有所收敛，江面宽阔展开。人们顺江而行，逆流而上，走出去、请进来的欲望，繁衍成了商贾云集，百物萃聚的码头。望着码头上方的巍然山势，凭着被地域“逼”出来的自强精神，人们在怪石嶙峋、峭壁屏列中，凿石、铺路、修房建舍，三千余级石阶，依山就势，拾级而上。时间，定格在大清嘉庆年间。

三道拐，起初凭的是人们正视现实、不惧艰辛的胆识，用惊人的毅力、忍受力和智慧，取青石垒砌，竹木支撑，一级级，一间间，如针挑沙，燕衔泥，接力赛般修建而成。在这座城市的发展历程中，人们又用勤劳、善良、节俭和热情豪爽，演绎成了三道拐的茶馆酒肆，饭店商号。竹篾篱笆墙，树桩木梁青瓦，转过一道拐，挑夫货郎吆喝一声，卷起粗布衣袖，抹一把汗珠，捡个石坎，暂且小憩。再转一道拐，看那老婆婆小媳妇，挽着发髻，插着银簪，在石垒堡坎边，劈一扇小窗，开一个小店，针头线脑，锅碗瓢盆，泥巴夹壁墙淹没不了她们健壮却不失窈窕的身影。还转一道拐，转出一片天！俯瞰长江滚滚，江上客船渔舟往来，码头行商步履匆匆，游客比肩接踵，江南烟雨迷蒙，村落依稀。

不要以为这里只是下里巴人的俚俗粗野吃喝拉撒所在，这里同样有文明的音符。不过那些文明因子都隐含在每一级石阶上，每一间穿斗房的木纹里，每一件拙朴的家什淡然的光泽中。别小看这曲径通幽的三道拐，如果走进向石街两边延伸而建的低矮房屋，你会发现那里面别有洞天。勤劳的人们在巴掌大的地方，也可以经营得有板有眼，有滋有味。错落有致的门窗，飘逸出一段素雅的布帘，结实朴拙的桌椅柜橱泛着幽幽的光泽。逼仄的厨房里，主妇魔术师般变幻着食材，那些取自三道拐慢坡石坎间泥土里自栽自种的萝卜、茄子、辣椒，齐聚厨房，鲜嫩清新，油盐下去，每一丝空气里都酝酿着温馨的生活气息。三道拐，一座城，精打细算，节衣缩食，长年累月，日将月就地过日子。青石板被无数双赤脚、草鞋、布鞋、胶鞋、皮鞋磨过，磨成了光溜溜的凹凸，磨成一块块岁月苍茫的印痕。

我曾走进三道拐中段的一户人家，是一位80多岁的银发奶奶热情相邀。她枯老却有力度的手牵着我，穿过一条狭窄幽暗的楼道，来到她的“后院”。后院实则是个天井，不大，阳光从天井上方斜洒下来，暖暖的。靠后壁有个洗衣池，几块青石搭成，洗衣池外壁的苔痕昭示着它的漫长岁月。一根晾衣竹竿一头在主屋檐口下，一头在矮小的厨房顶，晾着几件布衣。一棵歪脖子黄葛树靠着厨房（抑或是厨房靠着黄葛树），枝繁叶茂。吸引我视线的是洗衣池旁边的一丛花卉，硕大奔放的绣球花开得正旺，还有一盆栀子花，馥郁芬芳。尽管有树有花草，小小院坝却干干净净，清清爽爽。老人祥和的面容，密致的皱纹，朴素的布衣，亲切的话语，和这清雅的后院如此协调，如此般配。老人说，她从小就生活在这里，牙牙学语，长大成人，出嫁生养，几十年都在这3000多级的石阶上走走停停。而今老伴走了，儿女各自安家在老城新城，住进了高楼大厦。她觉得自己还健康，生活能自理，就不去和儿女住电梯楼房。几十年不挪窝，闭着眼也熟知家里的每一个角落。一个人住在这里，自在，清静，最重要的是这里还有一群相伴多年的老邻居。一家做饭十家香，端起碗，几把木椅,家长里短的龙门阵,摆了几十年都摆不完。老人乐呵呵地笑着,银发丝丝都透着知足、安详与自在,就像绣球花的奔放,栀子花的馥郁。这就是生活的哲学,生活的智慧。守着老屋,守着三道拐,守着大江,守着日月,心比天高比江远,脚却坚实地踏在一条青石街上。

三道拐繁衍过麻辣火锅、石磨豆花、茶馆、旅社,也停留过工商联、川剧院。不知道当年的川剧院里,那些清越高腔是否还能穿越今天的DJ或者震荡的坝坝舞?不过一次三道拐夜游,让我深深地感受到川剧院在这里留存下来的艺术魅力。三道拐的夜,街灯昏黄,隐约能见石阶,明亮的是隔着滔滔江水的江南。

和我同行的是两个喜欢文字的好友,顺街而下,转悠在巨大的“之”字形古街上,如同踏着蕴含“之”字的古典辞章。拐进和平街,正漫谈着,一声悠扬的二胡漾出旁边的穿斗房,直灌入耳膜,侵入心扉。如泣如诉的二胡声,时而低回婉转,时而高昂激越。一阵紧锣密鼓后,又清风拂柳,月洒江郊。我们驻足静默,侧耳倾听,大气不敢出,生怕惊扰了一个个小小音符。昏黄的街灯,灰暗的房宇,幽寂的古街,伴随浸润着民间特质的二胡弦乐,带着我们的灵魂挣脱城市的车水马龙、繁华盛宴、浮躁喧嚣,静静地回荡在三道拐的夜空。几颗疏星在茫远的夜之上,长江压抑着它的低鸣。三道拐大写的“之”字,在一把二胡的丝弦轻颤中,越显得神秘幽深。

一座城,三道拐!也许它代表的是过去,但不能拂去它的历史功绩。繁华的都市,也会有日趋完美的现代文明。我们不能苛求每个人都一定要舍下过往,就像我们不能苛求那位八旬老人舍下她的老屋,舍下她的三道拐一样,他们生活的圆心和原点都很具体实在而生动。夜里拉着二胡的乐者,我们也不必知晓他的职业、年纪,他们生活的态度,从生活的缝隙里汲取的快乐,无论从哪个角度阅读,都是耐人寻味的。

——原载于《重庆晚报》2017年3月28日

作者简介:

龚会,重庆市作家协会会员,重庆市散文学会会员,中学语文教师。

凤凰城的晃哥

■ 李燕燕

晃哥在凤凰城小区门口接我，手头托着一杯浓酽得发黑的茶水。

“放心，这不是送你喝的。”看我一上来就盯着他手上的这杯东西，晃哥一边解释一边接过我手头沉甸甸的年货：“我说，燕子啊，你莫再拿这些东西了，一则显起客气，二则腌烤的少吃，对身体不好，你也要注意哦！”小区很大，正月时节，花坛里尽是粉红粉红的望春杜鹃。凤凰城才建起两年多，据说里头居住的绝大部分是在主城打工挣钱的农民。凤凰城户型在100平方米上下，处在离主城距离100多公里的区县，房价倒也不贵。逢年过节，进出小区的是络绎不绝的私家车，可以看见一辆红色的小轿车缓缓停下，车门打开，一个顽童跳下，脸上分明带着乡野寒风吻下的粉红，兴致很高地啃着一块金黄的粑粑。晃哥是我的亲戚，在重庆城经常走动，听说我来区县办事，打了几通电话非让我到他的新家坐坐。

“转头就到。”走了两分钟，晃哥在一株山茶花树跟前停下。这株半人高、满是花苞的山茶在周围矮小杜鹃的包围下，别致而突出。晃哥拧开杯盖把茶水都倒在这株山茶的根部，“我关注的一个养花公众号讲，隔夜茶浇花最好。

好看吧？这花是我在重庆江北的花市买的，买来才觉得屋里头阳光不得行，干脆就栽在外面，大家都可以欣赏。”“按键手机也有微信功能了？”我很惊讶。“我早就把那个一来电话就响震天的老人机给扔了，新买了个手机，儿子拿微信支付赞助了4000元。”晃哥盖好杯盖，从上衣夹克兜里掏出那个大家伙，“咱俩加一个？”

晃哥家里很热闹，老母亲、儿子、女儿、孙子、外孙女全在，晃嫂在厨房里为午饭忙碌，怀着二胎的媳妇儿往客厅端着洗好的水果。阳台边停着一辆旧了的嘉陵摩托，锈蚀的铁皮让人想起它曾稳稳地踏过乡村冬雨的泥泞，把农民工一年的收获与幸福带给田埂边翘首以盼的亲人。摩托的旁边，是一个长长的木头条凳，油黑发亮，乡下正月间在院坝待客用的，边角带着钝钝的磨损。五岁大的小孙子骑坐在条凳上，与那只在乡下常常跳上饭桌偷嘴的狸花猫嬉闹。“网上说猫儿身上有种虫，你妈身上怀起娃儿，你还硬把猫从乡下盘来！”晃哥突如其来的一声呵斥，吓得猫儿逃命般地跑掉，小孙子没揪到猫尾巴，赌气地往条凳上一翘，只听“吱嘎”一声，条凳的腿便歪了。小孙子低下头咕噜：“爷爷，莫打。”“正月间哪个打哦！”晃哥说。一阵契合，“啪嗒”，条凳又周正了。晃哥笑了，到底让人想起在城里做了20年活路的他，原是个很称职的木匠。

20年前，也是正月间，一阵契合，“啪嗒”，床头柜做好了，这是整套结婚家具里的最后一件。穿着褐色旧西装、头上抹摩丝的小伙儿翻来覆去看了一遍，然后满意地把一小叠花花绿绿的钞票递给30岁的农村木匠晃哥。20年前，打好一套新家具是乡下结婚必需的程序。“那天是正月初六，我妈请客。”20年后晃哥依然记得那一天。那天中午，欢跑着鸡群的院坝里，摆着晃哥亲手打的挤一挤能围坐十个人的大圆桌，桌子的正中，是一碗切得有巴掌大小、半肥半瘦的腊肉，亲戚朋友吃喝得很畅快，聊着晃哥的能干，早上的木工活又收到钱了。“我要去重庆城打工。”晃哥突然停下筷子，大家听明白了也停下筷子。那时，村里人打工要不在省城，要不去沿海或者北京，当然，也有人去重庆，当棒棒赚“力钱”，收入自然不比那走得远的。“去重庆干吗？上回陪堂客去重庆城里大医院看病，下雨了，医院外头的路坑坑洼洼的，泥泞得跟我们乡头差不多，馆子头流出来的脏水臭得发紧。看起就不像个大城市。”年后就要去深圳的二表哥开口了。“你们肯定晓得，今年重庆就直辖了，直辖了城市就要好生建设，起那些高楼大厦肯定用得着我们这些有点儿手艺的。不然在乡里这样吊起吊起混，也没多大意思。”说着说着晃哥就下了决心。“要得，妈帮你把娃娃带起。”晃哥妈把一大片泛着油光的腊肉夹到儿子碗里。

晃哥是正月初十离开家的。他个子小，怀抱着一卷铺盖脸盆坐着别人的嘉陵摩托到县城，又从县城坐了四个小时的车颠簸着到了重庆主城。

晃哥在城里跟人做装修，都是一年后我碰到他才知道的。我请他吃饭，吃的火锅。他没烫几筷子菜，便问有没有米饭，接着便把店小妹端上来的一小桶饭全扒拉了，连声说感谢，又讲自己不太能吃辣，饭毕他提着漆桶一路小跑着赶公交。“那天确实有单活路惦记起的，跟业主约的是下午两点，肯定不能迟到。”又过了半年，晃哥回请我，吃的依然是火锅，但看他吃得津津有味，人也比刚进城那会儿胖了些。晃哥干的是墙面软装，说到底还是跟木匠手艺有关。木匠手巧，晃哥在别人新屋里做墙，业主家恰好买来一盏样式复杂的水晶吊灯，装好七八个小灯管以后，却怎么也还不了原。看业主和水电工在那里反复倒腾，晃哥跳下梯子：“要不我来试试？”不想，一堆小零小件到了他手里，竟都服服帖帖，组装好了的吊灯挂在偌大的客厅上方，果然很气派。还有修锁、弄水管，似乎都难不倒晃哥，业主要是主动让晃哥帮点儿他业务以外的小忙，晃哥也多是一口应承，事后最多接下一支香烟抽抽。来重庆主城的第四个年头，晃哥买了一辆高大的嘉陵摩托，后来常常骑着它回区县。“其实，当年坐着别人的摩托离开村子，就觉得这家伙太帅气，赚到钱一定要买一辆！”

直辖市在发展，二表哥也来了，“家门口到底方便”。晃哥很自豪，他指着宽敞道路边的一栋栋花园洋房，对念大四的儿子讲：“看，这些房子都是老爹我装修的，将来咱一家子就在城里扎根了。”晃哥的女儿大学毕业就留在了重庆主城，是一家合资公司的白领。晃哥给儿子说道时，儿子不吭声，等到大学毕业，这小子坚决要回乡去养牛养鸡。“敢情我供你上大学就是让你回去当农民？那你不如初中都不读直接当农民省事！”晃哥很生气。“爸，话不是这样说，新农村新农业正吃香，政府政策支持，百姓菜篮子需要。广阔天地，学以致用，大有可为嘛！”儿子说话很溜。儿子和女友回乡创业那年，主城到区县的高速路修通了，100多公里的路只需要一个小时就能到。眼见儿子儿媳养的牛啊鸡啊一批批出栏，顺着高速路网运送到各地，晃哥几年间提着的心终于放了下来。再后来，晃哥晃嫂也从主城回到区县，帮着儿子打理养殖场。

“哎，决定要回来我还有点儿舍不得，毕竟说起来在大城市也待了十几年，想着小县城肯定不如大城市方便。没想到年把时间，大城市有的小县城也都有了，大超市、花园洋房、公园、大酒店、社区医院、私立幼儿园，晃眼一看，我们住的这片街道，跟江北观音桥差不多。”

“吃饭喽！”说话间，晃嫂从厨房里端出来一碗热气腾腾的蒸鱼，“鱼要弄得清淡才有营养。”“等下，莫着急，先拍张照，待会儿好发个朋友圈。”

——原载于《光明日报》2017年3月10日

作者简介：

李燕燕，重庆市作家协会会员，重庆市纪实文学研究会副会长，重庆文学院第二届签约作家，鲁迅文学院第33届高研班学员。

晚霞中的洞里萨湖

■何 鸿

威尔·杜兰特曾在《世界文明史》中写道:“文明就像是一条筑有河岸的河流。河流中流淌的鲜血是人们相互残杀、偷窃、争斗的结果,这些通常就是历史学家们所记录的内容。而他们没有注意的是,在河岸上,人们建立家园,相亲相爱,养育子女,歌唱,谱写诗歌,甚至创作雕塑。”

当我从亚兰—波贝边境口岸进入吴哥文明与高棉历史交融的柬埔寨,近距离地感受浑黄而宁静的洞里萨湖时,杜兰特关于文明史内涵的这段话,一直在我脑海里如浪涛一般翻滚沉浮。

暹粒旅游公司的大巴车顶着午后火辣炽热的阳光,在柬埔寨西部的乡村公路上疾驰。道路两旁是连绵不断的绿色雨林和沿路搭建的破旧木屋。不到两个小时,大巴车停在了一个河岸码头上。

“是暹粒河?”看着眼前陈旧的一切,我问才从泰柬边境线上接收我们这个旅游团的柬埔寨导游。他个子不高,穿着长裤和短袖衬衣,圆脸上长着青春痘,说着流利的广东腔普通话。

“这条河就如你们中国的黄河一样的,是我们高棉民族的母亲河……”他的声音温和有力，与人交谈时显得比较腼腆，却又不卑不亢。

"洞里萨湖？"有人打断他的话，抢着说出。大家笑起来，他也跟着笑了，带着点儿忧郁。

和大伙儿渐渐熟悉后，他也打开话闸子，讲起了自己的家史。他介绍自己全名为陈敦有，今年27岁，家中排行老四。他的外祖母是中国福建人。很小的时候，他的父母双双在内战中死去。在族亲的资助下，他们五个兄弟姐妹都完成了基础学业。陈敦有讲到，现在柬埔寨很多家族还有些传统源自中国，比如传家谱和讲字辈。他们家族里这几代的字辈用了"荣""华""贵""有"四个字。陈敦有这一辈，就是"有"字辈。陈敦有提到，他的小弟弟现在在中国南宁的广西医科大学留学。他说，为支持小弟完成学业，他和哥哥每人每月资助弟弟200美元。这对于刚工作不久的陈敦有来说，也是一个不小的负担。不过，他为弟弟能在中国读大学颇感骄傲与自豪，自己再苦也心甘情愿。

这是古老的柬埔寨大地上一个寻常的黄昏。远处天空缓缓西坠的一轮夕阳，在洞里萨湖裹挟着大量泥沙的平缓河面和两岸焦土之间，铺下安静而神秘的粼粼金光。河床并不宽阔，在码头近岸，几只撑起篷布的船只零落地停靠着。裸露的黄土岸后，是一大片绿得发黑的密林，密林外的河岸近处，挂着几间有人居住的屋宅。其实，它们根本算不上"屋"，那不过是临时搭建、勉强遮挡风雨的毡布木棚而已。棚前有赤脚的孩子抱着比他更小的、光着身子的幼儿，衣着简素的年轻母亲抬头张望河上往来的船只，手里摘着为晚餐准备的青菜。

陈敦有在看不到一个工作人员的码头上独自办妥手续后，带着我们踏上一艘等待已久的单层游船。这种在我们国内几乎已经淘汰的老式游船，船头需要人撑篙避礁，船尾部需要人驾驶掌舵。一路上，船尾的柴油机发出"突突突突"的猛烈声响。经过一片树林时，发动机却停息下来，游船安静地向前滑行。在两岸红树林的拥簇下，洞里萨湖显得越发的寂静而空旷。远处的湖面被广袤的丛林完全遮挡，不知道怎么惊飞了一群白翅的鹭鸟，低低地掠过河岸，飞向了更深更远的密林之中。

陈敦有站在船头，不时地帮着船家撑几下竹篙，避开水中的巨石。我坐在游客位置的最前面，盯着远方的湖面和船头劈开的浑黄浪涛发愣。帮着撑船的，还有两个皮肤棕黄、十一二岁的男孩儿。孩子们和陈敦有安静友好地轻声说笑着，不时用数米长的竹篙撑抵土岸，让船身顺利行进。河床渐宽，也就不用撑篙了。男孩们在船头席地而坐。为了防晒，我一直用纱巾围头、戴着墨镜。个子小一点儿的男孩儿突然微笑着转过身来，像招呼邻居家每天一起玩耍的伙伴一样，朝着我扇动双手，似乎与我有个秘密而有趣的约定。

短暂的揣测与困惑后，我突然意识到那孩子可能是在向我招手。是我吗？于我来说，确实有点儿难以置信——我们一起上船不到一刻钟，还没有开口说出一句话啊?！我迟疑地扫了一下眼角两侧，甚至扭头望了一下身后，终于意识到男孩儿确实是在招呼我。带着一种难以名状的欣喜与荣誉感，我把自己的包推给同伴，从座位上站起身来，走向他俩站立的船头。船头空间有限，我谨慎地倚靠在舱门处，望向灿若油画般的洞里萨湖上的晚霞。

见我起身出舱，船家男孩儿转向船行的前方，背对着我，也不和我说话。不一会儿，他俩像泥鳅一样，嗖嗖地从我身前钻到身后的铁梯处，往两米高的舱顶上爬。在那片逆射而来的金色光晕中，我吃惊地望着他俩像水蛇般灵活的身姿融进洞里萨湖上空的晚霞中。两个披着光环的剪影，在空中向我挥舞着双臂，示意我也跟他们一样，爬上舱棚顶上去。迎着那清寂的金色光芒，我报以似乎从未有过的无虑的微笑。在这片绚丽而寂静的天空之下，感觉自己凄然的生命竟然有了别样的意趣和生机。我变得跟这湖上的孩子一样单纯而勇敢，双手握着铁梯一步步爬上了舱顶。

舱顶果然视野开阔。洞里萨湖深处，看不到尽头的红树林，林里走着的男人，林边滑翔而过的鸟儿和林间隐约的人家……在舱顶前沿，两个孩子都打着赤脚，穿着已经洗不出颜色的长袖衬衫和半长裤。黑亮的短发在风中飞舞，棱角分明的脸庞始终带着浅笑，露出一小溜洁白的牙齿。他俩偶有交谈，也不时扭头照看一下我的安稳。我力图学着他们的姿势，也悬坐在舱顶铁栏杆上。然而船身总是在波动摇晃，我也抓握不紧，身子总是左右摇摆。于是，他俩咧嘴笑着，一左一右牵握着我的两只胳臂，三人一起席地坐在被晚霞镀上了一层金色的顶棚上。

这下子，我坐在了一般游人上不去的游船最高处，可以自在地张望整个湖面了。洞里萨湖黄昏的风中,我和两个柬埔寨孩子久久地并排坐着,没有语言的交流,也不需要语言的交流。我一遍一遍地看着那些在晚霞中迎面而来、擦舷而过,次第靠近河岸上等待交易的船家和渔夫;看着一座座随波轻摇的水上船屋,那些屋廊间忙着生火做饭或者就着湖水为婴儿洗澡的女人们。

"快看,一条蟒蛇!"舱里有人惊呼。湖面不知何时冒出的一只独木船,突突地快速靠近我们的游船。探头一看,那船尾掌控柴油发动机的是一位中年女人,船舱中紧挨坐着一个浑身脏兮兮的男童和一个女童,都只有四五岁的模样。女童小小的肩上负着一条比她手臂还粗的绿纹蟒蛇。她吃力地举起两手将蛇头和蛇尾托高,眼巴巴地抬眼望着我们这条船上的人们,似乎在期待着什么。男童两手分别拿着两罐铝皮饮料,似乎要兜售,又不像。

陈敦有介绍说,在洞里萨湖,到处是这样漂泊在水上的家庭,母亲,和孩子,而父亲总是在湖岸上打点儿短工或者到更远的水域捕鱼。他们是一群被柬埔寨社会边缘化的人,有最底层的柬埔寨人,更多的是战争之后留下的越南难民。他们被限制出行,甚至不能上岸,生活也没有多少保障,吃喝拉撒全在一条船上,生存艰辛,活动空间极为有限。

山河依旧,人间沧桑。谁又能保证,这孕育了人类历史上璀璨耀眼的吴哥文明的河流,不再掀起生灵涂炭、战争残杀的骇涛巨浪?

我猛地眼眶滚热。为了掩饰些什么,我低下头去张罗着想给小船里的孩子扔点儿糖果之类的吃的东西,却意识到自己的包还在底下舱里,衣裤兜里除了手机什么都没有。装着蟒蛇的独木船跟着游船好一程水路,不少游客趴在船舷上向那个狭窄而黑脏的船舱中扔去面包、薯片和一些钱币。独木船逡巡一阵后,载着那对孩童仰望上空的茫然眼神渐渐远去。

"看,前面就是空邦鲁水上村庄。"陈敦有指着前方,有意地大声说道,"等会儿你们可以看到,这里不仅有商店、菜市、医院、加油站、住宅、球场、学校,还有警察局和教堂。这是一个真正的水上社会。"我们乘坐的游船慢慢驶向洞里萨湖中心最具特色的空邦鲁水上集镇了。

和所有来到洞里萨湖水上村庄的游客一样,我们从一排排连接紧密、船舱底部饲养着鳄鱼的船只甲板上小心踩过,走进洞里萨湖的水上人家。我们随意地走进空邦鲁的一家烧烤店，店主是一对勤劳的青年夫妇。店门炉灶旁边放着一个大大的铝脸盆，里面坐着一个大眼睛的卷发女孩儿，手里抓着一块鱼干，津津有味地独自啃着玩耍。

我们语言不通，只好看着店里的蔬菜食物和店主指点比画。两个正在店里喝啤酒的柬埔寨青年看到我们的窘迫，便走来帮我们挑选合适的菜品。我们学着柬埔寨人用餐的动作，手中摊开一片绿叶菜，卷起金黄的烤肉和香甜的米饭，就着水果沙拉，喝起了柬埔寨清啤。

两位帮忙的年轻人在离开时，很有礼貌地向我们辞行。两人远远地朝我们双手合十在鼻尖前，微笑着点头致意。我们一众既吃惊又感动，不约而同地站起身来合掌回礼。直到目送他们走出店铺了，两人还频频回头、热情挥手，大声说着："卡拉OK！卡拉OK！"我大概能够明白，看他们开心的样子，一定是约好了朋友要去湖上最时髦的卡拉OK厅唱歌呢。

看到他们的背影，我不由想到同样年轻的柬埔寨导游陈敦有。本应青春飞扬的他，因为父母在战争中早早逝去，他过早地品尝到了世间的悲凉与残酷。而让人欣慰的是，历史的烟云早已散去。人们赖以生存的母亲河，虽然暂时水质浑浊、条件恶劣，可是毕竟没有了战乱的恐惧，这些衣鞋破烂、生活艰难的大人和孩子们，能够每天捕鱼、种菜、放牛，甚至读书……每个人都带着服从命运的从容微笑，面对世间的一切。正如我眼前的洞里萨湖上空的漫天晚霞，寂静无声，却又壮阔无比。

——原载于《啄木鸟》2017年第12期

作者简介：

何鸿，重庆市作家协会会员，中国散文学会会员。

深深母爱伴我行

何龙飞

母亲虽然是个直肠子、不善言辞的农家妇女，但她默默地奉献着母爱，伴我温暖而坚实地行进在人生旅途上。

母亲23岁那年，嫁给了父亲。第二年，便生下了我。当时，父亲在外地插秧，母亲一个人在家，把我放在床上盖好被子后，毅然地烧开水，把剪刀放进去煮，就算消了毒，再咬紧牙关，剪断了脐带。随后，听见门外有脚步声，发现是二奶奶，便叫其进屋帮忙，将我收拾好。那时的母亲已十分虚弱，不得不躺到床上休息。听着我“呱呱”的叫声，看着我红扑扑的脸蛋，母亲痛苦的表情消失了，微笑挂在了脸上。

吮吸着母亲的乳汁，我一天天长大。母亲对我关怀有加：要参加大集体劳动挣工分，就把我用背篓背着或用背带绑在背上，一举两得。她瞌睡大，易致我盖不上被子而感冒，就在睡前叮嘱父亲半夜起来看看，如果感冒了，就将我夹在父亲的腋下、盖上被子出出汗，尽早康复，结果管用，令母亲欣慰。劳动之余，母亲总爱坐下来端详、抚摸、逗乐我，与父亲一起议论我，在心底虔诚地祝愿我长大后有所出息，实现一辈更比一辈强的夙愿。弟弟出生了，与我争奶吃。母亲不得不叫父亲把我送去40里外的外婆家隔奶。尽管我不在身边，可母亲日夜思念、担心我，要么叫父亲隔段时间去看望我一次，要么听到二姨传来我平安的消息时，才会感到踏实。不久，我回到母亲身边，吃到了母亲煮的红薯饭、炒白菜等可口的饭菜，尽管油水少得可怜，但能填肚子，也是一件幸事。母亲带我去15里外的老场摘构叶来喂猪，我不慎掉到石缝中，昏了过去，头上还起了大包，她哭成了泪人儿，赶忙背着我去医治。幸好，抢救及时，我无大碍，方才宽慰了母亲的心。和邻居关系不和谐，父母商议后三次搬家，考虑到我和弟弟的安全，总是把我们视若宝贝保护起来……在母亲的关爱下，我茁壮成长，出落成一个皮肤白皙、眉清目秀的"娃儿"。

读书了，母亲更是为我操劳不已。早晨5时左右就起床，除宰猪草、煮猪食外，重点是为我做早饭。无论干饭、稀饭，还是炒菜，或者从坛子里取酸咸菜出来佐餐，都得烧大火，洗锅，淘菜，切菜、爆炒，够母亲忙的了。当我吃完早饭时，母亲的笑容就灿烂开来。要是我嫌饭里有糠壳而少吃或不吃时，母亲会歉疚不已，就会提前捡净糠壳再做饭，确保我吃得开心。中午，我在学校，母亲就对着学校的方向，祝福我好好学习，天天向上。晚上回家后，母亲穿上围裙，又跳起锅边舞，为我们一家烹煮出那年月相对而言的美味。这一切足以让我感动，还有什么理由不好好读书呢？尤其是为了改善我的生活，母亲会安排父亲去乡场或大队屠户家割肉回来打牙祭。当蒜苗回锅肉、块块咸菜回锅肉飘香时，我早已垂涎欲滴，狼吞虎咽，连声称道母亲的手艺。母亲见状，叮嘱我补充好营养发奋读书。如此阵势，我还能说什么好呢，只是一个劲儿地点头。家里经济拮据，母亲就与父亲一道，节衣缩食，尽可能地为我缝制棉衣、棉裤、的确良、蓝卡奇等衣服，尽可能地为我筹、借、贷资金，解决我的学习费用问题。特别是在我急需用钱时，母亲与父亲一样愁眉苦脸，再下定决心，挑、背大米、玉米、鸡鸭蛋、青杠锄把、菜头或冒着酷暑到河沟边割水竹棍去卖，俨然巾帼不让须眉，哪怕是中暑或晕倒或埋下病根，也在所不惜，硬是靠着苦干解了我的燃眉之急。为了做长远打算，母亲坚持养猪、鸡、鸭，实现滚动出栏(槽)，攒足了书费、学费，给我创造了安心读书的环境。为了买到一本《新华词典》，母亲带着我步行三个小时，再到江边坐船去城里，终于如愿以偿，激发了我勤奋学习的动力。我在学校不顺心时，母亲得知情况后，不善言辞的她就叫父亲步行前去沟通、疏导，直到好消息传来时，悬着的心才平静下来。当我两次中考失败时，母亲的心里也很难受，也曾产生过动摇的念头，然而想到不读书没有出路、事在人为等道理，在父亲的劝导下，又支持我重读了，用她直白的语言简短地给我打气后，母亲便去忙她的事了。正是在母亲的支持下，在母爱的激励下，我重读一年后，总算考上了中专，跃出了农门，给了母亲最好的慰藉。母亲把家务料理得井井有条，与父亲一起把庄稼种植得硕果累累，把养殖业发展得欣欣向荣，就解除了我读中专时的后顾之忧，使我每次回家都能带走饱含着母爱的土特产，聆听到母亲直爽的教诲，顺利当上学生干部、入党、毕业。

参加工作后，母爱依然浓烈，够我享用的了。经过高不成低不就的折磨，我的恋爱陷入了困境。母亲知道后，不但不责怪我，反而鼓励我“天涯何处无芳草”，并到处托人为我物色对象。功夫不负有心人。母亲亲自把关，拜托熟人为我找到了理想的人选，再历经半年的相恋，我最终抱得美人归，了却了母亲的心愿。安家在城里，妻子那年特别忙，年幼的女儿需要照顾。母亲顾不得晕车的痛苦，乘船到我家，替我照顾女儿一年，减轻了我和妻子的负担，令我感激不已。每年春天，母亲就采来竹笋，剥去外壳，切成片，加水浸泡，再晒干，利用赶场天步行着为我背来干笋片，叮咛我及时吃，不然坏了划不来。夏天，母亲种的西瓜成熟了，因为挂念着我，便背来“西瓜王”，抚慰我的味觉，惬意我的灵魂。每次回家拜望母亲时，总能吃到各色美味，总能和母亲一起忆苦思甜，总能在走时得到母亲送的土特产，总能在领受母爱中禁不住潸然泪下。

如今，母亲年近古稀，银发早生，身体佝偻，老态龙钟，可她精神矍铄，神采奕奕，与父亲一道坚守在老家，耕耘着田土，挂念着我及家人，依旧通过打电话、做美食、送土特产、摆龙门阵等方式，诠释着深深母爱的真谛，温暖我充实而幸福的人生旅程。作为儿子的我，只有感恩并尽力回报的份了。

——原载于《散文百家》2017年第8期

作者简介：

何龙飞，中国散文学会会员、重庆市作家协会会员、重庆市散文学会常务理事、涪陵区作家协会理事，涪陵区第四届科技拔尖人才、涪陵区文联秘书长。

竹画澜溪分外柔

■李　华

我的家乡，重庆安澜，是一幅水墨画。是一幅用竹子镶嵌的淡墨写生画。

依依澜溪河，逶迤数十公里，就是一幅迤逦的竹画。

澜溪河的竹画画的是一种叫硬头黄的竹子。中间部分的竹节较长，上下两端的竹节较短。像极了初学画竹的时候，老师指点的那样，点节时笔墨较重，行笔如写书法，每一颗竹子的竹节都不重复，浓、淡、干、湿都有变化。

竹是有节的，每一节都有每一节的特征。有的新竹，自然是清新的，有的老竹，自然斑驳。经历过风霜的自然是不同的，但是节，对于竹来说，尤为重要。宁愿折了，竹也是不变节的，节是竹的操守。

竹的小枝形态如鹊爪。能抓风，也能挠心。任由一阵风吹过，竹叶在水面亲吻几下，水便起了涟漪，不能平静。猫爪一样的，一皱一皱的波纹，久久地泛滥。

澜溪竹画如同一幅书法作品。竹根及主干就像"楷书"，稳健而力透纸背；小枝杈则如同"草书"，行笔流畅，一气呵成。初看竹画，笔笔送到，看久了，就一片一片地模糊起来。总是有一种思乡的烦愁，荡漾在心头。那一笔一画，都刻在心底，沉甸甸，凉丝丝。时不时地撩拨起万般愁肠，惆怅满怀。我的根啊，随风任招摇,也离不了脚下那片土地。

几根或几十根的硬头黄,零落有序地挨挨挤挤,站立在澜溪河上。每根竹和竹节,都不在一条水平线上。就像人的节操标准,高低不同,不同的人有不同的要求和规范。竹与人一样,不管节在哪里,但是一定要有。

竹的叶有不同的形状,有的像“个”字,有的像“分”字,有的像“人”字,还有两个人字为“重人”;三笔并排下垂,一笔横提,画出“一川”等;也有似象形文字一般,如“鱼尾”“落雁”等,或许,如同安澜的农民书法家王飞,澜溪的竹,也是画家,也是书家。

王飞是个木匠,但是王飞也是一个地地道道的书法家,农民书法家,王氏一脉都是书法家,父子、兄弟、叔侄……王家花园的铜钱,没有熏臭王家的墨香,三宜庄的义学,成就了后来的巴廉寺学校半个多世纪的辉煌。

澜溪竹叶的不同组合,总是表现出不同的意境。比如“一川”,有风的日子,顺溜溜的风竹排成阵,如猎猎秋风,吹醒安澜的白昼与黄昏,就像战旗一样,扫荡一马平川。

天晴的日子,那“重人” 晴竹密布,如安澜的好日子,重重叠叠、好运连连。

偶尔也有泪,竹叶分家成“分”字,雨竹淋淋,是澜溪的思索和顾盼,是澜溪的流连与不舍。

每每看到画家笔下的竹子,画一根竹子和竹叶时,都不繁复,往往就是一两种相近的组叶形式,相互叠加,既有变化又较统一。选择的形式太多,会使画面混乱,不好收拾。但是,澜溪的竹,在悠长的画卷上,灵活组叶、相叠相破,富有生机和活力,生动有趣。不管是“平尖”的,还是“尖尖”的,澜溪的竹,主次分明,虚实结合,前后呼应,稀疏变化。有的茂盛,叶子较多,像重墨画出的图案;有的叶子在刺间斜挂,与主体呼应,起辅助作用,略虚一些,显得主体的竹竿挺拔苍翠,使画面富有变化并和谐统一。

澜溪的竹画,构图讲究,聚散有规矩。三两窝紧凑一些、两三株稀疏一点儿,哪里为聚,哪里要散,哪里留白,好像画家作画前都有考虑,正所谓“胸有成竹”一般,疏密有致。

雨竹总在叶片之间有小小的留白,聚散和疏密,点点细雨,透出无限惆怅。

天晴的日子，竹叶的正面、侧面，形态舒展，画面空间表现出生机盎然的状态。

澜溪的竹，密的地方不含混，疏的地方不空旷。茁壮生长时期的竹子，成熟而稳健，如同高飞孤雁。

我无数次在仁流河的竹林边洗衣、戏水，看惯了澜溪的竹撩拨澜溪河水，看不厌澜溪的竹，撩拨不尽的风情万种。

掩映在澜溪竹林里的飞仙岩，是抗战时期藏故宫博物院国宝的地方，如今，苍翠的竹林深处，静悄悄的一片沉寂，偶尔哗哗的水声，似乎还在掩饰当年晒书晾宝的声响。

一抹秀色染澜溪，竹画澜溪分外柔。我时时徜徉在澜溪河畔，流连忘返，心意荡漾。或许，澜溪因为一幅竹画山水，更加的温柔多姿、宁静安详?

我的笔名是竹子，经常有人问我，为什么叫竹子，我很想告诉大家，我的家乡，重庆巴南区安澜镇，澜溪环绕，翠竹依依，是绿的生命，也是节的恒守，更是虚心的向善的温柔。

我希望自己永远是一抹修竹，有绿、有节、有柔，为家乡代言，芊芊玉竹写风流。

——原载于《重庆法制报》2017年7月29日

作者简介：

李华，笔名竹子，中国散文学会会员，重庆市作家协会会员。

父亲的木匠人生

■ 何真宗

父亲是个木匠，在老屋的墙壁上，除了悬挂着干农活用的镰刀、斗笠、蓑衣外，更多的是悬挂着木匠所用的各种工具，有折尺、曲尺、三角尺和各种锯子，墙边的桌子和板凳上放着各种长刨、中刨、短刨、线刨、蜈蚣刨和平凿、圆凿、扁凿、斜凿，而地上的背篼里放着墨斗、画线刀、斧子、锤子、木锉和一些我叫不上名的工具。有道是“男人百艺好随身”，正是有了木匠这门手艺，曾经一段时期，结婚请木匠打家具是一种时尚。那时，木匠被请到家里来做家具，东家每天要管两顿饭、一顿点心、一包香烟，这些都不算在工钱范围内。身为木匠的父亲一年到头在外做活，吃着百家饭做着百家事，很受人尊敬。

父亲曾告诉我说：“看一个木匠的手艺好不好，只要让他打一个小方凳或者一把小椅子就知道了。别看方凳小，它囊括了所有的木工手艺，虽然它只是一个四只脚呈一定斜度的小件物品，可要让它的四条腿都能平稳着地就不容易。需要将每一个榫头榫眼定位准确，这就是木匠手艺高低的综合体现。过去木匠是不用钉子的，铁钉是从外国传入的，所以叫洋钉。手艺好的木匠所盖的房子，打造的家具，数十年、数百年依然坚实牢固，其根本原因就是采取了榫的结构。”父亲的木匠手艺活是母亲的父亲，也就是他的岳父我的外公传授的。外公的手艺一般不外传，他有七个女儿，没有男丁，所以传男不传女的习俗让外公很遗憾。后来，父亲娶了外公的大女儿，彼此相敬如宾，恩恩爱爱。在我的印象中，即使在饥寒交迫的日子里，父亲和母亲也从没吵过架，总是互相谦让，互相面对生活中的困难与琐碎。这些，深受外公的赞赏，他决定把手艺传给父亲。

在传艺之前，外公给父亲讲了两个故事。一个是《赵巧儿送灯台》，讲的是木匠的祖师鲁班有个徒弟叫赵巧儿，本事不大，爱耍小聪明，常常弄巧成拙。后因卖弄聪明，到龙宫送灯台而送了小命。另一个故事是《头一个说书人》，讲的是国王的儿子因生下来眼睛就是瞎的，被抛进山野。他在山林里长大，学会了唱歌、说书、弹琵琶，与劳动人民成了好朋友。后来，他被请到皇宫里弹唱，国王认了儿子，要他继承王位。但他却离开了皇宫，又回到劳动人民中间说书去了。传说，这个人就是世间第一个说书人。

“听了你外公给我讲的故事，我深知他的良苦用心，就是让我踏实做人，老实学艺，敢于吃苦，要经受得住外界的诱惑。”后来，父亲也把这两个故事讲给我们听，寓教于乐，让我们堂堂正正做人，踏踏实实做事。父亲还告诉我，传说在春秋时期，出了个著名的建筑工匠公输氏，名般，鲁国人，后人称他为鲁班。他不仅能建筑“宫室台榭”，而且在征战频繁的岁月里造出了“云梯”“勾强”等用于战争的器械，创造了“机关备具”的“木马车”，发明了曲尺、墨斗等多种木匠工具。他对后世影响很大，几千年来，一直被奉为木匠、石匠、泥瓦匠的共同祖师。在家乡的武陵场镇附近，至今还有以鲁班命名的鲁班溪和鲁班大桥，繁衍着一个个民间传说。

据说武陵的鲁班溪与鲁班桥曾经是一个神秘有趣的地方。武陵场镇北岸的第一条小溪叫鲁班溪，长十多里，溪上架有两座鲁班桥，在茶地界的那座叫上鲁班桥，介于大石林与瓦屋村之间的桥叫下鲁班桥。很久以前，下鲁班桥原是一座小石桥，被大水冲垮后，人们请来石匠重新修桥。在动工的时候，工匠们事先烧钱化纸，祭拜天地，岂料这时，忽有一只白鹤由东向西在天空掠过，石工们不约而同地欢呼:“鲁班师祖来了，鲁班师祖来了。”接着，那只白鹤不见了，竟变成一张纸从空中落下，正好落在一位掌脉师傅眼前，这位师傅正好也姓鲁，师出木枥观洪道长门下，他年轻好学，天生聪慧，自幼父母双亡，八岁那年，一日讨口叫花经过木枥观时，突遇倾盆大雨，加上又冻又饿，突然晕倒在木枥观山门前，就这样，他被洪道长收留下来。之后，洪道长又传授他石、木、砖、瓦的工匠技艺，很快他就有了成就。传说有一年，木枥观的一个道长患病，须用板凳龙化解，这首创的板凳龙就是他的杰作。这阵，他亲眼见到天空飞落的黄色纸张，立即展开一看，只见纸上绘着一座石桥图样，外观精美，尺寸完整，立体感强……他惊喜万分，马上吩咐工匠开工，并夜以继日忘我忙碌，仅半月时间，就将石桥修好。竣工那天，他专门请来吹手锣鼓，又请来鲁班雕像，供奉在桥上，焚香祭拜，并将此桥命名为“鲁班桥”。再后来，乡民们又在小溪上游兴建了一座石桥，大家就把这座桥取名为“上鲁班桥”，把这条溪流命名为“鲁班溪”，把鲁班送图的那座桥改为“下鲁班桥”。多少年过去了，鲁班桥却风采依旧，坚不可摧，仍一如既往地为黎民百姓带来福音和出行的方便。

父亲是一个学历不高，但书读得不少的人。在当时贫瘠的家里，父亲居然收藏了《说岳全传》《三国演义》《红楼梦》《西游记》和《七侠五义》等名著，也有民间故事等书籍报刊。在很多人眼里，父亲是个很能讲故事的人。关于木匠和鲁班的故事，父亲曾给爱听故事的我们讲了很多，但大多随记忆远去，零零碎碎的，而木匠斜眼把墨的故事还记忆犹新。说某日，鲁班云游到武陵场镇北岸的一道深沟，突然被一条从北往南奔流的湍急溪水拦住了去路，于是他便在此修建起一座单孔石拱桥。石桥修好不久，有一位神仙骑着毛驴经过，谁知驴蹄一踏上桥面，桥便晃动起来。眼看石拱桥要被压塌，鲁班着急了，他飞奔到桥下，一下子用肩膀扛住了桥基。于是，石桥的重量全部压在了他的肩上。鲁班不觉咬紧牙关，闭起左眼。从此以后，木匠干活时，特别是用墨斗甩线和端详木材时，便习惯性地闭起了左眼。鲁班是一个聪明好学的人，更是一个善于在生产实践中反复试验、研究发明、勇于创新的人。今天，木工师傅们用的手工工具，如锯、钻、刨子、铲子、曲尺、墨斗，传说都是鲁班发明的。就拿锯的发明来说吧。有一次，国王命令鲁班在15天内伐出300根梁柱，用来修一座大宫殿。于是，鲁班带着徒弟们上山了。他们起早贪黑，挥起斧头，一连砍了十天，一个个累得筋疲力尽，结果只砍了100来棵大树。这时，砖瓦石料都已备齐，国王选定动工的黄道吉日也快到了。如果动工时木料准备不齐，是要处死刑的。怎么办呢?晚上，鲁班躺在床上翻来覆去地睡不着。他索性爬起来，深一脚浅一脚地向山上走去。抬头望望，启明星向他眨着眼睛，天快亮了。突然，鲁班觉得手被什么东西划了一下，抬手一看，长满老茧的手被划出了一道口子，渗出了血珠。他仔细地在周围观察，原来是丝茅草划的。鲁班很惊奇，他摘了一片草叶，发现草叶边缘长着许多锋利的细齿。一转身，他又看见一只大蝗虫正张着两个大板牙，很快地吃着草叶。鲁班捉了个蝗虫一看，它的板牙上也有利齿。看看丝茅草的叶子，再看看蝗虫的大板牙，他心里豁然开朗。他用毛竹做了一条竹片，上面刻了很多象丝茅草叶和蝗虫板牙那样的锯齿。用它去拉树，只几下，树皮就破了，再一用力，树干上出现了一道深沟。可是，时间一长，竹片上的锯齿不是钝了，就是断了。这时，鲁班想起了铁。他跑下山去，请铁匠按照自己做的竹片，打了带锯齿的铁条，用它去拉树，真是快极了！这铁条，就是锯的祖先。有了它，鲁班和徒弟们只用了13天，就伐了300根梁柱。

传说总归是传说，但父亲跟外公学艺一事是真的，父亲的手艺与人品在村里村外都有好口碑，甚至远到湖北宜昌、石柱西沱等地的很多农村和城市人家的家具，都有我父亲的“汗马功劳”。父亲的木匠手艺不仅有口皆碑，而为人处世也是令人称赞。在我考上武陵中学那年，在武陵粮站做木匠活的父亲常常告诉我和哥哥姐姐们说，千万不能以赚钱为出发点来从事任何工作。当你开始工作时，应该这样想：假如完成了这件事或完成了这个产品，将会带给人们多大的快乐？还有这种产品会给多少个家庭带来方便?换句话说，必须以诚待人，不能赚取暴利，但也绝不做亏本的生意。通过累积适当的利润，不断地扩大事业。因此，在父亲的木匠生涯中，他一直是个勤勉工作的手艺人，身负为社会和国家效力的使命感，孜孜不倦地经营一个家庭和一种事业。从他的一生中，我得到了勇气与正义感，并且产生了恪尽职责的决心和希望。父亲常常教育我和哥哥姐姐们，做人要以德立身。他说，“德”是指一个人的品性、德行。一个品行不端、德行恶劣的人是不能结识真正的朋友，获得长久的事业成功的。这样的人很难有人能与之长期合作，因为这种人不是搞一锤子买卖，就是过河拆桥。这种人在家庭中，也会做出不道德的事情，极有可能给家人和孩子带来痛苦和不幸。他们甚至还可能因为某种利益的驱使，铤而走险而落入法网…… 要走向成功，需要以德立身，这是一个成功者必须确立的内在标准。没有这个内在的标准，人生之路就会失去支撑，最终导致失败。但必须知道，以德立身，还必须以自律为前提，一味讲“哥们儿义气”并不在以德立身之列。俗话说:“近朱者赤，近墨者黑。”在社会上，缺德之友最终会成为自己成功路上的定时炸弹。

“问渠那得清如许，为有源头活水来。”书籍是人类知识和文化的载体，是人类智慧的结晶。一本好书往往能改变人的一生，生活中因为读了某一本书，而使人的命运有了根本性改变的事例比比皆是。而我的父亲，他用自己的学艺经历和“木匠人生”作为完善自我、塑造自我、提升自我、凝聚智慧的重要途径，同时让我心生爱心，胸怀坦荡，光明磊落，不卑不亢。难怪，好父亲胜过好老师，醒悟于此，教育自己的孩子为时不迟。

——原载于《红豆》2017年第3期

作者简介：

何真宗，中国诗歌学会理事、重庆市作家协会会员。

杜鹃声声梦幻谷

■ 赖永勤

阳春三月，正是仙女山杜鹃花开的时节，武隆友人向我发出到仙女山去赏花的邀请。面对着如此真诚热情的邀请，我的心却像被什么蜇了一下，有隐隐作痛之感，这隐痛来自仙女山梦幻谷。

我曾经为梦幻谷写过一篇辞赋，其中有这样几句："群蜂飞舞于五彩花海，彩蝶翩跹于缤纷世界。叹冯家少年舍身山崖，羽化滴血杜鹃，独占高枝，唤来春光丽日。"

这首辞赋后来被重庆醇色声音雕塑工作室录制成了音频，重庆著名音乐人阿文在录制的过程中问我："冯家少年是谁？你为什么把他比作羽化的杜鹃？"我当时真不知道该怎样回答阿文，只是支吾了几句，我不愿这个伤感的故事再为朋友带去伤感。

而这个故事始终在我的心里装着。

那是一个春天，应武隆文联的邀请，我和重庆散文作家一行到仙女山采风，其中安排了参观梦幻谷，武隆方面还请了当地人为我们介绍情况。一走进梦幻谷，一位50岁左右的山民向我们迎面走来："我叫冯意伦，我的家就在梦幻谷，你们就叫我老冯吧。”

一条小溪从山谷汩汩流出，小溪流过的地方，是一条山间小路，沿着小路，老冯带着我们慢慢向谷内走去，边走边如数家珍地介绍梦幻谷，对我们也是有问必答。“对，这里从前叫蕨芨坨，梦幻谷是后来才取的名……呵呵，我们这里现在还有野兽，野兔、野鸡……听老人说，以前这里有大野猫呢，大野猫就是老虎……”

长达三公里方圆五千亩的梦幻谷真让我们大开眼界，虽然我们去的时候已过了杜鹃花的花期，但满山的绿意仍然让我们目不暇接。梦幻谷绿得很有层次，淡绿、浅绿、碧绿、油绿、黛绿相互交错，惹得不少人赞叹：“这颜色简直太漂亮啦！”

“要说颜色，秋天才最好看呢，到了秋天，这里什么颜色都有，黄、红、绿、蓝、紫……我在这里住了30几年都不觉得厌。”有人夸梦幻谷，似乎是老冯最高兴的事，“过去这里交通不便，人家都相继搬迁，我却始终舍不得这里。”

缓缓地向山谷中行走，不时会听到雀鸟的鸣叫，随行的好几位参观者竞相模仿。老冯笑着对我说：“我也会模仿几种雀鸟的鸣叫，但都不及我幺儿。”

“你幺儿？……”

我正准备问下去，一位武隆的当地人立即打断了我的问话，并将我拉到了一旁，悄悄地对我说：“他幺儿一次带游客去山林迷了路，就再也没有回来，那时幺儿还没有满16岁……”

一次极有兴致的参观，突然被抹上了一层异样的色彩，心头立即变得沉痛起来。在参观的途中，我还是断断续续地了解了这个故事。

老冯的幺儿叫冯川潮，从小在梦幻谷长大的他，经常和爸爸上山打柴采药，陪妈妈和哥哥到林子里挖野菜，对梦幻谷的大小路径了如指掌，只要有人到这里来参观，他每次都是自愿充当向导。川潮也像他的父亲一样，当向导非常称职，对游客的提问非常耐心。凡有客人夸奖梦幻谷，就像在夸奖他一样，更感到高兴。就在初中毕业那一年的6月，又一群人来到山谷参观，川潮照例自告奋勇当了向导。

6月的仙女山天气说变就变，川潮带游客进山时还是艳阳高照，还没有到中午，天空突然下起大雨，大家只得停止前行。大雨停了之后，林中又起了阵阵山雾，那雾越来越浓，浓得五步之外看不到人影。林中的雾来得快却散得慢，待浓雾散开以后，游客们却看不见了川潮的影子。

游客们凭着记忆的路回到驻地，仍然没有见到川潮。而他的父母却不以为然，他们不相信从小在林子里长大的孩子，会在自己熟悉的地方迷路。

夜幕慢慢地降临了，川潮还没有回家，他父母开始担心了，他们知道一旦到了晚上，即便是再老练的猎手也走不出这漆黑的山林，于是便动员全家手持电筒到山林中去寻找。

“川儿！你在哪里……”爸爸的呼唤一直在林中萦绕。

“二娃！我是妈，快回家……”妈妈的呼唤慢慢地变成了哭泣。

“弟娃儿，你在哪里哟，爸爸妈妈找得你好苦哟！快回来……”哥哥冯建华始终相信弟弟能够听到他的声音。

三亲六戚、左邻右舍也加入到了这支寻找的队伍，“川儿……二娃……”的呼唤在林子里此起彼伏，一直到了次日的黎明时分。

接下来的数日，全村又展开了更大范围、更深入的搜寻，甚至还动用了专业的搜救犬、专用的搜寻仪，都一直未果。

在12天后的一个清晨，天气格外晴朗，林中的鸟儿也鸣叫得更加欢畅，搜寻的队伍终于找到了川潮，他躺在山崖下一块平滑的石头上，面颊苍白，双眼紧闭，头却一直仰着。他仰着的头正对着一棵大树，大树上正停着一群山雀，它们叽叽喳喳地叫个不停，像是在诉说着什么。在雀鸟的欢歌声中，杜鹃的鸣叫最响亮。

对于川潮的殒命，全村的人无不感到痛惜，而对于他的迷路却一直是个谜。据说，就在他现身的前一天晚上，他托来一梦，叫亲人们不必再去寻找，他已经变成了一只杜鹃鸟。他真的变成了杜鹃？我明白，这只是人们的美好希望，但我却宁愿相信它是事实。

在返回的途中，老冯带我到了他的家，他指着墙上镜框中的小川潮对我说：“这是二娃初中的毕业照，他的入学通知都已经发了，马上就要到武隆城里读高中了……”

我仔细端详着小川潮，他面相俊朗，一看就是个开朗活泼的孩子。老冯说："你看得准，二娃从小爱笑爱唱，打柴、放牛都喜欢唱歌，学习读书时也喜欢唱歌。"我一直看着墙上的照片，却始终不敢正视老冯。

隔了一会儿，我才握住老冯的手，对他说："也许，小川潮真的变成了一只山杜鹃，它没有飞远，就在梦幻谷……"

——原载于《重庆晚报》2017年6月11日

作者介绍：

赖永勤，中国电视艺术家协会会员，全国百优广播电视理论人才，中国散文学会会员。

对一座庄园的叩问

■蓝碧春

古往今来，龙凤总有些纠缠。一座庞大的颇具北京紫禁城建筑格局的庄园——会龙庄，竟然在重庆江津双凤场被云遮雾盖600多年！此庄何人造？此处何人居？龙凤图案是怎么回事？至今无人能答。

小满第二天，天空一扫阴霾，阳光灿烂，我心情大好，和友人兴冲冲乘车直奔双凤场。隐藏于高山之巅、密林深处的神秘庄园，足以让人神经兴奋。

我一路思忖，会龙庄，莫非是皇帝佬儿居住的地方？因为在中国传统文化中，龙是皇帝的代称。

这是一座占地30余亩、坐西南朝东北、复式四合院布局的庄园，号称“西南第一庄”。坐落在椅子形的山坳中，后山一片苍翠欲滴的树林，流动着熙来攘往的云雾。青瓦白墙，素雅宁静，远看就是一处不起眼的普通建筑群。

玄妙全在其中。

庄园大门右侧，雪白的石雕栏围着一尊雕像。头戴金冠，身着龙袍，右手握卷置腹前，左手轻掩腰后，庄重、威严、潇洒。导游介绍说这就是建文帝，历史上的逃亡皇帝。

我仔细打量这位人中龙凤，借用当今的网络语言，可谓“颜值”爆表：无须无髭，俊秀、儒雅、英气，不亚于当今任何明星、帅哥、“小鲜肉”。这还是建文帝吗？

记得某书上记载，建文帝出生时其母难产，头被挤压，故脸有些变形。明太祖朱元璋常抱着这个长孙疼爱地叫“歪瓜，歪瓜”。话说回来，现在谁见过真人了？想咋塑就咋塑吧。

大帅哥倒也罢了，打死我也不相信，逃亡皇帝的脸上会有那么怡然自得的笑容！

一脚踏进庄园，如梦一般缥缈的皇宫感觉袭来。虽然庭院空寂冷落，断垣犹存，墙面斑驳，苔藓湿漉，但那和北京紫禁城相似的三道围墙和中轴线的建筑格局，那巍巍三重堂上的飞檐高瓴，雕梁画栋，龙凤纹饰所显现的皇家风范，让人无比震撼：谁在深山中仿造出一座小小的紫禁城来？

诸多建筑遗迹显示出庄园的不一般。大堂前院四角有四个小圆桌大的雕刻精美的石礅，如果不予说明，谁也想不到这是华表的底座。当年庄园主被人质疑告发，为避祸端连夜将华表移去，留下断壁残桩任后人评说。

庄园由328根石柱擎起庞大的建筑群，共有16所院落、18口天井、202间房、308道门、899扇窗。有人计算过，若由一个人去开启308道门，需要整整两个小时！尤其让人费解的是，300余根石柱中，有的巨大无比，一根就重达数十吨，有的圆柱（比方柱更难于加工）甚至比故宫的还大，而这种石材当地没有，那么，石材于何处开采？又是如何装运、吊装到这渝贵川交界的深山老林的？

庄园各处的石木构件，可谓极尽繁华。无论门坊、廊梁、楼道、窗壁、窗棂以及仅存的几件家居，也无论是石雕木雕，构图和工艺都非常考究，精湛无比。其中，庄园大戏台最具代表性。

迈过庄园的大朝门，推开厚重的木门，头顶处即为大戏台。由24根或圆或方经打磨凿纹的石柱支撑，石柱最高达9.4米。让人叹为观止的是戏台看枋上的雕刻，那些戏曲人物和四时花鸟无不栩栩如生。横置前台的雕栏更是气势恢宏，高30厘米、长10米的整块木板上，雕刻着小桥流水、深山古刹、道院僧房，以及小至盈寸的人物、纤小细微的车马亭台等。山川人物绝不雷同，表情神态各自相异，堪称木雕中的精品。戏台两侧是书楼，其中一间专供女眷看戏，门口有红绫遮掩。戏台前有一块400多平方米的宽阔坝子，可容纳数百人看戏。坝子由石板铺就，镶砌平整无缝，至今连菜籽也掉不进，令人叫绝！

我独自停留在戏台前空寂的坝子中，风嘶哑地吼着，耳边似有丝竹弦乐传来，戏台上仿佛有盈盈如水的女子在轻声吟唱。今天作为看客，我无法体会当年生活在这深宅大院的人们的心情。虽锦衣玉食，却犹如鸟困笼中；享尽繁华，却时时担忧祸从天降。生死轮回都在这深山老林里，是幸，还是不幸？

庄园的绝妙还体现在独特的设计上。庄园中堂左面，两层客厅紧挨着一座水波不兴的鱼池。鱼池的石拱桥上有一玲珑小亭，名曰鸳鸯亭。近年因修缮庄园，一个天大的秘密就此揭开。原来那鸳鸯亭下的石基座，是两个石室的通道口，平时活动石板盖着，不露半点儿痕迹。一旦有事，两个石室可藏数十人。更绝的是，桥下隐秘处，留有两个出气孔，保躲藏之人绝不气闷。这种密室还有多处，如庄园中堂右边三层客厅中修有夹板墙，绣楼二层的墙壁也发现了夹墙，平时藏贵重物品，土匪来时可避祸。煞费苦心建了如此多的密室，是普通庄园难以想象的。

庄园的另一绝妙之处，在于它的排水系统的设计修造。庄园内有一深达数尺的古井，旁边还有一个不大不小的水池，一个非常独特的现象是：无论天旱水涝，水池永远保持着半米深水位，不漫不涸。利用古井给水池自动补水平衡水位，其思路令人拍案叫绝！近几年对庄园进行修缮，挖开一段废弃的下水道时，意外发现石凿的内壁有螺旋凹槽。据专家说，这种设计只有在现代建筑中才能看见，利用水流动力，自动冲走渣滓，由此可数百年保持畅通。至于庄园的出水口，至今尚未发现。曾有水利专家到此做过试验：将几十瓶红墨水倒进排水孔，然后到庄园外四处查看，竟无半点儿影踪。庄园的水究竟流到哪儿去了？至今仍是个谜。

面对这座几百年前的庄园，我感慨万分。这座建筑为明朝工匠所做，却垂范久远。

时至今日，世风大变。想当大官大老板的满世界都是，愿当工匠的寥若晨星。潜心做手艺的人，已不那么容易得到社会的关注和尊重。那些几乎消失的传统手工艺，比如这座庄园所呈现出的，还能辉煌再现吗？我们是否到了一个必须思考自身的价值取向问题的时刻？

一直以来，庄园上空疑云重重。谁在使用皇家规制建造庄园？建造庄园的巨额财富从何而来？而庄主究竟是谁，则是最大的悬疑。

传说中的庄主与赫赫有名的三位大人物有关：建文帝、和珅、吴三桂。

一说庄园是建文帝的隐居宫殿。在明朝，王姓是望族，不少人在朝廷做官，有可能追随建文帝藏于此深山，让建文帝仍然做皇帝。

另说庄园乃和珅官邸。和珅大肆敛财，富可敌国，他暗中委派王姓侍卫携带巨资修建庄园，以备东窗事发时作为出逃住所。不想未及实施就被嘉庆皇帝诛杀，从此，王姓侍卫携家眷在此安住。

还说庄主极可能是吴三桂！有人提出：会龙庄的建筑格局，不是仿紫禁城，而是仿昆明平西王府。这里是吴三桂为自己准备的避难之所，东山再起龙腾之地。

流传当地的民间传说更是众说纷纭。

庄园是明代官宦为避难所建。以前会龙庄为一王姓大地主所有，据其家谱记载，祖上曾有人在明朝吏部担任高官。因官场斗争，为避祸乱举家外迁，后到双凤场修建会龙庄。

庄园是清朝高官失职逃离后修建的避难所。相传王氏家族和清朝皇族有过联姻，乾隆帝委派王氏家族一官吏南下寻找阴沉木做棺木，不想运送途中意外遗落，怕责罚而躲藏山间修了会龙庄。不过，王氏家族曾与皇族联姻倒有佐证：庄园西面百米处王家墓地有一清代墓葬，墓碑上刻有一条清晰的龙，墓志铭上刻有“金枝玉叶”字样。据说王家曾有位老祖婆乃皇帝堂妹。由此，庄园敢于使用龙凤图案和皇家规制似乎有了些依据。

庄园是当地王氏地主违制所建。光绪年间由大地主王财美动工修建，历时36年。地方志中仅有寥寥数字：“明末清初山西太原人王财美来津修建会龙庄。”但有专家认为，这是一座明代庄园，作为清代人的王财美只是加以修缮而已。

传说终归是传说。庄园的“前世”究竟如何？让史学家们去研究论证好了。在我看来，庄园是一串古代文化符号，这就是价值所在。至少，通过庄园我们知晓了“明朝那些事”。

此时此刻，我最关注的是庄园的“今生”。

人说会龙庄乃“深山里的金粉世家”。四顾周围，何来金粉？导游也不甚清楚，遂叫来村干部老陈解答。老陈50岁上下，曾当过兵，热情坦率。通过他的叙述，一段新的过往史浮出水面。

庄园之前一直是王姓家族的居所，后来，庄主不知所终，庄园大部分房屋被充公。庄园前半部分成了粮仓，后半部分则用来办学校，双凤小学和双凤中学同时在此开办，规模最大时，两校共有26个班，上千名师生。

初时，庄园梁柱、窗壁、楼道、廊梁上流光溢彩，美不胜收。一扇窗户上有6种、52朵花饰，那真是开了眼界。“土改”时一农民分得一张古牙床，五层递进的木床木帘上有精美无比的雕刻和装饰，据说价值十万以上，没卖，至今作为文物还保存在农民家中。

不知从何年何月何日开始，有人用一把小刀一张纸，刮那些木门木窗上的金粉。你刮我也刮，下课刮，放学后也刮，半夜起床加紧刮，庄园的金粉渐渐没了踪影。人若没了尊严，宅院则更无体面。它被人野蛮地褪去华丽的外衣，甚至内衣，赤裸裸地露出胴体。仔细打量那些已呈灰白色的板墙和窗棂，依稀可见金粉遗迹。这究竟是庄园之不幸，还是人之不幸？

“据说刚改革开放那两年，有人将鸳鸯亭顶上一整块金丝楠木板拆了下来，弄到深圳去卖了几十万。”老陈边说边摇头。

我陷入沉思。贪取非分之财是人类多种恶行之一，无论是富足还是贫穷本身。这座庄园阅尽沧桑，历经坎坷尚能将躯壳保存至今，极有可能是因其“藏在深山人未识”，若在街头闹市，恐怕早已难觅踪影。

庄园的西北角上，有一座民国时期修建的土墙碉楼，五层，38米高，号称西南最大碉楼。比之庄园，它属晚辈。

碉楼作为庄园的防御设施，别具一格。系用石灰、黏土搅拌筑成，坚固异常。顶盖是用糯米、鸡蛋清、三合土搅拌的“水泥”，至今也无风化痕迹。

楼内光线暗淡，我顺着陡直的木楼梯摸上楼，发现每层楼八个方位的墙上都凿有冷枪眼和观察孔，那观察孔令人叫绝，曲里拐弯的，利用光线折射原理，可清楚地观察到外面的情况，外面的冷枪则无法直射孔里。

登上楼顶，四面临风，视野开阔，会龙庄全景尽收眼底。庄园旁，数百株楠木古树地老天荒地挺拔着，与庄园日月星辰相伴。我突然觉得庄园是有灵魂的，它附在青山绿水间，附在欣欣向荣的楠木树的迎风呐喊里。

一个梳着两条麻花辫的花白脑袋突然从楼梯口冒出，一位年逾七旬的老妇慢慢爬上楼来，我伸手想拉她一把，她笑笑，婉拒。在楼顶上默默站了一会儿后，她转身下楼。从装束上看，她是本地人。这么大的年龄到此来，是来追忆孩提，还是凭吊先人？天空没有痕迹，但鸟儿已经飞过。

我发现了一个很有意思的现象，碉楼梁上竟刻着承建施工者的名号。“经修人王泽生、王开云，土匠王二河，石匠朱海山、木工高利祯，民国七年7月12日动工，民国八年5月25日完工。”一份民国时期的施工项目责任书，在我看来也是一份历史的教科书。先师们不搞豆腐渣工程，所以他们功成名就，百年流芳。

——原载于《散文家》2017年第1卷

作者简介：

蓝碧春，中国散文学会会员，重庆市作家协会会员。

在缥缈的雾中相望

■ 李毓瑜

我相信这是命定,前世相约来生再聚。

他远远地隔着我,就像重庆冬天大雾的早晨,似是而非,却不容人质疑。前世阴差阳错,擦肩而过的彼此相约,让我们经过生死疲劳的六道轮回,在今生相遇。只不过我比他早到老家800多天,我不经意地等候着他的到来,一切都在冥冥之中。

他来了,如同我来老家一样,用"哇哇"的大声哭啼向我打招呼。

这个和我在母亲温暖的小屋子里、我们共同的老家,住了十个月的有前世之约的男人,就成了我的大弟弟。父亲的骨血、母亲的乳房,共有的童年,注定了我们终生相望。

然而我们又是陌生的。

他是男人,我是女人,他上屋揭瓦、爬树捉鸟、喂鸽子、捣鼓矿石收音机,和一帮电子朋友玩得不亦乐乎。他画画,在家里的墙壁上用饭渣热情而执着地画,把一个个男女的鼻子画成又短又粗且朝天的猪鼻子。

我则在小小天井透出的巴掌大光影的家中,用碎布做小娃娃,在青石板的人行道上，用粉笔画上大大的格子玩修房子的游戏，跳橡皮筋……

他的世界我不知道，我的世界他不屑知道，然而每天晚上睡觉脱鞋，他必定把他长长的43码大脚，搁在我的床头上，在这个时候，他是强者，我是弱者。

同样的饭食，养育着饥饿的我们，他像一棵树一样地疯长，高过了一米六五的父亲，他像大癞子舅舅、二癞子舅舅一样，一阵风长成了满头黑发一米七八的男人，在周遭的男人堆里，成了森林中的一棵大树。

十五六岁，弟弟肩上便挎着装有剪子、推子的大帆布包，手拿“锵锵锵”的响器，走背街窜小巷，“剃头哟、剃头……”大人、小孩只要一听到他青春的吆喝，就知道眼镜师傅来了。抬凳子的、端脸盆的、拿开水瓶的，静候他的背街小巷，犹如一阵风吹开了平静的水面，有了小小的涌动。眼镜师傅剃头收费比街面剃头铺少，动作快，修面剃头干净又利索。

下乡当知青，弟弟用大手在贫瘠的土地上，像地道的农民一样，种出了硕大的南瓜，用高粱秆扎出了结结实实的扫把，养鸡、养鸭、喂狗，该做的农活，他一样都不落下。赶场天，把种下的、养下的、吃不完的，拿一个背篼装了，拿到场上卖。年终，有的知青要补钱领口粮，弟弟却是进钱的主。连农民都说：“李知青除了生娃儿不行，没有哪样不得行。”

弟弟是缥缈的雾，是水中的鱼，无法言说，繁复多变，可望而不可即。

弟弟又是我人生中的高山、大河，不论是工作、婚姻、家庭、人缘，诸多种种。他第一个入党、第一个提干、第一个弃官到上海打工、家里第一个装电话……

弟弟到上海打工半年光景，一次意外事故让他坐上了轮椅，十年后便先去天堂与妈妈会合了。

那是一个不愿提及的过程，那是一次回忆都让人憔悴的疲惫，我们姊妹相继到上海护理，亲情筑成的万里长城，让我陪着变成植物人的弟弟静静地待在高压舱里一个多月。

我离开上海时他没有醒来，在受伤的40多天后，他终于醒了，得到这个消息，我在重庆的老屋，号啕大哭。听留在上海的弟媳讲，弟弟清醒过来后的第一件事就是号啕大哭。血缘亲情、千里万里，我们共同的生理密码、我们共同拥有的老家，灵魂的表达，是我们前世就相约的，犹如出生时他的第一声啼哭与我惊人的一致。

弟弟结束了他男人精壮马汉的日月，在轮椅上生活了3650多天后，到另一个世界往生去了。

他自由了，他解放了，他先好了，了无牵挂了。一切的人和事，在他的眼里、心里都变成了尘埃。我相信，他是天上下来的星宿，是下落尘世体验坎坷岁月的，不然，他为什么那样聪明、能干？在人世间，在我的眼里，他犹如下乡时当地农民所说的“李知青除了生娃儿不行，没有哪样不得行”。

他用52年的时间，完成了这个使命，他是我们寄生这个红尘深处的佼佼者。每逢星月当空，有流星划过，那是天上的弟弟在向我打招呼，他用他那奇丽无比的光亮向我传达他的密码，虽然无法破译，但我心里是明明白白的。

生命中有太多的意外，五味杂陈，生命中有太多得失，实难分辨，与他相望在缥缈的雾中，虽遥遥相隔却彼此感知，是绵长岁月中神秘的命定。

——原载于《重庆晚报》2017年4月4日，原标题为《在飘缈的雾中相望》

作者简介：

李毓瑜，中国散文学会会员，重庆市作家协会会员，重庆市散文学会常务理事。

季春

苏发灯

一

四季是魔术师的衣袖，也如川剧演员变幻莫测的脸谱。孟、仲两春的真容还没来得及看清楚，季春便踩着一路秀色而来。季春一来，便是真的开春了。

鸟儿比狗都起得早，站在枝头，叽叽咕咕，叽叽咕咕，顺便充当了大自然的更夫，替代了鸡的角色。

一位老人包着白头巾，佝偻着腰，带着狗往地里走去，生锈的锄头，更接近土地的颜色。老人来到地里，掘去最表面的一层土，现出了金黄，大地，只有大地是永不褪色的。老人腰疼，面对大地，习惯性地弯下腰，充满敬畏。老人浑浊的眼里，不知道是挖走了一棵野菜，还是一棵菜苗。稀少，瘦弱，狗只是多盯了几眼，庄稼就尴尬得不好意思再抬起头来。它们太需要滋养了，来一场哗啦啦流动的春水吧，不需要肥料，庄稼和人类仅有的化学反应也逐渐消失。

二

风一阵紧似一阵，却不像冬季那样干瘪，固执。风脉脉含情，你说冷了点儿，它就转一转手掌，温柔些；你说热了，它就使劲儿挥动大蒲扇。风不自私，想吹多少，不是它一个人完成的，它和树们、站在树上的鸟们，以及大地，还有大地上的所有子民们共同完成。

风使劲儿吹了一晚上，聚拢的黑云逐渐散去，老人不点灯，披着衣服半夜起来看了两次。老人沮丧地说："背时鬼，星星都出来了，苞谷苗需下点儿雨了，这老天爷……"话里透出对老天爷的埋怨，雨水掌握在他手里，却不够诚恳。

狗诚恳些，没有睡着，趴在柴草堆里，哈着气摇着尾巴打响声。在这个谁都不怕谁的世界，农家的狗是唯一随喊随到的忠诚者。

老人的庄稼地，是一块油菜和一垄玉米。油菜花已经进入谢花期，菜角开始进浆，变硬，玉米却才开始长苗，两片叶子犹如颤颤巍巍学步的小娃，顽皮却不稳当。两块地加起来不过20来平方米，周围被野草野菜包围。里面开满了蓝色的、黄色的、粉色的、红色的小花，大的、小的、笑的、闹的、刚睁眼的，满天星一样。有带刺扎手的、有喷香扑鼻的，野葱、野蒜、折耳根、香椿苗，成了大地的后花园。老人将锄头使劲儿一磕："这些背时鬼，地都不要了，房子不要了，祖宗也不要了！"

三

终于下雨了。

雨来得悄然，老人睡得早，开始听屋外风吹得紧，老人想，你这老天爷，就会糊弄人，我再也不起来看你了！就继续睡，睡了一会儿，风没有了，瓦片叮叮当当响起来，响声越来越大，声声敲在老人的心上。老人偷偷乐了，索性睡了个安稳觉。

早上起来，雨停了，老人挽起裤腿去地里检查，地里湿漉漉的，玉米苗开朗起来，眯着小眼对着老人笑。周围地里"后花园"的野菜们也长得更带劲儿了，几只鸟儿在啄着什么，啄一下，翘一下尾巴，抬一下头，又啄一下，又翘一下尾巴，抬一下头。见有人来，“扑啦啦”飞到对面的梨树上去了，摇下滴滴晶莹的水珠和片片雪白的花瓣。

山在雨水的滋养下，绿得亮眼，那些不知名的花都开了，树都长出了叶子，这才配齐了大地的颜色。

老人回到家里，竹林里传来“梆梆梆”敲竹子的声音，啄木哥儿来了哦！门前的一棵柏树上，一个小家伙儿机警地探着头，一会蹿到李树上，一会儿跳到大门前，原来是叼老鼠儿(他们称松鼠为叼老鼠儿)回来了！不知道是怕吓走了小伙伴而更加寂寞，还是这样难得的好天气更适合睡觉，狗竟然没有叫。老人自言自语地说：“得给老大老二打个电话，告诉他们一声了，可怜他们一年四季都被围在城里，春天来了都看不到……”

——原载于《重庆日报·农村版》2017年3月14日

作者简介：

苏发灯，重庆市作家协会会员，鲁迅文学院第五届西南六省区市青年作家班学员。

唐干花

■ 孙江月

我的家乡，在长江北岸的十直镇桃花村蒋家山，这里长着一种别致的植物，名叫唐干花。它长在山野里，白如雪，亮如玉，风吹过，像翩翩起舞的仙鹤，漫山遍野里飞，令人眼花缭乱，恍兮惚兮，如醉千年陈酿。这里的人在心中把它视为“仙狐花”，每到花开时节，上山顶礼朝拜，以酒助兴。

在我看来，世界上有哪一种花，能像家乡的唐干花，这样奇妙梦幻，这样纯白透亮，这样美丽迷人？

唐干花，别名糖罐子，属蔷薇科藤蔓植物，多长在海拔500米以上的山坡、林区。其枝干暗红，网状，蓬生，全身长有短刺，刺长不足方寸，尖如绣针。叶子椭圆形，周边有锯齿，青绿，如翡翠。花绽前，花蕾仰天冲，外围有毛茸刺包裹，密无缝隙。花绽后形成玉盘，大如莲花，可盛装数颗“珍珠”。唐干果，形如腰鼓，不大，与落花生相上下，果核数粒，小而多，如芝麻。果皮即果肉，薄，甜如蜂糖，可入药，治哮喘，泡酒，是止咳、生津、补肾的好偏方。

唐干开花，正值人间四月天，与它一齐盛开的是桐子花、映山红……它们总是欢天喜地你追我赶，红的红，白的白，各显姿色，竞相风雅。

而唐干开花尤为独特，它开花出神，白得惊人、白得射眼、白得透亮。比天上的天鹅还白，比地上的雪花还白，比江南的丝绸还白。它白的亮度，如黑夜里的一盏灯，能照你前行，仿佛把你的五脏六腑都映照得通体透明，成为这山野里一道亮丽的风景。

更有意味的是，冬至时节，唐干成熟，山里人就热闹起来，一个个手舞足蹈，唱着前人唱的歌谣：

“冬至到，唐干熟，上山采摘不在屋。哥快来，妹快去，颗颗唐干甜如蜜。”

那歌谣声自在、舒畅，声声悦耳，此起彼伏，回旋在林间。是啊，男女老少倾村出动，采摘不息。而我们院子里的孩子们，也蠢蠢欲动，把牛羊赶到一里以外的观庙井坝去放。那里草木丰盛，唐干成片，一网一网，红彤彤的，像玛瑙，如同枣儿一般，密密麻麻地挂满枝条。

我们怎么采呢？大人手上戴一双帆布手套，拿着剪刀，我们小孩就举起树杈，往上拉。但唐干果不那么好采摘，周身有尖刺护卫，稍不小心，就被它蜇得疼痛难忍。但我们还是有办法对付它，把剪下来的唐干果放到平整的石板上，用脚踩到上面，轻轻地来回滑动，听它“扑哧扑哧”作响。就这样，唐干果的刺毛被扒落。装入自编的篾篮，待天入暮，大伙儿赶着吃饱的牛羊回家。

经淘洗晾干后，将唐干果倒入瓦酒缸，加入自酿的白酒，然后盖好用土泥密封数日，天然醇美的唐干酒就此形成。极为有趣的是，待到过年，人们按旧俗，男贴对联，女写祈符，每家每户将唐干酒拿出来喝，不论妇孺老小，都开心使劲儿地喝。而一些上了年纪的人，嘴里就不断地念着：

“唐干花，白狐仙，女人摘了成天仙……唐干酒，滋补药，男人喝了娃儿稠……”

光阴荏苒，如今我常年在外漂泊，工作已30年，风雨人生总忘不了儿时的经历。那唐干花的姿色，那唐干果的甘甜，那唐干酒的滋味，那山民采摘的虔诚与辛劳，于我心中永生不灭。

——原载于《人民日报》2017年12月23日

作者简介：

孙江月，中国作家协会会员、重庆市作家协会全委会委员、丰都县作家协会主席。

只为心中一抹红

■ 唐利春

十月的大巴山，天高气爽，层林尽染，红的枫叶，橙的野果，绿的草木，黄的杨柏，从容不迫地绽放着自己的光芒，如同画家打翻的调色盘一般五彩斑斓。

在川陕苏区红军将帅碑林，全国最大的红军碑林，我满怀深情地用手轻轻触摸那镌刻着13.8万烈士英名的纪念碑，仿佛触摸到了红军跳动的脉搏和钢铁一般的筋骨。低头间，一抹红映入视线，竟是久违的映山红。

秋天不是映山红花开得最热烈最绚丽的时节，但在碑林旁静静绽放的一丛丛映山红，花瓣密密匝匝，蕊靠着蕊，瓣贴着瓣，竞相靓丽。每一朵花儿，都带着霜重后的紫红，空灵含蓄，傲然怒放，以生机勃勃活力无限的气势告诉你，这里是映山红的世界，是秋天绽放的美丽。

巴中人说，映山红的红色是红军烈士的鲜血染红的。84年前的今天，革命的烈火燃烧巴山，红军在这里翻卷着改天换地的历史风云，446位将军留下了战斗足迹，12万巴中儿女参加红军、4.8万人壮烈牺牲。而红军的第一支正规妇女武装——妇女独立团的400多名优秀红军女战士，如生长在大巴山的崇山峻岭，植根于悬崖绝壁的映山红，团团簇簇，迎风摇曳，凸显着别样的美丽和独有的魅力。

大巴山的映山红，映着一张张秀丽的脸庞和八角帽上缀着的红五角星，美得摄人心魄，美得若梦似幻。她们，有来自社会最底层的童养媳，也有来自书香门第的大家闺秀；有情窦初开的花季少女，也有敦厚善良的贤妻良母。为了自身的解放和民族的独立自由，她们毅然剪掉长辫子，斩断与旧社会的羁绊，以不输于男人的毅力与勇敢披荆斩棘，奋勇前进。枪林弹雨中，她们抬伤员、送弹药、洗绷带、洗血衣；战火硝烟里，她们书写标语、发动群众、制作被服、运送军粮……

大巴山的映山红，饱经风霜却无怨无悔。当红军撤离川陕根据地时，2000多名巴山女红军参加长征，她们并没有因为是女人而受到特殊的照顾。翻雪山，过草地，歼顽敌，每一寸征程上都留下了血染的风采。有的女红军身背大刀、手握步枪，与男战士一样浴血杀敌；有的长眠于雪窟、泥潭，连名字也没有留下……

多少年了，时间远去，那一支队伍已经远去。大巴山的映山红依然岁岁绽放，花繁似锦。

枫叶红

如水的阳光漫过光雾山，几片轻云在高远的天空飘逸，漫山的红叶，像天边的云霞，像燃烧的火焰，更像一幅红色渲染的山水彩画，令人目不暇接。

在巴山游击队纪念馆，从巴山游击队最初组建到游击队战斗历程中熊头岩23勇士英勇牺牲，从南江对革命历史的贡献到巴山游击队有影响的23次战斗，从赵明恩将一块豆腐干分成36粒充饥到刘子才英勇就义于南江城。还有扎红绳的大刀、破烂的背篓、锈迹斑斑的步枪……无声地诉说着这一支穿梭在大巴山区茫茫林海中,让敌人闻风丧胆的游击队员们历时五年荡气回肠的悲壮事迹。

秋风起，落叶纷纷如蝶，流淌的色彩，清晰的脉络，彰显出不朽的活力和不朽的生命。轻轻拾起一片枫叶，用手轻轻擦去叶面上的浮尘，感受叶脉跃动的质感，似乎能隐约听到当年巴山游击队浴血奋战的枪声，看到无数南江儿女奋勇杀敌的英雄壮举。一名年轻红军的肚子被弹片划开，肠子都掉了出来，却用手将肠子塞回腹部，裹紧衣服勒紧腰带继续战斗，直到长眠在枫叶林里。那些病重的伤员，只能用自制的草药和盐疗伤，但他们偷偷节省自己的盐，给同志用，把生的希望留给同志，把死的威胁留给自己。还有许多参加了红军的山民子弟，走山路，钻荆棘，至今也不知遗骨下落何方。他们，是在秋风中，在霜雨中悄然落地的红叶，毅然决然地踏上了回归的征程。

那些枫叶，经历了春的孕育，夏的蓬勃，秋的凝重。红叶，是生命的最后形态，也是它们最后的绝唱。轻轻拾起一片枫叶，凝视火艳艳的红，我的思绪回到了冰天雪地的大巴山巅，赵明恩和他的战友们，23位凛然而立、视死如归的游击队员，谱写了比"狼牙山五壮士"更为惨烈的英雄壮歌。23位烈士，就是23片飘舞的枫叶，一片片舞下悬崖，完成了毕生最美丽的绽放。然后融入大地，化作春泥，加入来年春的萌动。

这漫山遍野的红叶，不就是巴山游击队战士留给人间的一道永不消失的风景吗？

火棘红

漫山遍野的火棘果，像火一般燃烧在透亮的阳光里，成为大巴山一抹最亮丽、最温暖的秋色。

在川陕革命根据地红军烈士陵园，全国唯一一座由红军自己为战友设计修建的陵园。25048颗红星，如25048颗火棘果，红得沁心，红得惊人。我和我的同伴，重庆文学院采风团的作家们，面对着纪念碑深深三鞠躬时，面对镰刀和斧头庄严地举起右手时，我的灵魂被震撼，我的心灵被洗礼。

我凝视着墙上刻着的"向仕德""向仕关""向仕钦"等来自同一个村子、明显是亲兄弟或同姓氏家族兄弟的烈士名字，如凝视一株株火棘，它们强有力的根系，牢牢依附住坚硬的岩石，粒粒串串的小红果，挂满枝头，灿烂夺目。一个故事就是一株火棘、一丛火焰。红军撤离苏区后，1934年竖立起来的烈士纪念碑也面临厄运。是当地村民冒着生命危险，连夜将纪念碑深埋于囤水田，尽管后来遭受严刑拷打，可始终没有人说出墓碑的下落。直到1951年，纪念碑才被挖出来交给人民政府，耸立在烈士陵园。血与火的考验面前，苏区人民的英勇不屈，如团团簇簇在绿叶丛里燃烧的火棘果，一坡坡、一岭岭，给大地带来了温暖，同时也给人们带来了希望。

在大巴山，火棘还有一个特别的名字，叫“红色军粮”。乡亲们说它不仅好看，而且还能食用充饥、入药治病，当年这些火棘果就曾“拯救”过许多红军战士。由于国民党团练武装的围剿，游击队处于孤立无援、弹尽粮绝的境地，是这漫山遍野的火棘果成了红军战士的“救命粮”，帮助他们度过艰苦的岁月，使军队转危为安、转败为胜。

风雨中方显火棘坚强，逆境中才知火棘珍贵。有了红军，穷苦的人民群众有了希望。红军纪律严明，打土豪分田地，免除苛捐杂税，爱护百姓，深受爱戴。百姓主动把自家的门板拆下来，为战士们搭床铺。父送子，妻送郎，拿起镰刀上战场，就是这片红色热土真实的写照。当年，红军为了宣传革命主张、发动群众、瓦解敌人，在川陕苏区的山山水水，錾下3000余幅醒目的石刻标语，“赤化全川”便是其中最大的一幅，笔画槽内可躺卧一人，十余里外即清晰可见。红军撤走后，地主还乡团卷土重来，头一件事便是要铲除这些石刻标语，苏区群众冒着生命危险与敌人周旋，终于保存下了这些宝贵的红色文化遗产。一位参加过錾刻标语的老石匠，被抓来铲平“赤化全川”四个大字时，死活不肯动手，被疯狂的敌人砍死在悬崖边，滴滴鲜血洒落在崖下的火棘树上……

如今，“赤化全川”四个大字一如当年，数十里外清晰可见。崖下的一串串火棘果，红红灼灼地挂满枝头。几个天真可爱的孩子在火棘丛里高兴地玩着、闹着、笑着，那天真烂漫的笑声，在暖暖的阳光下盈盈流动，漫过村庄、山冈，注满整个大巴山的秋天……

——原载于《散文百家》2017年第3期

作者简介：

唐利春，中国散文学会会员、重庆市作家协会会员、重庆文学院创作员。

乡村五行

■汪渔

天有三辰，地有五行。乡村五行，分时化育，滋生万物，生生不息。

木

树，其实是乡村的词典。一圈一圈的年轮，记录着村人的鸡毛蒜皮，也记载着乡村的荣辱兴衰。离乡背井的人，关于乡村的记忆，有时是一树一树的花开，有时是一棵大树的轰然倒下。外地人进得村来，要找张三、李四，村人只说："小路直走，门前一棵大槐树的，便是他家。"

老家聚族而居。一个大院子，几十号人，户主都姓汪。院里的树木，辨识度极高。第一棵是皂荚，大家都叫皂角，果实弯弯，像树上挂着的一串串月亮。成熟的时候，用竹竿打下来，洗手洗衣，作用与肥皂相同。本家小孩考试不及格，幺爷爷奚落道："叫你认真读书，你偏要爬皂角树。"小时候对此不明就里，稍大，爬过李树、桉树、榆树，但从不爬皂角树。此树周身是刺，根本不敢一试。第二棵是桃树。不光它的果实诱人，更因每到岁末，奶奶都要端碗团年饭,将树干砍些口子,郑重地给桃树“喂饭”。来年春天,桃树喂过饭的伤口,总会冒出琥珀样的桃油。而今方知,桃油有个美到忧伤的名字:桃花泪。不仅是餐桌美味,且可抗皱嫩肤、清血降脂。第三棵是核桃树。谷子成熟的时候,核桃也成熟了。比我大些的娃从树上打颗下来,说:“好吃,不信你尝。”我以为跟吃李子一样,一口咬向青青果皮,其涩其苦其麻,至今犹记。那棵核桃树干,很是别致,虽只一半,却活得格外顽强,它的另一半,据说被雷劈去了。核桃树枯死,一致都说只好当废柴了。父亲拿回来,当中挖空,两半合拢,做成了一个圆形风箱。他说:“只要是棵树,总有它的用处。”

树木的记忆,能在记忆里生根。母亲吞咽困难,相传无花果可治,吩咐我向亲戚家讨。无花而有果,令我新奇,能为母亲效力,让我感受到自身的价值。一年夏天,外村一人,到村里收漆树根,说是卖到外地育苗,八分钱一根。“财神”上门,小伙伴们欢呼雀跃,赤膊露臂,漫山遍野地挖根。不过两日,生漆过敏,人脸全部肿成了猪头,奇痒无比,却不能挠,持续了整整一周。由此知道,树也有性格。还有一树,大人称之“闹莲花”,拿来泡酒,可致人发癫。如若故意为之,疯笑而采,食酒者必疯笑;歌舞而采,食酒者必歌舞。

乡村的树,极具灵气。谁家树木茂盛,冠盖亭亭,那家必是人丁兴旺,日子红火。黄莺、喜鹊、乌鸦,以树为家,无论风狂雨暴,枝丫总是紧拥鸟巢,不让风雨打翻鸟儿的家。乡村小儿,昼夜颠倒,白天睡,晚上哭,爷爷奶奶找块巴掌大的红纸,上书“小儿夜哭,请君念读,若孩不哭,谢君万福”,贴于路边大树,从此夜夜安生。有更省事的,直接拜个“树干爷”,小孩从此顺畅。

树,活着是风景,死去,便成了木。“他大舅他二舅都是他舅,高桌子低板凳都是木头。”从神龛上的祖宗牌位到家中的床床柜柜,从房上屋梁到新媳妇的陪奁嫁妆,从灶台的锅铲把到农田里的锄把,从舀水的木瓢到挑担抬物的扁担打杵,木,几乎占据了乡村的物质世界和精神世界。

棺木最终的归宿是土。还有些木,被烧成灰,在田里地里伴着庄稼,也成了土。

木,是树的往生。土,是木的转世。

火

祖辈的口中,有许多洋火、洋油、洋铁、洋碱之类的物什。洋火就是火柴。

“发火”不是生气,而是一项技术活。七岁的时候,我几乎与灶台一般高,几十秒内要完成一系列动作:洗好锅备用,挽一个草坨,引燃它,盖上煤炭,使劲儿拉风箱,放锅上灶,锅中掺水。然后,煮好一家九口的饭。“发火”是我最早学会的统筹方法,必须紧而不乱,忙而有序,否则就会熄火。

小时放学,必经过一个养猪场。煮猪食的大灶火膛里,总是烧红苕、烧洋芋、烧苞谷,每过此地,香味勾得人人驻足,痴痴观望,久久不忍离去。养猪场的主人,懂得我们的心思,提出条件交换:扯三斤猪草,换一根灶膛烧烤。这份火中的口福之欲,成了我们上学下学勤扯猪草的原动力。

熟练用火,是乡村男孩到男人的绝好本领。长夏乡村,小孩全身上下光得只剩下一条仅可遮羞的短裤,梭进秧田,瞪圆双眼寻找黄鳝眼眼。等时三刻,四五条黄鳝得手,扒拢一堆柴火,“吱吱吱吱”烧将起来。黄鳝烧熟,一手捏头,一手拉尾,一嘴啃下去,撕下肉来,“吧嗒吧嗒”地嚼。啃完,拍拍双手火灰,道:“鸡鸭面蛋,不如火烧黄鳝。”除开螃蟹脚生吃了可以帮力之外,虾子麻鱼都要烧了吃。玉米出来时烧玉米棒子,豌胡豆成熟时烧豌胡豆……小屁孩儿烧东西便形成了技能技巧,火候总把握得不急不缓,食物总烧得不生不糊。从春到秋,田坎上、荒草丛、石坝里,总会不时冒出一股股青烟和清香,仿佛就是在这股股青烟和清香的升腾飘浮中,小屁孩儿身上的肌肉变得越来越滚圆结实;仿佛就是这样边自自在在地吃着烧烤,边逍逍遥遥地长成了男人。

燧人氏钻木取火,火生于木,反过来烧毁草木。乡村毛草房多,每逢高温,久晴不雨,天干物燥,偏偏有那大大咧咧的男子,随手扔了个烟屁股,引燃了阶檐茅草,或是毛手毛脚的妇人,一边烧火一边炒菜,一不小心灶膛的火苗舔着了灶门口的柴火,或是懵懵懂懂的小屁孩儿,打泼了煤油灯点燃了蚊帐,就只见一股青烟,在乡邻的阵阵浩叹中,在主人的捶胸顿足中,在肇事者的哭爹叫娘中,几间草房化为灰烬。不久,乡里的广播,地方的小报,村人警戒小屁孩儿的口中,则会有一则大火无情的报道,仿佛那房子的祭文。

一到冬天,老人抗不住冷,双手捂着一只烘笼,村头见了熟人,将烘笼里的炭灰吹开，现出炽热的杠炭，让对方暖手暖脸或是点烟，顺便问问广东打工的儿子今年是否回家过年，刘家的女婿是否在那边做了老板，你儿媳春后是否要生二胎……话匣一开，似乎天气不再那么冷，冬天也没那么长。

“花喜鹊，叫喳喳，谁来啦，我亲家。”天寒地冻，闲来无事，就走亲戚。七老八十的丈母娘颤颤巍巍去了小女儿家，或是幺女儿挺着珠胎暗结已孕身回到娘屋，主人拿出一只沙罐，割下一段腊肉，煨进一堆圪篼火里。第二天清晨，一道异香扑鼻的沙罐煨肉，张扬地呈现在客人面前。

火，不休不灭，永远摇曳着乡村的世故人情。

土

当锄头一嘴一嘴啃向大地，农人面朝黄土一次一次鞠躬，当犁铧深深浅浅地在田野中划着诗行，老牛低头寻章摘句，此时，泥土的芬芳，恣意浸透山乡。

“春日春风动，春人饮春酒，春河春水流，春官鞭春牛。”农历二月二，老农都会驾辕扶犁，在一生舍不开、离不了的黄土地上吆喝一嗓子，以此宣布春的开始，虔心祭拜心中的社稷。此后，谷雨、芒种、处暑，大地上的每一页绿色翻过，每一页黄色翻过，每一页金色翻过，村人心中的喜悦一波接着一波。

“七个老汉八颗牙”，不能关风的嘴里，酒酣耳热之际，他们说到某次为争田边地角，两家差点儿就要动武；某年秋收，稻田亩产首次突破“千斤”，似乎仍然身临其境。

恍惚之间，地没人种了，野兔又在面前自由奔跑了……于是豁着嘴的老汉们眼里，就现出了些许的浑浊。

妹妹也进城了，但她最愿提及的，还是土，还是地。她感恩大地的慷慨，总觉得自己离开，有些辜负土地的情义。

靠山吃山，靠土吃土。她的家里，以土为本，开了一个砖瓦厂。砖瓦厂的兴衰，就是乡村的变迁。

“新媳妇，回妈屋，一回回到大瓦屋。”大瓦屋，不知曾是多少新媳妇的梦想。有一天，村里人都能吃得饱了，家家户户争先恐后，掀掉毛草房，要盖大瓦房。瓦在一段时间内，供不应求，妹妹一家忙得不亦乐乎。

瓦房盖好不久,突然一天,春风一吹,土墙房全都掀掉了,接二连三地村里长出了座座小洋房。砖,又供不应求,妹妹一家忙得小孩儿都无人管了。

红火没过几年,制砖制瓦的劳力请不到了,烧砖烧瓦的频率降低了,无人上门买砖买瓦了。妹妹一家寻思:人都进城了,我们也进城吧。

年轻人都走了。有对老两口,却始终对乡村不离不弃。

"公公做事公平,婆婆苦口婆心。"仰观天文地理,俯佑百姓苍生,他们的职责永远在村里。村人即使再穷,每年总得祭祀一次,即使走得再远,心坎被它占着。村里的故事,村人讲了一遍又一遍,老旧的土地庙,已不知来自何年何月。土地神夫妇风餐露宿,无怨无悔,而善男信女,虔诚叩拜。

在我看来,村人是把对土地的恭敬,全都具象为对土地神的恭敬,是把对土地的崇拜,全都转化为对土地神的崇拜,把黄土地的传奇,全都归结为土地神的传奇。村人心中,这样务实的神仙,是不能寂寞的,是可以破例的,所以土地公公是需要有土地婆婆陪伴的。

我也是一名游子,早已离开乡村。每逢佳节或是月上中天,对泥土气息,对土地爷爷总有一丝惦记。惦记久了,似乎也会生疼,翻箱倒柜,总能找到治愈的东西。

这些年,离开了土地的一些人,终于又回到了乡村。他们是跟着子女迁徙的老者,临终一刻,奋力一呼:"送我回去!"

于是,他们以一步三回头的方式离开了故土,以溢满整幅照片的笑意回到了老屋。

他们当中,有我的父亲。

"纵有千年铁门槛,终须一个土馒头。"乡村的眼中,人是女娲抟土制造的,一抔黄土做归宿,又把自己还到女娲那里。

金

木匠、石匠、漆匠、剃头匠、劁匠……他们是乡村的工程师、美容师、兽医师,但他们离不开一个人,铁匠。匠们的斧子、刨子、锤子、錾子、刀子,都必须求教铁匠师傅。

镰刀，是乡村最具仪式感的铁器。走下铁匠金墩的第一刻起，它的使命就是割，割，割。割开黎明，割开初夏，割开稻麦。庄稼是渴望镰刀的。只有经历镰刀锐利刀锋亲吻的庄稼，才算修成正果。开镰的每个日子，都是乡村的节日。

老街的铁匠铺总是地标性的，老街铁匠是极易招惹媒体的。“张打铁，李打铁，打把剪刀送姐姐”中的铁匠一定是乡村的。老家一带，就只有一家铁匠铺，一个吴铁匠。春秋冬夏，铁匠铺有永无止境的叮叮当当声，有脸永远洗不干净的吴铁匠。铁匠的儿子，比我年级高些，天天聆听小伙伴们的齐唱：“养儿莫学打铁匠，脸如狗皮天天炕，一锤打到胯胯上，哎哟哎哟巴倒烫！”

后来，即使吴铁匠把儿子当金墩一样打，他也坚决不学铁匠。他跟人学了极轻松的手艺，受用至今。村人前去算命，听他念念有词：“甲子乙丑海中金，丙寅丁卯炉中火，戊辰己巳大林木，庚午辛未路旁土……”村人觉得，不愧为铁匠的儿子，念词句句都与铁匠有关。

看过一部电影，其中有段唱词：“炉火烧得红旺旺，手拉风箱呼呼响，操作要留意啊，当心手烫伤。”唱词唱的，是补锅匠。母亲的一位远房堂叔，补锅很是著名。乡场“一四七”逢集，火炉、风箱、坩埚、铁块街头一摆，坐等送锅上门。锅多的时候，他不会摞起，而是一口口摊开，仿佛地上仰撑着一把把黑伞。他手不离酒，否则双手会不住地抖抖抖，极让人担心他手心草灰上已然烧化的铁水，会猛然抖到他身体的某个部位。一到家里铁锅漏水时，前往补锅的任务就落到我的肩上。亲戚之间，补锅不便算钱，母亲说：“你给他打二两酒。”待他两口酒到胃，铁水便非常到位，补锅极正极准，不见失手。

“一个老汉儿黑又黑，屁股烧了不晓得。”这位火烧屁股的老汉，是村人常用的另一种锅：鼎罐。不吃不知道，吃了吓一跳，鼎罐饭的香味，我只能用八个字：沁人心脾，销魂蚀骨。在某农家乐看到一副楹联：好看不过麻花辫，好吃不过鼎罐饭。令人拍案叫绝，深以为然。

有个视频段子，讲“粮食扩大器”。段子中的神器，小时候是非常盼望见到的。无论玉米、大米，装入神器，火炉上转动摇匀，只听“嘭”的一声，小孩齐齐扑进白烟，抢出一捧爆米花来。爆米机，爆米花，温暖长长的童年记忆。

乡村无金。乡村处处是金。

水

乡村的地名，形象、精炼、准确、生动。

比如水磨滩、牛滚凼、双堰塘，都与水有关。

双堰塘，坎上坎下两口池塘。

乡村的半亩方塘，不光徘徊天光云影。蓄水保旱，自是水塘。投下鱼苗，便是鱼塘。种下莲藕，便是荷塘。老妇捣衣，少女浣纱，老牛洗澡，少年游泳……全靠这池子水。若逢大旱，山顶人家，清晨下河，午后担回一挑水来，刚要进门，脚下一滑，桶翻了，水没了，极沮丧懊恼，死的心都有。因而，每有少女到双堰塘“看人户”，父母一句“水蛮活泛，地方不错”，这门亲事大抵成了八成。

每到春天，“放鱼的”晃晃悠悠闪着担子，到双堰塘来放鱼苗。鱼苗的数量论“尾”，一两厘钱一尾，其体量与价格成正比，每尾大不过半粒芝麻，放鱼人却能极快地“一五一十”地点数，又极快地从篓中舀鱼往塘中倒鱼。我们在学校里刚刚学会了数数，正好显摆，于是一边当“吃瓜群众”，一边指正他错了，数报多了，或是鱼舀少了。一打岔，放鱼的说：“哦嗬，刚才数到多少？又被你们岔忘了！”

夏天是池塘最性感的季节。乡野小子，没那么多讲究，赤条条下塘，赤条条起岸，跳水，狗刨，打水仗，扎猛子，比谁游得快，比谁闷得久。凫水，基本不用学，大的带小的，搞几回就会。妹妹刚会走路，我一拖三带她和弟弟及另一位下塘凫水。耍得忘形，突然感觉妹妹不见了。急忙寻找，见她正一栽一栽漂向深水区。那一刻，让我明白了凫水有用，于是加紧练武，后来果然再派用场。中学时放学途中，一帮同学到大水库游泳，韩姓同学，眼看要被淹死，我“奋不顾身”，将他救了起来。

“鱼儿离不开水”，庄稼更离不开水。久晴天旱，麦苗转不了青，苞谷戴不出帽，稻子抽不成穗。一些年长的农人，便开始张罗，相约初一十五，到“干龙庙”去。龙王是管水的，到干龙庙，便是求雨。求雨的仪轨庄重严肃，光是那番交涉致辞，便尽显威仪。

"人生七十古来稀,未有生来死未知;不信但看天边月,怎好团圆又落西。"太阳落山,月亮落西,人生落幕,生命已结,阳寿已终,如何通报给生养自己的日月山川?乡村自有规矩礼数。第一要通报的,是滋养一生的井:"打请水锣",鸣锣开道,请一份井水回来,以供最后一次享用。请水锣,须根据逝者年龄,一岁一声锣,从家中计数到井边,不多一声不少一声。村人的智慧在于:如若岁数大而路程近,则进几步再退步响一声锣,反之,则进几步后响一声锣。

乡村的水,折射阳光,折射灵性,也折射人情。

农户灶屋墙上,一般都开扇窗。窗内,是灶台,推开窗,是水缸。水缸其实是石缸,系由大石挖空,容量了得,历经岁月,外壁生了些茸茸的苔藓。缸沿外接长长的竹槽,山间涓涓清泉,经由竹槽送进水缸。水缸里面,总是浮着一把木瓢。路过者累了渴了,不必请问屋内主人,拿瓢舀水,一气牛饮。山泉甘洌,润泽心田,透彻肺腑。

水,五行之中,对应着冬季。秋收冬藏,乡村休眠,养精蓄锐,静候着又一个春的轮回。

——原载于《重庆晚报》2017年9月17日

作者简介:

汪渔,本名汪应钦,重庆市作家协会会员,重庆市散文学会会员。

河生

■文猛

我从没有像这样静静地伫立在河边，这么静静地想自己、想河流。一阵风过，吹散河中的星星，如风一般撒播在天空之下。

人向前走，河向远方。

人有人的一生，河有河的一生。人的一生为“人生”，河的一生为“河生”。我们经常歌颂人生、反思人生、奋斗人生，我们却很少去关注河生，以致“河生”两个字从我们的语言中跳出来，竟是那么的干涩和生硬。

家乡的河叫浦里河，这是它在县志和家乡地图上的名字，估计在更高层次的志书和地图上是很难找到它的名字的，就像我那平凡的家乡和我那平凡的乡亲。

从老辈人那里问河，河从哪里来？河往哪里去？河的子孙在哪里？

问完这些问题我自己就脸红了，因为这些问题就写在河上，就像我们的祖先写在湖广填四川的迁徙路上，写在古柏参天、荒草萋萋的黄土堆上，写在青苔斑驳的残碑上、香火冷清的祠堂牌位上，只不过我们的河写得很清，我们的祖先写得很神，很需要后人去推理、去印证。

然而，在浦里河的源头问题上，还是有些争论。

翻阅《万县县志》中的《江河篇》，上面记录着：浦里河源于梁平县城东乡雨先山，长江二级支流，110公里长，流域面积1180平方公里。

没有更多的话。

问河让我陷入迷茫。在老辈人那里，浦里河发源于蛤蟆石山脚的一处暗河，从暗河那里流到我的村庄，这一段河叫天缘河，暗河从哪里来？暗河有多远？暗河会不会就是浦里河在大地母亲怀中十月怀胎的那段河？

从这个角度上看，一片土地养一个文人非常有必要，至少有一个这片土地的发言人。

河流记着所有的事情。不信，你看河流。河流有一百种表情，激流是皱眉，缓涌是沉思，浪花是点赞，洪流是发怒。河流最静的时候，像镜子一样亮，落下一根羽毛都会显出纹路，就像早上刚刚醒来的孩子，对这个世界的万物没有好坏的分心，只有已知和未知的好奇，不停地流淌，不断地探索，就想去没有去过的地方。河流最怒的时候，扔下一方巨石也不会打断他的咆哮。河流用镜子照着，让滩流盛着，喊鱼虾记着。有时也会摇动河床，甩出浪花在树木上、岩石上、房梁上给你印着，有时也会晒晒太阳，化为飘在天空的云朵，挂在农人的汗珠，流进我们的血管。

人在走，河在记，天在看。

再早的记忆属于父母长兄。

我们所能记住的童年，最早的记忆是从“周岁抓阄”开始：大人们在堂屋铺一块红布，红布正中放置一竹篮，篮里装上毛笔、算盘、书和红蛋。大人们引导我们爬向竹篮，看我们会拿起什么。拿笔寓意会写一手好字，拿算盘寓意能说会算，拿书寓意日后会金榜题名。唯一不能拿的是红蛋，如果我们拿起了红蛋，这蛋会被大人们扔出堂屋，表示“快滚蛋”，然后再从剩下的三件物里再抓一次“阄”。

这就是大人们关于孩子未来人生的预测和暗示。听说我抓到的是书，给了堂屋围观的人们一道炫目的掌花。等到我给我的孩子“周岁抓阄”的时候，我才知道那红蛋是根本无法让孩子抓起的：一是蛋特别大，特别圆；二是蛋身上抹了层滑腻腻的茶油——除了拿不起的红蛋，剩下的毛笔、算盘、书，拿啥都吉祥，这大约就是乡村孩子不能输在起跑线上的原因。

大人们把镰刀交给我们割牛草、割猪草，大人们把磨盘、水车交给天缘河榨菜油、榨桐油、磨米磨面、磨豆腐。

大人们把牛绳、羊绳交给我们放牛、放羊，大人们把竹槽、木槽、水堰交给天缘河盛满水缸、水田滋润庄稼和村庄。

天缘河，我们的伙伴，我们都是乡村的孩子，乡村的孩子早当家。

翻开书，在老师的“人口手、雷雨风”中，我们开始了人生最初的思量。

河水哗啦啦，书声阵阵香。

我不知道我们的浦里河最初的那滴水源自哪棵草叶、哪枚松针，只知道无数的水滴从草叶、从松针、从云朵中，此起彼伏地滴着，浸入花草树木脚下的土地，一滴滴水珠团聚着，找到一条缝，流进蛤蟆山下的暗河，一抬头看见太阳的时候，争先恐后地走出暗河，走出万年的沉寂，走到清清的天缘河，走到这书声琅琅的盘龙河……就像我们从家屋走向学校，从牛背走向教室。

水滴汇成河流，我们汇成学校。

从一滴水开始我们人生的朝圣。

从一滴水开始一条河和我们生命的历程。

教我们的老师是城里下来的知青，他们来自浦里河流入长江的那座城市。电灯、电话、钟楼、汽车，对远方的仰望，让我们的脖子几乎扭伤。大学、电影院、图书馆，对远方的梦想，让我们彻夜无眠。

老师说，走出村庄，走向远方，有两条路：一条是顺着浦里河，河流的尽头就是我们的远方；一条是翻过高高的蛤蟆石山，山的那边就是我们的远方。

大人们说，走出村庄，走向远方，有两条路：一条是当兵；一条是考学。

学校敲钟的何大爷说，走出村庄，走向远方有两双鞋：一双是皮鞋；一双是草鞋。皮鞋的路很长，草鞋的路很短。

老师的话很哲理，大人们的话很实用，大爷的话就在教室的黑板前面，那里摆着两双鞋：一双是草鞋，一双是皮鞋。

告别村庄，走向远方，那是我们最大的梦想。

河不回头，老回头看，眷恋那些从未有过的好日子或酸日子，只会扭伤脖子，只会撞墙或撞树。

盘龙河龙一般盘绕着学校，学校的后边是一座叫青龙岭的山，高扬着龙尾，龙头伸向盘龙河。

有一天早上，学校敲钟的何大爷神秘地告诉我们，青龙岭上有一条青龙，昨晚托梦给他，要归大海啦！他敲响老槐树上的破犁，让钟声响彻村庄，让钟声把我们赶往高处。奇怪的是何大爷的话刚说完，突然电闪雷鸣，风雨交加，连续下了三天三夜的雨，温顺的盘龙河河水暴涨，河水掀起巨浪，犹如蛟龙翻腾，让我们的学校隐入河水，奔腾而去。大人们说，盘龙河走蛟啦！

我一直到现在都无法解释何大爷那奇怪的梦，真有青龙托梦给何大爷？神秘的是，学校没有了，老槐树还在，老槐树上的校牌和敲钟的破犁还在。更为神秘的是，敲钟的何大爷不见了，我们跟着河流找了几十里，最终还是没有找到他。我们把学校搬到更高的地方，挂上那敲钟的破犁，却再也听不见那金属般的钟响，这成为山村永远的痛。

我一直到现在都不解的是，明明是浦里河发大水，冲走过木榨，冲走过石磨，冲走过桥梁，冲走过牛羊，大人们却从没有责怪过浦里河，从没有把责任推在河上，说那是走榨、走蛟、走桥，龙过大海鸟归林，大人们就这么看我们的河。

面对奔腾不息的滚滚流水，哲学家说，人不能两次踏入同一条河；思想家说，逝者如斯，不舍昼夜；科学家说，水是生命之源；文学家说，哀吾生之须臾，羡长江之无穷；大人们说，尿不往河撒，痰不往河吐，对河的敬畏其实就是对自己的敬畏……

有河必有桥，我的那片浦里河的故乡古时归浦里，今天的地名就叫桥亭。以“桥亭”作为地名来记录一条河和一方土地，这在别处并不多见。

浦里河上有多少座桥，没有一个准确的数字，桥是故乡的书签，桥亭就是桥的故乡。世上没有两块相同的树叶，故乡没有两座一样的桥——或庄严持重，披一身斑驳的绿苔；或纵身跃进，寥寥几笔，如图画里一勾灵巧的飞白；或朴素平坦，简简单单，像父亲的汗巾，随意搁在河腰上……

故乡有几座桥一直让我深思——

在河水最急促、峡谷最幽深的关龙河上，是著名的关龙桥。桥架在一条龙身上，前方是龙头，后方是龙尾，关龙桥就压在龙身上。关龙桥应该是大家共同的心愿：关住蛟龙，不归大海，祈求一方平安。奇怪的是那桥上的龙头不断被人砸掉又不断被人修复。就是这么矛盾。

关龙河流入余家坝，河床一下平坦开阔，水流舒缓，小船悠悠，河上就有了“万安桥”，古老的拱桥下青藤如瀑，青苔斑驳。民国一个叫绿影的诗人这样吟道：“渡去踏来住所之，万安桥上动吟思。炊烟两岸蒸腾起，知是人家饭熟时。”宋代一个叫查籥的诗人这样吟道：“满目山暮平远，一池云景清酣。忽有钟声林际，直疑梦到江南。”宋代寇准这样吟道：“春风入垂杨，烟波怅浦里。满目动离魂，江花泣微雨。”

浦里河流过余家坝，就进入了河生的茂盛期，离小江近了，离长江近了，离大海不远了。一帆风顺中，往下的桥更万安了，从开门红开始，然后是月月红、季季红、满堂红，一直到红到底的时候，浦里河走进了小江。

桥载我们走对岸，河引我们向远方。

盘龙河带着我们的学校走了，那一年，从没有考出过学生的盘龙学校居然破天荒地一下考上五个中专生。我们不是走向大海的蛟龙，我们也是故乡流出的河。同着盘龙河这样告别我们的乡村，我语无伦次。

从同一山村出发，走着同样的河道，浦里河会把河水留在乡村屋檐下的滴答里，留在天空漂浮的云朵里，留在家屋水缸的倒影里，留在草叶上的露珠里，留在乡亲们奔流的血管里，留在生生不息的生命指望里……走进长江，那也是浦里河最高贵的理想。

到什么山唱什么歌，去什么水边听什么水。

这就是我们的人生和河生。

河生是什么？河生就是我们的人生，有它的童年，有它的少年，有它的青年，有它的壮年，但是河生不老。河生是一首温馨的诗，河生是一曲深情的歌，河生是一杯浓烈的酒，河生是一部波澜壮阔、起伏跌宕的交响乐。

人生是什么？人生其实何尝又不是河生。有急流，有平缓，有激越，有险滩。时光流逝，一去不返，只有爱，只有奔流不息的精神，才会汇入人类文明的历史长河，在汹涌澎湃中闪现，长流天地间。

河不会回来。河说，我也回来，我会变成云朵回到我曾经的河床。

我知道这是诗意的河生。我们的人生没有剧本，没有彩排。

美丽的浦里河只是大地上一条并不起眼的河流，美丽的山水并没有给这方土地任何达官显贵光照千秋的暗示和烘托，我们永远是故乡的儿子，和所有的乡亲一样谦卑和渺小。

当年的大人们和我们都老了，浦里河通往外界的路其实很多，河流向远方，路就通往远方。

“我思念/故乡的小河/还有河边吱吱唱歌的水磨/噢，妈妈/如果有一朵浪花向你微笑/那就是我/那就是我/那就是我……”

撑起伞，伫望着奔流不息的河，伫望着河的远方，湿淋淋的心如同头上那柄湿淋淋的伞，但是我坚信每一把湿淋淋的雨伞总会有一扇虚掩的门在等着它回去，总会有一方码头、一座桥梁等着我，浦里河的前方是大江，大江的前方是大海……

——原载于《延河》(下半月)2017年第9期

作者简介：

文猛，本名文贤猛，重庆市作家协会全委会委员、重庆市万州区作家协会主席。

黑糖果

■张 鉴

唐老太家在小镇东铁匠铺不远处。一间小土房，一扇小窗户。窗户前有棵枝繁叶茂的苦楝树，大树遮挡了屋子光线，房间显得阴森黯淡。老太太一人独居，小房子显得空荡荡，冷清清。唐老太安静惯了，自己倒不觉得。每天一个人忙里忙外，在自己搭建的草棚子里，堆放着各种各样捡拾而来的废旧物品，如同罐头里的沙丁鱼般拥挤不堪。

唐老太没有名字，即便有，小镇上的人们包括她自己恐怕也早已忘了。在我的记忆中，一出现，她就只是唐老太。唐老太一生未嫁，便随父姓。孩童、少年和青年时期肯定是有名字的，但随着年岁增加，人们便不肯叫了。像路边角落的野花啊杂草啊，以示区分，便叫了她唐老太。她自己亦不会反复说，如此，她的名字便无人知晓了。

唐老太一生好像都没有穿过新衣服，她一出门，一定是穿得又脏又旧，这里露出一个洞，那里掉一块布，清一色的洗得灰白的蓝布衣服。背上背一个比她身体宽一倍的背篼。我常想，如果唐老太把垃圾捡满一背篼，她是否背得动。

唐老太简直如同她捡来的垃圾一样丑怪：一头花白的头发参差不齐，凌乱不堪。一双眼睛又小又圆，却没有鼠眼那般机灵。上嘴皮往外翻出，露出嘴里仅存的几颗稀稀疏疏的焦黄的牙齿。它们或高或低站在嘴沿上，像错落歪斜的“哨兵”。鼻子有些坍塌，再在上面蒙上一层松树皮般的脸皮。唐老太太丑，人又长得干瘪矮小，实在是不惹人待见。俗话说，儿不嫌母丑。但夫嫌妻丑却是常事。唐老太一生并未嫁人，我估计，那多少还是与她的长相有关。

年轻时，有人给她介绍对象，那人是桥头一破庙里的穷和尚，长得如同罗汉，狰狞彪悍。当媒婆刚刚说完，和尚一个劲儿地摆手说：“哦，不要，不要！我宁可当和尚，也不要娶那个丑女人，太难看了！”而这边，媒婆也是刚一张嘴，吐出“和尚”两个字时，唐老太的脸色就陡然转阴，咧开嘴角，硬硬地吐出两个字：“不嫁！”大家都觉得奇怪。媒婆满以为一桩凑合的姻缘，如果能成，也是一件好事，没想到两个人居然都一口拒绝。从此再也没有人给唐老太说媒。人们提到她时，总是说一句：“丑人多作怪。”

其实，唐老太丑是丑，可是不怪。我甚至还觉得她蛮可怜，蛮寂寞的。年轻的女子，无人爱，无人疼，没了爹妈，走在哪里都遭人白眼和厌弃，她心中的悲哀是可想而知的。她常常一个人躲在被窝里，痛哭到天亮。在无人的深夜，她恨过自己的爹妈，更恨世间男人以貌取人。但现在，她无所谓了，对世事早已看透看穿，人老了，心胸也坦荡平静了。仿佛曾经经历的一切，都是别人的，与自己无关，包括那些爱与恨。她现在要做的，就是平静过好自己的每一天。

唐老太虽然没有嫁人，却是孩子的妈妈，她有一个聪明的儿子。众所周知，那个儿子是捡来的。

那个冬天的清晨，天空飘着冷雨，雾气弥漫。她很早就到垃圾场边去捡垃圾。在一堆红红黑黑乱七八糟的塑料袋中，她好像听见了老鼠怯怯唧唧的叫声。不对，应该是婴孩的哭声。循声望去，只见一个红包袱裹着的婴儿，她赶快抱起来，摸摸孩子的脸蛋和小手，冷得如同冰条。她心疼地脱下自己的棉袄，包裹起来。她喊了几声，四周没有一个人。于是她将这个快要冻死的男婴，贴紧自己的胸口，抱回了家。

此后的日子，她把这个孩子都当成生命一样来珍惜，来疼爱。她用最细的心，最切的情，喂养孩子。起初几个月，唐老太抱着婴儿东家讨点儿奶水，西家讨点儿米汤。待孩子大一点儿，她就自己将玉米磨成粉，煮成糊糊。唐老太是吃不起米饭的，因为米太贵了，她省吃俭用，偶尔买一点点米，熬菜粥，全都给可怜的孩子吃。她自己呢，总是胡乱吃点儿野菜、粗粮。或者去市场上要点儿骨头(那些屠户都很好心，卖剩下的骨头什么的，一般都会送给她)，给孩子炖骨头汤，在汤里放些洗净切碎的菜叶，文火慢炖，直到骨头肉全都脱落，菜叶煮烂。盛起来，晾着，温温热时，再一点儿一点儿喂孩子。每天她还必须给孩子洗澡、换洗衣服。就这样一点点，一天天地熬着，居然把这个男孩养大了，后来还送他念书。镇上的人都惊叹，他们无法想象，这个从未结婚生子、靠拾垃圾过日子的老太太，怎样一把屎一把尿地将孩子拉扯大。

原本唐老太的孩子没有名字，她也不懂得取名。孩子六岁多了，还叫黑娃，镇上李十碗的娃，也叫黑娃。还有些没上户口的孩子，都叫这个名字。有时几个黑娃待在一起玩，有人喊一声黑娃，孩子们齐声应答，齐刷刷抬起头，惊愕的表情，不知道是喊哪一个。旁边的大人常常会大笑起来。

于是唐老太一分一分攒了钱，带着孩子，专门找到半山上的算命先生秦瞎子，给孩子算命，并郑重请求他给孩子取一个好听的大名。秦瞎子先是看了那个闷声不响，但眼睛明亮、长相端正的孩子，掐指算了又算，一字一顿地说：“这个娃儿贱生不贱命，富贵在后天。”

唐老太反复咀嚼着这十个字，“贱生不贱命，富贵在后天”，她一向呆滞灰暗的眼睛慢慢变得明亮，闪出灼灼的光芒。她激动地对秦瞎子说：“你是说，这孩子命好哟?”

这话让唐老太对自己的孩子充满了期许，同时对自己未来身上的担子也充满了担忧和焦虑。她紧紧抓着孩子的小手，然后用自己粗糙干裂的手掌抚摸着孩子细腻白皙的小脸，想：无论怎样，我一定要给孩子崭新的生活。

瞎子继续半闭着眼，不回答。摸着胡须，过了好一阵，又说了句文绉绉的话：“沉舟侧畔千帆过，病树前头万木春。”

“兵书里头万亩新?”唐老太没听清楚，连忙说，“兵书里头，啥子新?好啊，万亩新，这么多新，新字好，好!”

秦瞎子还煞有介事地说了一番:“这个‘新’,寓意这孩子有了新的生命、新的生活,活在新的社会,一定有新的前途。那就取一个单字,新,全名唐新。唐新,谐音又是‘糖心’,寓意这孩子的生活,一定如糖一样甜蜜。”也可说这个名字正中了唐老太的心,唐新,也是唐老太心中的肉。她对他真是疼爱无比。从此之后,总是心心肉肉地喊,喊得人发腻。

到了上学年龄,因为唐老太情况特殊,校长唐二胡对他们也是给予了极大关照。他把唐新的情况报告给政府,政府研究后同意以后每年免除唐新的学费。因为这个事情,唐老太感激学校的老师和政府人员一辈子。只要见到老师和政府人员,就算是在拾捡垃圾,也会立马起身,毕恭毕敬站着,鞠躬敬礼,翻起本就突兀的上嘴皮,严肃谦卑地问好。可他们一看到她脏乎乎的衣衫和嘴里林立的几个“哨兵”,只会不耐烦地点点头,挥挥手,示意她赶紧离开。碰见唐二胡,她更是乐呵呵地微笑,虔诚地问候:“唐老师好!”唐二胡可不像别人那样嫌贫爱富,无论唐老太何时喊他,他都会礼貌地回答一句:“老太太好!”还会顺便问一句,“唐新现在怎么样了?”唐老太非常开心,非常满意,因为她看见别人对她施以微笑了。她对唐二胡说:“托您的福,娃儿乖得很呢!”

唐新自小就懂事听话,学习努力,成绩一直非常好。读一年级时,儿童节到了,学校发了一小包糖果。可是他一粒也舍不得吃。放学后,一路小跑着回到家中。小心翼翼地从书包里拿出来,捧到妈妈眼前。唐老太看到这些花花绿绿的糖果,接过来,眼里盈满了泪水。

母子俩拥在一起,唐老太郑重其事地剥开一粒,要放进儿子的嘴里。儿子摇摇头,用小手接住,往妈妈嘴里送。这样推来让去,谁也舍不得吃。唐新又剥了一粒,送进妈妈嘴里。唐老太不说一句话,只是紧紧搂着儿子,又是亲,又是摸。小唐新在妈妈怀里,亲了她,然后跑去做作业。

冬天到了。一个夜里,唐新生病了。小脸滚烫,对妈妈说:“妈妈,我想吃糖糖。”唐老太将他放在椅子上,然后转身走到谷物桶边,伸手摸索寻觅了半天。当她刨开一层层谷子,终于找到了那包用作业本纸包了又包的东西,一层层打开,里面是几粒糖果。唐新看见了,一眼就认出是儿童节他带回家的糖。开始还撑着,但看见妈妈用手颤抖地打开了这些糖果之后,唐新一下子就哭了起来。一个儿岁的孩子,突然就懂得了母亲的珍贵和不易。那是他给妈妈的糖,可是她居然没吃,全都藏起来了。唐老太说:“新新,你不说,我也快忘了,我是想揣在身上,如果哪天你饿了,随时可以拿出来让你吃一颗的。”

唐新捧着那些糖果,更是舍不得吃。唐老太剥开后才发现,因为经过大热天,糖已经化掉了。那黏黏的液体,紧紧黏着糖纸,颜色也显得黑乎乎的。她将黑糖粒使劲儿抠下来,放在儿子嘴里。而她,用舌头舔着糖纸上贴着的那一层。

“嗯,好甜啊!”她一边舔着,一边开心地笑着,“新新,快吃糖,吃了糖,病就好了。”

唐老太拿来冷水毛巾,敷在儿子额头,然后抱着儿子,不停地给他安慰。

说来奇怪,就是这块化掉的黑糖果,唐新吃下去后,真的不发烧了,而且很快好了起来,甚至没去宋医生那里看一下。

此后,唐老太的身上随时随地揣有糖果。看见有人抱着小孩,唐老太一定会凑上去,逗弄小孩一番。当然,也有不嫌弃的人,让她逗一会儿孩子。这个时候,她会从口袋里翻出一块糖来,塞到孩子手里。可是大部分年轻女子见着她这么丑陋,都不情愿让她逗,她一露出嘴里的“哨兵”,还未伸手去抱,孩子往往就吓得大哭起来。这个时候,女人就会责备唐老太,骂一句:“死老太婆,又把娃儿给吓哭了!”到后来,那些抱孩子的女人,只要远远见着唐老太来了,就早早避开她。老太太的脸上,肌肉抖动着,几缕干枯的头发在风中飘飞,只剩下孤独而落寞地弓着的背影,消失在垃圾堆里。

有人就说:“其实人家老太太从不伤害娃儿,她只是喜欢。”

后来,小镇上的人们,除了从外地才嫁进来不久的年轻媳妇儿,都对她渐渐地不再厌恶。她嘴里的“哨兵”露出来的机会也就更多了。

小时候,唐老太的唐新就在她的背篼里跳进跳出。生活像黄连一样的苦,但小唐新一天天长大了。到了16岁,唐新长得健壮标致。这一年,碰上征兵,唐新就当兵去了,留下唐老太看着别人家的孩子过活。

一年后,喜报传来。政府人员敲锣打鼓送到她家,唐老太从外面背着垃圾赶回来,露出了嘴里的“哨兵”。第二年,喜报又来了。唐新提升为班长。第三年,喜报又来了。唐新被保送到军校读书去了……

那一年，唐新在部队当上了团长，唐老太的“哨兵”全部露出来了。政府工作人员不再嫌弃她难看的“哨兵”了。唐老太依然背着她的大背篼，在街上捡拾她的宝贝垃圾。小镇上的人们都说：“唐老太婆啊，你苦尽甘来了！你儿子都当团长了，该享福了啊，就不要再捡垃圾了啊。”但唐老太依然露出她的“哨兵”呵呵笑笑：“哦，哦！”

直到那一天，县委书记陪着唐新回到小镇，人们纷纷跑出来瞧热闹。整个小镇都沸腾了。人们的脸上满是好奇和羡慕，那么多年来，唐新算是小镇上最有出息的人物。唐新车上装了三大箱糖果，除了给妈妈留着的一包外，其余的到最后都发得一粒不剩。

回到家中，唐新拿出那包糖果，剥开一粒，透明如水晶，香气四溢。唐老太看着眉开眼笑。唐新将糖果送到妈妈嘴边，唐老太推迟了一下，儿子固执地再送到她的嘴边，她松树皮般的脸也绽放出鲜花般的灿烂笑容。她说：“好啊，不再是黑糖果了！你也吃，新新。”“黑糖果是我最想念的糖，妈妈。”母子二人紧紧拥抱在一起。

从那以后，唐老太嘴里的“哨兵”，在人们看来，也不再那么刺眼和难看了。习惯了寂寞和冷遇的唐老太这一段时间突然之间被置身于热闹的漩涡中心。她浑身不自在，机械地咧开嘴，机械地点头。唐新在小镇上待了两天，他求着妈妈跟自己一起走，再也不要去拾垃圾了。可是唐老太死活不肯，唐新跪在地上，很多人劝着，唐老太实在没法，眼里含着泪，最后还是跟着唐新离开了小镇。当唐新墨绿色的军车卷起一溜烟，消失在公路尽头时，人们都替她高兴，竖起大拇指说：“哎，唐老太有福啊！苦了一辈子，现在终于可以享清福了！”

一个月后，唐新的军车却再次神奇地出现在铜鼓镇上。和他一起下来的是他身穿亮蓝新衣的母亲。

大家都觉得很奇怪。后来才知道，唐老太享不来清福，她一闲下来就全身疼痛，今天腰酸，明天腿疼。最后吵着、闹着要回到老家来。唐新实在没法，只好将她送了回来。

唐新又在那间黑暗的破屋住了一晚。临行前，喊来村主任大叔，把一笔钱交给他，拜托他平时对母亲多关照点儿，还有母亲的房子太破烂了，让他喊人抽空给母亲维修下。这些,唐老太全然不知。这个房子再破再旧,可是装满了她和唐新的温暖记忆。她的内心是敞亮的,因此,每天进进出出,她的心情平静而幸福。

唐新要走了,唐老太拉着儿子的手说:“新新,你是有出息的孩子,听党的话,好好工作,为国家多做贡献。不要管我。你放心去吧。还有,我身上的这件你买的新衣服,在我死时,你把它给我穿上吧。就把我埋在学校后面的山坡上就行了。那里熟人多,热闹些。”唐新跪在地上,泣不成声,抓着母亲的手,久久不愿松开。过了很久,唐老太将他扶起来,说:“儿啊,娘没白养你,你去吧！娘这辈子有你这么个儿子,很知足了。城里的工作需要你,走吧!”

唐新的警卫员实在看不下去了,终于将他扶起来,老太太也推着他,让他赶快离开。他们是一路痛哭着走的。

唐老太等唐新一走,便换上了她的破衫烂衣。是啊,谁见过穿着新衣服去捡垃圾的？背上她的大背篼,唐老太又精神抖擞起来,逢人就说:“我到过天安门,还见过毛主席的像呢!”

唐老太这样每天捡着垃圾,快乐地又过了两年,她与小镇上的人们越来越融洽了。直到有一天,小镇上的人们突然没见着唐老太和她的大背篼,开始相互询问,打探。邻居立刻跑到她家去看,唐老太躺在她家唯一的一把凉椅上,头歪在一边,像是午睡打盹儿,睡着了。口微微张着,眼睛有一条缝隙,好像看着门口,似乎是在期待着儿子回家。邻居跑过去,喊了两声,唐老太没应。走过去,一摇,唐老太早已没气了。

消息传到唐新那里,他带着媳妇儿和一双儿女回到家已经是三天后了。镇上的人们自发组织起来,有条不紊地料理着唐老太的丧事。红白会的人全部到齐,这还是难得的一次。在刘铁嘴的安排下,丧事隆重而盛大。全镇的人都在暂时的灵堂前忙碌着。学校的老师来了,政府人员来了,乡亲邻里来了。男人来了,女人来了,老人和孩子也来了。他们都在做着力所能及的事,默默地为老太太送葬。连平时蹦蹦跳跳惯了的小孩子,不知怎的,母亲一说,就不闹腾了,好像,他们正在经历人生中一件最庄重的事,而这件事,让他们瞬间长大,懂得了什么。

唐新给她母亲买了九套寿衣，亲手给她穿上，然后再找来那套母亲最舍不得、千叮万嘱的新衣服穿上。一共十套，取意十全十美。唐新在操办妈妈的丧事时，只要来一个人，他就重重地叩一个响头。他一直铁青着脸，一滴眼泪都没有。他清点母亲遗物时，在床下的箱子里，发现自己从当兵开始，寄给母亲的钱，一层一层又一层，牢牢包在红布里。还有一包糖果，那是那次回家给母亲留下的。打开，糖果全部化掉了。他颤抖着双手打开一粒：天啊，又是黑糖果！他的双眼死死地盯着黑糖果看了很久，终于抠下来送到嘴里。那丝甜蜜依旧。此刻，他难以控制自己的情感，浑身战栗，但唐新咬着牙忍住，还是没有哭。直到那场最盛大的丧礼进行到尾声的时候，唐新和他老婆孩子，在母亲的坟前跪谢之后，对着全镇人们三叩首，感谢几十年来，人们对他们母子俩的宽容和接受，感谢他们对他们母子俩的照顾。这个刚强的男人，此刻才不禁号啕大哭，泪如雨下。在场的女人们无不哭得稀里哗啦，男人们也个个偷偷抹着眼泪。

丧事料理结束后，唐新宴请了镇上所有的乡亲们。离去时，走到小镇丁字街口，他再次跪下，朝着每个方向磕了三个响头。那九个响头在清晨的青石板上空空作响，在街上传得好远好远，一直消散在青石板街尽头，在小镇的空中传递开去。

——原载于《牡丹》2017年第19期

作者简介：

张鉴，笔名梦桐疏影，重庆市作家协会会员。

为乡愁，架一座致远桥

■张　涌

涪陵马武，一个坐落在800米山脊上的山区小镇。

马武很阳刚。来自南阳的东汉中兴名将马武领兵在此驻扎屯田，他横刀立马，耀武扬威，矫健的身姿成为2000年后马武场的人文地标。

马武很斯文。一个人口不过四万、距离涪陵城20多公里的乡场，有马武将军陈列馆、农耕博物馆，还有与“下里巴人”似乎风马牛不相及的古今散文陈列馆。

马武多石桥，石拱桥、石柱桥、石墩桥、石板桥，宋代的、明代的、清代的、民国的，不一而足。阅尽800年沧海桑田的碑记桥摘取了重庆现存最古老的、最大石拱桥的桂冠。风姿绰约的广慈桥自明代崇祯年间以来即安卧小溪上，静看逝者如斯。有点儿年头，有点儿“姿色”的还有平滩桥、通济桥、象鼻桥、清水桥……一座石桥是一首抒情小诗，一座石桥是一个记忆符号。能够望山见水的小石桥、曾经“走过、玩过、钓过、悲过、喜过”的小石桥勾起了马武许多地方官员的乡愁。正是在他们的推动下，马武第一个在乡镇创建了全国散文创作基地。马武本镇的文联、作协等文化机构早已成立，很多领导都担任着顾问或实际职务。韩愈有诗曰:“文人得其职,文道当大行。”信哉斯言！文道既张,从者蔚然。从镇领导到普通干部,不少人在工作之余躬耕文苑,写马武、写涪陵、写行走天下的见闻和感悟。他们坦然无畏、恣意抒写。有意无意间,他们与古代读书人“以文化人”的传统一脉相承。

古代不乏“采菊东篱下”的高隐之士,但更有亦仕亦文的典范。流传至今的巨制佳篇,其实很多都出自官员之手。诗文可能使他们罹祸,但更给中国文化带来了瑰丽色彩。为官之余,笔耕不辍,文以载道,以文化人,这正是他们“为天地立心,为生民立命,为往圣继绝学,为万世开太平”的担当。既为天地立心,何畏之有?

果然有,那当是另一种畏惧。这一点,我相信涪陵人最有体会。我记得涪陵的长江北岸、北岩书院旁边,有宋代易学家、理学家程颐弟子尹焞读书的三畏斋。“三畏”语出《论语·季氏》:“君子有三畏:畏天命、畏大人、畏圣人之言。”这是孔夫子之畏,是读书人的敬畏。可是当下一些行走仕途者,他们所畏,乃是猥琐,是患得患失。猥琐畏惧葬送了几多真情和美文,也葬送了文化担当。而这种担当,是当今中国农村所迫切需要的。农村在发展,农民要文化,仅有粮食是不够的。这让我想起了诗人王海桑的一句话:没有粮食,我不能活;没有诗歌,我不愿活。

要破解此题,唯有崇文致远,唯有在心中,架一座致远桥。

巧合的是,马武外坝村就有一座修建于清光绪年间的致远桥。据说这座百余年历史的小桥取自人名。我的思绪却又做了时空的穿越。我记得程颐被贬涪陵,身穷而道通。谪迁戎州安置的黄庭坚得知程颐在北岩讲学注《易》,于是前往拜会。两个文化巨擘把酒临江,谈诗文,涉易理,道世风,话沧桑。临行前,黄庭坚取《易》中“钩深致远”句,为程颐讲学注《易》处题写匾名“钩深堂”。

“钩深致远”,我不知道这是冥冥中的暗示,还是人文传灯在马武的接续。我们不一定、也一定不可能像伊川先生和山谷道人那样学术化、那样广博精深,但我们应当站在致远桥上,回望先贤,从心灵上宁静致远,向美丽乡村渐行渐近。

我们的乡村本是宁静的、醇厚的。从某种意义上说，传统文化的根基源自乡村，几千年的文脉传递在乡村。

今天马武的所为，乃是回归人文正途：是在人们的心灵间、在古今间、在乡村间架起了一座文化的致远桥。马武古今散文馆的《序言》说得好："在乡村开一扇窗，点一盏灯；以文化人，以诗壮魂。"

那么，开窗点灯的人呢？当然是新乡贤，是像何龙飞这样的新乡贤。当新乡贤从少到多，从担当的官员延展到有德望的村民，从有见识的教师延展到有操守的商人的时候，当新乡贤们接过"耕读传家久、诗书济世长"的人文传灯的时候，我们何愁文脉不继，何虑乡愁湮灭，何惧乡村不美？

——原载于《重庆政协报》2017年8月18日，原标题为《马武，以文化致远》

作者简介：

张涌，《重庆民盟》主编、重庆市民盟画院副院长兼秘书长、中国散文学会会员、重庆市散文学会理事、重庆市美术家协会会员、重庆市书法家协会会员。

川江的生命之歌

■ 陶灵

九岁时的寒假，我第一次跟外公乘坐川江木船。船停靠在云阳县城沙湾河坝，我们要去的外公家在县城上游30多里的地方。原本是头一天就要去的，因为是农历腊月十九，为川江行船忌日，木船停了航。外公说，船工不敢公开信奉封建迷信，借口船底有些漏水，要修船一天。

平常每天天不亮，木船装着村民们顺流到县城赶场，返程则是逆水行驶，必须中午1点准时开船，一点儿不能耽误。这种短途木班船属外公他们生产大队集体所有，叫“副业船”，种庄稼才是他们的主业。副业船装客载货的收入全部缴给大队，队上每天给每个船工按全劳力计工分。

我跟着外公从岸上的跳板上了船头，一个头裹白汗帕的高个瘦老头打招呼：“李烧火佬儿，接外孙过年啊？”外公对我说：“这是船上的张家长，喊张外公！”我奇怪“家长”这称呼，后来弄明白是“驾长”，木船上掌舵的人，全船的人都得听他的，下川江一带的人口头上都喊成了“家长”。

我叫了声“张外公”，张家长高兴地“哎”了一声，说：“到客舱里坐！”

客舱在木船中部，有一个拱形篾席棚，棚顶只齐大人胸口高，船头和船尾的船工可隔着棚说话，人进舱时必须低头，进去后可以直身，里面船板比其他舱都低。舱内摆着一排排木板凳，已坐了很多村民，他们面前或放着一只竹背篓，或歇着一副箩脚担子，里面是盐巴、肥皂、煤油和化肥之类的物品，在客舱前的船板上还有两只竹篓，关着"叽呀呀"叫的猪崽儿。

我刚在板凳上坐下，突然身后传来高昂的吼声："喂呀吆哦荷吆嘿哟哦！"回头一看，张家长手掌舵杆，正大张着嘴唱着，音刚落下，船头接着响起一阵整齐的和声："哦咃咃咃咃！"几个中年船工手持篙竿，有的戳在船头的岸上，有的撑着旁边木船的外舷，我们的木船从泊在江边的船群里慢慢后退了出来。

外公说："张家长在喊号子，旧时川江上每条船专门请人喊，现在不兴了，自己喊。"外公熟悉这一切，十多岁时他就跟我太外公在川江上跑船，长航（长途船）、打广船（出川船）都跑过。后来舅舅出去当了铁路工人，外公也老了，就上岸回家照顾一家子。外公继续说："开船了，我们的船从两边停的船中间退出去，叫退挡，要喊退挡号子。"

客舱前的中间竖着一根高而直的树干，我知道是桅杆，杆顶吊着木滑轮和棕绳挂船帆用。这天江面"打上风"（吹西风），好行船，但很轻微。一个缺了颗门牙的老头和两个年轻船工使劲儿拉着绳索，手臂一上一下，身子一屈一伸，竹竿做骨架的布帆"哗—哗—哗……"地一步步上升。缺牙老头脖子上曝着粗筋高呼："喔啰啰啰……"年轻船工齐呼："莫在坡上转啊！""喔啰啰啰……""河下有人盼啊……"一会儿，船扬帆上行了。

眼前的这一切，使我感到新奇而陌生，简直看呆了。外公见我有兴趣，便介绍："缺牙老头是船上的二篙（船工工种之一），他们扯布条（船帆）喊的是呼风号子。"

我不解："为什么都要喊号子呢？"

"做活路才不觉得累啊！"外公回答，接着轻声给我哼了几句，"大河涨水小河清，一边清来一边浑。中间流成鸳鸯水，浪打沙冲永不分。"第一次听到外公清脆的歌声，曲调悠扬，歌词新颖，和我们平时熟悉的歌曲完全不一样。

"好！"背后一直在扳舵的张家长叫了一声，说："烧火佬儿，今天来一段川江号子嘛！"外公回答："那是封资修的东西，不敢唱！"张家长又说："我们不对外说，别个又不晓得。今天逗你外孙耍一下，没得关系。"船舱里的村民也附和着："李老头，唱一段嘛！""李老伯，我们都想听，从来没听过……"

这时木船来到了二郎滩下，虽然已扬帆，但风力不大，要靠拉纤才能上滩。撑篙的船工都已跳上岸，还有几个坐船的村民也跟着去帮忙，缺牙老头正往岸上放拉船的纤藤。外公也许是很久没喊过川江号子了，经不住鼓动："那就唱一回吧！"他站在船头，张口就来：

爹娘生儿一尺五，
还没长大就送我去读书；
读书又怕挨屁股，
收拾一个包包走江湖！
……

我眼里的外公一直是个瘦弱、矮小而不善言辞的老头，一年四季好像都穿着舅舅送给他的劳动布工作服，肩宽袖长，从没合身过，这一刻，他却精神抖擞，声音高昂、洪亮，旋律中交织着一种悠远的情感，我完全被震撼了，全身的血液快速地流淌……

外公唱的是"书头子"，在喊号子之前演唱，算是一个前奏，提醒船工做好过滩准备。唱完"书头子"，船工们拉纤的褡裢已挎在肩上，等着外公的号子。

"呀——呀，拿下来！"外公的领号声粗犷、敞亮、清脆，船工们齐声回应："嗨！"短促而有力。

外公又喊："呀——呀，倒下来！""嗨！"船工们一边应答，一边身体向前倾，开始用力拉纤。这种号子叫"幺二三号子"，船工们开始拉纤的时候喊，意思是"1、2、3，开始"！

啊——呀，搂一下哟！
喔嗨！扯呀！扯呀！
呀嗬——！众家兄弟再搂一下哟！

扯呀！扯呀！扯呀！

听到这段号子时，只见船工们一边应答，一边使劲儿把纤藤拉直。这叫“小斑鸠号子”，意思是进滩口了，要下大力拉纤。“斑”指橹，“鸠”是桡，扳橹划桡时，与支撑木桩摩擦发出的“叽嘎”声像“斑鸠”叫而得名。

木船进入二郎滩激流，外公和船工们的喊答声都简短而急促：

喔左！喔左！
喔左！喔左！
喔左！喔左！
喔左！喔左！
……

二郎滩的水流朝船冲来，外公领号：“呀荷啊——嗨嗨！”船工应答：“嗨！”这一声“嗨”音落在右脚上，船工们调整步伐，等到整齐一致了，外公又敞开喉咙喊起“数板号子”：

船到滩头哟！嗨！
水呀路开呀！嗨！
阎王菩萨哟！嗨！
要呀钱财呀！嗨！
你要钱财哟！嗨！
给呀搭你呀！嗨！
保佑船儿哟！嗨！
上呀滩来呀！嗨！
……

二郎滩不长，没多久木船就上了滩头，但还有一段流水，要继续拉纤。外公很久没喊过号子了，这会儿一直憋足劲儿在喊，有些累了，便朝岸上的船工叫了一声："我歇一会儿，你们自己喊一下！"

这时，只见一根长长的纤藤从船上斜横岸边，纤藤每边四个人，纤头还有一个人，称头纤。拉纤的褡裢是白布做成的套子，不勒肩和背，连接一根麻绳，在纤藤上打上活结，越用力拉，活结越紧，远远望去，纤藤像树干，绷直的麻绳就像树干上生出的枝丫。

头纤接过外公的话，喊了起来："三个盘子两个碟，仁兄累了我来接。仁兄说的《隋唐传》，我来就是爹口黄。声音不好要高鉴，字眼不明要包涵。"他也首先来了一个"书头子"。

唱完"书头子"，头纤正在爬坡，喊道："龙抬头！"告诉后面的纤工要爬坡了。"往上升！"纤工答，表明知道了。坡路中间有一块大石头挡道，头纤喊："当中有！"纤工答："两边分开走！"过了大石头，道上又出现很多乱石："满天星，各照各！""乱是乱，顶到干！""乱石嶙峋！""不要看人！"这一呼一答是报路号子。前面下坡了："新姑娘拜堂！""脑壳啄啄起！"

一直站在船头的外公，这时候突然高喊一声："呀呀荷——吊下来！"岸上一阵回应："吔——吔！"纤工们都直起身，纤藤落入江中，缺牙老头忙着把湿漉漉的纤藤收回船上。外公喊的是"幺尾号子"，告诉纤工们"拉纤结束"。

以后一段时间里，木船一直扬帆行驶。头纤得空，拿着零角票在客舱里挨个收船钱，有的村民为货票讨价还价，磨磨叽叽半天才肯掏钱，差不多收了半个时辰，但我没看见他找外公要。

船又要过滩了，名叫"烧火佬儿滩"。成年后我弄懂"烧火佬儿"一词的由来，讥讽公公想占儿媳妇的"便宜"，川江一带喜欢这样取乐有儿子的老头。

烧火佬儿滩水流汹涌、江水翻腾。木船靠岸，一个船工跳下去，在岩石上拴好淘绳（缆绳），搭起跳板。张家长大声喊道："盘滩、盘滩了，都下船！起旱、起旱（走陆路）！"船上只留张家长掌舵和缺牙老头在船头探水路，所有人都下了船，那两只装猪崽儿的竹篓和箩脚担子也挑上了岸。下了船的人，沿着岸边往滩上走。

人货少了，船也轻了，但拉纤的人反而添了七八个帮忙的村民。外公站在拉纤队伍最前面，面朝下游，一会儿盯着江上的船，一会儿又看着拉纤的船工和村民，不停地喊着号子：

呀莫嗬哟！呀歪呀吔！

吔！吔！吔！

……

拉纤的人几乎四肢趴地，身子随着应答声往前拱，赤着脚板的，脚趾深深抠进了泥沙，穿着草鞋的，在地上蹬起一道道槽痕，走路的村民也纷纷放下背篓、箩脚，手抓纤藤帮忙拉船。外公在拉纤队伍旁跑来跑去，或趴在地上，或弯下腰，手舞足蹈，喉咙里吼出的“抓抓号子”声明显带着嘶哑。纤工的脚步已不再合拍，但应答仍然和声，并且雄壮、高亢，久久地响彻、回荡在江岸：

……

水汉英雄！

喳！

南北哥弟！

喳！

……

使力的是我的老子！

吆哦嘿喔！

不使力的是儿子！

喳！喳！喳！

……

这时突然出现意外，江中的岩石缝卡住了纤藤，再怎么拉，船也一动不动，还很有可能磨断纤藤……在这紧急关头，只见头纤迅速脱光衣服，“咚”地扎进了冰冷的江中，几下游到岩石边，爬上去，挪开纤藤，所有的人才松了口气。头纤爬上岸，擦干的身体竟然冒着热气，他颤抖着穿上了衣服。

船快上滩了，最前面的头纤站起身，褡裢的活结马上从纤藤上自动脱落，他赶忙跑到拉纤队伍最后面，重新套上，弯腰埋头继续拉，接着第二个纤工又重复头纤的举动……差不多每个拉纤人这样轮番两遍，船才上了滩，这时离外公家也不远了。

木船靠岸，接上走过滩的村民继续上行。直到下船，我始终没看到外公给船钱。外公说："副业船人手不够，找坐船的人换工，不给工钱，也不收船钱。"

过完年，由于回城是下水，木船行驶容易多了。这趟外公没喊号子，一路上小心翼翼地护着一竹篮鸡蛋，篮子里垫着谷壳，还生怕打烂一个。鸡蛋是航标艇上的一个水手找他买的，年前就约好了日子，每只蛋五分钱，用蛋钱再买回盐巴和点灯的煤油。

船工们一边划桡，一边喊着"起桡号子"，简单且轻松：

哦嗬！
哦嗬！
吆哦嘿啦！
哦嗬！
……

过烧火佬儿滩时还是忙了一阵，船工们站成八字脚，矮着身用力划桡，"招架号子"响亮：

吆莫嗬——嗨！
吆莫嗨么哦！嗨！
……

桡手应答的"嗨"字，落在了桡片击水的那一瞬间。

出了烧火佬儿滩，进入一段很长的慢流水，船工慢腾腾地扳着桡，很悠闲似的，最后干脆停下，坐在前舱板上抽叶子烟、摆龙门阵，让船自个儿随流水前行。张家长一个人在船尾掌舵，他拿出一只装满"老白干"的小玻璃瓶儿，大伙互相传递着，直接用嘴对着瓶口抿一口，用于提神、暖身，小瓶儿里的酒很快就干了。一个多时辰，船到了县城。

后来，直到木船在川江销声匿迹之前，我又坐过很多次，但跟外公的这一次，是唯一一次听到原汁原味的川江号子，那一声声回荡在江岸或雄壮、高亢，或简短、急促，这些原始粗粝的呐喊，在我心中留下了一组永远唱不尽、听不够的川江之歌！

——原载于《红岩春秋》2017年第12期

作者简介：

陶灵，工程师，重庆市作家协会会员。

乡村雪

■ 邹安超

在巴渝，雪落乡村时，很是优雅和纯粹，更显个性和风情。

夜间，黑挤压着黑，眼被黑幕蒙住。乡村静谧，人们早早入睡，分不清哪是村庄哪是田野，哪是路面哪是河流，乡村迷乱着雪花的眼，迷失着她们的脚步，但雪凭借深厚的功力，展开优美的舞姿，优雅地掀开美丽的裙衣，悠悠然地飘，坦坦荡荡地舞，舞出自我灿烂的飞花姿态，不张扬，不惊扰，稳稳地降落在原野，在村庄，以堆积之势，拥挤之态，铺满乡间的犄角旮旯，旋即将整个世界彻底包裹起来，如一袭白衣少女冰洁与纯美，然后静静地等待。

她们堆了一层又一层，很有风姿，把山的形，路的宽，水的静，树的高，瓦的厚，沟的棱，坡的斜，田的清凌凌，村庄的曼妙静寂，呈得宏伟盛大。北国风光的气韵，千里冰封的壮美，浑然天成。乡村除了线条和弧度，就是白，纯粹的白，不染纤尘和浮华的白。放眼一望，乡村处处是一幅幅瑰丽的美景。

原野茫茫一片白，乡野世象被雪切分成不同形状。田里的冬水，清凌凌、水汪汪地映照着周围雪的姿态，高高低低，起起伏伏。那些错落有致的树，不管是乔木，还是灌木，枝丫都被雪缠绕着，紧紧地，密不透风地，仿佛在谈一场刻骨铭心的爱恋。

高大的乔木，枝干受地心引力的影响，在雪美人的紧紧簇拥下，似塔形的华盖，默默地垂向大地，垂向生养它们的厚土。那虔诚和静默，似在接受一场洗礼，庄重，肃穆。这场盛大的祈祷之后，树的娇身，没了浮华的惊扰，没了尘土的纷争，以谦谦君子任我行的豪气，压过风啸，掩埋住尘埃，以干净而空灵的气度迎接乡村人们的检阅。

相比高大的乔木，低矮的灌木们来得更为实在，更为直接一些。要么匍匐，要么低爬，要么昂首却手舞足蹈地踩着高跷，身心都贴近着地心，以“俯首甘为孺子牛”的献身精神，赴向大地，那份坦诚，如乡村人的豪爽与耿直。

还有旷远的原野，绵绵延延，无形无貌，无边也无际，博大和静谧，“海纳百川，有容乃大”的空与远，展示出包容世间万物的胸怀。尽管高大的树冠，挺拔的竹枝，弱小的麦苗，青葱的菜蔬，远眺的山峦，在原野的陪衬下，都很渺小和微不足道，但在雪的陪衬下却更显妖娆和静寂，更显干净和透彻，有了深厚和高洁。

原本，乡村景致纯朴自然，不雕不琢，这样的场景在乡村人心里，稀松平常，但当雪来访时，哪怕是目不识丁的乡间老人，雪的素雅与干净，美丽与妖娆，也会击碎他早已麻木而混沌的神经。他们对雪的喜爱，不亚于舞文弄墨的骚人，也会惊颤，也会以略带嘶哑的尖叫把家里大大小小全急吼吼地叫醒起来。

一时，整个乡村，便有了“下雪了，下雪了，下——雪——了——”此起彼伏的呼叫。

乡村的宁静，被彻底打乱。

纯净的雪地，终于等来喧闹的人们。他们，先是畏缩，再是试探，最后是抑制不住跃跃欲试的急切，都要投身到与雪亲近的行列。堆雪人，打雪仗，滚雪球，你追我赶，一幅《雪景图》自然天成。动与静的结合，演绎出天地人和的祥瑞。这是自然之图腾，也是万物之灵韵。

经过冬雪洗礼的原野飘着冰冷的寒风，乡村人却亢奋地念着“瑞雪兆丰年，瑞雪兆丰年啊”的农谚，沉稳而熟稔地安排着农事，任庄稼菜蔬在风雪里招展，任土地欢喜地吐故纳着新。

雪洗万物，更洗乡村人率真的心灵。

有了雪的降临，乡村呈现得空灵与祥和。

——原载于《重庆晚报》2017年1月11日

作者简介：

邹安超，中国散文学会会员，重庆市作家协会会员，重庆市大足区作协副主席。

同心树

■ 粟绿墙

出门在外久了,无论是白天,还是黑夜,故乡的影子越来越清晰地在脑海里萦绕。窄窄的小路,弯弯的溪流,成群的鸡鸭,葱葱的竹林,沉沉的暮色,冉冉的炊烟……便一波一波直往大脑里涌。那么亲近,那么温暖地滋养着我心底越加浓烈的念想。

我举家离开村子已30多年了。决意回去看看还是因为永德老汉接二连三的电话催促。我不知道是他迫切希望让我回乡感受新的面貌,还是其他什么缘由。其实很多次动念都因各种各样的原因未能成行,以致成了我一块莫名的心病。

我终于得以回到我记忆中的这片土地。我的太平村,一个很偏远的地方,生长在乡村公路的末梢。星星点点的洋楼,俨然在陈述小村庄的变迁。小路消失了许多,晒坝依然在。村外的老井消失了,井沿上边的平坝上高高挺立的黄葛树依然在,像一把大伞,撑在村子的风雨中,成为村民们心里的依靠。30多年前,我离开村子的那一刻,是黄葛树挥动着手臂,望着我走远,绿绿的枝条,几十年来,总摇曳在我的心中。今天我分明感到它的沧桑,枝干盘虬，皱纹多了，纹路粗了，像一位老人，守望在村头。

几十年的岁月，黄葛树已然成了院子的一张名片。方圆几十里，只要说起太平村的黄葛树，没人不知，无人不晓。仰视着眼前这棵黄葛树，便立即勾起了我对那段传说故事的记忆。

相传很多年以前，不知从哪儿来了一对男女乞讨到了这里。那时这个坝子上还没有树木。他们看见坝子平坦开阔，竟留了下来，还在坝子中搭起了一个简单的草棚。他们住下不走了。院子里的好心人今天这家给他们送点儿吃的，明天那家给他们一点儿穿的，日子便一天一天这样过着。过了好久好久，一天早上，有村民发现这两人的窝棚被火烧了，而且被烧得面目全非的两人还紧紧地抱在一起，已经没了生命。村民们含泪安葬了这两位异乡来客。奇怪的是，不知哪一天，这平坝上竟长出了一株嫩嫩的黄葛树苗。大家天天看着，呵护着，黄葛树长啊长啊，长到齐人高的时候，树桩就分叉长出了两根，长了一米多高后，竟又奇迹般地合拢了，然后伸向天空，向四面八方散开去。后来有心人发现，黄葛树分合的两枝就像站着的两人在亲切地拥抱。莫非是那两人的化身？一时间，村民们常聚在树下，议论着，有关的想象便丰富了起来。后来，村民们便索性给这棵黄葛树取名为同心树。每逢节日，村民们便在树下许愿，挂红布。黄葛树默默地守护着村民，村民们也将它视为神树。

永德老汉是院子里德高望重的长者。他笑着对我说："认不出来了吧？"我点了点头。除了这个平坝子，这棵同心树，我什么也没有看见了。以前的大院子已经变成了一幢一幢的小楼房。从永德老汉的神情里，我已经感受到了他的高兴，自豪，快乐。

永德老汉又把目光转向了同心树，他叨念道："我们总算把你保护下来了。"他的话使我顿生疑问，难道还有什么隐情？于是，永德老汉给我讲述了一段故事。

那一年，几台推土机轰隆隆开进了村里，再一车一车地将烂砖烂瓦等杂物运走。后来推土机开到了坝子里，说是要把这棵同心树也推掉，坝子上要建楼房。一位老奶奶高声哭喊着："不能推啊！不能推啊！"推土机的大擘停在了半空中。

后来，在全体村民的阻挡和恳求中，村镇建设的方案也随之做了调整。这棵有着传奇色彩的同心树也躲过一劫，继续活了下来。

听了永德老汉的故事，我陷入了深深的沉思。

永德老汉告诉我，近些年农村的发展建设让他们住进了楼房，让他们看上了电视，让他们也可以上网了，让他们也烧上了天然气，这一切的一切，带给他们的是甜蜜和幸福。而且，原来院子占地宽，现在楼房占地少了，又多出了些土地可以耕种了。我望着那幢幢楼房，全身上下涌动着一股巨大的热流。我的眼泪快要流出来了。

我绕着同心树走着，轻轻地抚摸着裂痕突兀的枝干，仿佛触摸着故乡深深浅浅的记忆。我感受着故乡温热的心跳，倾听着故乡走过风雨、颠颠簸簸的脚步。望着那对拥抱着的恋人，我不禁心生感动，从伸向苍穹的叶片中，我分明感受到了他们那勇敢执着的力量。他们并不孤独，我想，或许若干年后，我的灵魂也会安放在这里。

——原载于《重庆晚报》2017年12月30日

作者简介：

粟绿墙，中国作家协会会员、中国散文学会会员。

行走黑山谷

■钱昀

也曾造访过名山和大川，最难以忘怀的却是黑山谷，那里幽深险峻、奇异秀美，让人如入仙境，不愿归去。

黑山谷位于万盛经开区黑山镇，是重庆市“巴渝新十二景”之一。它和缙云山、四面山、金佛山、仙女山并称为“重庆五大名山”。

细雨绵绵中，我们又去了黑山谷。索道之上，满山满谷云雾缭绕，绿色山峰两旁相迎，我们在树木顶上穿越而过，缆车外的树叶仿佛触手可及。

下了缆车，雨中的黑山谷云雾茫茫，流水淙淙，松涛阵阵。野芳发而幽香，佳木秀而繁阴，原始而古典的意境让人不辨今夕何夕。

黑山谷的地貌很奇特，受喜马拉雅造山运动的影响，群山裂开的一条巨大的地缝形成了谷底，成为一条“V”字形的深切峡谷。行至神龙峡，峡谷两边是陡峭险峻的山崖石壁，高数百米。沧桑而峥嵘的崖壁只给天空露出一丝缝隙，若一条若明若暗的丝线，这里又叫“一线天”。行走至此，不得不叹服自然之伟力，才有了这险峻的地质奇观。因两岸峭壁终日不见太阳，这里寒气袭人，岩壁上滴着流水，水滴石穿中，流走了千年万年无穷无尽的光阴。

黑山谷的溪流多，除了主流鲤鱼河，还有几十条无名小溪从山中奔流而来，那一条条原生态的溪水，纤尘不染，裹挟着花草的清香，映衬着林间的倒影，一路欢喜着、跳跃着跟随我们。蜿蜒的溪水如天籁之音淙淙作响，激流之处，溅起雪白的水花，仿佛在弹奏一曲优美的乐章；平缓之处，铺成一段绿锦，仿佛描绘出一幅灵动的画卷。这清澈纯净的溪水与苍茫青山一路相依相伴，才有了这令人陶醉的神奇魅力。

黑山谷的桥多，有浮桥、栈桥、廊桥等24座。栈桥犹如彩虹，把两座山峰连接在一起；浮桥犹如玉带，铺设在碧水之上。在渝黔大裂谷，有一道架设在鲤鱼河上用木头铺设的栈桥，人走上去摇摇晃晃，险中生趣。脚下就是河流，触手既是青山，人与自然在此有了最亲密的接触。黑山谷是重庆和贵州两省市的分界，鲤鱼河是重庆和贵州的界河，因此人行走在浮桥上面，伸开两臂，一只手可摸到重庆的山，另一只手可摸到贵州的山，这样奇异的地理特征，仿佛只有在黑山谷才可遇到。鲤鱼河上还有一座名叫渝黔界桥的廊桥，桥的正中间有块古色古香的木牌，一面写着“多彩贵州，醉养之旅”，这是贵州旅游的广告词；另一面写着重庆的旅游广告词，这座桥把贵州和重庆又一次连在了一起。

黑山谷的瀑布多，有飞鱼瀑、三叠瀑、散花瀑、珍珠瀑等99座。有的瀑布若蛟龙出海，有的瀑布若鱼儿在跳跃，有的瀑布若飞花乱缀，而最纤秀柔美的是梦纱瀑布。梦纱瀑布从山崖顶上倾泻下来，若轻纱，似素锦，清新而婉丽，一路缠缠绵绵地下跌到山谷里，鲤鱼河上荡起了晶莹剔透的水珠，碎玉一般。山风带来瀑布的流淌声，若细语呢喃。梦纱瀑布不管是夏季洪水季节还是冬季枯水季节，总是这样缓慢细柔。导游告诉我们，传说在古夜郎国里，有一个美丽少女与一男子相互爱恋，后来夜郎国与邻国发生了战争，男子当兵去后，再也没有回来，女子因思念而哭泣，两行泪便化成了清澈的泉水，从山顶飞泻而下，从此再没停止过。悠悠的瀑布流水仿佛在倾诉千年不变的思念，柔情似水，佳期却永远成梦，期盼花前月下，与君共剪西窗烛，没想到成了一帘幽梦。瀑布旁有一棵古老的大树，树干上挂满细长的红带，每条丝带上都系满了人间的祝福和期盼。

黑山谷的潭水多,共有108潭,但最让人回味的是“洗心潭”。潭水幽深碧绿,波澜不惊,木牌上方标明“洗心潭”三字,并有文字如下:“人间几十年,俗心染纤尘。这里植被茂密,湿气弥漫,空气中的负离子含量特别多,是一个名副其实的天然大氧吧。您可以深做几次呼吸,感受神清气爽的空气,清洗一颗世俗之心,享受回归大自然。”想起了一首古诗“沧浪之水清兮,可以濯吾缨”,清清的沧浪之水只能洗涤戴在头上的帽缨,而黑山谷的潭水却可以洗去心灵的疲惫和尘垢,洗去人间的浮华和喧嚣,在洗心潭前,可静心、静谧、静养,度过一段神仙一样逍遥的日子。

可神仙也不能长久,我们终究要回到喧闹的人间。走过了如烟似梦的九曲画屏,我们坐观光车回到景区大门口。观光车飞驰向前,山风阵阵,吹出些许寒意。眼前闪现出缀满枝头的红果,映红了漫山遍野,灿烂若片片红霞,给人以融融暖意。红果铺天盖地而来,绵延不绝,让人平添了一份热烈和回望。红果学名叫火棘,是长在山林中的一种野生水果,玲珑小巧而又圆润饱满,味道酸甜中还略带着一丝苦涩。导游说这段河滩又名红果滩,秋天成熟的红果要等到第二年春天才掉落,若是冬天下雪后,白雪覆盖着红果,又是一种动人的景致。想象着红果与青山、绿水、白雪相映,那是丹青妙笔也不能画尽的神韵。

黑山谷的飞瀑、碧潭、森林、云海,离我越来越远,但我仍然沉浸在风光旖旎的美梦中,不愿醒来。

——原载于《重庆政协报》2017年2月28日

作者简介:

钱昀,中国散文学会会员,重庆市作家协会会员,重庆市散文学会副秘书长,巴南区作家协会理事,巴南区文艺评论家协会副主席,《重庆散文》杂志编辑。

磨的命

■ 杨旭军

我常常想起家里的那盘石磨。

石磨很大，二尺的磨面，尺二的磨身，转起来“轰轰隆隆”如同闷雷，使人顿感生活的凝重。据奶奶讲，这盘磨是爷爷的爷爷“洗”（把顽石凿去多余部分，一凿一凿雕成石磨，奶奶用了个“洗”字，形象生动，实在是语言大师）出来的，石质细而坚，曾经很使方圆十里的乡亲们羡慕。

石磨被稳稳地支在院角，绕石磨一圈，左转是15步，右转也是15步，然这却是太极图一般玄妙的路，无尽无头，永远走不完。那年奶奶嫁给爷爷，脚很小却极漂亮极健壮，小脚的奶奶一进门就绕着石磨开始了人生之旅的漫漫跋涉，她推着厚重的石磨转啊转啊，把青春岁月连同黍粟一起灌进了那贪婪的磨眼，直到面粉的尘粒染白了满头青丝。磨盘周围那道深深的沟壑，就是奶奶的小脚踩出来的。

“就怕没有推的呢。”奶奶常说，“庄家歉收的年景，停了磨，肚子就像捋扁的葱叶。”

奶奶终于转不动了，被几辈人磨得发亮的推磨棍，像传家宝一样自自然然地传给了娘。娘是只被鞭子抽得团团转的陀螺,每天鸡还没有打鸣,石磨就“嗡嗡”地响了,娘必须在天亮前磨完半升谷子,然后去生产队挣工分。记忆中,娘总是一边哼着悲凉的小曲,一边沉重地往前迈步,一圈,又一圈。

我在娘肚子里就开始围着石磨转了。一个很冷的冬夜,我就出生在石磨边,坐月子的娘还得推磨,娘怕“嗡嗡”的石磨声震坏了我的头,推磨时就用粮斗子将我吊起来。娘转一圈,就用手掀一下粮斗子,我就在粮斗子里晃晃悠悠,“轰隆隆”的磨声就是我的摇篮曲。

我长到磨盘高的时候,和哥哥的力量加起来,刚刚能掀动那个庞然大物。娘便每天在下地前量好一斗谷子,我和哥哥必须把全家人一天的口粮磨完。我哥俩就像囚在磨道里的犊牛,努力地推着磨,一圈,又一圈。

总有狗儿、马儿状的白云自由自在地从头顶飘过,总有鸽哨的清脆划破天空,撩拨得少年的心痒痒的,然一根无形的绳索总把我们拴在磨盘边,等磨得老牙把一斗谷子嚼完,太阳的马车也在空中绕了个大圈从西边山峁后隐去了。我和哥哥只能在磨道里寻找童年的乐趣,从石磨“轰轰”的声音中,我们竟能听出各种各样的音儿来:想起村头的小溪,那“轰轰”声就像叮咚流水;有时候,石磨发出的声音,多么像风儿吹过树林;甚至我们还能听出虫吟鸟唱、犬吠羊咩;哦,看那瀑布,那白白的面粉,从磨缝里溢出,像万千条瀑布跌落崖下;那磨台上渐渐隆起的面堆,多像屋后的山峦,起起伏伏,绵延无尽……

然而,磨道里终究没有鸟蛋,没有山核桃,没有野草莓。

“咱们去外面耍一会儿吧。”一天我对哥哥说。

“谷没磨完哩。”

“寻个法子嘛。”

“啥法?”哥哥问,我就指指墙角那个鼠洞,哥哥也乐了。

那天我们像挣脱绳索的小狗,疯得真开心。我们去摸鸟蛋,又去摘草莓,还逮了只刚出窝的野兔。娘回来一看磨台上的面,又看看我俩的眼色,立即就明白了,我俩屁股上便火辣辣地烙上娘的指痕。哥俩哭,娘也哭。

包产到户那年,家里分了头毛驴,从此推磨不用人力。毛驴被蒙上了眼,绑在磨杆上转圈,一圈、一圈、又一圈……我的任务是吆喝着不让驴偷懒。驴转着转着就慢下来，终于耷拉下脑袋，我手中的鞭子高高扬起，忽然想，我的祖辈都像这头毛驴哩，被生活的鞭子驱赶得疲于奔命，终究还是躲不过倒在磨道里的命运。于是，高举的鞭子轻轻落下。

有一天，人们从山外扯进几根电线，村里通了电，安了电磨，一揿“电耳朵”，电磨就“呜”地转开了。圆愣愣的粮食被吞下去，转眼变成又细又白的面粉“屙”出来，又快又省力。于是石磨没有了用场，终于停了下来，渐渐被遗忘了，上面积满了灰尘和鸟粪。

后来家里修新房，差一块阶石，工匠师傅敲着石磨说：“做阶石这倒是块现成料。”石磨要被搬掉了，那无用的东西立在那里又占地方又碍大雅，奶奶却有点儿舍不得：“推了几辈人哩，留着说不定还要用的。”奶奶抚着它，像温习一段沧桑的历史，眼里竟溢满了老泪。

石磨砌在屋檐下，倒是平平正正，稳稳当当的。我知道，砌到檐下的，又是一段漫漫岁月。

——原载于《重庆法制报》2017年2月13日，原题为《石磨·岁月》

作者简介：

杨旭军，重庆法制报社新闻总监、编委。

百岁外爷

周鹏程

一天夜里，我从家族的微信群里得知外爷走了。消息是我侄女周娇发的，只有几个字：外祖祖走了！

我内心一惊！怎么这么突然？前段时间打电话都说他身体还好，幺舅还笑着说："你外爷活到110岁没问题。"过了几个小时，我果然接到了从通江打来的电话，说外爷真的走了，享年102岁，走之前没有任何病痛。

外爷李正育，出生于1914年，他的百年人生是平凡的，但他对知识的追求和对生命的态度值得我们永远学习。外爷有八个子女。我母亲李明莲是长女，离世已经八年多，享年73岁。大舅李明文是长子，也离世十余年了。健在的二舅李明武、幺舅李明仁以及四个姨娘都已超过70岁了。他的孙子、外孙及更晚辈超过100人。

我的祖籍四川省通江县麻石镇。外爷家也在本县，是新建乡。我已经十多年没去过新建乡了，亲戚们都说现在这个乡已经被撤销了，乡是撤或者合并了，但那里的山水依旧美丽。麻石距离新建大约50公里山路，小时候过年，正月初一总要去外爷家，给外爷和舅舅们拜年，送的礼物就是"三样礼"：挂面、白糖、白酒。用背篼背去，回来时可以得到很多米做的馍馍。母亲在前面带路，我和二哥、三哥在后面跟着，我最小，自然是打着空手优哉游哉，两个哥哥自然背得满身汗水。去外爷家的路我至今记忆犹新，从我们家翻过高高的瓦尖山，经过无数的坟场，好多荒草杂丛，穿过国有林场，乌鸦惊叫、山鸡飞蹿，一些怪异的动物时常出没。森林过后还要经过河流，河上只有石墩，没有桥面，唯有徒步跳跃，让我的童年惊心动魄。上山，下山，过河，上山，下山，上山……经过大半天的跋涉，终于到了外爷家牟家坪。后来，母亲年龄大了，每年就是我们三弟兄去给外爷拜年了，再后来我们弟兄长大，外出求学，忙于奔波，渐渐地去新建的时间就没有了。特别是参加工作后，回去的时间更少了，见到外爷的次数屈指可数。今天外爷走了，我在赶回老家奔丧的途中写下这些文字，想起从前的点滴回忆，眼里除了酸楚的泪还能有什么呢？

在我的记忆中，外爷爱看书，喜欢讲故事。每一年热天，外爷都要去他的几个女儿家避暑，四个姨娘家和我们家，外爷在每人家里住半个月。那时我还在读小学一年级，每天放学回家，都能看到外爷坐在院坝里的小凳子上看书，如《三国演义》《红楼梦》《水浒传》《西游记》等。那时因为家里太穷，回家肚子就饿得慌，外爷就说快做作业，做完就吃饭。我做着作业，外爷就开始讲故事了：有一年夏天，曹操率领部队行军打仗，天上骄阳似火，地上晒得滚烫。到了中午时分，士兵的衣服都湿透了，行军的速度也慢下来，有几个体弱的士兵竟晕倒在路边。曹操怕贻误战机，他快速赶到队伍前面，用马鞭指着前方说："士兵们，好消息！好消息！前面有一大片梅林，那里的梅子又大又好吃，我们加紧行走，很快就可以吃到梅子了！"士兵们一听，仿佛已经吃到嘴里，精神大振，迅速加快了步伐……后来我才知道这就是"望梅止渴"这个成语的来历。不仅成语故事，《聊斋》《封神演义》里的鬼神故事，外爷也经常给我们讲。

在我的书柜里至今保存着一个笔记本，那是1993年我离开家乡到重庆读书时亲朋好友留下的祝福语。当时80岁的外爷是这样写的：《训孙》，勤奋读书，口诵心维，朝乾夕惕，焚膏继晷，造就有用之人才，为祖国多做贡献！

外爷的一生光明磊落。他在90岁时写了自传，记录了自己走过的坎坷岁月。他1932年参加了中国工农红军，在毛浴乡红四方面军医院搞后勤，经历了数场战役，见证了兵荒马乱的岁月。1949年后，外爷回通江老家参加家乡建设。他的一生紧跟着党的脚步前行。

外爷走了，很平静，也很安详。

——原载于《巴中日报》2017年1月15日

作者简介：

周鹏程，作家，诗人，中国诗歌学会会员、中国散文学会会员、重庆市作家协会会员、重庆市新诗学会副会长。

七夕诺言

■ 疏影

夜，已深。被高温炙烤了一天的园子终于沉静下来。空气中有青草湿热的味道，竹梢轻轻颤动，犹如婴儿的手指触动着心底最温柔的地方。

又见七夕。

“当你老了，”你说，“你仍然是我心里的那块宝。”

你说，当我们老了，就背着行囊去旅行，找一个鲜花盛开的小镇，房前栽花，屋后种菜，早上在巷口看太阳，烹煮打扫；午后读一本书，对弈一局围棋；晚上在杏花树下散步，直到月色和露水清凉。所谓的天荒地老就是这样子。

但是，你食言了。

还记得我们一起读过的《敲三下，我爱你》吗？“如果我敲三下桌子，就表示我在对你说这三个字。如果我拍你三下肩膀，如果我打电话给你，铃响三下就挂断，甚至……如果我向你眨三下眼睛，弹三次手指，喷三口烟……都是在说：我爱你。”

那天夜里，忽然就被床上窗棂的影子摇晃醒了。天亮了？可是窗外依然夜色寂静。摇醒你，你看了看窗外，笑着说：“你看窗外是什么？”

一轮圆月如玉盘当空，月光如水般漫过窗棂浸润进来，洒下一床清辉。我们站在窗前，痴痴地望着如母爱般沉静的圆月。

“月儿是不是每天晚上都在静静地滋养睡梦中的我们啊？”靠在你的肩头我天真地问。

你捋了捋我散在眉边的发丝，轻轻吻了一下笑着说：“傻丫头，今天七夕，瞧，月儿也来祝福我们了！”

“七月七日长生殿，夜半无人私语时……”

就这样满心欢喜地做你的妻。遐想有一间小小的茅屋，茂林修竹，疏梅点点。屋后的坡上开满粉色、紫色、黄色野花，门前浅溪淙淙，青莲含苞欲放，袅袅炊烟中有牧笛轻唱。我们就这样相守着过“田夫荷锄至，相见语依依”的淡泊恬静的日子。你画画儿，我写字儿，我们一起读唐诗宋词，青梅煮酒，邀月而酌。执子之手，与子偕老。却哪里知道，突然出现了断崖绝壁。

你，如玉石陨落。

从此，骤然消瘦；从此，长长的发丝一夜花白；从此，泪眼婆娑。

心碎过的人才能听到心碎的声音。从此，我发疯一样在万千人流里寻找你。车站、码头、大街、小巷，哪怕是相似的容貌、相似的体型，甚至步伐，甚至背包的方式。你说如果遭遇最坏的结果，那你就是去五台山修行了。从此，这一生里我最想去的地方就是五台山。我信，在那里，那一年，那一天，一定有一个圆圆胖胖的小婴儿，跟幼时的你一模一样，哪怕神似，哪怕形似。

你走过的路，我沿着你的足迹继续在走，虽然趔趄不稳；沐浴过你的月光，仍然皎洁；那片飘过你头顶的叶子，如今正落在我的跟前。可是，我的你，你在哪里？

我们说好的幸福呢？你欠我无数的琴瑟和鸣，你欠我无数的相濡以沫，你欠我无数的缱绻缠绵啊！

所有，像弯月，从一个窗格移向另一个窗格。

爱，没有生死。

把你放在心底最柔软的地方，带着你，吃同一碗饭，跋涉同一个山坳，蹚过同一条河流。风雨兼程中，把你的心紧紧贴在我的心上，一起悸动。

沧海桑田。我已经老了，而你还是那么英气勃勃。以后的一天我找到了你，你还会爱我忧伤而衰老的容颜，你还会跟我说，"敲三下，我爱你吗"？

思绪里浮动着你的声音——你问我回家的日子，我还没有定下归期。今晚巴山下着雨，秋雨涨满水池。什么时候你我共剪西窗烛，再告诉你今夜我痛苦的情思……

夜，很深了。七夕，已在暗夜中悄然而至。

——原载于《散文家》2017年第4卷

作者简介：

疏影，本名聂英，重庆市作家协会会员，重庆渝中区作家协会理事，重庆市散文学会会员、重庆通俗文艺研究会常务理事。

编后记

《重庆作家作品年度选·散文卷》的出版对于重庆散文界而言，是一件大事、喜事。这是一次重庆较有代表性的散文创作者的集体亮相，亦从各个层面上展现出重庆散文创作的力量。他们中有像黄济人、傅天琳、李钢、余德庄等在全国有影响力的著名作家，他们多为两栖，除了写小说、诗歌之外，其散文作品更是别有洞天，令人叹服；也有刘建春、邢秀玲、邓高如等长期担起重庆散文创作与发展大任的骨干作家；更有张于、吴佳骏、杨犁民、贺芒、李晓、马卫、何春花、张曼莉等中青年实力、新锐派创作者。他们创作的势头、探索性及各自渐渐形成的风格，尤其令人惊喜。可以说，他们代表着重庆散文创作的未来。

散文这种文学形式容易为人所误解，不少人认为：凡能提笔者，皆能为散文。甚至有人认为写散文者，基本还称不上作家。这也形成了大多数文学刊物，较为重视小说和诗歌，而将散文边缘化的现状。散文作者要想在纯文学期刊甚至大刊上发表作品，难度比较大。

重庆的散文创作一直拥有庞大和活跃的作家队伍，他们为这座城市的文学普及和发展做出了许多贡献。尤其是在纸媒发达的时代，重庆散文作家的作品成为许多都市报吸引读者的重要元素，更成为市民文化生活的一部分。

然而，随着纸媒的远去，都市报文学副刊的消失，散文创作者也在失去自己作品发表的阵地。难上大刊，又难上本土媒体，进退维谷，这或许是让重庆散文创作态势不够兴奋的某种原因。

的确，重庆散文创作队伍能够展现其影响力的机会并不多。所以要衷心感谢重庆市作家协会这次的大策划、大手笔。它不仅仅是出本年选那么简单了，其对于打掉瓶颈困局，推动重庆散文创作向更高层面的发展，使更多作家能在全国发出重庆的声音，拥有自己的地位，皆有着特殊的意义。

《重庆作家作品年度选·散文卷》的编选过程也充满艰难。所幸的是，每至关键的时候都得了重庆市作协的领导和相关部门的具体指导、大力支持和信任，使这一复杂的工作得以顺利开展。首先市作协散文创委会成立了三人评审小组，除我之外，其他两位由著名散文作家、《红岩》杂志编辑部主任吴佳骏，著名散文作家、重庆散文学会会长刘建春担任。我们共同对征集而来的270篇文章、近60多万字的作品一一阅读，进行入选资格的审定，然后以投票的方式对作品进行初选；又以投票加讨论的方式对作品进行复选；最后对终选作品再次讨论、审核——作品的选择理由涉及其影响力，题材的广泛性，发表载体的影响力和广泛性，作者创作风格的代表性等。非常感谢佳骏和建春两位同仁，正因为他们在工作过程中认真、严谨的态度和极高的专业水准以及我们三人的同心协力才能如此顺利地完成此书的编辑。在这里，我再次对两位优秀的合作者表示感谢。同时，也要对所有积极投稿、支持这一项工作的作家、文友们表示衷心感谢。由于选本篇幅的限制，也有一些不错的作品最终无法入选，实在让人遗憾和抱歉。同时，需要说明的是，因受篇幅所限，入选文章同已发表版本均有所差别。

在这里，我也要衷心感谢著名评论家、天津市作协副主席黄桂元先生为该选本写下的有高度和深度的序言。他首先以另一种视觉发现了重庆散文作家的作品与这座立体之城一样，有着无以复制的独特个性；又简练却精准地点评了该选本中许多作家的作品；更以恳切的话语告诉重庆作家不要怕“地域边缘”给创作带来的寂静，不要去追求甚嚣尘上的热闹和繁荣。只要踏实写作，总能在时光深处，等来盛放。

或许，重庆散文的创作比起重庆诗歌在全国的重镇地位，比起重庆小说在全国已崭露的锋芒来说，还比较滞后，缺乏响动。然而，我们也可喜地看到已有不少“80后”的年轻作家正在崛起，发展潜力不可忽视。

魔幻般的立体之城重庆不但能盛产诗歌、小说，更会让最接近大众人生的散文枝繁叶茂。这是一座城的期待。我们带着使命前行,执着而专注,无问西东!

编者

2019年4月11日